中堡河传

一幅里下河风情画

著

时代文艺出版社
SHIDAI WENYI CHUBANSHE

图书在版编目（CIP）数据

串场河传/ 袁正华著. -- 长春: 时代文艺出版社, 2024.1
ISBN 978-7-5387-7229-6

Ⅰ.①串… Ⅱ.①袁… Ⅲ.①长篇小说 – 中国 – 当代 Ⅳ.①I247.5

中国国家版本馆CIP数据核字(2023)第163863号

串场河传
CHUAN CHANG HE ZHUAN
袁正华/著

| 出 品 人：吴刚
| 责任编辑：邢雪
| 装帧设计：现当代文化
| 排版制作：现当代文化

出版发行：时代文艺出版社
地　　址：长春市福址大路5788号　龙腾国际大厦A座15层（130118）
电　　话：0431-81629751（总编办）　0431-81629758（发行部）
官方微博：wcibo.com/tlapress
开　　本：880mm×1230mm　1/32
字　　数：275千字
印　　张：10.25
印　　刷：北京建宏印刷有限公司
版　　次：2024年1月第1版
印　　次：2024年1月第1次印刷
定　　价：78.00元

图书如有印张错误　请寄回印厂调换

向着幸福出发
——灯塔村首届乡贤座谈会侧记（代序）

一周前，灯塔村村民委员会的领导登门，给我送来一张邀请函，邀请我参加灯塔村第一届乡贤座谈会。

离开串场河边的老家灯塔村已经二十多年了。无论是白天奔波在天南海北的建筑工地，还是晚上沉浸在文字的世界里，灯塔村，一直都是我心底最牵挂的地方。那里，是我的衣胞之地，有我的父母兄弟；那里，是我无忧无虑的童年，有我割不断的乡愁；那里，是我的心痛，也是我的欣慰，有我奋斗的青春，也有我无限的祝愿。

虽然我万万不敢妄称乡贤，但对于新一届村委班子举办乡贤座谈会的创意却是极为赞赏。

作为戴窑镇乃至整个兴化市的东大门，灯塔村曾经有过辉煌的历史。几乎从我记事起，家里就用上了电灯；大队有油坊、槽坊、耐火泥厂、粮食加工厂，有东方红大型拖拉机、机械运输船、车床刨床，每个生产队都有一座高大宽敞的仓库，附近几个村的孩子都到灯塔学校来读书。

曾几何时，我记忆中那个引以为豪的老家，渐渐地被周围的村庄遮住了光芒，与其他村庄的差距越来越大。中心路沿线的那两排别墅，成了灯塔村人唯一的脸面。那些留守在老庄台上的老人和妇女，除了家里的一亩三分地，找不到一个可以上班挣钱的工厂。那些如候鸟一般迁徙在父母打工地和老家之间的孩子，除了手机和电视，找不到一处可以游戏和玩乐的地方。那些在外辛苦一年回家团聚的灯塔村人，除了喝酒赌钱，找不到一个可以商讨家乡发展的机会。

故乡容不下的肉身,从此开始了漂泊。他乡安不下的灵魂,于是开始了思念。两千三百多灯塔儿女,一多半奔波在从故乡到他乡的路上。老人孤独,养儿防老成了奢望,不到病入膏肓,几乎所有的老人都选择硬抗。直到老人油尽灯枯,那些在异乡打拼的子女才会匆匆回来,再草草安葬。孩子孤独,亲子陪伴成了梦想,隔代教育把不少孩子培养成了自私任性的"太上皇",没有敬畏、不懂感恩、缺乏责任心、唯我独尊。

我曾无数次想象——如果,家乡有了可以工作挣钱的工厂,那些劳作在城市生产线上的灯塔人,还需要背井离乡去远方吗?如果,在老家可以发展,那些远离父母的孩子,还需要候鸟一样假日迁徙吗?

我曾无数次想象——灯塔的土地上处处绿树掩映、清波荡漾。每一扇窗户背后都是全家团圆、笑语喧哗。在我所有的文字里,都有一个和灯塔相关的名字——光明庄。那是我的梦寐以求的故乡,也是我落叶归根的向往。

今天,我有幸回到串场河边,参加灯塔村村民委员会举办的第一届乡贤座谈会。会上,谢书记给我们描绘了一幅令人振奋的蓝图——打造灯塔人的幸福大道、污水纳入市政管网、建设标准化基本农田。

与会各界人士对于新一届村委的务实作风给予肯定,纷纷为灯塔的未来建言献策。

我从几年前开始创作长篇小说《串场河传》。在小说中,有一段关于家乡建设的设想,刚好和谢书记的两项规划不谋而合。作者的梦想可以照进现实,那是对于创作者最大的褒奖。我在会上把这一段关于新农村建设的设想拿出来,作为建议提了出来——

灯塔村是养猪专业村,生猪的存栏和出栏量都在兴化市首屈一指。养猪事业虽然给村民带来了可观的经济效益,但同时也给灯塔村的居住环境带来了极大污染。虽然养猪场近几年陆续建起了沼气池，对猪粪进行集中发酵处理，但产生的沼气却未能被有效利用。如果购进发电机组，利用沼气发电，发出的电能，不仅可以供应全村的路灯照明，多余部分还可以产生可观的经济效益。猪场的猪粪虽然进了沼气池，但猪粪每天都在产生，如果不能及时给沼液找到合理的出路，最终还是会排放到河里，造成二次污染。如果结合高标准基本农田建设，预埋管道，把沼液变成有机肥输送到农田里，不仅可以解决沼液的排放问题，还可以大大减少化肥的使用，改善土壤板结的问题。随着人们生活水平的不断提高，人们对于绿色食品的需求也越来越高。不使用化学肥料的绿色有机大米，绝对可以在市场上打造属于灯塔人自己的品牌。

我曾经是个工程人，深知从蓝图到大厦的艰辛和困难。但我坚信，幸福是靠双手创造出来的。淳朴勤劳的灯塔人目前缺少的，正是一个坚强务实的领导集体俯下身子来凝聚民心，带领灯塔人勠力同心创造幸福。这样，新一届村委规划的蓝图就一定可以实现。我坚信，在不久的将来，我心中的那个光明庄肯定会成为现实。

2021/04/05

《串场河传》故事梗概

立秋是一个从海边嫁到楚水光明庄的普通女性,善良、热心,深受光明庄老百姓的喜爱。在大集体时代,她敢于反抗生产队长网锁的骚扰;分田到户后,她自立自强,敢于和社会上的不合理现象做斗争;在百年一遇的大洪水面前,她为了平安的养鸡场奔走,和村民们一起守望相助。

光明庄老百姓通过发洪水时,村支书网锁和村民立秋的不同表现,认识到选举的重要性,一改以前在村干部选举中"千根木头跟排走"的随大流想法,积极参与选举,罢免了网锁,把立秋推到了村主任的位置上。

随着改革开放的不断深入,农村青壮劳动力流向城市,农村土地大量抛荒。被村民推选为村主任后,立秋结合周边环境优势和村民传统习惯,带领村民发展生猪养殖,帮助有能力的人回乡创业;妥善处理村民矛盾,关心孤老,建设村级养老院,帮助弱小,设立帮贫基金,引导村民开农家乐致富奔小康;开办乡村大舞台、图书阅览室,丰富村民的精神生活;宣传鼓励村民参加农村医疗保险,逐步将外流人口拉回了家,实现了她当选时带领村民共同富裕的宣言。

在发家致富的过程中,生猪养殖造成了环境污染,立秋及时发现问题,以壮士断腕的气魄进行环境治理,教育村民不仅要发展经济,还要保护环境;不仅要物质富裕,还要精神充实。

在她的带领下,新一代的领头人逐步成长起来。她的儿子怀德和她一样,有一颗一心为民的心。年轻的怀德心中有百姓、胸中有蓝图,比起母亲立秋,更加有知识、有思想,且敢想肯干。他带领村民利用网络发展生态农业,鼓励在外的能人回乡反哺桑梓,带领着村民为了建设更富裕、更宜居、更文明的美好乡村而努力。

主要人物：

立秋——光明庄当家人，丈夫解放，儿子怀德。为了兑现自己当选时"带领大家共同富裕"的宣言，为光明庄鞠躬尽瘁奋斗了大半辈子。

奘腿奶奶——和表兄奘腿嗲嗲结婚，婚后生养的孩子全都夭折，领养了逃难到光明庄的根宝。根宝婚后离开了光明庄，奘腿奶奶在老伴去世后，孤独终老。

有民——父亲老得旺，母亲想娣，独子，妻子荷花，婚后到上海做废品生意，与一外地女人姘居后抛妻弃子。

平安——祖母罐子奶奶，父亲罐子，光明庄年轻人的代表。曾经历多次创业失败，后在立秋的鼓励和支持下，创立光明庄生猪养殖农民合作社，成功地把光明庄打造成了楚水最大的生猪养殖基地，带领村民发家致富。

跃进——父亲队长民主，和平安一起养鸡失败后开拖拉机谋生，后在立秋鼓励的下置办了联合收割机，在建设美丽乡村的过程中，带头开建了家庭农场。

有寿——儿子豌豆，弟弟有福，妻子李凤英，光明庄齐家的长房，光明庄早期发家致富的代表。改革开放后开始个体经营，成了光明庄第一个"万元户"。

豌豆——少小离家，在新疆打拼出红火的事业，因为建房和土地问题与光明庄结怨，打算离开光明庄，永不回乡。最终因为一次酒后开车掉进了河里，被村民的质朴乡情所感动，打算回乡投资创业造福故乡。

采莲——光明庄村民，年轻守寡，一直遭受骚扰，染病后自杀。她的遭遇触动了立秋，使她开始考虑并最终建成了光明养老院。

有福——妻子莲子。婚后无子，领养了弃婴天赐，并为此吃了不少苦。后成为光明庄的电工，因为贪小便宜，被乡亲们瞧不起，改邪归正后安享晚年。

网锁——妻子小麦,儿子爱国,先任生产队长,后任光明村支部书记,狡诈、阴险,屡次利用职权为自己牟利,骚扰女性,最后因选举失败,黯然收场。

老得粮——儿子春耕,孙子满意,有寿的远房堂叔,因为偷了生产队几十斤稻谷,被队长网锁惊吓致死。

老有田——有寿的堂兄,出生偏房,做过生产队保管员,在光明庄德高望重。

有志——有寿的堂弟,父亲老得稻,妹妹粉香,大集体时代的"二流子"。他有眼光、有头脑,在大集体时代就偷偷做生意,改革开放后更是如鱼得水,通过承包公交线路挖到了人生第一桶金。后因为违反计划生育政策生二胎,背井离乡外出创业。事业成功后,在立秋的感召下回报桑梓。

有安——有寿的堂弟,妻子爱红。改革开放后搞水上运输,后回乡参加平安的生猪养殖合作社。

有全——有寿的堂弟,妻子巧儿,分田到户后在窑厂挖泥,后参加平安的生猪养殖合作社。

成龙——在水利工地上受伤后变得沉默,三十多岁还是单身。后参加生猪养殖合作社,在发家致富的过程中,与被丈夫抛弃的荷花互帮互助,暗生情愫,有情人终成眷属。

根宝——流落到光明庄的外地人。被善良的奘腿奶奶夫妇收养后,经过自身努力,一步步走到了市局局长的位置。离开光明庄之后,一心要求进步,无暇顾及农村的养父母,致使两位老人含恨离世,被光明庄村民唾弃。退休以后才幡然悔悟,为弥补和忏悔,积极参与光明庄的精神文明建设。

怀德——立秋的儿子,在母亲的耳濡目染下,为带领村民进行现代化农业发展,为建设美丽乡村不懈努力,最终被选举为光明庄新一任领头人。

光明庄位置图

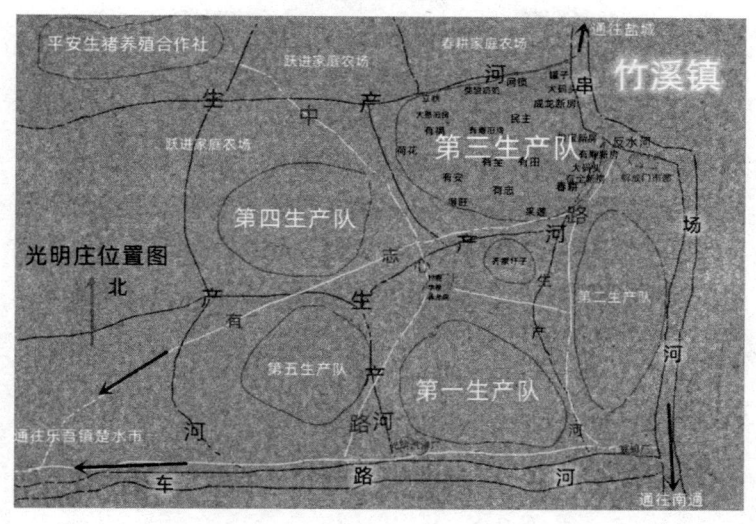

目录 CONTENTS

串场河传

第 一 回	树新风立秋结婚	露花衣豌豆出丑 1
第 二 回	置棺木齐家办丧	烧寿纸老太诈尸 8
第 三 回	噎山芋老人晕厥	挂银锁黑鱼出世 14
第 四 回	贪美色队长挨打	打呼噜大憨露馅 18
第 五 回	天赏赐喜得贵子	救患儿得罪队长 23
第 六 回	保口粮仓库下跪	抓小偷梦中求欢 27
第 七 回	受惊吓得粮去世	贪玩耍根宝丢牛 31
第 八 回	施仁爱中年得子	住新房少年失怙 38
第 九 回	唱凤凰有志结婚	听墙根夫妻谋划 43
第 十 回	正月正黑夜走货	三九天清晨沉船 48
第十一回	捞沉船冬日下水	贪外快有全露怯 53
第十二回	显神通老将出马	请大笔广播扬名 57
第十三回	借声势队长升职	建新房有寿请客 61
第十四回	六大碗农家上梁	四更天孩童抢糕 65
第十五回	看班轮有全发呆	送节礼网锁如愿 71
第十六回	有眼色后生可畏	送公粮肉饭真香 76
第十七回	探心事粉香婉拒	分河工根宝显能 80
第十八回	写报道根宝升迁	逗英雄成龙致残 84
第十九回	追真爱粉香私奔	攀高枝根宝结婚 89
第二十回	响春雷分田到户	吃螃蟹有寿开店 93

第二十一回	孵小鸡后生试水	失大火功亏一篑 99
第二十二回	撒化肥网锁挨骂	张虾笼立秋叫板 106
第二十三回	买河工瞒天过海	倒海货八方来财 112
第二十四回	评先进有寿游街	走西口豌豆离家 117
第二十五回	罹恶疾养父拒医	遇流氓有志挨打 121
第二十六回	伤透心含恨而亡	铆足劲发家致富 128
第二十七回	雄心炽二次创业	市场冷好事多磨 132
第二十八回	学电工有福上位	发虎威酒席断电 139
第二十九回	贪便宜有福丢脸	生二胎有志躲养 143
第 三 十 回	生儿子夫妻游击	保孙子老汉遭罪 150
第三十一回	知实情拒缴罚款	伤透心背井离乡 154
第三十二回	办实业单飞发家	装电话双向收费 157
第三十三回	致富路各显神通	发大水守望相助 161
第三十四回	鸡断粮绝渡逢舟	买化肥雪中送炭 167
第三十五回	投选票踊跃参与	选主任众望所归 171
第三十六回	无所依解脱自己	留钱根保佑后人 174
第三十七回	成本高有寿弃田	效益低豌豆转行 180
第三十八回	图省事秸秆下河	谋发展支书访贤 184
第三十九回	同富裕平安领头	两分居有民出轨 192
第 四 十 回	办猪场科学养殖	觅新欢有民失踪 197
第四十一回	下决心自力更生	巧引导合作共赢 204
第四十二回	被下岗爱国思变	想建房有寿受挫 209
第四十三回	遇伯乐有志创业	找投资立秋登门 216
第四十四回	睡婆娘贼心不死	爬院墙色胆包天 220
第四十五回	看螃蟹撞破奸情	巧工作破镜重圆 224
第四十六回	报桑梓有志修路	恋故土得稻魂归 231
第四十七回	设圈套有寿送礼	讲政策立秋拒贿 236
第四十八回	占主场胡乱砍价	仗钱势违规建房 240

第四十九回	求其次新房落成	施诡计贿选失败 244
第 五 十 回	建码头一毛不拔	探病母有民回家 248
第五十一回	泄私愤有民纵火	念旧情荷花认赔 255
第五十二回	夫放手一拍两散	婆为媒百年好合 259
第五十三回	染怪病寻根探源	治污染出谋划策 263
第五十四回	去县城申请顺利	回故乡局长遇冷 268
第五十五回	建农场请将激将	说缘由振聋发聩 273
第五十六回	抢土地撒泼打滚	知真相痛改前非 279
第五十七回	小聪明作茧自缚	大感动儿媳养公 287
第五十八回	贫困户十分牵挂	奔小康一个不少 291
第五十九回	酒浇愁豌豆落水	救乡亲众人帮忙 296
第 六 十 回	聚乡贤同谋发展	会群英共绘蓝图 300
后　　　记	我请干老题书名 307	

第一回　树新风立秋结婚　露花衣豌豆出丑

立秋结婚那天,整个光明庄都轰动了。

樊腿奶奶后来一直说,那一天,身穿红嫁衣的立秋像下凡的九天仙女一样,把光明庄灰扑扑的巷子都照亮了。

光明庄地处里下河水乡,村民们出门就是河。大大小小的河沟像一条条玉带在水乡的田野里穿行,有的宽阔笔直、水势浩荡,有的蜿蜒曲折、静水深流,把水乡大地打扮得分外玲珑妖娆。在这些亮晶晶的玉带里,串场河无疑是最耀眼的一条,她像一根清亮的链绳,从南通的通扬运河一路向北,注入盐海的射阳河,沿途串起了富安、安丰、梁垛、东台、何垛、丁溪、竹溪、小海、白驹、刘庄十大盐场,像一串精美的珍珠项链,斜缀在苏北沿海广袤的平原上。人们以串场河为界,河东的人称河西为乡下,河西的人称河东为海里。

几百年来,河西的光明庄人结婚娶亲都是用船。据说,以前也有用轿子的,可那都是新中国成立以前的事了,也只有那些有钱人家才能用得起。普通老百姓结婚,多是撑上一条小木船,把新娘子接回家。结婚毕竟是人生大事,虽说雇不起花轿,但为了图个喜庆、图个吉利,光明庄人也会把那条娶亲的小木船披红挂绿地打扮一番,并取了个好听的名字——轿船。

轿船的船舱前面用两根毛竹搭起个人字形门头,再用一根毛竹向后披成个三角形船篷,苫上防水油布或是塑料薄膜。船舱里铺上干净的稻草,再抱来一床被子,留给新娘子;船头摆上一张杌子,留给新郎官。隔舱梁的桄眼里再插上两面鲜艳的红旗,普普通通的农用船顿时就有了喜气洋洋的样子。

新娘子出嫁,照例是要哭一番的,叫作哭喜。因为新娘子就要离开养育自己的父母双亲了,总归有太多的不舍和依恋。有的新娘子直哭得撕心裂肺,引得娘家人也一个个涕泗横流,大有生离死别的滋味;去到一个完全陌生的家庭里,去组建一个属于自己的新家庭,生活便有了无限的可能和希望,但离开娘家的忧伤让有的新娘子哭梨花带雨,楚楚动人。

哭喜是个矛盾的词,有喜极而泣的,也有难分难舍的。女儿家在出嫁时的复杂心情,好像只有眼泪才能充分表达。娶亲时,男方的欢天喜地,基本都是建立在女方的哭哭啼啼之上。

立秋是串场河以东的海里姑娘,结婚时既没有用轿船,也没有像其他新娘子那样扭扭捏捏地哭。光明庄上的老老少少站在村口大槐树底下,共同见证了光明庄有史以来最新潮的一场婚礼——

立秋身穿一袭红衣,蹬着一辆擦得锃亮的自行车,车后座上坐着她那满面春风的新郎解放,既没有插着红旗的轿船,也没有吹吹打打的迎亲队伍。新郎官解放早上一个人独自步行到海里去娶亲,傍晚社员放工的时候,立秋就扬着脸,大大方方地把自己嫁了过来。立秋的自行车像一尾灵活的鲤鱼,从光明庄狭窄的巷子里欢快地游过,让光明庄人的心里泛起了一圈又一圈细碎的涟漪,波光粼粼的。

车子后面,有民领着豌豆、平安和跃进一帮孩子,一路跟着自行车疯跑。想娣看见了,一个劲儿地喊:"有民,你多大了,快回来。"有民回头对着她扮了个鬼脸,继续撒开两腿去追立秋的自行车。

这会儿正是社员放工的时候,光明庄几乎所有在家的人都出来了,大伙儿三五成群地聚在一起,"叽叽喳喳"地谈论着。只有采莲一个人默默地隐身在自家墙角,远远地看着,光洁的脸上浮现出浅浅的笑。

立秋的自行车是她的全部嫁妆。整个光明庄,哪怕整个乐吾公社,也没有几辆自行车。解放还不会骑车,立秋骑车载着他,好

第一回　树新风立秋结婚　露花衣豌豆出丑

像他才是新娘子,立秋娶了他一样。

立秋家在海边,但她家离真正的大海还有几十里路,出门就是尘土飞扬的土路,走上几里路,也看不见一条河。在那里,自行车是最主要的交通工具,立秋十几岁就会骑车了。立秋的父亲和解放的父亲是远房表亲,年轻时逃荒到了海里,在海边成了家。立秋成年后,父亲带着她到过几次光明庄,她和解放一见钟情,通了几年信后,两个心心相印的年轻人便订了婚。

立秋长得漂亮,瓜子脸,短头发,柳眉杏腮,齿白唇红,不高不矮,不胖不瘦,咸涩的海风把她的俏脸吹成了健康的小麦色。穿着修身合体的立秋,像是三月里串场河边的垂杨柳,袅袅娜娜的,青枝绿叶的,怎么看都好看。

解放和立秋不一样,他性格随和,甚至有点儿腼腆,平时见人笑一笑就算打过招呼了。立秋不同,她性格开朗,生产队里无论男女都愿意和她一起搭档上工。不干活的时候,大伙儿也愿意和她一起扯闲篇,听她讲一些海边的事情。

海里的沙土地藏不住水,立秋海边的家里只有旱地,长麦子和玉米,不种水稻。立秋没有在水田里干过活,刚来光明庄的时候,闹了不少笑话。她婚后第三天跟着一帮妇女起早去秧池拔秧苗。太阳还没有升起,秧池上笼着一层水雾,宛若仙境,秧苗上的露珠亮晶晶的,仿佛一双双调皮的眼睛。十几个妇女蹲在秧池里拔秧苗,秧池里的水刚刚没过她们的脚背。清晨的秧池里蚊子特别多,大伙儿穿着长衣长裤,头上围着头巾,都不说话,生怕一开口蚊子就进了嘴巴,只听见手指落在水里的"噗噗"声。立秋觉得腿肚子发痒,捞起裤管一看,一只细长的褐色蚂蟥吸在了腿肚子上,她伸出两只指头去捏,想把蚂蟥揪下来。可那蚂蟥像根橡皮筋似的,越拉越长,最后,"啪"的一声又缩了回去,依旧紧紧地吸在她腿上。立秋吓得花容失色,惊叫起来。在她旁边的小麦转过身,弓起手掌对着蚂蟥轻轻一拍,蚂蟥像触电一样滚了下去,一道鲜红的血迹随即顺着白生生的小腿蜿蜒而下,怎么摁也止不住。立秋赶紧跑到田岸边,揪了一棵叶面上长着毛刺的青青菜(小蓟),挤烂了敷在被蚂蟥叮过的地方,总算止了血。

那天,立秋和几个妇女一起乘船到光明庄南边的齐家圩子干活儿。大伙儿坐在船舱里有说有笑,立秋第一次乘船,紧张地蹲在船舱里,既不敢站也不敢坐,生怕一个不小心,就掉进那碧绿的水里去。撑船的有安还不到二十岁,他看出了立秋的紧张,故意捉弄她。只见有安手里的竹篙对着河岸一点,小木船就直直地对着河岸撞了过去。蹲在船舱里的立秋吓坏了,她立刻坐了下来,伸出两只手抓住船帮,用尽力气把船帮往怀里拉。她想把船帮拉开,免得撞上河岸。

在小木船的船头就要撞上河岸的一刹那,有安手里的竹篙在河心里轻轻一点,木船又调皮地扭过了头,船身灵巧地擦着河岸的芦苇继续向前。立秋松了手,瘫坐在船舱里直喘气,桃花一般的俏脸上,沁出了一层细密的汗珠。船上人看着她,一个个笑得直不起腰来。立秋很奇怪:"你们笑什么?不是我拉一把,船头就撞上河坎了。"

大伙儿笑得更厉害了,有人揉肚子,有人拍船帮,原本平稳的小木船在水面上轻轻摇晃,水底的白云也跟着晃动起来,一颤一颤的,也像是忍俊不禁。明白过来的立秋,也跟着大伙儿笑得花枝乱颤。

笑声停下来后,立秋发现自己居然不怕乘船了。她兴奋地背着手,在船舱里来来回回走了几圈,像一只刚刚下了蛋的小母鸡,围着主人的腿一个劲儿地"咯咯"叫,又像是一位阅兵的将军,威风凛凛地巡视着每一位士兵。

小船在绿色的水面上轻轻滑行,船头前面的水面像一面平整的镜子,镜子里有蓝天白云,有绿树青草。尖尖的船头划开了镜面,仿佛一阵微风,把水底的蓝天白云和绿树青草吹得微微晃动。

第一回　树新风立秋结婚　露花衣豌豆出丑

串场河靠海,水位很高,立秋站在船头,目光越过不高的河堤可以看见远处的庄台和田野。光明庄由五个生产队组成,每个生产队都有独立的庄台,五个庄台像一朵盛开的莲花,漂浮在串场河西岸的绿地碧水之上,合称光明庄。他们所在的三队庄台在东北角,背靠着串场河。

光明庄五叶交接的莲心处竖着一根旗杆,一面鲜红的国旗迎风飘扬。立秋指着国旗问:"升国旗的地方是哪里?是学校还是大队部?"

"那是光明小学。"队长网锁不无自豪地介绍,"我们光明庄的孩子,不出庄就能上书房(上学)。"

"乡下就是比我们海里好。我们大队没有学校,上学要走十几里路。孩子们上学一天跑四趟,一半时间都花在路上了。"立秋远远地看着光明小学那两排矮趴趴的房子,漂亮的大眼睛里满是欣喜,"光明庄的孩子真有福气!"

光明庄的孩子当然有福气。村小就在附近五个庄台中间的小垛子上,仿佛是滚落在莲心的一颗水珠,水珠里映照着蓝天白云,映照着绿树黄墙。垛子四面环水,长满了高大的槐树。春天里,整个校园都弥漫着甜甜的槐花香;夏天的时候,绿树掩映,从远处看,仿佛一座绿色的城堡;到了冬天,树叶落光了,槐树和教室的土坯墙一样,都是土黄色,远看好像一幅线条粗犷的木刻版画。

上午九点,光明小学的大喇叭里准时响起了气势雄壮的进行曲,一个雄浑的男中音随之而来:"现在开始做第六套广播体操。第一节,伸展运动。预备——起。一二三四,五六七八;二二三四,五六七八……"

豌豆个子高,站在队伍的最后面。他前面是一群身穿各色土布衣服的同学,大伙儿正跟着广播踢踢腿、伸伸腰,动作七零八落,像一群吃了败仗的散兵游勇,有气无力的。到第八节"跳跃运动"时,豌豆并足跳了两跳,刚刚把两条胳膊从腰两侧举到头顶,两只巴掌还没来得及拍到一起,棉裤却从腰上一下子滑了下来。蓝色的粗布棉裤像一床烂被子,堆在豌豆光溜溜的小腿旁。

操场上稀稀拉拉地响起了"啪、啪、啪"的拍掌声。豌豆赶紧弯腰捞起棉裤,两手熟练地把棉裤腰在肚子前面叠起来。深吸了一口气,趁着肚子瘪进去的瞬间,把叠在一起的裤腰,塞到了肚子和棉裤的空档里。

豌豆涨红着脸,偷偷地瞄了瞄左右,大伙儿正跳跃着举起双手在头顶上拍巴掌。周围好像没有几个人注意到他的裤子掉了下来。

豌豆松了一口气,右边的跃进却悄悄地说了一句:"花裩子。"

豌豆的脸霎时臊得通红,恨不能滴出血来。

串场河边把草鱼叫作鲲子,是说草鱼比一般的鱼个头儿大。短裤也称作裩子,比一般的内裤宽大,既能做内裤,到了夏天也能当短裤露单穿。今天,豌豆就穿了这样一条花布做的裩子。

豌豆一直不肯穿这条花裩子,感觉这让自己像个丫头。在豌豆心里,只有女人才穿花布衣裳。可豌豆又不想让妈妈为难,妈妈对他说:"豌豆,家里穷,妈妈买不起洋布给你做裩子。你好好念书,等将来有出息了,就不用像爸妈一样守在串场河边受苦了。"

豌豆的裩子其实是妈妈的衬衫改的。从他记事起,妈妈李凤英就穿着这件月白色的青花衬衫,这是妈妈的陪嫁。这件衬衫妈妈穿了好多年,衬衫上的青花早已经变成了白花,原本细密的衣料也变成了稀疏的蚊帐,再也不能当成衬衫穿了。妈妈吃过晚饭,坐在豆粒大的煤油灯底下,把衬衫铰了。衬衫的两条袖子变成了豌豆的袖套,前襟和后片变成了豌豆的花裩子。

广播体操结束了,男同学开始在教室前的土墙前挤暖。大家找到一面有墙垛的土墼墙,依次一个挨一个地挤在一起。后面的人像秧田里的泥鳅一样扭着身子,尽力把肩膀往前面人的背后拱,想把前面的人挤出去;前面的人拼命地赖下身子,想守住自己的地

第一回　树新风立秋结婚　露花衣豌豆出丑

盘。如果前面的人出现了丢失领土的危险,会大声呼喊自己的铁杆伙伴来帮忙"打桩"——铁杆朋友就会奋不顾身地冲过去,挡在伙伴的前面,埋下屁股,死命地用自己的身子把伙伴往人堆里塞。这是一场山头争夺战,所有人都想攻占制高点,即使被敌人赶出了阵地,依然轻伤不下火线,屁股一转,又从背后向山头发起了进攻,谁都想最后占领山头,像电影里的战斗英雄一样,高高地举起红旗挥舞。不多一会儿,那一块块被北风吹皴了的额头上,就都渗出了细密的汗珠。穷人家孩子的童年快乐,永远都和金钱没有关系。

第二回　置棺木齐家办丧　烧寿纸老太诈尸

豌豆在课间操上出了丑,没有心情参加挤暖,一个人默默地回到教室里,坐在自己从家里带来的那张榆树面的板凳上发呆。他有些后悔,后悔不该答应妈妈穿这条花裤子,还后悔早上不该不吃早饭。如果不穿花裤子,就不会出丑;如果吃了早饭,棉裤就不会掉下来。现在后悔也迟了,跃进那张嘴,肯定这会儿正给他做"小喇叭"广播呢,自己就等着放学后被同学们取笑吧。

这时,跃进从教室外面一路小跑着闯了进来,一边跑一边喊:"豌豆,豌豆,二叔找你。"

豌豆抬起头,看见二叔有福急匆匆地闯了进来,头像一口开了锅的汤罐,正呼呼地冒着白色的水汽:"豌豆,快,快跟我回去。"

豌豆吓了一跳,看着腰里捆着稻草蓑子的二叔,不解地问:"二叔,出啥事啦?"

"奶奶走了。"

"奶奶走了,上哪儿去了?"

"呆小伙儿哎,你奶奶死了。"

豌豆明白了,二叔腰里捆着的草蓑子是给奶奶戴的孝,几年前二奶奶死的时候,大伯老有田腰里也捆着这样一根草蓑子。豌豆第一次遇上亲人去世的事,他一时不知道如何是好,机械地迈开两腿,跟着二叔往家里一路小跑。

前天刚下过一场小雪。早上豌豆到学校来上学的时候,路上踩出来的脚印窝窝,像搁浅的鲫鱼,冻得硬邦邦的,把脚板硌得生疼。现在太阳上来了,夜里冻上的黏土路开始化冻了,看着是亮晶晶的路面,一脚踩下去,黏糊糊的泥巴就漫上了鞋帮。豌豆脚上的毛窝子很快就被烂乎乎的黏土沾满了,一只鞋足足有三斤重。豌

第二回　置棺木齐家办丧　烧寿纸老太诈尸

豆抬起一只脚,想把鞋帮上的泥巴甩掉,一不小心,毛窝子甩出了两三米远。豌豆只好跐着一只光脚站着,喊住走在前面的二叔帮他把毛窝子捡了回来。

从学校到豌豆的家有两里路。路两旁光秃秃的老槐树上,顶着几个破破烂烂的喜鹊窝。路两旁的麦地里,一块一块没有融化的积雪和一簇一簇雪化后露出的麦苗交错着,整个田野像一张破破烂烂的渔网,黑白分明又杂乱破旧。一只野兔从灌溉渠的枯草里钻出来,张皇地从豌豆面前跑过去,在残雪上留下一串深深浅浅的脚印。

豌豆跟着二叔,深一脚浅一脚地往家走去。刚刚来到巷口,就看见寡妇采莲脸色悲切地站在门口一言不发地看着他,豌豆远远地听见了妈妈的哭声。

豌豆家的丁头府(一种东西短、南北长的民居)里里外外站满了人。大家都不说话,满脸的悲戚。獒腿奶奶看见了豌豆,大声招呼他:"长头孙子回来了。快,快来给你奶奶磕头。"

人群自动让开了一条路,豌豆从分开的人墙里走进去,看见丁头府里铺着一块床铺大小的稻草,稻草上铺着一张破旧的草席。满头白发的奶奶,此刻正头南脚北地躺在草席上,仿佛睡着了一般。

爸爸有寿腰里同样扎着一根稻草葽子,他吩咐豌豆:"跪在奶奶跟前划纸钱。"

大伯老有田不知道从哪儿找来一只破铁锅,放在奶奶头前的地上。有安和有全用铁凿在草纸上凿上一排排半圆形的窟窿,豌豆跪在地上和有民一起把凿过的黄草纸一张张掀起,再一张张折成长条形,叠成一摞一摞的纸钱。

低矮的丁头府里,不时有人拎着两刀黄草纸过来吊孝。来人都要跪到一个稻草蒲团上,对着草席上的奶奶磕头。爸爸有寿头上扎着一条白布条,在一旁陪着来人跪着。只要有人来磕头,豌豆就着点在奶奶头前的香油灯,在破铁锅里点上一张黄草纸,红色的火光一闪,黄草纸迅速蜷成一团,轻盈地飘起,很快就化成了一群黑色蝴蝶,挣扎着飘落在破铁锅里。

豌豆很难过,家里除了妈妈,就是奶奶最疼他了。奶奶身体好好的,怎么说死就死了呢?昨天吃过晚饭,奶奶还在煤油灯底下给自己做毛窝呢。晚上睡觉的时候,还让自己给她挠了一会儿脚上的刺蒺呢。

奶奶的毛窝子做得可好了。奶奶用一把木榔头,把铡好的齐头稻草槌得绒绒的,絮上一些棉花,一个晚上就可以做好一双又漂亮又暖和的毛窝子。豌豆脚上的毛窝子就是奶奶做的,穿在脚上,一点儿也不扎脚,暖烘烘的。

豌豆看着奶奶的脸,想着平日里奶奶的好,不知不觉地流下了眼泪。

豌豆从妈妈的哭诉里,大概明白了怎么回事。早上,自己去上学了,家里爸爸妈妈和叔叔婶婶也都到生产队里去上工了,奶奶一个人在家里。

八点多钟的时候,庄上罐子奶奶来家里借米筛,在门口喊了半天没人答应,进来才发现,奶奶倒在厨房地上,锅碗还没有收拾好,人已经没气儿了。

豌豆的爷爷是光明庄齐家的长房,可惜不到四十岁就去世了,豌豆从没有见过爷爷。奶奶拉扯着两个儿子——有寿和有福长大,好不容易帮他们都成了家。有寿和有福的两间丁头府并排,奶奶住在大儿子有寿家里。

妈妈和婶娘跪在奶奶的遗体旁,哭得眼泪鼻涕一大把,嗓子都哑了。

有人过来劝妈妈和婶娘:"齐家嫂子,不要哭了,家里等着你们理事呢。齐老太一世行善,临了也算有福气,修了个好死辰,跌个跟头就走了,没有受罪。"

第二回　置棺木齐家办丧　烧寿纸老太诈尸

妈妈李凤英哭得更凶了："这样我才对不起她呢！她哪怕得个病，让我服侍个十天半个月，我也心安呀。一年到头地帮衬我们，一天福都没有享过，就这么一声不响地走了。我苦命的娘啊！你怎么说走就走了呀……"

婶娘莲子也在咿咿呀呀地哭："娘啊，我有罪呀，我没能养个一儿半女的，我对不起你，对不起齐家列祖列宗啊……"

冬天日头短，到下午四点，太阳已经有气无力了。丁头府前面烂乎乎的黏土路又开始收冻了，各式各样的鞋底，把门前的空地踩得平整整、软乎乎的。

豌豆家丁头府里，一口薄板棺材搁在明间东侧。棺材是早上请了庄上的几个老木匠现做的，还没来得及刷上桐油，白生生的，发出令人窒息的冷光。谁能想到，昨天还硬朗朗的齐家老太太说走就走了呢？说起来齐老太一辈子也够倒霉的，年轻时嫁给了光明庄齐家长房，成了长房长媳，生下两孩子不久，新中国就成立了。家里的房子都分了，昔日的风光不再，富农的身份反而让她和丈夫吃了不少苦。眼看着孩子大了，老公又死了。好不容易帮儿子结了婚，有了孙子，眼看着好日子就要来了，自己却一个跟头跌死了。真正是"万般皆是命，半点不由人"。

棺材盖反扣在屋子中间的两张楝树条凳上。奶奶被人换上了一身干净的旧衣，躺在棺材盖儿上，脸上苫着两张黄草纸，阴森森的。

丁头府门前站满了前来吊孝的亲友。

扶柩的老得粮是有寿的远房堂叔，他把豌豆他们叠好的纸钱堆在门口，高声朗气地喊道："孝子、孝媳妇、孝孙、侄子、侄媳妇、外甥、外甥媳妇、本家、表亲、亲友晚辈，跪！烧寿纸！"

有寿和李凤英，有福和莲子，有志、有安、有全、有民、春耕，一大帮头戴白孝帽、身披白孝布的子侄齐刷刷地跪倒在丁头府前的空地上，丈夫在左，妻子在右，孩子跪在爸妈身后。得稻和有志妈，

· 11 ·

得旺和想娣以及一些和齐老太平辈的人，都站在跪着的人群后面。

老得粮划着火柴，点燃了纸钱，红色的火光熊熊而起。一时间，丁头府前哭声震天。

另一个扶柩的老有田是有寿的堂兄，虽说岁数比有寿大很多，但因为是偏房生的，年轻时头上又顶着个富农崽子的帽子，便一直没能娶上媳妇。只见他手拿一把剪刀，让是夫妻的晚辈把头挨到一起，把两人的一缕头发结在一起，剪下十几根来，用两指宽的红纸包了，放到纸钱上一起火化，嘴里还在念念有词："老太升天了，你们在老人灵前立誓，做一辈子结发夫妻。"

丁头府前围着一群灰布衣裳的邻居，大伙儿纷纷抬手擦泪。

豌豆是家里长头孙子，也是唯一的孙子，跪在最前面，左手提着一只马灯给奶奶打灯笼。据说长头孙子打灯笼，可以照亮逝者前往阴间的道路。豌豆不懂这些礼仪，只知道从此他再也没有奶奶了。想到这些，他"哇"的一声，哭出声来。

烧寿纸的火焰炙烤着豌豆，他感到两颊上火辣辣地发烫。他抬起右手擦脸上的泪，那眼泪就像是屋檐下挂着的冰凌子，在太阳底下一个劲儿地滴水，怎么也止不住。豌豆越擦，眼泪越是流。眼泪越流，豌豆的脸颊就越是腌得疼，豌豆那长满了冻疮的手也跟着腌得疼。豌豆顾不得这些，他透过火光，眼泪汩汩地看着棺材盖儿上的奶奶。他知道，过了今天，奶奶就要被装进那副白皮棺材里，埋到串场河边杂草丛生的坟地里去了。从今以后，他再也见不到奶奶了，他甚至开始幻想着这一切都不是真的，奶奶只是在棺材盖儿上睡着了，等她睡足了，就会像往常一样翻身坐起来，笑着对豌豆说："豌豆，来帮奶奶掏掏耳朵，你眼睛尖。"

突然，豌豆的脖子向前努力地伸着、眼睛睁得大大的、嘴巴张得滚圆，他看见棺材盖上奶奶的手动了一下。豌豆以为自己眼花了，赶紧又揉了揉眼睛，这回他确信自己不是看花了眼——奶奶的手真的动了。

第二回　置棺木齐家办丧　烧寿纸老太诈尸

豌豆一下子站了起来。

一旁跪着的有寿抬手就在豌豆的屁股上甩了一巴掌,低声喝道:"跪下!"

"醒了!我奶奶醒了!"豌豆没有理会爸爸,大声喊了出来。

门外的哭声瞬间停了下来,除了纸钱燃烧的"呼呼"声,丁头府前一片寂静。

大家都把眼睛盯着屋里棺材盖儿上的齐老太。过了大约一分钟,只听见幽幽的一声:"憋死我了!"

棺材盖上的齐老太一跃,坐了起来,伸手把脸上的黄草纸捋了下来。屋外的人"妈呀"一声,跑了个精光——

"诈尸啦!齐老太诈尸啦!"

第三回　噎山芋老人晕厥　挂银锁黑鱼出世

齐老太当然没有诈尸,因为她压根儿就没死。

老人家夜里觉少,帮不了儿女什么大忙,就天天帮着做早饭。那天早上,齐老太和往常一样,天不亮就起床做早饭。

这天,早饭做的是烀山芋。

在串场河边,山芋是个好东西。开春后,上年留种的山芋种发了芽,长成一个浑身带刺的山芋疙瘩。把发芽的山芋切成指头大小的块儿,种花生一样种到耘得细细的土里,不久就能长出嫩嫩的苗。在爽水的旱地,或是河坡、田埂上,打上五六寸高的土垄,把山芋苗移栽上去,过了不多久,心形的山芋叶子便爬满了土垄,开出紫色的小花。夏天的时候,顽皮的孩子经常拨开密密匝匝的山芋叶子,瞅准土垄上一条裂开的缝隙,揪住山芋藤用力一拔,一颗拳头大小的山芋就到手了,跑到河边洗一洗就能吃,甜津津的。秋天收好了山芋,农家一日三餐的餐桌上,便再也离不开它了——山芋煮粥、山芋煮饭、山芋做汤。再挑些大个的山芋切成片,摊在芦柴网箔上晒成干儿,留着来年青黄不接的三春头上做主粮。进了冬天,剩下的山芋怕被冻坏了,便给堆到厨房里灶膛后面,用稻草屑子捂着。冬天要吃的时候,扒开草屑,捡出半竹篮来,泡到水桶里,等山芋上沾的黄泥泡浮了,用出锅灰的出灰耙来来回回搅一气,把山芋上的泥巴都洗下来,再用竹篮拎到大码头上去汰洗干净,回家把山芋上的根须和结疤削掉,做饭的时候,把处理好的山芋放到铁锅里,加上少量的水,盖上锅盖,用小火焖。串场河边把这种做法叫作烀,就像是过年蒸馒头一样,不过不用蒸笼,而是直接贴着铁锅。烀好的山芋,表皮上有一两块烙焦的黑斑,撕开烀熟的山芋皮就能吃,甜甜粉粉的,吃了顶饱。有时候,山芋存放的时间久了,磕

第三回　噎山芋老人晕厥　挂银锁黑鱼出世

碰过的地方会变质,烀熟以后,有一股呛口的药水味,苦滋滋的,小孩儿不肯吃。

天天吃山芋,豌豆吃不下,满嘴的酸水不说,屁还多。有民就摇头晃脑地背过一段顺口溜:"一斤山芋三斤屁,回头看看还不止。"

早上豌豆掀开锅盖,看见又是烀山芋。他拿起一个,喉咙里窜出来一股酸水,他想了想,又放了回去,拿起水瓢,从灶台上的汤罐(安在灶台上蹭热烧水的小铁罐)里舀了半瓢温水,"咕咚咕咚"地把肚子灌圆了,背上书包去了学校。结果,做操的时候,肚子一瘪,棉裤掉了下来。

太阳出来了,家里上工的上工,上学的上学,呼啦啦地都走了,只剩下齐老太一个人。齐老太到厨房里收拾锅碗,看见了锅里剩下几个烀山芋,摸一摸,还热乎着,就想吃一个。哪知道,刚刚把山芋塞到嘴里,罐子奶奶就在门外喊,齐老太一着急,整个咽了下去。结果,让面乎乎的烀山芋给噎住了,一口气上不来,一跤摔倒在地就不省人事了。

不止豌豆一家吃山芋,大家都一样。老百姓家里的主粮按照人口和工分,定期在生产队里称。除非逢年过节,或是人来客去,庄稼人可不兴到街上去买菜,自家屁股大的自留地种上些瓜茄蒜,那就是全家人的菜篮子了。青黄不接的时节,缺少主粮,山芋、南瓜、胡萝卜就成了最主要的代食品。庄稼人的肚子不矫情,地里长什么,肚子就吃什么。十年前自然灾害的时候,不是还吃过野菜和树皮吗?

南瓜和山芋一样泼皮,有点儿水土就能活。入了秋,旱地里的南瓜全都收了上来,堆到了生产队的大仓库里,黄灿灿的好大一堆,少说也有上万斤。

队长网锁安排了几个妇女把那些个大实沉的南瓜剖开。剖开的南瓜按人头分给老百姓做口粮,掏出的南瓜子,淘洗干净,摊到芦柴箔子上晒干。

晒干的南瓜子,个个籽粒饱满,一部分留作来年的瓜种,一部分年底分给生产队的社员当作年底分红,一部分被网锁逢年过节时拿出去送了礼。

南瓜子用铁锅文火炒熟了,有一种田野的香气,是水乡人待客的高档零食。串场河边的庄户人家,逢年过节时大多是用炒米机炸两机炒米或是玉米麻花,能拿出一罐头瓶炒南瓜子的,就是土财主了。

网锁在光明庄可是个人物。

网锁也姓齐,不过他家这一房子孙不旺,到了他这一代,已经是独苗了。在网锁上面,他老子还养了三个,可惜都在三四岁时跑掉(夭亡)了。网锁一出生,算命的王瞎子就说他有富贵心,没有富贵命,将来逃不出还是个少年亡。

网锁老子一听可吓坏了,后脊背上冷汗直冒。前面跑了几个孩子已经把他吓怕了,他对着王瞎子又是磕头又是作揖,请王大仙无论如何帮忙改作改作。

老瞎子两只灰白的死鱼眼一动不动,伸出右手,掐着枯树枝一样的指头算了半天,最后,让网锁老子到串场河上去找条捕鱼的渔船,第一眼看见哪张渔网,就跟渔家把渔网买回家,然后又如此这般地吩咐了一番。

渔网买回家,网锁妈妈根据王瞎子的指点,剪下一小片来,给儿子做了一件小肚兜。网锁老子又跑到竹溪街上,请老银匠偷偷打好了一把白银的长命锁。满月那天,王瞎子让人用竹竿搀了过来,给网锁穿网兜、挂长命锁,还给取了个名字叫作网锁。王瞎子不无得意地说:"又有网,又有锁,哈哈,这回,他就是想跑,也跑不掉啦。"

穿好了网兜,挂好了长命锁,王瞎子问:"当家的,有没有问问渔家,这条渔网最后一次网住的,是条什么样的鱼?"

第三回　噎山芋老人晕厥　挂银锁黑鱼出世

网锁老子老老实实回答:"渔家不肯卖呢。说早上刚刚打上来一条大黑鱼,是条发财网。我求了半天,人家才卖给我。"

王瞎子闻言,长叹了一口气:"黑鱼一出,百鱼难逃。你这个儿子,将来是个狠角色。"

网锁老子高兴了,给王瞎子提了一瓶香油,千恩万谢地把瞎子送走了。

在娘老子百般呵护之下,网锁还真就锁住了,平平安安地长大了。网锁老子送他到串场河对岸的竹溪街上读了个小学。

小学毕业的网锁是光明庄上的秀才,十五岁就开始在生产队仓库里记账。网锁还真像条黑鱼,头脑灵活、处世圆滑,小小年纪就把大队领导的马屁拍得舒舒服服,不久,就做了生产队的小队长。做了小队长的网锁更像黑鱼了,手段狠辣,把生产队里那些小鱼小虾治得服服帖帖的。到今天,网锁这个小队长已经做了十几年,早就轻车熟路了。

第四回　贪美色队长挨打　打呼噜大憨露馅

　　网锁的老婆小麦三十岁，婚前在光明庄上也是个漂亮姑娘，一张方方正正的脸，身材高矮合适，平时衣服干干净净的，头发齐齐整整的，说起话来轻声细语的。结婚以后，网锁晚上要和小麦亲热，小麦不许网锁点灯，两人每次都是摸着黑在被窝里纠缠。自从有了儿子爱国，小麦像是变了个人。白天忙得脚不沾地，整天顶着个鸡窝头，邋里邋遢的。只要听见爱国一哭，不管有人没人，撩起衣襟就给儿子喂奶。光明庄的男人，谁都看见过小麦那一对白花花的奶子。

　　网锁是队长，对于小麦的行为感到难为情，又不好当面骂老婆，毕竟，庄上的女人都是这样给孩子喂奶的，大伙儿见怪不怪。回到家里，网锁忍不住骂小麦："你喂奶就不能背着点儿人？波斯献宝似的捧着两个猪食罐子，你还想给队里的男人都喂一遍咋的？"

　　小麦和网锁从小一起长大，她可不怕他网锁，说起话来一套一套的："没结婚是金奶子，结了婚是银奶子，生了儿子就是狗奶子。你们男人没一个好东西，成天就知道瞅着人家婆娘的奶子看。他们爱看，让他们看去。只能看，不能摸，急死这帮骚公狗。我可不能饿了我爱国。"

　　网锁越看小麦，越像庄上那帮邋遢老娘儿们，眼睛开始往庄上那些年轻小媳妇身上瞄。可那些小媳妇也都和小麦差不多，一个个土里土气、邋里邋遢的，仿佛秋后河湾里的芦苇，灰扑扑的，让人提不起兴致。

　　网锁二十岁结婚，现在已经是十岁孩子的父亲了，可还不会骑自行车。自从那天放工后在巷子口看见立秋骑自行车开始，心里

第四回　贪美色队长挨打　睡婆娘大憨露馅

就对立秋有了想法。立秋的一颦一笑都让他着迷,那才叫个女人呀,要身材有身材,要样貌有样貌,简直就是九天上的仙女下了凡尘。晚上,网锁闭着眼睛睡在床上,身边的小麦不时发出一两声轻微的呼噜声。正在他迷迷糊糊的时候,立秋英姿飒爽地骑着自行车,像一尾红鲤鱼一样,悄悄地游了进来。房间里顿时变成了一片粉红色,粉红的灯光,粉红的床,粉红的被子,还有粉红的立秋。网锁兴奋极了,双手往前一扑,一把搂住立秋,伸手就去摸立秋的胸。立秋胸口软软的,像面团一样,网锁捏了两把,颤抖着手顺着小腹一路向下。眼看就要成功了,小麦却捉住他的手往外一扔,嘴里嘟囔道:"成天想着这点儿破事!累死了,睡觉!"

　　网锁做梦都想着有一天能够把立秋搂在怀里,狠狠地亲她、揉她,让她在自己身子底下翻滚、呻吟。白天上工的时候,大伙儿都在一起干活儿,根本就没有单独相处的时候。晚上放了工,立秋和解放挨着肩回家,也看不见她出来串门。网锁找不到向立秋表白的机会,急得像三月里发情的公狗,嘴角流着哈喇子,远远地瞟着立秋,心里头百爪挠心。

　　南瓜收上来了,网锁总算想到了一个接近立秋的办法。

　　下午收工前,网锁来到仓库检查工作。立秋和几个老年妇女正半蹲在仓库里剖南瓜。

　　立秋是海里人,结婚前都是在旱地里做农活。虽说她天天跟着生产队的妇女学种田,毕竟时间不长,水田里的活儿还是没那么熟练,总是远远地落在后面。网锁有意安排她做些旱地的活儿,这样,上工时立秋就能和身边的妇女齐头并进了,有时还能赶到前面去。老百姓干活儿是看本事的,不管你长得多貌似天仙,只有干活儿不落人后,别人才瞧得起你;老是拖后腿,就不能和青壮劳力一样记工分。没有工分,年底分粮、分红,就会比人家少一大截,弄不好,还会超支。为此,立秋打心眼里感激网锁,每次见了面,都主动笑吟吟地和他打声招呼。立秋的笑甜甜的,像蜜糖一样灌在网锁的心里,把他的五脏六腑都熨帖得舒舒服服。网锁相信,只要有机会,立秋一定会从了自己。女人嘛,谁还会和干部过不去,况且自己还人高马大、一表人才的?

走到仓库里,网锁一眼就看见了立秋。立秋穿着淡绿色衬衫,胸前鼓起两团好看的圆润。立秋已经怀孕了,小腹微凸,欠身半蹲着,结实修长的大腿把灰色的长裤绷得笔直。

网锁看了一会儿立秋,收回目光对几个妇女说:"今天就到这里,收工了。立秋,你家里没有孩子,帮忙收拾一下仓库再走。"

那些剖南瓜的妇女扔下手里的菜刀,两手拍拍屁股上的灰土,纷纷回去了。立秋留在仓库里,把剖成两半的南瓜堆成堆,用方口洋锹把瓜瓤铲到大木桶里。晚上,在生产队负责养猪的采莲会过来,把瓜瓤拉到生产队的猪场去喂猪。

网锁虽说三十岁了,却还没有睡别人婆娘的经验,第一次单独面对立秋有点儿紧张。他站在立秋身后不远处,看着立秋麻利地收拾着,一时不知道该如何开口。仓库里气氛一度有些诡异和沉闷。

眼看着立秋就要干完了,网锁觉得再不开口就没有机会了,他深吸一口气,下定了决心一般,几步跨到立秋身后,伸手一把从背后抱住了立秋的腰。

立秋吓坏了,她压根儿没有料到网锁把她留下会这样做,赶紧扔掉手里的铁锹,两只手去掰网锁的手,涨红着脸小声央求:"队长,快松开,快松开。不能开这样的玩笑,让人看见了说不清。"

好不容易才等到这样的机会,网锁自然不肯松手,紧紧地抱着立秋,两只手往立秋胸口摸,老牛一般地喘着粗气:"好立秋,我多分你家五十斤南瓜,跟我好一回吧。"

立秋听了,伸手在网锁手上挠了一把,破口大骂:"王八蛋,平时看你还像个人,原来是个畜生!回家跟你妈好去吧!"

网锁手背上立刻出现了三道血淋淋的血口子,疼得他赶紧撒

第四回　贪美色队长挨打　睡婆娘大憨露馅

了手。

立秋俏脸通红、柳眉倒竖，回头狠狠地瞪着网锁："齐网锁，你看错人了！姑奶奶饿死也不干这种下作的事。下次再敢欺负我，把你的丑事告诉全庄的人，看你还有脸在庄上走。"

立秋说完，头也不回地走了。扔下网锁捂着手背，呆呆地站在仓库里。

网锁觉得窝囊，同样是男人，有人睡个婆娘像是到地里摘个瓜一样稀松平常，到了自己咋就不行呢？

网锁的前任队长用一张"大丰收"香烟封头，在生产队里睡了个婆娘。黑灯瞎火的，那婆娘以为是一张二尺的布票，遂了老队长心愿。事成以后，婆娘发觉上了当，捏着那张香烟封头找上门去闹。结果，老队长瞒着家里老太婆，把自家粪坑里的猪粪挑到那婆娘家的自留地里，帮忙给施了一浇肥，事件才算揭过去。

庄上大憨晚上到邻庄亲戚家喝喜酒，大憨老婆黄凤英在家左右等不到大憨回家，担心他喝多了出事，就起床到巷子口去接他。光明庄的人晚上舍不得点灯，平日里吃过晚饭就早早地上床睡觉了，整个庄台一到晚上到处都是漆黑一片。此刻半夜三更的，庄子上更是万籁俱寂。黄凤英走到庄口，隐隐约约听到了一阵熟悉的呼噜声，像闷雷一般从陈寡妇的房间里滚了出来。黄凤英停下了脚步，站在窗下侧着耳朵听了一会儿，气呼呼地一脚踹在陈寡妇家的杉木门板上："宋大憨你个狗日的，给我死出来！"

吓醒的采莲在屋里小声央求："凤英嫂子，你小点儿声。大憨喝了酒，硬要上我的床，我拗不过他。"

睡婆娘这种事在串场河边向来男女有别。

对男人来说，算不得什么大不了的事，甚至有人酒后拿出来当作牛皮吹。

女人偷了汉，可就丢人了，会被骂"破鞋"，最低也要背个"狐狸精"的骂名。黄凤英知道陈寡妇担心，她家男人死得早，又没有个

· 21 ·

孩子，在庄上还是个独姓，万一闹出点儿什么风声来，连个帮腔说话的都没有，她也就没脸再在光明庄上走了。

　　黄凤英自己也不想把大憨的丑事闹大，毕竟，男人睡别的婆娘，没面子的是女人。只有那些没本事的女人，男人才会去睡别的婆娘。几千年来，男尊女卑的传统，把串场河边的女人压得没有一点儿尊严。

　　采莲裹着外套，战战兢兢地开了门，也没敢点灯。黄凤英走进去，就着月光一看，大憨四仰八叉地睡在陈寡妇床上，还在"轰隆隆"地打着呼噜。

　　黄凤英伸手拎住大憨的耳朵，总算把大憨揪醒了。大憨吓得一哆嗦，赶紧从床上跳了下来，手忙脚乱地四处找衣裳，黑灯瞎火的，结果把陈寡妇的裤子拿错了，怎么也穿不上。凤英在外边站的时间长了，适应了四周的黑暗，看着大憨的狼狈相，忍不住笑出了声："人家睡婆娘都是偷偷摸摸的。你这旱天雷睡婆娘，就差拿个大广播告诉通庄的人了。"

第五回　天赏赐喜得贵子　救患儿得罪队长

网锁怎么也没想到立秋会如此刚烈泼辣。

在此之前，网锁以为自己长得一表人才，还是队长，年轻有为的，在光明庄怎么也算得上是个人物了。平时立秋每次都是冲着自己笑，现在自己都这么主动了，她立秋还不得乖乖地顺坡下驴、半推半就？可她立秋怎么就看不上自己呢，这不应该呀。何况，自己还答应给她多分五十斤南瓜呢，那可是实实在在看得见的好处，和到手的口粮过不去，她立秋犯的是哪门子傻？

第一次睡别人婆娘，羊肉没吃到，反倒惹了一身的膻。网锁站在仓库里，越想越窝囊，气急败坏地直想打人。可仓库里除了自己没有别人，他只能把气撒在了那些被剖成两半的南瓜上，抬脚踢碎了两个，反倒把脚踢得生疼，蹲下来揉了好一会儿。

网锁把手背上的伤口简单处理了一下，正琢磨着要找个什么样的借口回家去糊弄小麦，有福却一头闯了进来。

有福一见网锁，双腿一软，"啪"的一声跪在了网锁面前："队长，求你救命。"

网锁低头一看，有福上身套着一件粗布无袖对襟汗衫，敞着怀，头发刺猬一样竖在脑袋上，胡子拉碴，眼窝深陷，下身穿着一条灰色大裆子，整个人又黑又瘦。网锁撇了撇嘴，没好气地奚落他："这不是光明庄的英雄有福吗？我还以为是谁呢？怎么地？你现在知道来求我了？你走的时候多威风啊。这才过了几天啊，你这大英雄这么快就认怂啦？"

有福家里穷，老子又死得早，齐家长房这个身份不仅没给他带来什么好处，还让他和哥哥有寿吃了不少苦，直到二十五岁时才娶了松柏庄上的老姑娘莲子做婆娘。结婚七八年，莲子也没有生出个一儿半女来。齐老太倒是没有说什么,庄上的风言风语却像座山一样,硬生生把有福两口子的腰压弯了,头摁低了。

有人说莲子是个公婆娘,别看长得周周正正的像个女人,其实没有子宫,不能生养。农村姑娘,哪有二十四五岁才结婚嫁人的?她莲子要是没有毛病,能嫁给个富农崽子做婆娘?

有人说有福是个二哼子(性无能),别看长得五大三粗的像个男人,其实硬不起来,不能行房,白白糟蹋了莲子那一方水汪汪的好秧田了,都是他家祖上造的孽,报应到子孙身上了。

因为没有子嗣,有福两口子走到哪儿,都觉得低人一等。

清明过后,有人在串场河堤上遗弃了一个孩子。小孩儿四五个月大,用一件旧棉袄包裹在一只半新的竹篮里。

农村里遗弃孩子的事很常见。农村人不懂节育,孩子就一窝一窝地生。孩子多了,家里无力养活,就把孩子送到路口,希望好心人捡回去,给孩子一条活路。

遗弃的孩子大多是女孩儿。农村人多子多福的观念根深蒂固,觉着只要咬咬牙,把儿子拉扯几年,很快就能自己够得着饭碗,不久就能成为青壮劳力,养家糊口、撑门顶户、传宗接代。女儿终究是人家的人,不管吃多少苦把她拉扯大,来不及享她的福,就被婆家给娶走了。嫁出去的女儿,终究会成为一盆泼出去的水。有时,泼出去的不光是水,连盆子都会泼出去。既然早晚都是送人,宜早不宜迟,趁早送出去,还能给家里那几个男孩省一份口粮。

大伙儿在圩堤上围着孩子看,谁也不敢把孩子抱回家,家里还有几张嘴呢。有人提议:"有福没有后人,让莲子抱回去养吧。"

有福和莲子听到信儿,很快跑到了圩堤上,莲子一把将孩子从篮子里抱出来。说来也是奇怪,原本哇哇大哭的孩子,小脸上还挂着泪珠,一到莲子的手里,居然咧开小嘴冲着莲子笑了。就是这一笑,把莲子的心都融化了,她把孩子紧紧地搂在怀里,仿佛怕人抢走似的,再也舍不得松开。

第五回　天赏赐喜得贵子　救患儿得罪队长

有人掰开孩子的两条腿,居然是个男孩。这下,人群里七嘴八舌纷纷议论开了。

"哪有人会把儿子丢了呢?"

"不会是个姑娘养的吧?"

"不会这孩子有什么毛病吧?"

说什么的都有。有福有些动摇了,拉过莲子小声商量:"这孩子来路不正,我看还是算了吧。"

莲子仔仔细细地检查了一番怀里的孩子,全须全尾的,怎么看也不像是有残疾的样子。莲子紧紧地抱着孩子,死活不肯松手:"你看这孩子和我多有缘。你不要,我要。"

莲子把孩子抱回了家,三十多岁的莲子第一次学着做起了母亲,没有奶,就给孩子喂米汤。有福请老有田给孩子取了个名字——天赐,意思是上天赐给有福夫妻俩的礼物。原本冷冷清清的家里,因为小天赐的到来,一下子充满了欢声笑语。本来还有点儿拿不定主意的有福,每天收工回家,逗弄一会儿小天赐。天赐冲着有福"咯咯"一笑,有福浑身上下的疲惫就全没了。最主要的是,自从有了儿子,他有福的腰杆挺直了,没几天工夫,有福对天赐比莲子还要上心。

好景不长,天赐进门一个月,突然生了病,整天发烧、流鼻涕,偶尔像个"咯咚"鸟(稻鸡)一样咳几声,上呕下泻。有福两口子抱着天赐,到大队合作医疗的卫生室去给孩子看病。乡村医生给开了几颗白药片,让莲子回去把药片用开水化开,给天赐灌下去。吃了十几天药,天赐的病情反倒越来越严重了,小脸蜡黄,萎靡不振,咳嗽起来,气都接不上,眼看着就不行了。

有福跟网锁请了假,和莲子一起抱着天赐,到乐吾公社的卫生院去看病。公社医院的医生给天赐做了检查,黑着脸训斥有福两口子:"你们怎么做父母的!孩子得了肺炎,拖这么长时间,都化脓了。还愣着干什么,赶紧带孩子到楚水县医院去住院。"

· 25 ·

有福半辈子去得最远的地儿就是乐吾镇,楚水县城对于有福来说,简直就是皇城根了。他做梦也没有想过,有一天自己要到县城去,还是去给儿子看病。

天赐来家里一个月,有福两口子早就把天赐当成了亲生儿子一样看待。现在天赐生病了,莲子也瘦了一大圈。回到家里,莲子催着有福去找网锁请假,两口子要带天赐到楚水去看病。

农村正是双季稻抢收抢种的季节,社员们一个个忙得脚不沾地。生产队一下子少了两个青壮劳力,网锁不同意,说话时口气就重了:"什么样的病不能在公社医院看,还要到楚水去?本来就是人家扔掉的个病秧子,你还当个宝贝似地捡回来。要是看得好,人家父母不会看?现在忙得脚后跟踢着屁股头子了,为了这么个短寿子,费什么神?照我说,你还是早点儿把那个祸害送走吧。"

有福一听就急了,梗着脖子和网锁争:"就是养个猫儿狗儿的,也不能看着他死呀。再说了,孩子还有口气呢,是个人就做不出这种畜生不如的事来。"

网锁也火了:"你说谁畜生不如?你说谁畜生不如?我是为你好!狗咬吕洞宾,不识好人心的东西。自从捡回了孩子,你家上个月的工分少了多少?称粮的时候,没有工分,你们全家喝西北风呀。"

有福见网锁不肯批假,也不和他啰唆,抬脚就走。一边往门外跑,一边撂下话:"就是和你说一声,把你当个人。还真把自己当根葱了!你批假我也走,不批我也走。就是饿死,我也要去给我家天赐看病。"

网锁也不甘示弱,瞪着黑鱼眼,跳着脚在有福身后发狠:"齐有福,你个狗日的敢不上工,我就停了你家的口粮。"

第六回　保口粮仓库下跪　抓小偷梦中求欢

有福两口子连夜求爷爷告奶奶，借遍了光明庄，总算凑了几十块钱。第二天一早，两口子抱着天赐去了楚水。夫妻两人都没有出过远门，一路打听着向西走，走到下午，总算摸到了楚水县人民医院。

孩子住了一个月院，好不容易捡回来一条小命。中途，有福回了两趟光明庄，把家里能卖的都卖了，还欠下了一屁股两肋骨的外债。

有福一家三口回了家，丁头府里早已家徒四壁，一粒粮也没有了。

人是铁，饭是钢。再坚强的汉子，饿着肚皮也硬气不起来。何况，还有天赐那张小嘴呢。没办法，有福这才硬着头皮，找到网锁下跪，请他预支一些口粮活命。

网锁看着跪在地上的有福，把之前在立秋身上受的窝囊气一股脑地发泄了出来。有福来之前，就做好了挨骂的准备，任凭网锁怎么骂，他一句都不顶嘴。网锁骂解了气，看有福不回嘴，也就顺坡下了驴，毕竟不能看着人饿死，他告诉有福："要口粮没有，最多先预支给你二百斤胡萝卜。"

胡萝卜是上年剩下的，堆在仓库的角落里准备喂猪。有福看了一眼仓库里小山一样堆着的新鲜南瓜，不敢犟嘴，千恩万谢地走了。

立秋知道有福回家了，和丈夫解放一起送过来五斤大米。有福拉着莲子就要给立秋两口子下跪，立秋赶紧拉住他俩："有福你这是做什么？你们放心，只要孩子没事，什么样的坎儿都会跨过去的。"

立秋送来的大米,留着给天赐熬米汤。两天后,生产队又分了几十个南瓜,有福和莲子就一天三顿吃胡萝卜和南瓜,直把两张脸吃成了和胡萝卜樱子一个颜色,黄黄绿绿的,才等到了下一次称口粮。

忙了整整一个夏天,光明庄的老百姓晒脱了几层皮,终于把新稻子收了上来。家中有粮,心里不慌。看着金灿灿的稻谷堆上了打谷场,光明庄的老百姓都松了一口气,吃了半年的代食品,总算是等到新大米了。

白天,大家把稻谷摊在打谷场上晒,两小时用木板锨翻一次场。太阳落山前,把稻谷在场脊上堆成一条一条高高的粮脊。晚上,只要头顶上是满天星斗,粮垛一般露天堆放。如果天上乌云密布,粮垛要用茅草扎成的苫盖盖上,防止淋雨。

傍晚,保管员老有田拿着石灰印,一个粮垛一个粮垛盖上石灰印。

石灰印是个长方形的小木盒子,盒底镂空刻了"丰收"两个字,里面用纱布包着生石灰。盖印的时候,在粮垛上用力一磕,生石灰从木盒里漏出来,粮垛上就留下了两个白色的大字:丰收。

老有田在齐家兄弟里岁数最大,读过几年私塾,因为出生偏房,平日里为人处世极为低调和善,无论是生产队上的事还是家族里的事,大伙儿都信任他。让他做仓库保管员,光明庄三队没有一个不放心的。

经过几天好太阳,晒干的稻子沙沙作响,就该进仓了。

仓库地上铺上一层厚厚的干稻草,稻草上再铺一层塑料薄膜。一条条芦柴编织成的窝积,一圈接一圈地盘起来,盘成一个圆柱形的粮垛。稻子就堆在窝积里,最后,再在窝积上苫上厚厚的稻草。

仓库里有四个高大的窝积,每个窝积里都有上万斤稻谷。那是生产队里老百姓一年的口粮、来年的种粮,还有要上缴给国家的光荣粮。

第六回　保口粮仓库下跪　抓小偷梦中求欢

仓库门外的打谷场上，堆着十几个高大的草堆。那是光明庄人一年的柴火，还有大牲畜的冬季口粮。

网锁每天都要到仓库检查一遍粮垛和草堆，防火防盗。

这天，网锁放工前照例去查看，意外发现了一只小口袋，用稻草遮盖着，藏在门外一个草堆脚下。如果不是网锁看见那一堆稻草过于蓬松，用脚去探了一下，根本就不会发现。网锁打开口袋一看，居然是小半袋新稻谷，有个二三十斤。

网锁明白了，这是有人趁着白天没人注意的时候，偷了生产队的稻子，想等到夜里再来偷偷拿回家。

串场河边的光明庄人虽不是什么诗书传家，祖祖辈辈却也是清清白白，一个个把名声看得比命还重要。对于"小偷"这个称呼，光明庄的人向来深恶痛绝，谁都瞧不起。可家里那些个嗷嗷待哺的嘴，硬生生把为人父母的自尊心给咬破了、嚼碎了，破破烂烂的，除了感觉酸和疼，已经顾不上羞和耻了。青黄不接的时候，经常有人偷偷地从生产队的粮垛里偷两把，不管是稻子、小麦，还是山芋、胡萝卜，只要能填饱肚子，什么都行。人在面对饥饿的时候，脸面真的不值一提。

天黑以后，网锁偷偷地藏在仓库前的草垛里。他拉了些稻草，把自己蓬蓬松松地埋在里面。

左等没人，右等也没人，正是一年中秋高气爽的季节，气温不高不低，身上盖着稻草，还没有蚊子，网锁躲在草垛里迷迷糊糊地睡着了。

就在这时，一头短发的立秋忽然娉娉袅袅地走了过来，俏生生地站在网锁面前。网锁闻到了一股香气，抬起头看见是立秋，结结巴巴地问："立秋，你咋就瞧不上我？我网锁哪里比不上你家解放？"

立秋妩媚地笑了，两只眼睛亮晶晶的，仿佛是夜空里的星辰一样明亮："队长，在你眼里，我立秋只值五十斤南瓜？"

· 29 ·

网锁痴痴地看着立秋云霞一般的笑颜,仿佛陷进了那一片浩瀚的星河,身子轻得飘了起来,心口怦怦乱跳,说话越发结巴了:"你早说呀,我的好立秋……只要你跟我好,不说五十斤,你要……你要五百斤南瓜,我也……我也想办法弄给你。"五百斤南瓜,这回网锁可是下足了本钱。

立秋低着头,两手捏着衣角,依旧红着脸不说话,那模样像个害羞的少女,要多俊俏有多俊俏,要多撩人有多撩人。网锁胆子大了,起身上前一把抱住立秋,低头就要去亲立秋的嘴。立秋好像喝醉了酒,身子软软的,任凭网锁紧紧地搂着。网锁正要把手从衣襟下伸进去,立秋却娇嗔地把他一把推开了。网锁真糊涂了,傻愣愣地看着立秋,可怜兮兮地央求:"立秋,你到底要哪样呢?你就跟我好一回吧,你把我的魂儿都勾走了,你不要再折磨我了,你这样真要了我的命了。"

立秋伸手往网锁身后指了指,一根葱白样的手指头轻轻地压在网锁的嘴唇上:"嘘——有人。"

网锁竖起耳朵仔细听了听,果然,有"呲呲"的脚步声,迟迟疑疑的,鬼鬼祟祟的。

第七回　受惊吓得粮去世　贪玩耍根宝丢牛

夜深人静,月黑风高,正是偷扒行窃的好时机。

一个高大的黑影佝偻着身子慢慢挪到了草垛旁。黑影转身警惕地四处看了看,伸出一只脚在草垛脚下探了探,迅速弯腰拎出一只口袋,一把扛到了肩上。

黑影又探头看了看,四下里一片寂静,除了黑夜,还是黑夜,天上的月亮躲到了云层背后,像一只遮遮掩掩的眼睛。黑影扛起口袋迅速地往回走,走到网锁身边时,网锁两手扒开身上的稻草,一下子站在黑影面前。

黑影"妈呀"一声惊叫,摔了口袋,一屁股跌坐在地上。

网锁拧亮手上的三节头手电筒一照,看清了坐在地上的是他本家叔叔老得粮。老得粮和网锁的老子一样,是光明庄齐家远房,他们的子女也都没有跟着"有"字辈排名。

老得粮一手捂着胸口,一手挡着手电筒的强光,看清了面前站着的网锁,顺势艰难地挪身跪倒在网锁面前:"侄大少,不,队长,我孙子半个月没有吃过一粒米了。"

网锁把手电筒对着老得粮冷汗涔涔的脸,冷冷地说:"得粮叔,你都一把岁数的人了,咋能干这事呢？队里的光荣粮还没有上缴,大家都在伸着脖子等分新稻,你这样做,不是挖社会主义墙脚吗？你是想要脖子上挂牌子去游街示众吗？"

"我老糊涂了！确实是舍不得满意饿得可怜,天天吃南瓜,孙子脸都吃绿了。队长你抬抬手,饶了我这一回。"老得粮看样子吓得不轻,手捂着胸口,脸色苍白地央求网锁放他一马。

"饶了你……"网锁沉吟着,没有说话。

老得粮跪在地上保证:"队长,我老糊涂了,下次就是饿死,我也不去拿集体一粒粮。你大人有大量,饶了我这一回。我是黄土埋半截的人了,不怕游街示众。春耕和满意还要在光明庄活人呢,我得给儿孙留张脸呀。"老得粮深知,背上个小偷的名声,子孙后代都没法在光明庄上抬起头来做人了。

网锁盯着老得粮看了半晌:"看你以后表现吧。"

老得粮长长地出了一口气,高大的身躯一下子瘫在了地上。歇了一会儿,老得粮手按着胸口,起身踉踉跄跄地走了,脚步沉滞,好像被人打了一记闷棍。

网锁四处看了看,哪还有什么立秋的影子?原来,不过是自己做了一场春秋大梦。即便知道是做梦,网锁还是心有不甘地骂了一句:"老东西,坏了老子的好事。"

说完,弯腰扛起地上的口袋回了家。

第二天老得粮没有上工,他儿子春耕找到网锁请假:"老头子今天早上说心口疼,不能出工了。"

网锁以为老得粮是心里有愧,没脸见自己,也就没有多问。

第三天老得粮还是没有上工,网锁问春耕:"得粮叔还没好?"

春耕愁眉苦脸:"也不知道得了什么病,一口饭也吃不下。今天又加了头疼,越发沉重了。叫他到合作医疗去看看,他又死活不肯去,真让人急死了。"

网锁觉得老得粮死要面子活受罪,自己并没有把这事说出去,难道还要自己上门去给他赔礼道歉吗?美得他!网锁还是决定晚上收了工登门去看一下。小麦种下去了,那一大片麦田等着挖墒沟呢。老天爷说不定哪天就会下一场雨,没有墒沟,雨水排不出去,麦苗就要烂根了。老得粮是挖墒沟的好手,天天躲在家歇着算怎么回事?

走进老得粮家的小院子,正在院子里抽陀螺的满意看见他,赶紧收了陀螺,远远地躲了出去。听到网锁在院子里说话,躺在床上的老得粮,把脸扭了过去。

第七回　受惊吓得粮去世　贪玩耍根宝丢牛

网锁心里暗笑,嘴上还是说着安慰的话:"得粮叔,有什么病要到合作医疗去看看,吃点儿药、打一针就好了。我看你都病得脱了相了。"

"队长啊,我一辈子清清白白,老了老了被鬼迷了心窍。今天这个样子,是我自己造的孽,我不怪人。"

"得粮叔,你想多了。赶紧到合作医疗去看看,早点儿好起来去上工,队上忙着呢,等你去挖墒沟呢。"

"我怕是熬不过去了。"老得粮有气无力地说。

春耕在一旁听得莫名其妙,两眼在老得粮和网锁两个人身上不停地来回看。

网锁站了一会儿,看见老得粮不理他,就起身告辞。网锁走到门口时,老得粮回过脸来叫住了他:"队长,和你说句话,你不要怪我老头子心直口快。"

"得粮叔,你说。"网锁停了下来,扭脸看着老得粮。

两天不见,老得粮眼窝深陷、颧骨高耸,说话有气无力,眼瞅着就要断气了,他定定地看着网锁:"队长,俗话说'人吓人,吓死人。'你抓工作是好事,下次要光明正大地来,千万不能装神弄鬼地损了阴德……"

不等老得粮说完,网锁转身就摔门走了。春耕站在房子里一头雾水,不知道自家老头子和网锁说的什么"山海经"。

老得粮终于没能撑到分新稻,死了。

老得粮葬在了串场河大圩堤底下的墓地里,面对着一望无际的麦田,背后就是水流滚滚的串场河。

午后,白云像一群吃饱喝足的绵羊,悠闲地在宝蓝色的天幕上散步。浩荡的串场河一路奔流、浪花翻滚,河面上不时驶过一条满载的货轮,货轮犁起的波浪涌向水岸边,河滩上的芦苇随着水浪摇曳起来,像一群叽叽喳喳的村姑。

高高的河堤下,是一望无际的绿色稻田。水稻已经快要成熟

· 33 ·

了，低垂着沉甸甸的脑袋，微风吹过，空气中弥漫着甜甜的稻花香味。大黑牛安静地在河坡上吃草，放牛的根宝悠闲地躺在大杨树底下看书。

一切都是安静美好的样子。

"只听楼梯声响，又见一人上来，武生打扮，眉清目秀，年少焕然。展爷不由得放下酒杯，暗暗喝彩，又细细观看一番，好生羡慕。"

御猫展超初见锦毛鼠白玉堂时惊为天人，世上竟然有如此俊美的少年！根宝也渐渐地看得入了迷，心想，世上竟然有如此潇洒的侠客。

白玉堂开封斗御猫、皇宫题诗杀命、盗三宝、困御猫、捉水怪，一页页看下来，根宝大呼过瘾。等看到锦毛鼠三探冲霄楼时，太阳已经西沉，书上的字看不清了。

硕大的太阳宛如一张油汪汪的冷烀饼，黄澄澄、软乎乎地挂在西边的天际。太阳下的稻田变成了淡墨色，被一条条白亮亮的河水分割成一块块巨大的地毯。远村树影绰绰，炊烟袅袅，归巢的鸟儿在树顶上盘旋着，像一道残影瞬间淹没在巨伞一样的树影里。根宝的肚子"咕咕"地响了两声，他这才想起来，该回家吃晚饭了。根宝恋恋不舍把手里的《三侠五义》里的一页叠起一角，合上书，起身掸了掸屁股上的灰土，把书夹到胳肢窝里，准备回家。

走出没有两步，根宝猛然想起来，自己是出来放牛的，赶紧四下里张望。暮色茫茫，哪里还有大黑牛的身影？这下，根宝着急了，沿着串场河堤一路小跑。除了晚归的飞鸟、徐徐的晚风，圩堤上一片寂静，连串场河水都是无声的。

根宝的鞋跑丢了，胳膊也被芦苇刮破了，依旧找不见大黑牛的影子。

根宝一屁股坐在河堤上，"呜呜"地哭开了。根宝一哭，田野里的青蛙也开始叫了起来，很快，就"呱呱"地响成了一片。

第七回　受惊吓得粮去世　贪玩耍根宝丢牛

根宝原本不是光明庄的人。

根宝的父亲是南京人,母亲是逃荒到南京的苏北淮安人。根宝十岁时,父亲得了一场急病,半道上扔下了孤儿寡母。父亲去世以后,母亲没有工作,无力抚养几个子女,把孩子留给年迈的婆婆,自己改嫁回到了淮安。根宝弟兄三个在南京,仿佛一窝翅膀还没有长硬的小燕子,陡然失去了父母的庇护,一个个张着小嘴,嗷嗷待哺。虽然有街道的救济,但根宝跟着奶奶依旧衣食不继,生活窘迫。几年以后,在南京无法立足的根宝,索性辞别了奶奶,独自一人离开南京,到苏北寻母。

根宝偷偷地从下关码头爬上一队拖船,过了长江,顺着大运河到了淮安。他一路打听着,终于找到了母亲的家里。母亲改嫁后,又给他生了一个弟弟和一个妹妹,同样是家徒四壁。对于根宝的到来,母亲的无奈多于开心,同样是自己的亲生骨肉,毕竟根宝已经十五岁了,只要能吃苦,还不至于饿死。而自己好不容易重新组织起来的家庭,同样面临着食不果腹的风雨飘摇,家里有两个孩子张着小嘴,等吃等喝。两口子天天上工,也只能勉强维持个温饱。如果再凭空多出一张嘴来,就是自己同意,根宝的继父也脸不是脸、嘴不是嘴。手心手背都是肉,根宝的母亲终日以泪洗面,她实在不知道怎样去安排自己这个找上门的儿子。

根宝在继父家里住了三天。最终,母亲流着泪把他送出了家门。母亲关照他:"宝儿,你还是回南京去吧,妈妈实在是养不活你呀。"

自始至终,继父都没有和根宝说过一句话。那个老实巴交的农民不是狠心,只是家里没有隔宿粮,他实在是无力再多养活一张嘴了。

无家可归的根宝,没有听母亲的话回南京去,他就是从南京逃出来的,南京不是农村,没有土地,没有庄稼,回去还是要忍饥挨饿。他漫无目的地流浪在苏北平原的乡间小路上。饿了,到地里拔两根胡萝卜;渴了,喝一捧冰冷的河水;困了,找一个避风的草垛。

根宝不知道自己要走到哪里,南京回不去,奶奶年迈、弟弟年幼,没有收入的生活就是一个看不见底的深渊;母亲的家里也回不去,他们原本就在为了一日三餐拼命,再也分不出一碗吃的给自己。他浑浑噩噩地跟着自己的脚流浪,走到哪儿算哪儿,过一天,算一天。直到这一天,他饿昏在了串场河堤上。

根宝醒来的时候,躺在一张温暖的床上,眼前是两张焦急善良的脸。

见到根宝醒了,奘腿奶奶赶紧端来一碗热气腾腾的碎米糁子粥。根宝接过粥碗,也顾不上客气,三口两口就喝了个精光。奘腿奶奶在一旁连声说:"小伙儿,粥烫人,你吹一吹再喝。你慢点儿吃,锅里还有,锅里还有。"

根宝连喝了三海碗糁子粥,奘腿奶奶心疼得直抹泪:"造孽哦,造孽哦,把个孩儿饿伤了。"

奘腿嗲嗲笑眯眯地看着根宝:"小伙儿,你是哪里人?我没有见过你,你怎么跑到光明庄了?"

根宝端着粥碗,两行眼泪汹涌而出,终于忍不住,小嘴一撇,把几个月来流浪的委屈和辛酸"哇"的一声全都哭了出来。

奘腿奶奶赶紧坐到床边,一手把根宝搂在怀里,一手去替他擦去眼泪:"小伙儿,快不要哭了。有什么难处,你告诉我,我帮你做主。"

根宝耸着双肩,断断续续地把情况说了一遍。奘腿奶奶一边听,一边陪着根宝淌眼泪。听到根宝娘把根宝送出家门,站在一旁的奘腿嗲嗲也忍不住吸了吸鼻子。苦命的孩子啊,他才十五岁,爹死了,娘改嫁了,孤苦无依,怎能不让人可怜?

等根宝平静下来,奘腿嗲嗲问根宝:"小伙儿,你现在有什么打算?你要是想回南京,我想办法送你回去。"

第七回　受惊吓得粮去世　贪玩耍根宝丢牛

根宝一听,苦着脸又要哭:"伯伯,我就是在南京活不下去了,才跑到苏北来找我妈的。"

奘腿奶奶意味深长地看了一眼奘腿嗲嗲,奘腿嗲嗲点了点头。奘腿奶奶问根宝:"小伙儿,你要是没地儿去,就跟着我们老两口子过,你愿不愿意?"

根宝看了一眼面前两位面目慈祥的老人,点头如同鸡啄米:"爸爸、妈妈,我愿意!"

奘腿奶奶喜笑颜开,奘腿嗲嗲盯着根宝:"小伙儿,农村可不比大南京,日子苦,你要想好了。我们老两口没有后人,你跟着我们过,就只能混个饱肚子。"

根宝赶紧从床上翻身下地,双腿一弯跪倒在了奘腿嗲嗲面前:"爸爸,我有力气,我能干活儿。只要你们肯收留我,我一定像对亲生父母一样孝顺你们,将来我给你们养老送终。"

奘腿奶奶一把拉起根宝:"小伙,你放心。有我们老两口一口吃的,就有你一口吃的,绝不会让你饿肚子。"

第八回　施仁爱中年得子　住新房少年失怙

　　獒腿嗲嗲年轻时挑河,冬天泡在冰水里时间长了,双腿受了严重的风寒,中年以后,两条腿静脉曲张,蓝色的血管凸在外面像树枝一样虬曲盘桓,双腿比正常人的腿粗了一圈。因为常年风吹日晒,四十多岁时,脸色紫红、头发花白,看上去就像有五六十岁了。光明庄的人都叫他獒腿嗲嗲。

　　獒腿奶奶和獒腿嗲嗲是嫡亲的姑舅表兄妹,在长辈撮合下,表兄妹两人亲上加亲,成了夫妻。两口子青梅竹马,又是表兄妹,感情好得让人羡慕。只可惜,两人婚后生了几个孩子都早早夭亡了。王瞎子说他们命中无子,两人不知道是近亲结婚的结果,只当是前世造孽太多,才落得个今生无儿无女的下场。两口子铺桥修路、施舍乞丐、帮助邻里,处处与人为善,一心只想着能修个儿女双全的来世。

　　两人早就断了有后的念想,突然间来了个眉清目秀的后生,开口就叫自己爸爸妈妈,两口子以为是送子观音显灵了。喜得獒腿奶奶一个劲儿地口中念佛:"阿弥陀佛！阿弥陀佛！"

　　五十岁的獒腿嗲嗲,终于有了自己的儿子,忍不住嘴里骂了一句算命的王瞎子:"瞎子瞎嚼屎！"

　　幸福来得太突然。老两口赶紧喜滋滋地张罗着,在仓房里给根宝重新搭了一张床。

　　漂泊了小半年的根宝,终于有了自己的家,有了善良慈祥的父母,也终于可以踏踏实实地在床上睡个安稳觉了。

　　獒腿嗲嗲第二天找到网锁,请他帮忙给根宝报上户口。根宝随獒腿嗲嗲姓齐,大名就叫齐根宝。

　　獒腿嗲嗲喜得贵子,让獒腿奶奶张罗了几个土菜,请网锁和大

第八回　施仁爱中年得子　住新房少年失怙

队干部吃了一顿晚饭，就算是报备了，让根宝在光明庄三队落了户。

让奘腿嗲嗲想不到的是，根宝居然是初中毕业生。队长网锁才上了个小学，根宝一时成了光明庄上文化程度最高的人。

串场河边的人大多没有文化。吃了不识字亏的光明庄人，一直对有文化的人尊重有加，老有田和网锁就是两个典型例子。现在根宝比网锁的文化还要高，自然不能和那些大字不识一个的农民一样，到地里去割麦剐草、挑粪挖沟，读了几天私塾的老有田还做个仓库保管员呢，怎么能眼睁睁让个初中毕业的秀才和大字不识一个的泥腿子一样？不久，根宝成了生产队的记工员，平时在生产队里帮忙放放牛，活计轻松，工分跟青壮劳力一样。

根宝就这样在串场河边生活了下来，两年时间就长成了个壮壮实实的大小伙儿，一家三口其乐融融。

根宝喜欢看书，奘腿嗲嗲看见路上有张带字的纸也要捡回家，谁家有张报纸、有本书，就开口借回家让根宝看。只要带字的奘腿嗲嗲都往家里带，报纸、语录、连环画、学生课本……有时居然有小说。昨天，奘腿嗲嗲不知道从哪里趸摸回来一本发黄的《三侠五义》，根宝如获至宝，今天放牛就带出来了，看着看着，就忘了放牛的事了。

根宝丢了牛，坐在河堤上不敢回家，直到奘腿嗲嗲和奘腿奶奶提着昏黄的马灯，一路呼喊着找到他。

耕牛是生产队里最重要的财产，丢了牛，可真就犯了天大的错误了。奘腿嗲嗲老两口也不敢大意。一家三口，提着马灯沿河找了三四里路，最后，总算在一处河滩上，找到了正趴着悠闲地咂巴着大嘴的大黑牛。

根宝看见大黑牛，飞跑过去，翻身骑到牛背上，双手抱住牛脖子，低头一口就咬了下去。

大黑牛"哞"地叫了一声，疼得一下子站了起来。

过了霜降,麦子种了,油菜栽了,蚕豆种了,地里的农活儿松快了下来。可忙碌了大半年的农民,来不及喘口气,冬修水利的任务就分配下来了。

光明庄地处里下河平原,河渠纵横,生产生活的运输,基本上都依靠农船来完成。行船就得要有河,那些舟船到不了的农田、淤塞的河道、夏季低洼积水的土地,只有在冬季枯水期才能开挖和疏浚。

几千年来,水乡的先民愚公移山一般肩挑手提,挖土成河,垒土成垛。在广阔的里下河平原上,开挖出了一条条黄金水道,也打造出了独具水乡特色的一方方垛田。

随着土地面积的扩大、生产生活的提高,原先的水道已经不够使用了,于是便有了每年的冬修水利的工程。

冬修水利工作由上级政府部门统筹规划,按照人口和劳动力的数量分配任务。水利工程建设实行准军事化管理,从县乡到大队,再到生产队,按照团、营、连建制,分配开挖和疏浚的段面。

接收到水利任务以后,网锁拿着一只白铁皮卷成的扩音喇叭,沿着一条条巷子,一路从南喊到北:"各位社员群众注意啦,吃过夜饭,到罐子奶奶家开社员大会。"

夜幕降临,北风呼啸,整个光明庄上只有东北角上的罐子奶奶家里亮着昏黄的灯光。罐子奶奶家的房子宽敞,每次都是生产队里开社员大会的会场。

罐子奶奶不是罐子的奶奶,而是罐子的妈,这个称呼有些反常。

罐子他爸生得五大三粗、力大无穷,结了婚,天天放工以后在自家屋后的空地上脱土墼。

一只四十公分长、三十公分宽、二十公分高的木头框子,搁在收拾平整的空地上,往里面塞满拌了草屑的河泥,再轻轻地把木框脱出来,就成了一块四四方方的土墼。土墼不用到窑火里去烧,就

第八回　施仁爱中年得子　住新房少年失怙

在太阳底下暴晒,不用几天,就晒成了结结实实的土疙瘩。土墼晒干了一场又一场,堆在屋后,苫着稻草,像座小山包。

过年的时候,生产队难得放几天假。罐子他爸带着罐子他妈,借了一条生产队的木头船,到海边的滩涂上去割茅草。等别人过完年,准备上工时,罐子父母早已拉着满满一船茅草回来了。

不到两年时间,罐子他爸硬是起早贪黑,垒起了光明庄上第一座三间的旁屋(东西长,南北宽的房屋,相对于南北长,东西宽的丁头府而言)。在周围矮趴趴的丁头府陪衬下,罐子家的三间旁屋鹤立鸡群,犹如串场河东竹溪街上的大会堂一样,高大气派。

罐子三岁时,他爸得了大肚病。人高马大的汉子,病恹恹地躺在床上,脸色蜡黄,腹胀如鼓,掀起衣服,可以清晰地看见皮肤下蓝色的血管,像一条条吸饱血的蚂蟥。躺了没多久,他爸喝了竹溪街上钱先生开的几十碗苦涩的中药汤,两眼一闭,两腿一蹬,走了。

有人说,罐子他爸少年时到江南去讨饭,在长江里凫过水,染上了血吸虫病。

罐子他妈哭得昏天黑地,一颗脑袋在杉木棺材板上撞得血肉模糊。最终是经不住罐子在一旁哇哇大哭,才断了跟着丈夫一起走的念头。

串场河边称呼老年妇女一般在奶奶前面加上男人的名字,比如得稻奶奶就是得稻的老婆,可罐子爸爸去世的时候,罐子她妈还很年轻,等满头青丝的罐子妈熬成了头发花白的奶奶,罐子也成家立业了,大伙儿不好再喊她罐子妈,就喊她罐子奶奶。不久,罐子生下了儿子平安,大家习惯了喊罐子奶奶,也没人再改口喊她平安奶奶。罐子他爸拼了命建好的那三间宽敞的土墼旁屋,则成了生产队里开社员大会的会场。

晚上闹哄哄地开完社员大会,第二天村民们就把铁锹和泥篮搬上了船。生产队里的青壮劳力,像壮士出征一般,在凛冽的寒风中开赴水利工地。

留在家里的人也不得清闲,把夏天沤好的绿肥从泥窖里挖出来,一担担挑到麦田里,用八齿耙切成碎块,均匀地撒到麦地里,给幼嫩的麦苗裹上一层厚厚的冬装。

庄稼一枝花,全靠肥当家。种地,光明庄人从来也不敢含糊。他们早就不做那些跑步进入共产主义的梦,手里有粮,才能心中不慌。肚子填不饱,说啥都是扯淡。

第九回　唱凤凰有志结婚　听墙根夫妻谋划

光明庄的青壮劳力都到河工工地上去了,除了二流子齐有志。

有志上面有个姐姐粉英,下面还有个妹妹粉香,他在家里排行老二。有志自幼生得单薄,像串场河滩上的芦柴,又瘦又长,仿佛风大点儿就能吹折了。既不能上河工,也干不动那些挑担挖沟的重活儿。成天缩着两只手,挑拣些轻巧活干干,工分自然就比同龄人少了一大截,在庄上落了个"二流子"的绰号。

庄上的孩子看见有志,跟在他屁股后面,拍着巴掌唱:"二流子,甩膀子,你就吃'谎子'。""谎子"也是串场河边独有的说法,是没有的意思。吃"谎子",就是喝西北风。

有志可不在乎别人怎么说,只要不让他干活儿,说他啥都行。时间长了,大伙儿叫他二流子,他也笑嘻嘻地满口应答。每到冬天,网锁带着青壮劳力都去了河工工地,二流子也从光明庄悄悄地溜了出去。等父亲老得稻从工地上回到家,他也从外边摇摇晃晃地回来了,神神秘秘的,不知道在外面干了些什么。

这次,二流子又外出了十几天。回来时,身后居然跟着个俊俏的大姑娘。姑娘一来,就和二流子的妹子粉香玩到了一块,亲亲热热的,像两个早就熟悉的闺蜜。粉香一口一个"桑叶姐"地叫着,庄上人也就知道了姑娘名叫桑叶。桑叶长得高高大大的,身体健壮、脸蛋酡红,扎着两条粗黑油亮的大辫子,一看就是个长年在海边吹海风的姑娘。这下光明庄上的人吃惊不小,一个个嘴巴张得能塞下个双黄蛋,真是鸡子不嘘嘘(尿尿)——各有各头绪(去处)。农村人娶个媳妇可不容易,多少身强力壮的好后生就因为家里穷,硬生生地拖成了光棍汉。有些人家为了娶上儿媳妇,只能用女儿去换亲,女儿在婆家过得艰难,回到娘家来哭诉,父母安慰两句,还得给劝回去。要不然,家里的儿媳妇准得跑回娘家去。这个二流子,干活儿不怎么样,想不到还有这本事,白白领回家一个漂亮媳妇!

二流子回来没几天就到了农历春节。

春节期间最热闹的要算是唱凤凰了。一男一女两个人,脸上画着夸张的粗眉红唇、涂红脸蛋、扎花头巾、挎黑色手提包,手指间夹着两块磨得锃亮的小铁片。走到一户人家门口,迎门而立,手指间的小铁片"叮叮当当"敲起来,男女二人一唱一和:

锣鼓一打响当当,主家瓦屋带厨房。

厨房用的三江水,家里余有万担粮。

呀嚯嘿,家里还余有万担粮。

唱凤凰的后面,跟着一群看热闹的大人孩子。每到一家,唱词都不一样:

锣鼓一打闹吵吵,主家对联贴得高。

朝里飘来生贵子,往外飘来中阁老。

呀嚯嘿,往外头飘来中阁老。

主人家多半会给唱凤凰的人包个五分钱的红包,再在家门口,给围观看戏的邻居发一圈一角四分的"大丰收"香烟,再不济,也是八分的"经济"香烟。三百六十五天才过一回年,怎么的也不能抽烟末子,讨个好彩头嘛。

实在不济,包不起红包,也发不起香烟的,就给唱凤凰的人拿两块米糕,或是抓一把南瓜子,大过年的,不兴让来人空手。唱凤凰的人也不计较,躬身给主家作个揖,起身赶往下一家。

说是唱凤凰,实际上就是利用春节讨饭。过年嘛,不管自己家里日子过得多么紧,总比讨饭的要强吧?何况,凤凰调唱的都是些吉利话,吉利话谁都爱听。老百姓打发要饭的,出手自然就比平常要阔绰得多,唱凤凰的收入也就比平时要丰富得多。

凤凰听多了,光明庄的大人孩子也都会哼两句戏文:

说凤阳来道凤阳,凤阳本是个好地方。

第九回　唱凤凰有志结婚　听墙根夫妻谋划

自从出了个朱皇帝，十年倒有九年荒。
……

听过了唱凤凰，年也就算过完了。桑叶没有回去，而是留在了光明庄过年。正月初六，老得稻在丁头府里摆了一桌酒席，把网锁和两个大队干部请过去，吃了一顿喜酒。农村人结婚，不认结婚证，只认酒席。结婚的酒席就像是一场昭告天下的新闻发布会，摆过了酒席，二流子和桑叶就得到了家乡父老和亲朋好友的认可，算是正式结婚了。

喜酒散席，一对新人入了洞房。

一弯新月悄悄地挂上了夜空，像一把透明的牛角梳，把光明庄蓬乱的发髻梳理得滑溜溜的。清冷的月光下，冬夜的串场河边，一切都是那样的宁静。昏黄的煤油灯灯光从小窗里透出来，在土坯院墙上映出了老楝树斑驳稀疏的影子，温暖又安详。两个黑影悄悄地摸到了二流子的墙角下——原来是平时和二流子玩得好的有安和有全来听壁了。

两人白天就商量好了——晚上听壁，明天要挟二流子发香烟。

有安和有全半蹲在墙角下，脑子里想象着屋子里的香艳，既兴奋又紧张，也顾不得冬夜里凛冽的寒风了。

两人听了半天，也没有听到什么特别之处。二流子和新娘子不像是新婚燕尔，倒像是是一对结了半辈子婚的老夫老妻。两人在新婚之夜，没有急吼吼地歇灯睡觉，反而一直在谈些东家长西家短的淡话。墙角下的有安和有全冻得瑟瑟发抖，不免有些失望。就在两人准备偷偷溜走的时候，听见二流子的新媳妇桑叶在屋里对二流子说："有志哥，到开工还有十天，我们还能再去海里跑两趟。"

"往年只能趁着年前上河工出去，年后找不到借口。往后好办了，有人问起来，就说是和你一起回娘家。"

"这次从家里出来，又有好几家跟我说好了，要拿棉花跟我们换大米呢。"

"你千万要记住,一次不能答应多。人多话就多,话一多,就容易出事。"

"你怕什么?海里人家的棉花,都是偷偷攒下来的,就想换点儿大米吃。乡下人哪家儿子结婚不要弹两条新被胎?哪家冬天不想给孩子添一身棉衣棉裤?你这是做好事呢。"

"做好事是做好事,但逮住了就是投机倒把,要坐牢的。"

"呸、呸、呸,臭嘴说话不算数,快吐口吐沫。"

"呸!"二流子当真吐了一口唾沫,"我是臭嘴,说话不算数。"

有安和有全听明白了。原来,这几年二流子在偷偷地做生意,难怪他有钱娶媳妇。两人悄悄地弓着腰,从墙角下撤出来,站到巷子里的大槐树底下商量:

"这个二流子,有门路不带上我们,真不是个东西。"

"我们明天找他,让他带着我们一起干。"

"就怕他不同意。"

"他不同意我们就假装去告发他,他一害怕,准会答应。"

第二天吃过早饭,有安和有全到了二流子家里。桑叶赶紧招呼他们坐下,然后从新房里捧出一只暗绿色的圆肚子陶罐,一人给他们抓了一把炒南瓜子。

两人一边嗑瓜子,一边看着二流子笑。二流子被他俩笑得直发毛:"你俩笑得瘆人呢。"

有安先开口:"二流子,我们三个从穿开裆裤时起就一起玩,你现在有门路了,就忘了我们兄弟了。"

"你说什么,没头没脑的。"

有全看见二流子装糊涂,不高兴了:"我们昨晚都听见了。有志哥——"有全故意学着桑叶的腔调,把那个"哥"字叫得尖尖细细的。

桑叶那张俏脸霎时窘得通红,似乎能够滴下血来:"你们俩怎

第九回　唱凤凰有志结婚　听墙根夫妻谋划

么这样呢?"

"小嫂子,你误会了,我们可没有听你俩做那事。"有安赶紧解释。

桑叶的脸更红了,转身进了里屋。二流子伸手在有全脑袋上拍了一巴掌:"你们两个混账东西,还真偷听壁脚啊。"

有安盯着有志的脸,满怀希望地说:"二流子,带上我们去发财吧。"

有志牵了牵嘴角,不自然地笑了:"我就是个二流子,上哪儿去发财啊?"

有全不乐意了,瞪圆了一双小老鼠眼,咋呼起来:"二流子,你带上我和有安一起去贩棉花吧。"

有志"腾"地站起身,上前一把捂住有全的嘴,紧张地看着门外说:"你胡说八道什么!"

有全掰开二流子的手:"你就别装了,我俩都知道了。你这两天假装回娘家,还要再去贩几趟。"

有志松了手,桑叶也从里屋出来了,满脸紧张地说:"两个兄弟,这事可千万不能说出去。"

有全连连点头:"小嫂子,你放心。我们三个人是兄弟,从小就在一起玩了。我们不会害二流子的。"

桑叶捂着嘴笑,两颊的酡红像是涟漪一样洇润开来。

47

第十回　正月正黑夜走货　三九天清晨沉船

四个人坐下来,"嘀嘀咕咕"地商量了一番,有安和有全高高兴兴地走了。

三人分头去庄里庄外联系熟悉的亲友——有需要棉花弹被胎、做棉衣的人家,拿大米来换棉花,我们有门路。

串场河以西的乡下黏土地含水量高,不适合棉花生长。串场河以东的海里沙土地不贮水,长不了水稻。

乡下人要盖被子、做棉衣,没有棉花。

海里人吃够了大麦和玉米,一年到头也吃不着一碗米饭。

海里人年终分红除了粮食,还有少量棉花。平时,老百姓把生产队的棉花今天一小把,明天一小把,塞到裤兜里,偷偷地带回了家,存到个三斤五斤,就能换上十斤八斤大米,给家里老人孩子解解馋,给病人产妇熬两顿大米粥。

乡下人把从牙缝里省下来的大米,余到个一二十斤,就能换到十斤八斤棉花,给家里人置办两件棉衣棉裤,或是弹一床棉被,给儿子结婚妆新。

当然,这些以物换物的买卖,只能暗地里偷偷进行。计划经济时代,棉花属于战略物资,不允许私下交易。弄不好,就成了投机倒把的经济犯,要送到海边的劳改农场,去拣猪毛,吃"萝卜干子饭"。

既然是暗地里的交易,就得有门路,要不然,买鸡的找不着卖鸡的,只能干着急。这年月,谁都想找到门路,因为谁也不敢光明正大地去兑换。门路,成了私下交易的通行证,没有门路,有多少棉花大米也只能在家干着急,毕竟,棉花不能当饭吃,大米不能当被子盖。现在,二流子他们有了门路,自然就有了源源不断的货

第十回　正月正黑夜走货　三九天清晨沉船

源。虽然门路和货源都不能见光,可那些急需门路和货源的人,谁会把这个秘密说出去呢?大家是一根绳上的蚂蚱,万一出了事,跑不了你,也蹦不了他。因而谁都不会说出去,彼此心照不宣。

几天以后,二流子带着有安和有全,趁着夜色掩护,挑着收上来的几百斤大米,赶到了海里桑叶家。那里是这些年二流子的秘密根据地。第二天夜里,三个人把换回来的棉花,又趁着天黑挑回了光明庄。

城里人从正月初一"上灯",一直到正月十五"落灯",春节要热闹半个月。农村虽说不像城里那样张灯结彩,元宵节却也还是很隆重。直到过了正月十六,舞过了火把,吃过了糍粑,才算正式过完了年。过完了年,农村人又要开始日伴太阳夜伴星,面朝黄土背朝天了。

七八天时间,二流子三个人天天跑夜路,来来回回倒腾了三趟,恨不得把两条腿跑细了一圈。

最后一算账,赚了一百一十斤大米、四十斤棉花。乐得有全的老鼠眼眯成了一道缝,抱着二流子肩头一个劲儿地傻笑:"二流子,这几天赚的钱,抵上在生产队里上两个月的工了。"

二流子瞪着眼拍了拍有全的肩膀:"把好你的嘴,万一被人听到了,就像串场河反水一样说不清了。"

有全赶紧捂住自己的嘴,转着脑袋四处张望,活脱脱一只偷食的老鼠。

的确,串场河在光明庄反了水,谁也说不清。从来都是大河向东流,可串场河偏偏在光明庄门前来了个大河向西流。

古老的串场河,像一位慈祥的老母亲,不疾不徐地从南方缓缓而来,在竹溪镇外,向西拐了一个弯,擦着光明庄,再次一路向北,在光明庄外形成了一段罕见的大河向西流的奇观,人们称之为反水河。因为急拐弯,原本平缓的河水变得湍急,像是千军万马咆哮着奔腾而来,翻滚的河水把外侧河滩冲刷得光秃秃的,连最泼皮的

· 49 ·

芦苇都生不了根。经常随着轰隆一声巨响,河坡上的一大块土就滑落下来,在水面砸出一大片水花。因此,反水河外侧的河坡很陡峭,经常露着新鲜的土色,内侧的河湾就宁静多了,河滩上长满了芦苇,随风摇曳。外地人经过时,经常会站在圩堤上啧啧称奇:"水往西流,长见识了。"

清澈的串场河,是光明庄的母亲河,她圈起胳膊,把光明庄紧紧地搂在臂弯里,千百年来滋养了一代又一代的光明庄人。自古以来,串场河就是重要的漕运水道。明清时期,沿海十大盐场出产的海盐通过串场河,南下南通、北上盐海、西进扬州,然后转运到全国各地。

元朝末年,串场河边的盐民张士诚,率盐丁从竹溪起兵反元,一路攻陷兴化、高邮等地。在高邮称诚王,国号周,年号天佑。后来,更是率军渡江攻取常熟、湖州、松江、常州等地。割据范围,南到浙江绍兴,北到山东济宁,西到安徽北部,东到海边。公元1363年,张士诚攻占安丰,自称吴王,后为朱元璋所败。

直到今天,串场河对岸的竹溪街上还有张士诚起义的北极殿,光明庄也依然流传着张士诚"十八根扁担齐上戴家窑,一路杏花(兴化)村"的传说。而串场河,在这传说里,占据着极其重要的地位。光明庄的老人经常感叹,如果张士诚成功了,竹溪就是京城,串场河就是护城河,光明庄就在皇城脚下了。

感叹归感叹,张士诚没做成皇帝,光明庄也没变成天子脚下,依旧是一片闭塞的穷乡僻壤。

新中国成立以后,串场河依然是南北水运的大通道。从晨曦微露到落霞漫天,那些满载着各种物资的运输船只来来往往、川流不息。

因为河道连续拐弯,水流变得湍急,那些经常从此经过的船只,到这里都会提前鸣响喇叭,提醒对方的船只注意交会、礼让。时间长了,那些住在串场河边的庄稼人,通过喇叭的声音,就能判

第十回　正月正黑夜走货　三九天清晨沉船

断出来船的大小。

一些第一次途经光明庄的船只，往往只顾着顺流而下，等到跟前了才发现，前面是个九十度的陡拐弯，赶紧减速转舵。等拐过弯去，船老大早已汗湿后背，嘴里连呼"好险！好险！"

那些没有经验的二愣子，直到船到跟前才发现前面是个陡弯，来不及降速，只好眼睁睁地看着船只直对着河岸撞过去。光明庄的河滩上，经常被重载的货船犁出一条条深深的水沟。夏天下河游泳时，家长都要关照家里的孩子："不许到湾口去凫水，那里水下有深沟！"

隆冬的早晨，光明庄笼罩在一片薄雾之中。一缕炊烟像一根灰白色的缎带，直直地抛上了天空。很快，一根接一根的缎带被抛了上去，光明庄在鸡鸣犬吠中醒来，头顶上仿佛绽放了一个浅灰色的烟花。

一条急着赶路的水泥货船逆流而上，船头推开水银似的波浪，船尾"突突"地冒着灰白色的烟。大概是天气太冷，抑或是薄雾弥漫，等裹着黄大衣的船老大发现眼前白亮亮的河水突然不见了，他才突然间意识到——河道拐弯了！吓得赶紧站起身，用尽全力扳了个满舵。满载着水泥电线杆的水泥船，像一匹全速奔跑的骏马，突然间被勒住了缰绳，硬生生地扭过了头。

船是拐过去了，船上码放的水泥电线杆，却依着惯性直直地冲了出去。滚落的电线杆，很快就让货船失去了平衡，重载的一侧船帮进了水。

原本就湍急的串场河水，一旦进了倾斜的水泥船，就会变得愈加狂躁起来，打着旋地往船舱里涌，发出可怕的咆哮声，一分钟不到，水泥船就沉没在了串场河里。只有两张矮木凳、一只搪瓷盆，顺着河水飘飘荡荡，一路向北，很快，消失在白茫茫的水面上。一阵"噼噼啪啪"的水泡声过后，水面恢复了原本的平静，好像什么都没有发生一样。

罐子奶奶早上起床,到串场河的水码头上淘米做早饭,刚好看见了这惊险的一幕。吓得老太太把手里的淘米箩一扔,一边往家里跑,一边破着喉咙喊:

"沉船啦,快出来救人!沉船啦,快出来救人!"

老太太失魂落魄的呼喊声,打破了小村庄惯有的宁静。罐子趿拉着鞋,被妈妈的喊声拉到了河边。

一件黄色的棉大衣像一叶枯荷,漂浮在水面上;旁边是一个深色的身影,像一截榆树段一般上下乱窜。船老大和一个穿着灰色棉袄的年轻人,正在河心里拼命扑腾,眼看就要沉下去了。罐子两下甩掉了身上的衣服,一头扎进了冰冷的串场河里。

很快,有人从附近撑来了小木船,大伙儿合力,帮着罐子把两个灌得半饱的落水者拖上了木船。

"三九四九冰上走",现在正是一年中最冷的季节。等把落水的船工救上岸,罐子已经冻得嘴唇发紫,上下牙"嘚嘚嘚"地直打架。罐子回到家,扒了湿裤头,裹上了两床棉被。大伙儿也七手八脚地把救上岸的船工就近安置在罐子奶奶家里,立秋回家抱来了棉被,坐在罐子家土灶后面帮着烧热水,罐子奶奶熬了一锅姜汤给三个人喝下。

忙活了半天,人总算是救下了。

获救的船工眼泪汪汪,百般感激。

第十一回　捞沉船冬日下水　贪外快有全露怯

沉没在串场河的货船,是百里之外盐海供电局的。船上装着三十根水泥电线杆,要送到黄海边的东台弶港供电所。因为弶港方面催得急,两个船工昨天出发,一路向南,晚上在竹溪北闸口停船歇宿,今天一大早又解锚启程。小船工在船头瞭望,顺带生火做饭,船老大在船艄掌舵。

第一次跑这条线,昨天货船一直顺着河道往南跑,宽阔的水面一眼看不到头,几乎没什么弯道。清晨的水面被薄雾笼罩着,河道里没有一条船只。两人都以为串场河是一条宽阔平直的水道,早上行船就放松了戒备。早上起床后,肚子里没有食,浑身冻得发抖,想着吃了早饭就没有那么冷了,船头负责瞭望的小船工便裹着棉衣蹲在船头忙着做早饭,只顾低头往锅腔里添柴,早就忘了要留意前面的水路了。

意外就在一瞬间发生了,事前没有一点儿征兆。

罐子媳妇找了两身罐子的衣服,给两个船工换上。罐子奶奶做了早饭,招呼两人一起吃。吃过早饭,船老大央求罐子,带上他去找队长网锁。

网锁一早就听说了沉船的事,见到来人找他,把船老大领进了屋里。船老大未语泪先流,瓢着大嘴央求:"队长,请你带我去打个电话回单位,问问领导这事该怎么办?"

这回网锁没有推辞,领着船老大来到了光明庄的大队部。大队部里有一台黑色的手摇电话机。网锁和大队的值班干部说明了情况,同意船老大使用大队的电话机。

船老大左手拿起话筒,扶住电话机的身子,右手"哗哗"地摇动电话机的摇柄。不一会儿,话筒里传出一个女人的声音:"要哪里?"

船老大赶忙点头哈腰地对着话筒喊:"总机,请你帮我接盐海供电局。"

电话机里传出一阵"噼噼啪啪"的接线声,好一会儿,听筒里传出了声音:"找哪个?"

听到了带着塞音的熟悉乡音,高大的船老大像是委屈的孩子见到了亲人一般,说话带上了哭腔:"是供电局吗? 我是李德安,出大事啦!"

电话打了十几分钟,电话那头换了几个人接电话。李德安像祥林嫂一样,一遍一遍在电话里讲述事故的情况。最后,总算得到了电话那头的答复。

挂了电话,李德安和网锁商量:"队长,我们局里领导说了,无论如何要请你们帮忙,找人把沉船打捞上岸,费用明天就汇过来。"

网锁的眉头蹙成了一团,语气显得无可奈何:"老李,如果是夏天,我们帮你捞条沉船,那是小事一桩。可是你看看,现在这种天气,'三九四九冰上走啊',这滴水成冰的,哪有人肯下水呀?"

网锁说的是实情。串场河边的水乡人,从小长在河边,男女老少,个个都是潜水高手。下水捞一条水泥船,对他们来说,还真不是什么难事。问题是现在这个季节! 三九天,腊月心,风吹像刀割,滴水能成冰,哪有人敢下水?

看见网锁为难,李德安赶紧说:

"队长,我知道天气冷。我刚才跟领导要了个高价,不会让你们吃亏。"

"高价? 多高?"网锁的一双黑鱼眼紧盯着李德安。

"我们领导说了,下水扣一根电线杆五块钱,扣一个万保桩五块钱。岸上帮工的,一天一块钱。"

五块钱扣一个结,这真是天价了。要知道,竹溪街肉案上的大肥肉才七毛三一斤。运气好的话,下水扎一个猛子,就能剁七斤

第十一回　捞沉船冬日下水　贪外快有全露怯

肉,够全家人吃一年了。"

网锁有点儿心动,他翻了翻黑鱼眼,没有一口答应:"这样,我先回去和大家商量商量。毕竟不是我下水,价钱是不小,也要有这个命去拿。"

网锁回到第三生产队,对大伙儿一说,光明庄上立刻就炸开了锅——

"五块钱一根!这电线杆才几个钱?"

"这要是夏天,五分钱一根,我全都包了。"

"五块钱!够上县城的大饭馆去吃一顿肉饭了。"

"钱是不少,咬手。冻出病来,不够打药吃的。"

"光明庄的人什么时候怕水了?喝两口烧酒,屏一口气,一个猛子扎下去,屁大的时辰就上来了,算我一个。"

"算我一个!"

"也算我一个。"

工夫不大,十几个精壮的汉子报了名。

网锁兜里揣着李德安塞给他的香烟,嘴上叼着李德安给他点的香烟,站在河堤上对大伙儿说:"兄弟单位的运输船,沉在了我们光明庄。本来,按说都是阶级兄弟,大家互相帮一把,不作兴要钱。可现在这个季节,滴水成冰,人家单位领导也说了,不让大家白吃这个苦。你们自己可要想好了,有多大的肚子,吃多少饭;长个牛肚子,也要有张牛嘴;没有这个金刚钻,就别揽这个瓷器活。丑话我先说在前面——一个绳结五块钱,扣不到、扣不牢、拉脱的,都没有钱。"

人们撑来一条木船。把船稳稳地停在沉船的地方,用竹篙下水探准了电线杆的位置。脱得只剩一条短裤的汉子,喝一口大麦烧酒,两手在胸口搓几下,趁着酒劲儿,一手拽着准备好的麻绳,一手扶着竹篙,一头扎进了冰冷的串场河。

岸上站满了人,大伙儿屏住呼吸,注视着河面。水面上不时冒

· 55 ·

出几个气泡,大约一分钟的光景,水面一阵翻腾,钻出一颗湿漉漉的脑袋,舞着手向岸上喊话:"扣好了一根,拉。"

下水的人两手攀着船帮翻身上船,拿毛巾擦擦身上的水,立刻裹上准备好的棉被。岸上的人随即喊着号子"嗨哟、嗨哟"地往上拉。很快,一根电线杆被拉到了岸边。

罐子下水三次,拉上来三根电线杆。他还想下水,罐子奶奶死活也不肯让他下去了:"小伙,不能再下水了,冻出病来不得过身。"

有全站在岸边看了一个小时,发现钱来得容易,也脱了衣服上了船,站在船头上,冻得瑟瑟发抖。撑船的春耕问他:"有全,你到底下不下?站在这北风头里风干鸡哪?"

岸上的人哄堂大笑。有全本来就瘦,北风一吹,搓板一样的身上,毛孔都张开了,活脱脱一只褪了毛的风干鸡。

有全一手拽着麻绳,一手捏着鼻子,闭着眼睛跳了下去。转眼的工夫,有全从水里冒出头来,麻绳也扔了,三下两下游到船边,两手扒着船帮,不住地甩着头发上的水珠,眨着一双老鼠眼,对着船上的人拼命地喊:"快把我拉上去!快把我拉上去!冻死个人了!冻死个人了!"

岸上的人笑得直不起腰来。

第十二回　显神通老将出马　请大笔广播扬名

半天时间,水下的三十根电线杆全都被打捞出水,乱七八糟地搁在河滩上,像一群搁浅的草鱼。接下来,就该打捞沉船了。船老大李德安介绍说,船头和船艄各有四个万保桩,只要把麻绳扣到万保桩上就行了。可是,年轻人大都下过水了,剩下的人虽说眼红那五块钱一个的绳扣,却都没有胆量跳下水去。

网锁站在河堤上大手一挥:"就剩最后两个扣了,还有没有人下水? 没有人下去,就等明天。"

大伙儿你看看我,我看看你,没有人搭话。船老大着急地转着圈作揖:"大爷、大哥,帮帮忙! 帮帮忙! 弶港那边急等。不是着急开船,也不会出这事。帮帮忙! 帮帮忙!"

大家很想帮忙,也都想拿那五块钱,可实在没人敢下水了。李德安急得直搓手。

就在这时,粪腿哆哆从人群里走了出来,不紧不慢地说:"我下去试试。"

大伙儿眼睛都盯着粪腿哆哆。大家知道,粪腿哆哆年轻时可是串场河边数一数二的汉子,那时候,他要是下水扣绳,肯定是三个指头抠田螺——十拿九稳。可现在不一样了,一来是老爷子岁数大了,二来他两条腿上还有毛病,大伙儿心里都没底。河堤上一时间鸦雀无声。

粪腿奶奶拉着粪腿哆哆的袖子:"老头子,你腿不好,就不要下去了。"

"老太婆,你还不晓得我的水性? 我下去扣个万保桩,给根宝剁点儿肉吃吃。"粪腿哆哆笑眯眯地看着老伴说。

粪腿奶奶不说话了,眼泪汪汪的。自从根宝进了门,除了过年,一年到头,饭桌上也见不到个肉星子。根宝正是长身体的当口,奘腿奶奶虽然心疼,却也没有办法。不过年不过节的,谁家有钱烧得慌,没事在家打肉吃?

奘腿嗲嗲脱了棉袄,露出一身古铜色的腱子肉,稳稳地上了船。船到河心,奘腿嗲嗲弯腰从河里抄起一捧水,在胸口拍了两把,一颗颗水珠沾在他胸口发出晶莹的亮光。奘腿嗲嗲牵着麻绳跳下了河,河岸上所有的人都不说话了,大伙儿紧紧地盯着暗绿色的水面。一分钟以后,奘腿嗲嗲钻出水面,伸手抹了一把脸上的水:"船头的万保桩被电线杆砸断了,我去扣船艄。"

大伙儿没想到这一层,一定是电线杆冲下来的时候,刚好砸在万保桩上。现在也不能去扣外侧的万保桩,水底情况不明,贸然拉外侧弄不好会把船身拉翻,万一把船拉成倒伏状就麻烦了。

奘腿嗲嗲牵着麻绳,第二次潜到水底,好大一会儿,水下冒出一根小木方子,奘腿嗲嗲跟着也浮出了水面,手里还拿着麻绳的绳头:"船篷子塌了,压住了万保桩。"

岸上的人呆住了,谁也没想到是这个情况。奘腿奶奶在岸上喊:"老头子,你上来暖一下。"

奘腿嗲嗲朝岸上的奘腿奶奶看了一眼,没有理睬她,深吸了一口气,翻身又潜了下去。奘腿奶奶屏住了呼吸,双手合十,嘴里不停地念叨着:"菩萨保佑!菩萨保佑!"

河面上波光粼粼,清冷的河水,好像黏稠的水银一般,厚墩墩的。岸上的人都屏住了呼吸,时间也好像停滞了。过了好大一会儿,水面一阵翻腾,又冒出来几根木方子,顺着河水向北飘走了。奘腿嗲嗲再一次从水底冒出头来,伸手抹了一把脸上的水:"我把船篷拆了,再扎个猛子就行了。"

岸上没有一个人说话,大伙儿眼睁睁地看着奘腿嗲嗲第四次扎进了水底。

时间仿佛凝固了一般,不知道过了多久,奘腿嗲嗲才从水里钻

第十二回　显神通老将出马　请大笔广播扬名

出来,扬脸冲着小船上的人喊:"好了。"圩堤上响起了一片掌声,大伙儿都忍不住为奘腿嗲嗲喝彩,不愧是串场河边的老英雄啊,这才真是老将出马,一个顶俩。

春耕几个人赶紧把奘腿嗲嗲拉上船,给他裹上棉被,递给他一碗大麦烧酒。

岸上的人早就在河堤上选好了一棵两臂合抱的大树,把麻绳在树身上绕了两圈,男女老少几十个人像拔河一样用力往上拉船。

随着"嗨哟、嗨哟"的号子,沉船慢慢地被倒着拉到了河滩上。

那天晚上,竹溪街上的肉案子都卖空了。光明庄三队每条巷子的空气里,都弥漫着久违的肉香味。那一晚,光明庄三队破天荒地有了闪烁的灯光,每一扇灯光后面,都充满了过节一样欢乐的笑声。

两天以后,李德安修好了浸水的挂浆机,请人把电线杆全都抬到了船上。一大早,李德安从竹溪街上,买回来了二斤红糖、二斤麻油果子、二斤肉、六条鲫鱼,恭恭敬敬地送到了罐子奶奶家。李德安拉着罐子奶奶的手,哽咽着说:"大妈,大恩不言谢!您老救了我一命,从今往后,您老就是我李德安的亲娘。"

罐子奶奶弄了几个土菜,一家人和李德安一起吃了一顿饭,就算是认下了这个海里的干儿子。吃过午饭,一家人站在河堤上,挥手目送李德安开着货船,消失在串场河水波浩渺的远方。

串场河边的光明庄又恢复了往日的宁静。

这天晚上,根宝正要洗脸睡觉,队长网锁进来了。奘腿嗲嗲赶紧让座,网锁连连摆手:"奘腿叔,你不要客气。我来找根宝出去有点儿事商量商量。"

"快去,快去。"奘腿嗲嗲盼咐根宝。队长有请,奘腿嗲嗲不敢怠慢。

根宝跟着网锁走了。半小时以后,根宝回到了家,没有洗脚睡觉,而是坐到小饭桌前,摊开了记账用的本子,开始涂涂写写。

又过了两天,挂在巷子口大槐树上的大喇叭里播出了一条本地新闻——

"1月15日上午,一条盐海籍货船倾覆在我县乐吾公社光明大队的串场河段。人民群众的生命财产,面临着巨大的危险。在这千钧一发之际,光明大队生产队长齐冈锁同志,带领干部群众……"

听到广播的光明庄人都笑了:"队长上了一回县广播,连名字都改了。"

网锁也听到了广播,早中晚一连听了三次。第二天早晨,干脆双手叉腰站在大槐树底下,从头听到尾,又一字不落地听了一遍自己的英雄事迹。

上了县里的广播,网锁很兴奋,又有些小小的郁闷——名字怎么会被播音员念错了?也不知道上级领导有没有听到?如果听到了,他们知不知道广播里的齐冈锁其实就是我齐网锁?

网锁暗自想,领导又不是傻子,楚水县有几个乐吾公社?乐吾公社有几个光明大队?光明大队有几个姓齐的生产队长?只要一摸排,不就出来了?

这样一想,网锁觉得还是根宝脑子灵光,不仅把自己的先进事迹报道了,还能落个做好事不留名的好名声,实在是一箭双雕的金点子。当下对根宝有了另眼相看的心思。他哪里知道,这其实是根宝写通讯稿的时候,网字写得潦草了,播音员没有看清楚。

第十三回　借声势队长升职　建新房有寿请客

　　上午,网锁安排几个社员把各家各户的灰堆清理了,把用烂菜叶、羊粪和灶膛灰混在一起的羊灰都挑上了船。社员们几乎家家户户都养着一两只山羊,山羊没有专门的羊圈,大多是在屋后挖个两米见方的坑,坑边上搭个矮趴趴的小窝棚,山羊就拴在窝棚里。家里平时的草木灰、烂菜叶什么的都倒在坑里,孩子打回家的羊草也扔在坑里,山羊平时就在坑里吃喝拉撒,把灰堆踩得板板实实的,便成了老百姓口中的羊灰。

　　下午,网锁带领几个男劳力在齐家圩子往冬小麦地里撒羊灰。这茬麦苗已经有了一拃高,绿油油地在北风中摇曳,羊灰撒上去后,顿时变得脏兮兮的。这世上有用的东西不一定好看!比如羊灰,看起来邋里邋遢的,却是上好的农家肥。有了冬天里的这些羊灰做底肥,开了春,麦苗就会噌噌地往上蹿。

　　齐有安急急忙忙地从远处跑过来,隔着一节田就舞着胳膊喊:"队长,队长,大队长叫你去一趟大队部。"

　　网锁这几天表面上风平浪静,心里一直在等着上级找他谈话,听到有安的话心中一喜,赶紧吩咐根宝带着大伙儿继续干活儿,自己急急忙忙转身朝着大队部飞奔而去。

　　网锁走了,根宝心里忐忑不安,暗骂县里的播音员:"从哪里弄来个识白字的东西!肯定是走后门进的广播电台。"心里暗暗祈祷,网锁也知道是播音员念错了他的名字,千万不能怪罪到自己的头上来。

　　大队部里,大队支书和大队长,正陪着一个穿蓝色中山装的中年人说话。看见网锁进来,大队支书站起来介绍:"戴科长,这位就是齐网锁同志。"

戴科长起身，一把握住网锁的手，使劲儿地摇晃，：＂齐网锁同志，做得好啊！做得好啊！你这个同志，做好事还不留名，真是雷锋式的好同志啊。＂

网锁受宠若惊，原本高大挺拔的腰杆，迅速弯成了一尾满脸谄笑的虾：＂原来是戴科长，我眼生。您找我有什么事？＂

＂你就不要再隐瞒啦，我们都知道了。你以为用个齐冈锁的假名字，我们就找不到你了？你不要忘了，人民群众的眼睛是雪亮的！＂戴科长一副明察秋毫的样子。

网锁故意低下头蹭着自己布鞋上的黄泥，讪笑着说：＂一点儿小事！一点儿小事！也不知道是哪个报上去的。＂

＂网锁同志，这可不是小事啊。现在公社党委正准备组织各个大队的党员干部向你学习呢。宗支书、袁大队长，我今天来，就是代表公社党委和政府，向你们表示感谢和祝贺的。感谢你们，为我们乐吾公社培养出了齐网锁这样的好同志！为全公社广大党员干部树立了学习的榜样。同时，我代表公社党委来宣布一个决定。经过公社党委研究决定，提拔齐网锁同志担任光明大队的副大队长。齐网锁同志，听说你还不是党员啊？但是，你已经用自己的实际行动，向党组织交了一份生动的入党申请书。你脚不要蹭了，我已经看到你鞋上的黄泥了，你是一个真正的好干部。好钢就要用到刀刃上。这两天就回去把申请书补上来，我亲自做你的入党介绍人。＂

网锁激动得满脸通红，两手在裤子上擦了又擦，一把握住戴科长的手信誓旦旦地表态：＂感谢戴科长和上级领导的关心！我一定把工作做好！绝不辜负戴科长和公社领导的信任。＂

送走了戴科长，支书和大队长征求网锁的意见——谁来接替网锁做三队的生产队长合适？

网锁翻了翻黑鱼眼：＂我们生产队的根宝合适。不要看他岁数不大，可他有文化、头脑灵活。最主要的是，他父亲奘腿嗲嗲在生

第十三回　借声势队长升职　建新房有寿请客

产队里的威信很高，没有人不服气。有了奘腿嗲嗲的支持，三队没有什么工作做不好。"

当晚，大队宗支书在罐子奶奶家召开社员大会，宣布网锁担任光明大队副大队长，齐根宝接替网锁，担任第三生产队小队长。

根宝做了小队长，最高兴的是奘腿嗲嗲和奘腿奶奶。老两口直到半夜都没有睡着，说是祖先保佑，菩萨显灵，齐家不仅有了后，还要光宗耀祖了。

这个晚上高兴得睡不着觉的还有豌豆。

爸妈说了，过年以后家里就开始砌房子了。有了新房，自己就能有个单独的房间，不用再和奶奶挤在一起睡了。奶奶两只脚上都有刺窠（鸡眼），每天晚上，奶奶都要豌豆帮她的刺窠抓痒。奶奶脚上的刺窠硬得像块榆树皮，天天晚上都要豌豆帮她抓痒，豌豆有些嫌烦。

齐有寿和李凤英两口子每天起早贪黑上工，省吃俭用了十几年，又跟亲戚朋友东挪西借了一些，总算备齐了砌房子的材料。想趁着三春头上地里庄稼活不太忙，请几个师傅盖房子。

新房选址在串场河河堤下的大路边上，前面是通往竹溪的大路，后面是通往串场河的生产河，出门就是路，屋后就能上船，是个再好不过的地方。瓦匠师傅拉起草绳放了样，有寿和有福兄弟俩，沿着草绳挖好了墙基。请来几个邻居，把打谷场上碾稻谷的麻石碌碡滚了过来。几个人在碌碡上用麻绳绑上两根粗木杠，抬着碌碡，沿着墙基结结实实地打了两遍夯。

有寿和有福兄弟俩，把地基上挖出来的土浇上水，泡透了，用钉耙把土拌得黏糊糊的，用木桶装上，抬给瓦匠师傅在打过夯的墙基上砌墙。因为砖头少，不够砌实心墙，就用砖头码成空心墙——串场河边叫作鸽子窠，就和树杈上的喜鹊窝一般，搭的是个空架子，外表看起来是砖墙，里面都是空心的。

两天到晚，鸽子窠就到了檐口。东西两头的山墙和中间隔墙各自砌出了三角形的山尖,两个房间的山尖上,搁上一根粗树干做屋梁。两侧,一边再搁一根树干做腰梁(檩条)。最粗的一根树干,早就凿好了榫头,也抬到了堂屋中间的山尖旁,却没有放到山尖上,留待第二天凌晨再搁上去,这是老百姓建房过程中最重要的一个仪式,称作上梁。

晚上,有寿约了网锁和根宝吃晚饭。

齐老太烧火,李凤英掌勺。明天上梁,今晚是有寿建房站柱的大日子,自然是瓦匠师傅和木匠师傅坐上首,网锁和根宝坐对面。东边坐着有寿的老丈人和小舅子,西边坐着有寿的本家叔叔和有福。

酒席安排在新房的堂屋里。虽说新房还没有屋顶,但已经在堂屋里摆上了香案。一张吃饭的方桌靠着北墙,方桌上点着两支红蜡烛,一面三尺长的玻璃镜匾斜靠在墙上,镜匾上画着一副喜鹊登梅的图案,上首写着"贤婿齐有寿华堂落成之喜",落款是"愚岳携犬子李洪祥贺"。堂屋两侧山墙上分别贴着老有田写的大红对联:"上梁正逢黄道日,竖柱巧遇紫微星。"头顶上月朗星稀,脚底下铲掉了青草的土地,发出清幽的冷光,伴着一丝野草的清香,还颇有一些田园牧歌式的浪漫。

第十四回　六大碗农家上梁　四更天孩童抢糕

　　串场河边最隆重的酒席分三种——娶媳嫁女、建房上梁、做寿和周年。如果是死人烧七、周年一类的白事，酒席只有豆腐、青菜。所以，串场河边的白事，又叫作吃豆腐饭。其他的红事酒席，一律称作吃六大碗。

　　六大碗，是串场河边招待客人最高规格的酒席。

　　平时请客吃饭能将就，地里长什么，桌上就吃什么，至多是河里捞两条鱼、鸡窝里捡几只蛋，或是拿黄豆到豆腐担上换两方豆腐。家里来了娘舅或是亲家一类的重要客人，了不起再宰只不生蛋的鸡。但建房上梁是大事，可不敢将就，将就了会被人说小气，有寿今晚就准备了六大碗。

　　有福负责斟酒。一只瓶口塞着红纸团的玻璃瓶，装着从竹溪供销社打回来的散装大麦烧酒。每人面前，摆着一只牛眼大小的白瓷酒盅。

　　第一碗是大蒜烫百叶。时节已经到了春天，大蒜快抽薹了。大蒜叶也不再是冬天那样纤细，已经长得与肥硕的粽箬相仿，自然是掐去不用，只剥了雪白的大蒜梗，在开水里焯熟，切成半寸长的小段。再把百叶切成细丝，也用开水焯去豆腥味。搁上味精、酱油，淋上香油，加上姜丝拌匀了，又好吃，又泼绰。大蒜是自家自留地里长的，不用花钱买。所以，冬春季节，大蒜烫百叶是庄户人家办酒席的首选。

　　第二碗是烧萝卜。萝卜是去年冬天窖在地里的，早上李凤英刚刚挖出来。萝卜身上长了不少白色根须，头上冒出了紫红色的缨子。削掉根须和萝卜缨子，洗干净，切成萝卜条，用开水焯过，烧的时候放一小把泡好、择净的淡菜（一种海产品）。烧萝卜一定要加上鸡汤煨,李凤英腊月里杀了一只鸡,腌好了挂在檐口下的北风头里风得干干的,为的就是今天这桌六大碗。起锅的时候,凤英仔细地把淡菜先拣出来,盛好了萝卜,再把淡菜薄薄地铺在上面,撒上碧绿的蒜花,最后,浇上汤水。一碗清清爽爽的淡菜烧萝卜就端上桌了,一清二白、咸鲜爽口。

茨菇溜鸡,是把茨菇烧熟以后,铺上一层手撕的咸鸡脯肉。

焖肉圆最简单。早上凤英"乒乒乓乓"剁了一斤肉馅,加上两个鸡蛋、五个烧饼,用棉籽油炸成了一大碗肉圆。现在,只要在锅里加上水,把肉圆焖熟,盛到碗里,撒上雪白的蒜花就成了。

四个菜吃下去,二斤玻璃瓶里的大麦烧也剩下不到半斤了。有寿端上一碗油光光的红烧肉来,站在桌旁咧着嘴说:"两位师傅、大队长、队长,没有菜,你们弄口水酒。"

网锁咂了一口酒,撽起一块颤悠悠的红烧肉塞进嘴里,嘴角就溢出了油光:"有寿,你这间大屋,在串场河边盖通庄啊。"

"大队长说笑了,三代人挤在个屁股大的丁头府里,不砌屋不得过身。"

俗话说:"吃得好,说得好。"瓦匠师傅嘴里吃着肉,也在含糊不清地夸有寿:"以前,光明庄就数罐子奶奶家的屋宽敞。有寿这间屋竖起来,比起罐子奶奶的土墼墙,不知道要好上多少了。"

"承你吉言!请酒,请酒。"

最后一道菜是红烧鱼,白天就烧好了,用一只平口的青花盘子盛着。眼看着酒瓶见了底,有寿端着鱼盘上了桌。

六大碗的酒席,鱼是不作兴吃的,一定要留给主家,这样才能年年有余(鱼),这是串场河边酒席上的规矩。在座的都是光明庄上有头有脸的人物,哪能不知道这个?木匠师傅站起身,接过有寿手里的鱼盘,煞有介事地说:"恭祝主家年年有鱼(余)。"

说完,又把鱼盘还给了有寿。有寿赶紧弯腰点头表示感谢:"承你吉言!承你吉言!"

第十四回　六大碗农家上梁　四更天孩童抢糕

网锁端起酒杯,看了一眼桌上的人:"鱼到酒止!鱼到酒止!我们干了杯中酒。"

鱼到酒止,也是串场河边约定俗成的酒桌规矩。主家端上了鱼,喝酒就告一段落了。既然大队领导做了总结陈词,大伙儿赶紧纷纷把杯里的酒喝干。有寿把鱼盘送走,回来站在桌旁,搓着双手说:"我帮你们带饭。"

在串场河边,盛饭不说盛饭,说带饭,显示主人对于酒席的重视。如果主人家是船民,那么,盛饭就一定要说成是装饭,不仅仅是重视了,还是礼节和规矩。船民是最忌讳"沉"的,一切和"沉"谐音的字,都是忌讳。而说成装,就是祝福了。船民就是靠"装"来维持生计的,无论是装货还是装人,都是他们的营生。从这些酒席的细节上,就能看出光明庄的人不仅循规蹈矩,而且崇尚礼教。

李凤英烧了一锅青菜汤,大伙儿就着菜汤,吃了个酒足饭饱。

吃过晚饭,大伙儿告辞回家。有寿走到两个师傅面前:"夜里拜托二位了。"

"你放心。吉时一到,准时上梁。"木匠师傅打着饱嗝说。夜里上梁,他才是主角,自然不能放过这个表现的机会。

送走了客人和师傅,有寿一家人坐下吃饭。除了一碗青菜汤,什么菜也没有了,一家人一样吃得很开心。新房就要建起来了,仿佛什么东西吃在嘴里都是山珍海味一样。

吃好晚饭,收拾好锅碗,已经是半夜。豌豆和齐老太回丁头府里睡觉了,有寿和李凤英坐在新房里看家。

凌晨三点,两个师傅裹着棉袄哆哆嗦嗦地来了,查看了一下凤英准备好的小篮子。篮子里有馒头和米糕,各有六十六块。抽了两支香烟,估摸着时间差不多了,木匠师傅点了一只炮仗。

"砰——啪"两声脆响,炮仗在夜空里炸出一团红色的火球。

炮仗声响过不久,远处传来了"踢踢踏踏"的走路声。七八个裹着棉衣的半大孩子,揉着惺忪的眼睛慢慢聚拢过来。起先的炮仗是个预告,告诉那些睡梦里的孩子赶紧起床,来抢馒头和米糕。这也是串场河边的规矩和风俗,建房上梁一定要准备好馒头和米糕给庄上的孩子抢,是一种分享和传递喜悦的小游戏,无论什么样的快乐都要与人分享,这是光明庄人对于"赠人玫瑰,手有余香"最生动的诠释。

看见孩子们都聚拢了过来,两个师傅拎着小篮子,顺着脚手架,爬到了堂屋的山墙尖上。

木匠师傅高喊一声:"吉时已到!放炮仗,上梁!"

有寿赶紧点燃早就剥好纸捻的炮仗,随着"噼噼啪啪"的鞭炮声,两个师傅把白天支好的大梁抬起来,端端正正地放到山尖正中。上梁安排在凌晨是有道理的,山墙砌好了,无牵无挂的,几百斤的大梁搁在山尖上,就靠一头一个师傅安放,确实不容易。白天站在晃晃悠悠的山墙上人就双腿打颤,夜里黑灯瞎火的看不见,胆子自然就大了。安好大梁,木匠师傅开始用斧头在大梁上敲出节奏来,"叮叮哐,叮叮哐,叮哐,叮哐,叮叮哐……",一边敲,一边大声喊好:

"福字生来四角方,祝贺府上盖华堂。"

木匠师傅一边喊着好,一边抓起脚下篮子里的馒头和米糕,对着下面翘首以盼的孩子们扔下去。

木匠师傅喊罢,对面的瓦匠师傅接口喊道:"左边一间金银库,右边一间是粮仓。"

喊完,也抓起篮子里的馒头和米糕对着下面的孩子们扔,两位上梁的师傅一人一句,轮番喊起好来——

"门前栽的千棵柳,屋后栽的万棵桑。"

"相公赴京去赶考,喜中头名状元郎。"

"福子福孙多吉庆,福满门庭喜洋洋。"

"福祖福今福后代,子孙永世福寿康。"

……

第十四回　六大碗农家上梁　四更天孩童抢糕

两个师傅你一句我一句，像相声演员一样轮流喊着祝福的好话，每喊一句，就扔一次馒头和米糕。下面的孩子，两眼紧盯着师傅的手，兴奋地捡拾着扔下来的馒头和米糕。

上梁仪式结束，凤英拎着小篮子，再依次给来参加抢馒头和米糕的孩子们一人分两块。几个孩子开开心心地捧着战利品回家了。

俩师傅从房顶上下来，把手里的篮子交给有寿。一只篮子里剩下六块米糕，一只篮子里剩下六只馒头，木匠师傅说："六（禄）去六（禄）又回，恭喜主家大发财！"

有寿赶紧接过篮子，把早就准备好的两个红包塞到了师傅手里。

天亮以后，师傅们开始盖屋顶。

先在屋梁和檩条之间钉上毛竹椽子。有寿两口子几年前就起早贪黑从串场河河滩上割回家一捆捆野生的芦柴，齐老太在家里把芦柴剥掉了枯叶，用草绳编成了一条条芦柴箔子。现在，把芦柴箔子平铺到毛竹椽子上，再均匀地铺上一层新稻草。

有寿和有福撑着木船，到串场河里装了一船河泥，用木桶抬过来，用浇水的白铁皮勺子，一勺一勺地递给盖屋的师傅。师傅用一块半尺多长的木壳板，把河泥均匀地抹在稻草上，把稻草抹得平整整、滑溜溜的。

抹完河泥，两个师傅开始盖瓦。

青瓦是有寿两口子利用农闲到海边滩涂割回的茅草到小瓦窑换的。小瓦窑的瓦坯怕淋雨，需要大量的茅草做苫盖。老百姓就到海边去割了茅草，送到小瓦窑上兑换青瓦，大家粗工换细活，各取所需。小工在下面把青瓦上的草木灰掸干净，递给屋面上的瓦工师傅。师傅从檐口盖起，依次一路向上。建房前，有寿早就请师傅认真算过，多长的檐口、多宽的屋面，需要多少片青瓦，换回来的青瓦刚好够数。

盖好青瓦,就剩下做屋脊了。两个师傅把弧形的小瓦用泥巴紧紧地摁在屋脊上,一片搭着一片。再把两个山头用巧瓦(碎瓦)补好,三间高大宽敞的大瓦房就算建成了。

　　师傅仔细地把鸽子窠的砖缝,用瓦刀清理干净。让有寿买回家一袋水泥,师傅拌了几桶砂浆,把砖缝嵌满了水泥砂浆,再用一根小钢筋锻成的小扁铁条把砖缝里的砂浆压实、抹平、刷净。有了水泥勾缝,再大的风雨,也不怕洇进屋里去了。

　　有寿和凤英起早贪黑到河滩上挖了些黏土,把房子里垫高了一尺。屋里屋外收拾干净后,举家搬进了新房。

　　有寿是光明庄第一个砌瓦房的人,两口子为此辛苦了十来年。房子建好了,两口子也背上了一屁股的外债。

　　晚上,睡在散发着泥土味的新房里,豌豆兴奋得久久地睡不着觉,心里想:"我家这新房,快赶上竹溪的供销社了。"

第十五回　看班轮有全发呆　送节礼网锁如愿

月亮一晚比一晚圆，一晚比一晚亮，像一只硕大的白玉盘，静静地挂上了串场河的夜空。

过了燥热的夏季，田野里的青蛙不像夏天那样欢叫了，晚上聚到串场河河堤上乘凉的人也一天天少了。树摇影动，月光如水，晚风吹拂，空气中弥漫着甜甜的稻香。

网锁披着衬衫找到根宝："明天给我领二十斤鸭蛋，五十斤糯米，我要到公社去办事。"

根宝知道网锁和公社的戴科长关系好，说去公社办事，肯定是去给戴科长送礼。眼看着就中秋节了，根宝也暗想着怎样去走动走动关系。听到网锁的话，心里一动，嘴里一个劲儿答应："大队长，东西沉，明天我帮你送吧。为了集体的事，哪能要你亲自动手呢。"

网锁看了一眼根宝，想着七十斤东西的确不好拿，尤其是鸭蛋，万一有个磕碰，就散黄了。现在自己是大队长了，不能凡事都自己动手，有个机灵的人跟着，也显得体面。想到这里，网锁摆出一副无可奈何的样子对根宝说："我这也是没办法，再有两天就是八月半（中秋节）了，不给上面的老领导送点儿土特产，万一大队有个什么事情，怎么好意思找人家开口呢？"

"那是，那是。大队长未雨绸缪。"

"你说什么谋？"

"我说大队长你老谋深算。"

"哎，不能瞎喊，是副的，副大队长。"

"你做大队长是早晚的事。整个光明庄还有哪个像你这样一心为了老百姓着想？袁大队长快要退休了，肯定是你来接班，两年一过,就是支部书记。将来你要是不做支部书记,天理难容,我根宝第一个不答应。"

"你这个根宝啊!"网锁用手点了点根宝,心里美滋滋的。

第二天吃过早饭,安排好社员上工,根宝让有全从仓库领出四十斤鸭蛋、一百斤糯米。各自分成两份,再用小袋子装上十斤糯米放在旁边。吩咐他提前挑到乐吾轮船码头去等着。

根宝拾掇了一下,上门去找网锁:"大队长,东西我按你的要求给准备好了。我们什么时候动身?"

网锁看了一眼根宝:"你挑东西跑得慢,先走一步,到轮船码头等我。我吃好早饭就来。"

"好的,我先挑过去,在公社轮船码头等你。"

根宝走了十几里的土路,赶到了乐吾轮船码头。刷着蓝白相间油漆的扬州班轮正在上客,班轮玄黑的船身上有一条笔直的刻度线,用白色油漆标着吃水深度,铁板船舷用水冲洗得黝黑发亮。戴草帽的、顶方巾的,穿中山装的、穿对面襟的,挎篮子的、拎人造革皮包的,挑担子的、扛蛇皮袋的,各式各样的男女老少,正在排着队依次登船。

有全坐在码头石阶上,两手托着下巴,张着嘴,正傻乎乎地看着客轮。根宝走过去,拍了一下有全的肩头:"精明的看一眼,傻子才相到晚。轮船有什么看头?肚子饿了吧?"

有全揉了揉肚子:"挑着百十斤的重担,走了十几里路,早上喝的两碗薄粥,早就跟着尿跑了。队长,你说这大轮船到底开到哪儿呀?"

"往西开六十里,就是楚水城。再往南开二百里,就到了扬州。把那个小袋子给我,你在这儿等着。"

"我的个乖乖!扬州啊!那不是在天上?"有全睁大了一双老鼠眼看了看客轮,脸上挂满了羡慕。扬州,有全听说过,自古扬州出美女嘛,谁不知道?还有楦房子的皮五辣子(扬州评话里的人

第十五回　看班轮有全发呆　送节礼网锁如愿

物),还有磨豆腐的王樵楼(扬剧里的人物)。有全耳朵早就听出老茧了,一直以为扬州远在天边,想不到竟然就在这条客轮的那一头。扬州到底是个啥样子呢?扬州的女人穿什么衣裳?扬州人真的早上皮包水(吃早茶),晚上水包皮吗(泡浴室)?有全想不出来,愈发盯着客轮看得出神了。

根宝没有理有全,自顾拎着十斤糯米,找到一家烧饼铺换了十个烧饼,剩下的换了几块钱。根宝回到码头,递给有全三个烧饼:"你先回去吧,下午继续到齐家圩子去上工。我在这里等大队长,和他一起去给大队办事,就不和你一起回了。"

有全咬着烧饼走了。根宝拿着四个烧饼,找到码头看门的老头,先把烧饼递了上去:"老伯,我上街办点儿事,在你这儿存点儿东西,回头来拿。麻烦你帮我看着点儿。"

老头接过烧饼,客客气气地帮根宝把一篮鸭蛋和一袋糯米放到了门房里:"去吧,随你什么时候来。下午两点钟还有一班楚水班,我要等轮船开走了才下班。"

根宝守着剩下的鸭蛋和糯米,坐在石阶上吃烧饼。刚把三个烧饼吃完,穿戴得整整齐齐的网锁就到了:"根宝,挑上东西跟我走。"

根宝挑上东西,跟着网锁七拐八弯地走了十几分钟,来到一个独门独院的小院子,院墙上爬满了绿色的爬山虎,一阵风吹过,院墙上的爬山虎像波浪一样起伏不停。网锁拍了拍门,戴科长笑眯眯地从屋里走了出来:"网锁啊,昨天接到你打来的电话,我今天特意迟一点儿去上班,专门在家等你。快进来,快进来。"

"不得了! 不得了! 我的罪过大了,耽误领导工作了。"网锁一边说,一边指挥根宝把东西挑进院子,送到院子里东边的小厨房里。

戴科长扫了一眼根宝挑着的东西,板着脸对网锁说:"来就来,下次不要带东西。"

"一点儿土产品,不值几个钱。是我们光明庄老百姓的一点儿心意。"

戴科长把两人让进屋里,招呼屋里的妇人倒茶。网锁坐下来和戴科长说话,根宝看见院墙脚下有只牛头缸,起身拎到屋后的河边码头上,揪了两把水草,把牛头缸洗得干干净净的,重新拎回来,倒扣在天井里的碎砖地坪上。

戴科长看见了,招呼根宝:"小伙子,不要忙了,坐下来喝口水。"

"领导,我不渴,我看这牛头缸正好可以腌鸭蛋,洗好了,爽爽水。"

戴科长频频点头:"网锁,你带的人和你一样,有眼力。"

网锁听到表扬,脸上顿时眉飞色舞起来:"戴科长,你不知道,根宝可是我们光明庄的笔杆子。我也是后来才知道,前几年那个广播稿就是他写的。"

"哦?"戴科长来了兴趣,对根宝招招手,"过来坐,过来坐。看不出你小小年纪还有这一手。"

根宝谦逊地站在戴科长面前:"领导过奖了,在南京读过几年书。都是网锁大队长栽培得好。"

"嗯?你去过南京?"

根宝简单介绍了一下自己的情况,戴科长频频点头:"嗯,吃水不忘挖井人!是个好苗子!"

趁着戴科长高兴,网锁小心翼翼地试探:"戴科长,儿子初中毕业了,还要麻烦老领导给安排安排。"

"嗯……"戴科长沉吟了半响,网锁的心提到了嗓子眼。

根宝站在一旁搭腔了:"领导,你是没见过我们家爱国。小伙子可标致了,初中毕业,有文化!放在农村里种田太可惜了。"

戴科长看了看网锁,又看了看根宝:"秋粮就要上来了,粮管所要招几个临时工,先让小伙儿过去试试。"

根宝一听,夸张地张大了嘴,对着网锁竖起了大拇指:"粮管所

第十五回　看班轮有全发呆　送节礼网锁如愿

啊！这可是铁饭碗啊！恭喜大队长！恭喜大队长！"

网锁也咧开大嘴笑了："谢谢戴科长！儿子能进粮管所，我网锁来世做牛做马，也难以报答啊。"

"不要这么说，你网锁是我老戴介绍入党的嘛。只要你把光明庄的工作做好了，就证明是我老戴看人没有看走眼。"

"一定！一定！请戴科长放心！我是你的兵，一定把工作做好，不给戴科长丢脸。根宝，戴科长工作忙，我们就不打扰了，先回去吧。"

两人告辞出来。路上，根宝再次恭喜网锁给爱国找了个铁饭碗。网锁很高兴："根宝，今天也多亏你在一旁敲边鼓，回头到我家去，叫小麦弄两个菜，我们一起喝几杯。"

"大队长，喝酒下次吧。我难得上一趟街，怎么地也要给生产队买点儿急需的农资回去，不然回去不好交代。你工作忙，先回去吧。"

"好，这顿酒我给你留着。"

"正月里来正月正，小寡妇上坟哭亲人。今年有了二十一哪，死鬼呀，一十七岁进你家的门……"

网锁今天心情好，哼着《小寡妇上坟》，摇头晃脑地回去了。

第十六回　有眼色后生可畏　送公粮肉饭真香

根宝和网锁分手后，走到轮船码头旁的国营春风饭店，点了一碗烧杂烩、两碗大米饭。吃完一结账，早上糯米换的钱还剩一些。

吃过饭，看看时间还早，根宝又上街转了一圈。根宝看见老街上一家杂货店里有卖头花的，粉红色的绢子，盘成一朵含苞待放的花骨朵，十分精致美丽。根宝一时心动，觉得粉香要是戴上头花，肯定会很好看。于是，他花了五毛钱，买了一朵，贴身藏好。

粉香是二流子有志的妹妹，比根宝小一岁，每次看见根宝都会脆生生地喊一声"根宝哥哥"。

粉香长得很漂亮，是那种健康的漂亮，辫子长长的，眼睛大大的，胸脯高高的，腿肚子圆圆的，就像是水稻田里的一株野稗草，青春无限，而又摇曳生姿。每次看见粉香，根宝都会莫名其妙地紧张，喉头发紧、手心出汗。

根宝暗暗地喜欢粉香很久了，可他一直没有勇气说出来。他有些怵粉香的父亲老得稻，那是个出了名的老古板。平时看见粉香和男孩子说话，老得稻都会沉着脸把粉香喊回家。根宝想等自己做出成绩以后，再让樊腿哆嗦去提亲，那样就多了几成的把握。

根宝估摸着过了上班时间，从码头门房里把存在那儿的鸭蛋和糯米拿出来，挑着东西，又去了戴科长的家。

这回开门的是戴科长的老婆，穿着白色的确良衬衫、灰色长裤、千层底的方口布鞋，看上去既端庄又时尚。根宝早上见过，此刻他自来熟地打招呼："婶，我早上洗牛头缸时看了看，你家这个缸大，早上的鸭蛋腌不满，我又回去给您选了二十斤。反正也是腌一回，要腌就腌满了。"

妇人的眉眼笑成了一弯新月："你这个年轻人倒是真有眼色，

第十六回　有眼色后生可畏　送公粮肉饭真香

进来喝杯茶吧。"

"婶,我就不进去了,回头生产队里还有不少事情要安排,来回几十里呢,我先走了。"

"安排？你是干部啊？"

"哪里算是干部,在光明庄上做个小队长,就是个听人用的跑腿。"

"哦吆！我就说嘛,现在这么会来事的年轻人可不多见。"

"婶太客气了,我先回去了,下次等南瓜子上来,我再来看您。"

根宝说完,扛着扁担回去了。戴科长老婆看着根宝挺拔的背影,陷入了沉思。

稻谷入了仓,麦种下了地。根宝挑了个晴天,安排生产队准备好两条水泥船,把晒干扬净的新稻谷装上了船。

第二天天不亮,拉纤的拉纤,掌舵的掌舵,拉着粮船出了串场河,沿着车路河一路向西。粮船吃水很深,船帮浮在水面上,船头剖开暗绿的河水像两条大鱼一路劈波斩浪。九点钟的光景,一行人把粮船拉到了乐吾公社的粮管所。

乐吾公社的粮管所就在轮船码头东边,同样是依河而建,沿河有二十多级气派的水泥台阶。沿岸停满了乡下各个生产队送光荣粮的粮船,一直排出去几百米远。根宝指挥大家把船排在送粮的船后面,吩咐罐子和民主几个人留在船上,跟着前面的船只,随时把粮船往前面挪动。自己带着有全,扛上满满一袋新稻谷,从河堤的缓坡处跨上了岸。

根宝领着有全,轻车熟路地找到一家烧饼铺,用新稻谷换了几十个烧饼,剩下的兑成了钱。根宝到乐吾小菜场剁了五斤肋条肉,称了三斤百叶,买了两棵花椰菜(大白菜)。当了几年小队长,这一切宝根做起来轻车熟路。手里没粮,唤鸡不灵。反正是集体的粮食,大伙儿一年才送两次光荣粮,开个小灶也让大伙儿干起活来有积极性。

回到粮船上,大憨和老有田在船头上支起两口锅,一口锅煮饭,一口锅烧菜。中午,光明庄送粮的汉子们蹲在船头,围着一锅白菜百叶炖肉,直吃得额头上冒汗。

等到下午三点,总算排上了档。七八个光明庄的汉子,把粮船在水泥码头上泊好。二流子有志和旱天雷大憨负责在船上装粮,有寿、有福、有全、有安、解放、民主、春耕、罐子负责挑粮,保管员老有田,负责在粮管所的磅秤前收粮筹和添磅秤。

挑粮的人把装满稻谷的簸箩搁到磅秤上,磅秤的秤砣卡好了一百五十斤。稻谷多了,老有田赶紧拿白铁皮簸箕扒一些出来;稻谷少了,老有田赶紧从旁边添秤的笆斗里扒出稻谷补上,确保每一担都是刚好一百五十斤。

坐在磅秤前司磅的人嘴里叼着卷烟,翘着二郎腿,看到秤砣平了,在稻谷簸箩里插上一根盖了章的竹筹。老有田把竹筹收好,挑担的人挑起过好磅的稻谷,往粮管所后面的仓库里送。

粮管所的后院里,有十几进高大的库房。库房里堆满了新收的稻谷,稻谷堆上搭着几块长长的木跳板。

爱国胳膊上套着红袖箍,站在3号库房门口,指挥挑粮的农民把粮往库房的粮垛上送。

罐子第一个挑着两筐稻谷一路小跑过来。爱国看见了,对着罐子招手:"罐子叔,你往东边矮处倒。"

罐子从腰里拔出两个用报纸包着的烧饼,递给爱国,挑着簸箩,几步就跑到了库房东边的墙角,一弯腰,把两筐稻谷倒在了空地上。

后面跟着的一个挑着稻谷的外村农民,也想往库房东边跑,爱国看见了大声呵斥道:"上跳板!上跳板!先把西边粮堆送到顶。"

肩上挑着一百五十斤稻谷,那人抬头看了一眼几米高的粮垛,又看了一眼爱国胳膊上的红袖章,无可奈何地咬咬牙,一步一步沿着木跳板往粮垛上攀爬。

第十六回　有眼色后生可畏　送公粮肉饭真香

不用往高处送,光明庄的汉子们三个小时就把两船光荣粮卸掉了。老有田把簸箩集中到磅秤上退了皮重,和根宝一起拿着一筐竹筹和退皮划码单,到柜台上交了账。大伙儿一人咬了两块烧饼,趁着夜色,拖着两条空船回光明庄。

月上中天,河风轻送,粮船顺着车路河一路向东,河水轻轻拍打着船舷,发出"叮叮咚咚"的声音,像年轻的姑娘哼唱着一首美妙的歌曲。

有全躺在船头上,双手托在脑后看着天上的彩云追月,突然咂了咂嘴说:"花椰菜烧肉真好吃!天天送粮就好了。"

老有田笑着骂他:"天天送粮?粮都送到粮管所了,你小子喝西北风去。"

第十七回　探心事粉香婉拒　分河工根宝显能

　　西北风真的"呼呼"刮起来的时候，串场河反水河的水岸边，结上了一层薄薄的冰。来往货船犁起的水浪，很快就把薄冰搅碎了推到岸边，岸边的碎冰越积越多、越积越高，远远地看去，像给枯黄的河湾戴上了一条雪白晶莹的白玉项圈。

　　这两年，光明庄也引进了棉花种植。霜降季节在棉花地里种好麦子，进了腊月，把棉花秸秆拔出来，搁在麦田里晒。再把那些没有开透的僵果摘下来，放在太阳底下风吹日晒，不用多久，僵果就会咧开嘴，露出白生生的棉花来。僵果里剥出来的棉花衣分低，卖不出价钱，生产队就分给老百姓回家做棉衣。

　　冬天生产队的农活儿少。男劳力在给麦地里上绿肥，几个女同志在仓库里剥棉花僵瓣。晚上放工的时候，根宝留下粉香，让她帮忙归拢一下仓库。

　　根宝看着利索地收拾着仓库的粉香，装着开玩笑地说："粉香妹子这么能干，不知道将来是哪个男人有福气呢。"

　　粉香停下手里的活儿，看着根宝，一张俏脸红成了天边的晚霞："根宝哥，你不要瞎说。"

　　"我可没有瞎说。生产队里的姑娘，就数粉香妹子又漂亮又能干。"

　　"唉！你不知道，我爸是个老封建。"提起婚事，粉香明显情绪低落下来。

　　"你爸相中哪个了？"根宝趁机打听。

　　"我才不管他相中哪个。我哥能自己找老婆，我也要自己找对象。"粉香一时又坚定起来，仿佛老得稻就站在身后一样，故意提高了声音说给他听。

第十七回　探心事粉香婉拒　分河工根宝显能

"想不到粉香妹子还是个反封建的女战士。你要找个什么样的对象？我帮你参谋参谋。"

"你还帮我参谋？你也老大不小了，先把自己的老婆找到再说吧，我的事不用你操心。"粉香的脸更红了，一直红到了脖子。说完话，赶紧低头干活儿。

根宝愣了一下，他不傻，听出了粉香只是把他当成哥的弦外之音。根宝右手插在裤兜里，攥着那朵头花，始终没有拿出来。"落花有意，流水无情"，根宝明白"强扭的瓜不甜"的道理，他的初恋还没有开花就夭折了。

北风吼吼的晚上，光明庄淹没在清冷的月光中。有寿家的大瓦房里，透出昏黄的灯光，屋子里挤满了光明庄的壮劳力。自从有寿建了新房，他家就成了生产队开大会的会场，毕竟，他家的瓦房比罐子家的土墼房宽敞多了。

一年一度的冬修水利工程开始了，根宝组织庄上的劳力晚上开会。

今年的水利工程有些特殊。不仅有公社分的三百米生产河浚深，还有两个劳力摊派，要去省里组织的大型水利枢纽工程。

三百米的浚深任务，对于光明庄来说，不算多也不算少。庄上的壮劳力，挑上半个月，就能拿下了。比较棘手的是省里的大型任务。

地区甚至省里，有时也会有统筹的大型水利工程任务下达。不过，不是一个农闲的冬季就可以完成的，往往会是一年，甚至几年的时间。所以，劳力的选派，就要考验基层干部的工作能力和群众基础了。

对于大型水利工程，农村人又爱又怕，怕多于爱，爱也多于怕。

大型水利工程的工期长。壮劳力家里上有老、下有小，难得有可能在外地一待几年。上了岁数的老人，身体吃不消经年累月的高强度劳动。年轻人又往往身体单薄，也很难受得住大型水利工程的苦。所以,提起大型水利工程,光明庄的汉子们心里都有点儿发怵。

虽说去大型工程做工比在家挑河、上工要辛苦得多,可福利却要高出许多。工分按家里最高劳力同等待遇,在工地上吃菜不要钱,每天还有上级补贴的大米,吃不完可以带回家,还按月发放理发、洗澡的津贴。因而,汉子们心里对于大型水利又有着不小的向往。

大型水利是农村人评价壮劳力的最高标准。只要上过大型水利,回到串场河边,就是说一不二的壮劳力,没有人不服气。桀腿嗦嗦就是最好的例子,年轻时,几乎每次的大型河工,都有他的份。

根宝主持过几次河工分配,都是小型的疏浚任务,没有遇到什么麻烦。这次有大型任务,根宝先讲了一通大型水利工程的高福利,把大伙儿说得舌头根发热,一个劲儿地咽口水,仿佛看见了工地上那满盆油光冒冒的红烧肉。

接着,根宝又讲了工地对于劳力的要求。他看了一眼屋里的劳力,强调说:"大型河工不是什么人想去都能去的。只有那些真正的壮劳力,同时家里具备离得开的条件,还要经过生产队的综合考虑,才可以去。"

根宝的话,在一些人滚热的心上浇了一盆凉水。一个个都把热切的眼神盯着根宝,只盼着根宝能看上自己,也让自己能有机会,到大型水利工地上去拿补贴、吃肥肉。

根宝摆了摆手,大家安静下来,听根宝继续说:"大型水利工程几年也难得一次。今年就轮到我们光明庄出两个壮劳力,这是天大的好事情。我知道大家都想去,可只有两个名额,我也很难办。想来想去,我决定派这两个人。"

根宝停了下来,扫视着屋里的众人。屋子里顿时鸦雀无声,大伙儿都伸长了脖子,等待根宝的话来改变自己接下来的生活。

根宝眼睛在屋里扫了一圈,看到谁,谁都不自觉地挺直了腰

第十七回　探心事粉香婉拒　分河工根宝显能

杆,像一个个等着将军挑选上战场的战士。

"第一个,我想让有福去。有福家天赐已经上学了,齐老太住在有寿家里,有福出去没有后顾之忧。大家也知道,这些年为了天赐,有福家里落下了不少饥荒。这次去大型工程,也是个机会,说不定,就能把家里的饥荒给补上。"

大伙儿没有意见,有福更是感激不尽。毕竟去了大型工程,吃饭不要钱,家里的口粮照样分;生产队里按壮劳力记工分,工地上额外还有补贴拿。这些对于债台高筑的有福来说,无疑是雪中送炭的大好事。

"还有一个名额,我准备安排成龙去。宋家在光明庄是独姓,可大憨叔在光明庄的人品和贡献,大家都看得见。成龙毕业几年了,一直在生产队里上工。这次我想让他跟着有福出去锻炼锻炼,回来就是个顶天立地的男子汉了。下次再有这种大型水利工程,我再安排其他的劳力上。"

根宝的一番话,把大伙儿说得心服口服。原本棘手的大型河工任务分配,被根宝成功地忽悠成了一块人情和荣誉象征的大肥肉。

奘腿嗲嗲本来还担心根宝第一次碰到大型水利工程,搞不好工作,自己随时准备站出来,给根宝撑场子。现在看来,根宝已经完全能够胜任队长的工作了,自己也就完全可以放心了。

安排完大型水利工程的人选,浚深的任务就简单多了,根宝三下五除二就安排妥当了。

各家各户选派了劳力,第二天收拾好铁锹泥篮,随着根宝开赴工地。有福和成龙在家准备好衣服被褥、生活用品,没有过几天,也随着大队其他生产队的几个壮劳力一起,搭乘公社的机动船,远赴一百公里外的大型水利工地。

· 83 ·

第十八回　写报道根宝升迁　逞英雄成龙致残

根宝带着几十个光明庄的劳力,在浚深工地上正干得热火朝天,却被一个电话叫到了营部指挥所。

根宝到了乐吾公社的营部,一眼看见了穿着黄色军大衣的戴科长,赶紧小跑上前去打招呼:"戴科长,您怎么亲自到工地来了?"

戴科长旁边站着的大队宗支书说:"根宝,戴科长现在是乡长啦。"

根宝赶紧说:"恭喜戴乡长!恭喜戴乡长!你看我一天到晚在乡下穷忙,现在才听说这个好消息,恭喜!恭喜!"

戴乡长意味深长地看了一眼根宝,又伸手指了指营部屋后的小河。

河边停泊着一条军绿色的小铁皮船。小船有四米多长,一米多宽,不仅有铁皮的船篷,船艄还焊有一张铁架子的双人条椅。铁皮船上安装的不是常见的挂桨机,而是坐舱机。开船的人不用在船艄掌舵,而是坐在前舱的铁皮驾驶舱里掌握方向盘。船身刷成了军绿色,开动起来,能掀起高高的浪头,对面的重载船过来时,船家往往早早地站在船头,打着手势高喊——"闷火!闷火!"生怕被小船的涌浪给打进水去。全乐吾公社的人,上至八十三,下至手上搛,谁都认识那条绿色小铁皮船,那可是公社领导的座驾,老百姓称作"小汽艇"。

看见根宝不明所以,戴乡长笑了:"我是专门来接你这支大笔杆子的。大型水利工地上需要一个通讯员,我向书记推荐了你。你小子这回去了,可不要给我丢脸哦。"

根宝赶紧学着网锁的样子,站得笔直地保证:"戴乡长,我根宝就是您的兵。您指向哪里,我根宝就冲向哪里,绝不给您丢脸。"

第十八回　写报道根宝升迁　逞英雄成龙致残

戴乡长看着眼前机灵挺拔的年轻人，满意地点了点头。

听说根宝要到大型水利工地上去，奘腿奶奶舍不得了，一整天都眼泪汪汪的。奘腿嗲嗲笑着骂她："你这是头发长、见识短。根宝要当公社干部了，又不是要他去挑泥挖沟，别人家高兴还来不及，你还在家里哭哭啼啼个什么劲儿？快把眼泪擦擦，去帮小伙儿收拾收拾。"

明明知道大型水利工地上伙食好，奘腿奶奶还是让奘腿嗲嗲到河东竹溪街上剁了二斤肉。她要做些肉圆，给根宝带到工地上去开开小灶。

奘腿奶奶细细地剁了馅，和上鸡蛋、烧饼、生姜、香葱。准备好一切，在锅里倒上一斤棉籽油，烧火加热，准备炸肉圆。

奘腿奶奶坐在灶膛前，一边烧火，一边想心思。她担心根宝到了大型水利工地上吃不消，担心根宝睡不惯工地的工棚。别看这些年根宝在队里做队长，什么农活儿都会干，可他到底是从大城市出来的。大型河工的苦，根宝不知道，奘腿奶奶知道啊。哪回奘腿嗲嗲上大型，不是蜕掉几层皮才能回来？不知不觉地，奘腿奶奶忘了锅上烧着的油，等她猛然回过神来，锅里的棉籽油已经在冒白烟了。奘腿奶奶赶紧起身，伸手想去拿锅盖把油锅盖上。

不等奘腿奶奶盖上锅盖，油锅里突然蹿出了几尺高的火苗，像是一只恶狼拖着猩红的舌头，一口舔在奘腿奶奶的脸上。奘腿奶奶一声惨叫，扔了锅盖，打翻了锅台上剁好的肉馅。

门外的奘腿嗲嗲听到声音跑进来，奘腿奶奶的半边脸已经全红了，头发被燎去了一大撮，空气里弥漫着蛋白质燃烧的焦煳味。

根宝去了大型水利工地，没能带走奘腿奶奶做的肉圆。奘腿奶奶的脸肿得像银盆，起了满脸的水泡，过了半个月才消了肿。原本平平整整的一张脸，留下了几块丑陋的疤痕。

根宝在大型水利工地上采写了几篇热血沸腾的报道。团指挥部的大广播，天天在工地上播报。全工地的人都知道了，乐吾公社有个叫齐根宝的通讯员,是个大笔杆子。根宝很快就被调回到乐吾公社,担任了公社文书。

大队宗支书要退休了,他找到根宝,向他征求小队长的继任人选。根宝想了想,向宗支书推荐了解放。解放是立秋的老公,为人正直和善,做事公道合理,在光明庄上,提起解放和立秋两口子,人人都得竖大拇指。让解放接替自己做三队的小队长,根宝放心。

根宝提着奘腿奶奶给他收拾好的行李,登上了公社来接他的小汽艇。

奘腿哆哆和奘腿奶奶站在河堤上,看着小汽艇屁股后翻起了白色的浪花,渐行渐远。两个老人不停地对着坐在小汽艇铁条椅上的根宝摇手,直到小汽艇慢慢地变成远处一个看不清的黑点,最终彻底消失在他们的视线里,两个老人才互相搀扶着回了家。

上了两个月的大型水利,根宝在春暖花开的春天里摇身一变,成了公家人。有福和成龙却连春节都没有能够回家,每天在工地上挑着两百斤重的泥篮子。

有福四十多岁,正是有力气、有经验的年纪。挑河对他来说,只要有耐心,天大的河,也能一担一担挑出来。他不着急,也不想表功,只想着把大型河工挑下来,把家里的债还了,给莲子和天赐一个稳定的生活,他就心满意足了。

成龙和有福不一样,他年轻力壮、激情澎湃。耳朵里成天都是大广播里激昂的宣传口号,心头每天都充满着燃烧的激情,整个人像一只拧足了发条的闹钟,急吼吼、硬邦邦的。大型水利工地真是一座熔炉,没有两个月的时间,就把豆芽一般的小伙子,炼成了壮实的男子汉。几乎每隔几天,成龙就会受到一次连部的表彰。小伙子愈发热血沸腾,铆足了力气,想要在工地上好好表现一番。

中午吃饭时,带队的网锁又表扬了成龙几句,号召大家都要向成龙学习,勇挑重担。

吃过饭,休息了半个小时,大家又回到了工地。泥篮里,一头

第十八回　写报道根宝升迁　逞英雄成龙致残

一块用铁锹裁切得四四方方的大土堡,像两只矮墩墩的小机子。土堡吸足了水分,密度特别大,一担土堡足有两百多斤重。成龙中午刚刚受到表扬,此刻更是满身的力气,他吩咐挖土的民工一头再给他多加了一小块。挖土的民工劝他:"已经不少了,远路没轻担,慢慢来。"成龙豪气冲天地说:"没事!加!"挖土的民工只好又给他一头加上一小块,成龙躬身把扁担搁上肩头,一手抓住一只泥篮的系绳,深吸了一口气,猛地用力站起了身。

突然成龙感觉裤裆里一热,一截热乎乎的东西蹿了出来,仿佛拉肚子一般。成龙只觉得有一只手伸到了肚子里,死命地拽着他的肠子,浑身出了一层冷汗,吓得赶紧捂着肚子蹲下,泥篮重重地跌在地上。成龙解开腰带,伸手进去一摸,立刻就吓得哭出声来:"没得命了,肠子出来了。"

大伙儿七手八脚把成龙抬上河堤,随即送进了附近的医院。

到医院一检查,成龙由于用力过猛,直肠脱出体外。在医院治疗了半个月,直肠是塞回去了,却落下了毛病。走路时,稍不留意,腹腔里的器官就会滑进阴囊,只能用手挤送回去。每挤一下,阴囊就会像气球一样,发出"吱咕"一声响来,裤裆里好像藏着一只蛤蟆。河二是挑不成了,成龙跟着公社送粮草的机动船,回到了光明庄。

原本想到大型水利工地上锻炼一番,再风风光光地回来,不曾想却岔着双腿,病恹恹地回来了。成龙觉得很丢脸,一到家就把自己关在房里不敢出门。

过来探望的人络绎不绝,大伙儿除了说几句安慰的话,只能帮着叹两口长长的气。"万般皆是命,半点不由人!"碰上这样的事情能有什么办法?晚上吃过饭,又有人来了,大憨抬头看见是采莲,低下头闷闷地坐着,一句话也不说。采莲上前握住黄凤英的手,默默地流了一会儿泪,也转身走了,从此,她再没有踏进过大憨家一步。

好好的一个小伙子,上了一趟大型河工,不仅做出了"伤力",留下终生病根,还变得性格孤僻,不肯见人,有点小事儿,就冲着大憨两口子大吵大闹。宋大憨和黄凤英两口子怕成龙多心,凡事都赔着小心。

两口子晚上对坐在黑灯瞎火的房间里唉声叹气。原本喜乐祥和的家,一时间变得冰冷坚硬。本来成龙不在家春节就过得没滋没味,现在成龙回来了,日子却更加沉闷了。

第十九回　追真爱粉香私奔　攀高枝根宝结婚

这个春节过得闹心的可不止大憨一家。有志的父亲老得稻，也气得在床上躺了几天。

年前，老得稻带着小女儿粉香到疏浚工地上挑河。粉香不知道什么时候和邻村一个挑河的小伙好上了。两人每天吃过晚饭，都会到村外的小树林里去散步，等同屋的妇女都睡觉了，粉香才悄悄地一个人回来。那些好事的婆娘就四处打听男方的底细，不久就知道了那个小伙子是粉香的同学。这下，中途休息的时候，那些人就聚在一起，对着粉香指指点点，挤眉弄眼地咬耳朵，不时发出一阵放肆的哄笑。

流言像一只老鼠在阴暗的角落里四处溜达，越传越不堪，越传越难听，很快就传到了老得稻的耳朵里，老头子气得暴跳如雷。吃晚饭的时候，老得稻把粉香喊进了自己的工棚里，黑着脸问她："你是不是魂丢在外边了，天天晚上出去踏魂？"

粉香从小就怕老得稻，什么事都不敢顶嘴。这回却像换了个人似的，站在老得稻面前涨红着脸，坚定地看着他："我和同学晚上出去散散步，犯了什么王法？"

老得稻脱下鞋，不由分说就往粉香身上招呼："我打死你个不要脸的小妖精。婚姻大事什么时候轮到你自己做主了？"

粉香没有跑，也没有躲，结结实实挨了几鞋底。她咬着嘴唇站在老得稻面前，任由眼泪在眼眶里打转，就是不让眼泪掉下来，愈发倔强地看着老得稻："我哥怎么就能自己做主？"

众目睽睽之下，家长的威严受到了挑衅，老得稻面子没处放，还想跳起来上去打粉香，早被身边的几个人架住了。立秋听到动静赶了过来，一把将粉香护在身后，转脸对老得稻说："得稻叔，今天这事您老可做得不对啊。有什么事情不能回家好好说，非要在工地上？再说了，举手不打过头儿，粉香都多大的姑娘了，你怎么还能说打就打呢？你这是封建家长制啊。你是不是想要今晚我们在工棚里给您开个批斗大会啊。"

老得稻看着立秋故意板着的脸，忍不住笑了："你这个丫头，就知道吓唬我老头子。老子管女儿，天经地义。你还想批斗我，来来来，我看你怎么批斗。"

"举手不打过头儿！你这个管教女儿的权利今天被我立秋取消了。粉香，你跟嫂子走，我看谁还敢打你。"

立秋说着，和采莲一起拉起粉香就往外走，一边走一边数落粉香："你这丫头傻呀！就站着挨打？不知道躲一躲？他是你老子，你怎能当面跟他顶呢？有什么事等他气消了，再慢慢和他说。"

父女俩天天在工地上挑河，老得稻看着粉香，一步也不许她乱跑。父女俩犟着，白天在一起挑河，谁都不搭理谁。河工挑结束了，大伙儿收拾东西准备回光明庄，老得稻这才发现粉香不见了，找遍了工地，也没有看见她的人影。

有志妈妈听说粉香跟着人跑了，在家里哭哭啼啼地和老得稻闹，非要他把女儿交出来。有志和桑叶到粉香那个男同学家里去找，回来说，男方也没有回家。这下，用脚趾头也能想得出来——两人私奔了。

老得稻简直气坏了，一头冲进粉香房间里，发疯似地把粉香的衣服鞋子都扔到了门外，跺着脚对家里人发狠："家门不幸，祖宗蒙羞！就当我没有生过这个讨债鬼！从今以后，她敢哪只脚迈进门，我就打断她哪条腿。"

成龙回家不久，根宝也风风光光地回了一趟光明庄。

听说根宝回来了，网锁让小麦在家里张罗了一桌菜，请根宝过去喝酒。

网锁特地把獒腿哆哆也请了过去。

根宝到了一看，一起喝酒的还有民主。

根宝这才知道，老支书退休以后，公社直接任命网锁做了大队

第十九回　追真爱粉香私奔　攀高枝根宝结婚

支书。网锁没有启用立秋的老公解放,而是指派自己的发小民主做了小队长。

自己推荐的解放没有得到任用,根宝心里有了不痛快,脸上却一点儿都没有表现出来。依旧笑容满面地和网锁、民主喝酒。

酒到半酣,根宝站起身,敬了网锁和民主一杯酒:"两位父母官,当方土地当方灵!我现在不在光明庄了,我爸妈就要拜托你们帮忙多多照顾了。"

两人赶紧站起身:"齐文书,你就是不说,我们也会照顾好奘腿嗲嗲和奘腿奶奶。你只管在上面好好干,家里的事情放一百个心。"

两人又站着敬了奘腿嗲嗲一杯酒。

奘腿嗲嗲赶紧起身回礼。

回到家里,奘腿嗲嗲对老伴儿说:"活了大半世了,第一次遇到大队干部站起来敬我酒,死也值得了。"

奘腿奶奶笑着在奘腿嗲嗲身上打了一巴掌:"你个死老头子说什么疯话。这哪是敬你的酒,是敬根宝呢。根宝出息了,我们就等着享福吧,好日子还在后头呢。"老两口兴奋得半夜都没睡好。

到了秋天,根宝回家告诉奘腿嗲嗲,说戴乡长又升任了党委书记,他老婆要把娘家侄女介绍给根宝做媳妇,让他回家和父母商量商量。

老两口乐坏了。根宝都二十好几了,老两口一直为他的婚事操心。寻个平常的姑娘吧,怕根宝看不上,委屈了自己儿子;寻个街上的姑娘吧,又怕家里穷,人家瞧不起。现在有了这等送上门的好事,还要商量什么呀?就像戏文里唱的那样:"娶得早是不讨巧,前头没有后头好;娶得迟是正当时,好比六月荷花开满池。"奘腿奶奶嘴里一个劲儿地念叨:"阿弥陀佛!阿弥陀佛!"

奘腿嗲嗲赶紧央人提着礼物,到乐吾街上去给根宝求亲。男方是年轻有为的公社文书,女方是漂亮能干的供销社会计,郎才女貌、天造地设。又有书记夫人保媒,更是茶杯碰酒盅,一说就成功。

根宝带着凤霞来到光明庄。奨腿奶奶眉开眼笑,围着凤霞一口一个"乖乖"地喊。吃过饭,凤霞要回家了,奨腿奶奶从兜里掏出一支粉红色的头花来,递给凤霞:"乖乖,我家根宝脸子嫩,给你买的头花,不好意思给你,藏在枕头底下呢。"

凤霞高兴地接过压扁的头花,嗔怪地看了一眼根宝。根宝红着脸,露出一丝腼腆的笑。自从听说粉香和人私奔了,根宝就把在乐吾街上买的绢花藏到了草席底下,没想到现在被奨腿奶奶给翻了出来,根宝正好顺水推舟、借花献佛。

送走了凤霞和根宝,奨腿嗲嗲把亲戚朋友借了个遍,年前建起了三间五架梁的大瓦房。

新房就在有寿家后面,和庄前的大路隔着一条生产河。

正月初八,根宝风风光光地在新房里结了婚。

结婚那天,乡党委戴书记到光明庄上来吃喜酒,并且特批了根宝用乡里的小汽艇,把新娘子一直接到门口的水码头。从乡政府到大队部,来了不少头头脑脑,光明庄上一时车水马龙。光明庄上从来也没有这么热闹过,根宝着实风光了一回。奨腿嗲嗲和奨腿奶奶更是咧着嘴,从早笑到晚。

婚后不久,根宝两口子就搬到了乡里的机关宿舍去了。根宝在乡政府上班,凤霞在乡里的供销社上班,小两口平时难得有空回一趟光明庄。

奨腿嗲嗲老两口依旧住在自己的老房子里,闲下来就到隔壁立秋家里去帮忙做些家务活儿。老两口虽然花光了毕生积蓄,还欠下了一笔不小的外债,一想到日后能儿孙绕膝,老了有人端茶递水、养老送终,眼下什么样的苦,也都当作是蜜糖吃了。人生在世不就图这个吗?老天爷开了眼,老两口大半辈子吃辛受苦,老了老了不仅有了儿子,还是个光宗耀祖的公社干部,老两口睡觉都能笑醒了。

奨腿奶奶每天到新房里打扫一遍,准备着根宝两口子随时回家来住。

第二十回　响春雷分田到户　吃螃蟹有寿开店

　　分田到户的消息如同一记春雷,在串场河边炸起了冲天的浪头。

　　年头忙到年尾,遇上风调雨顺的好年景,老百姓能换回来一家人混个肚儿圆。碰见个倒春寒、发大水、病虫害,只能是听天由命,随便天老爷赏几块锅巴。虽然每天早出晚归,终究干的是靠天吃饭的营生。祖祖辈辈都是这么过来的,有什么办法,这是农民的命。人不能和命斗啊!

　　共产党来了,建立了社会主义社会,世世代代当牛做马的农民当家做了主人,老百姓心里感激,感激共产党的好,感激社会主义的好。社会主义好,所有人都知道。可社会主义太大了,难免就被下面的人蒙了眼睛。就像家里的老人都偏爱最小的孩子一样,社会主义也偏爱那些苦大仇深的穷人。可农民里也有懒汉、二流子,反正是大锅饭,干多干少没区别。有那么一段时间里,那些吹牛说谎的,倒比埋头苦干的更吃香。串场河边就流传着几句顺口溜——敢扯多大谎,能得多大奖;说了多少大实话,吃了多少大糍粑(呵斥)。时间一长,大家觉得不能那么拼命,别人在地里磨洋工混日子,自己去拼命干活儿不是傻子吗?

　　土地是庄稼人的命!光明庄的土地养活了世世代代的光明庄人。多好的土地呀,偏偏被大锅饭弄成了夹生饭!庄稼人守着土地饿肚子,谁都明白是怎么回事,眼瞅着上好的粮田里庄稼长得稀稀拉拉,庄稼人的心里疼啊,可谁又有什么办法?干多干少都一样啊,反正是在一口大锅里吃饭。祖祖辈辈在地里刨食的庄稼人,做梦都想拥有一块属于自己的土地,只要土地是自己的,光明庄人就能把它打理成一年四季有产出的聚宝盆。

这样的梦做了多少年,现在终于要变成现实了,大伙儿仿佛看见了美好的生活就在眼前。

听说分田到户了,齐有寿和李凤英两口子一夜都没有睡着。虽说前几年建了新房,可落下的饥荒像座山一样,压得两口子喘不过气来。夫妻俩都才四十多岁,正是年轻力壮的时候,可就凭在生产队挣的那几个工分,不知道猴年马月才能把欠债还上?两口子心里急呀。

听说马上就要分田了,这下,两口子就像在黑暗里赶路的人看见了灯光一样兴奋。两口子坐在床上盘算着自家能分到几亩地,分到水田,种几亩地水稻。分到旱地,种几亩地棉花?能分到什么样的农具?自家还要置办哪些?两口子合计了一夜,也没有合计出个子丑寅卯来。

这一晚,和有寿两口子一样睡不着的人,在光明庄有一多半。串场河边的光明庄,第一次有了通宵不灭的灯光。每一盏微弱的灯火背后,都跳动着几颗火热的心。他们期待着即将到手的土地,期待着通过双手劳动来改变祖祖辈辈留给自己的贫穷命运。

大家被这从天而降的喜讯弄得兴奋异常。有手有脚的庄户人,总算可以拥有自己的土地了,总算可以按照自己的意愿去生活了。再也不用看着队长的脸色,再也不用昧着良心撒谎,再也不用担心吃不饱肚子,再也不用昧着良心,下雨阴天去混日子、晴天白日去磨洋工了。祖祖辈辈都是种地的,谁还没有一双手?八败命也怕死来做!只要有地有手,光明庄人就有把握能从庄稼地里抱出金娃娃来。

丈量好土地,按高中低三等,把土地分级。再按劳力、按人口,制定好分田细则。串场河边的光明庄人,终于拿到了属于自己的土地。生产队那些大大小小的农具,也都大小搭配着,分到了各家各户。小农具分给各户,大农具几家合用。小到扁担镰刀,大到耕牛农船,生产队除了三间大仓库,大集体所有的东西都分到了个人

第二十回　响春雷分田到户　吃螃蟹有寿开店

手中。

现在再也不用民主每天早上拿着白铁皮喇叭,通庄转着圈地喊"上工"了。天不亮,大大小小的田间地头,就有了起早薅草、打药的庄稼人。露水打湿了庄稼人的裤管,也把庄稼人黝黑的笑脸装点得闪闪发亮。

现在光明庄人再也不用担心自留地长的蔬菜不够吃了。路旁、沟边、河坎上,只要是有点儿空地,都被开垦出来,种上了各式各样的瓜茄茄豆。

现在再也没有人下暴雨的时候躲在家里磨磨蹭蹭了,田野里到处都是穿着雨衣、扛着铁锹的庄稼人。土地是自己的,不把地里的积水及时排出去,地里的庄稼就要泡烂了。

再也没有人在毒辣辣的太阳底下混日子了。中午在家歇个午觉,等到太阳不那么大了,再戴上草帽下地干活儿。只要不耽搁农时,自己的土地、自己的时间,想怎么安排,就怎么安排。

光明庄人像是打了鸡血一样亢奋,地里的庄稼也像是睡醒了一样,伸了个懒腰,噌噌地往上蹿。

人勤地不懒!光明庄人第一次切身体会到了,什么是一分耕耘一分收获。经过几个月的辛苦劳作,终于换回了沉甸甸的收获。没有浮夸、没有虚报,光明庄实打实地迎来了第一个真真正正的丰收年。

打谷场上金黄的粮垛,像一座座小山一样,映着光明庄人黝黑的脸庞。脱粒机隆隆的机器声,掩盖不住庄稼人兴奋的笑声。高大的草垛下,不时传出山响般的呼噜声。农忙季节的庄稼人太累了,身子往下一躺就睡着了,睡醒了接着再干,浑身好像又有了用不完的力气。兴奋的庄稼人、兴奋的孩子们、兴奋的光明庄,一切都笼罩在丰收的巨大喜悦中。

实诚的光明庄人按照约定,把最好的收成晒干、扬净,选一个大好晴天,几户人家搭伙行船,到乐吾粮管所去缴公粮。

· 95 ·

还是那个气派的大码头,还是那些个高大的粮仓,谁也没有扛着粮食去换烧饼。大伙儿在船头吃两碗从自己家里带出来的稀饭干粮,静静地排队,等候检验的人过来检样。

头戴草帽的检样员来了,拿着一根侧面开口的空心细铁管。细铁管的一头磨成了尖头,检样员把磨尖的一头戳进粮垛里,抽出来,从侧面的开口处,把铁管里的粮食倒出来,摊在手心里扒拉,看看有没有泥土和秕子。再选两粒扔进嘴里,用后槽牙嚼。嘎嘣脆的就是干透了,声音发闷或是一嚼就成饼的,绝对是水分过大,要重新拉回去晒。

送粮人围着检样员,手里递着劣质卷烟,嘴里拉着关系:"我侄子爱国也在粮管所呢。"

检验员嘴里叼着烟,手指头间夹着烟,耳朵后面卡着烟,透过缭绕的烟雾,眯眼看着点头哈腰的送粮人:"光明庄的?"

"可不就是光明庄的。齐根宝是我兄弟呢。"

检验员在一本送粮单上写下杂质和水分,撕下一张来,扔给送粮的人:"拿去排队吧。我和齐主任是兄弟呢。"

检验员嘴里的齐主任自然就是齐根宝。这几年,根宝一路升迁,已经从小文书变成了政府办公室主任——乡政府里实打实的大管家,在乐吾乡里也算得上是个响当当的人物了。老婆凤霞在乐吾供销社里做会计,也是个晒不着、淋不着的铁饭碗。

一熟三分巧!光明庄的人提到根宝,在乐吾街上办事都方便三分,心里自然对根宝多了几分敬仰。

交完了公粮,光明庄人心里就踏实了——家里剩下的粮食都是自己的了。

有人把粮食卖给了粮管所,比公粮价格高一些。有人觉得不合算,把粮食屯在家里。种了半辈子的粮,从前吃饭还得掺上山芋、南瓜一类的代食品,从来没有想过有一天,家里的囤粮可以挂到屋脊。

第二十回　响春雷分田到户　吃螃蟹有寿开店

光明庄人做梦都能笑出声来。

有寿一家四口,种了六亩多地。夏季收的小麦交了公粮,还剩下小两千斤。李凤英和有寿商量:"家里这么多小麦,吃也吃不了,卖的价格也不高,不如我们做加工吧,把小麦换成活钱。"

"加工什么呢？加工挂面吧,河对岸的竹溪有粮油厂,人家是国营单位,我们也干不过他呀。"

"现在分田到户了,大家兜里都活泛了,也不肯苦着嘴了。我们可以加工油炸馓子,做那东西也不复杂,在家就能做。晚上在家里炸好,早上挑出去卖。庄户人家到地里干活儿,可以做个二顿子(三餐之外的加餐)。人来客去的,还能用来招待亲友。只要做出来,不愁卖不掉。"

两人说干就干。李凤英到竹溪街上的茶食店里找了个炸馓子的老师傅拜师学艺,几天的工夫,就掌握了油炸馓子的技巧。有寿买回家油、食用碱,还有各种锅、盆、笊篱等炸馓子的工具,一应俱全。

做馓子是一项累人的活。和面、盘面、醒面、拉面、炸面,每一道工序都需要力气和技巧。有寿两口子先是在家里少量地试,不断调整,等到一切都有把握了,两口子就开始正式营业了。

东方刚刚露出鱼肚白,太阳还没有从串场河的水面上升起,光明庄笼罩在炊烟袅袅的晨曦中,李凤英挑着两只崭新的竹匾,沿着巷子叫卖:"卖馓子、称馓子哦——"

悠长的叫卖声敲开了一扇扇木门窗。趿拉着鞋、举着牙刷的光明庄人纷纷探出了好奇的脑袋。揉着惺忪睡眼的孩子纷纷把凤英的竹匾围住了:"妈,我要吃馓子。""爸爸,我也要吃馓子。"

没有挪窝,李凤英的两竹匾馓子很快就卖光了。初战告捷的喜悦,更加坚定了有寿两口子加工油炸馓子的信心。

豌豆已经不上学了,白天跟着有寿下地干活儿,晚上帮着凤英盘面。每天干到半夜,再也没有时间和跃进平安他们一起去掏麻

· 97 ·

雀、逮泥鳅了。

齐老太岁数大了，帮不了什么大忙。劳作了大半辈子的老太太闲不住，又干起了她的老本行。齐老太把稻草铡齐整了，用木榔头槌打软和，再洒点儿水——搓草绳。齐老太的两只手就像一对会吐丝的蜘蛛，只见她两只粗糙的手掌合起来一搓，两根稻草就像是舞台上美猴王头上的雉鸡翎，在手心里翻了几个跟斗，就拧成了一股草绳。老人一边搓手掌，一边添稻草，白生生的草绳，就在她屁股后面变得越来越长、越来越长。最后，都变成了李凤英卖馓子的包装绳，变成了一张一张皱巴巴的纸票子。

如今国家改革开放了，老百姓做生意不再是资本主义的尾巴了，有寿成了光明庄第一个光明正大吃螃蟹的人。

第二十一回　孵小鸡后生试水　失大火功亏一篑

有寿家的馓子店搞得有声有色。李凤英干脆让有寿在厨房朝南的山墙上开了一扇窗,正对着去往竹溪街的大路,把厨房变成了一个小门脸。

炸馓子的香味从窗户里飘出去,像一只带着香味的钩子,把上街下的乡过路人的鼻子都钩了过来。凤英基本上不用挑着竹匾出去叫卖,守在家里就能把馓子卖了。

家里的小麦用完了,有寿便开始在庄上买小麦,价格比粮管所还高一分钱一斤。有了源源不断的货源,还有供不应求的市场,有寿的馓子生意自然就越做越顺手了。

大人们都忙着地里的事,那些初中毕业的半大孩子既不去上学,也没有生产队让他们去混工分,一个个都成了闲人。

跃进来找过豌豆几次,豌豆都忙着在家帮忙盘面炸馓子,没有空和他一起玩。跃进就去罐子奶奶家找平安玩。

这天平安正在家里聚精会神地看一本书,跃进悄悄地走过去,猛地在他肩膀上拍了一巴掌。

平安吓了一跳,回头看见是跃进,赶紧拉住他:"跃进,我想开个炕坊炕小鸡。"

跃进瞪大了眼睛:"发什么神经?就你家这屁股大的地方,炕麻雀还差不多。"

"不要多大地方。"平安把手里薄薄的几页纸递给跃进,"你看看,也不要那些火垄什么的,只要几盏煤油灯就行了。"

跃进低头看着手中的书,那是一本薄薄的油印小册子,封面上用仿宋体刻着一行字:"煤油灯孵鸡技术。"跃进半信半疑地看着手中的小册子:"真的假的?现在马上天气转暖了,家家户户都要养小鸡的。要是煤油灯能炕鸡的话,我们就真能开个炕坊了。"

"你把书先拿回去看看,我看了几遍,心里有数了。你要是想干,我俩一起干。"

跃进没有心思玩了,拿着书回家去啃。

分田到户以前,原本像跃进和平安这样的半大孩子,都可以到生产队里做些轻巧的活计,混些工分。现在,大集体没有了,大锅饭砸了,他们干活儿干不过大人,挣钱挣不过豌豆,都成了父母眼里"文不像秀才,武不像兵"的二流子。

跃进和平安、豌豆一样,也是初中毕业,放在之前,起码要在生产队里做个记工员或者保管员、会计什么的,现在倒好,不说做干部了,做个农民都让人瞧不上。他们心里憋着一口气,总想着有朝一日能做出一番惊天动地的事业来,让家里人、让庄上人刮目相看。

现在,机会来了!

油印的小册子很薄,跃进回家看了一天,把关键的地方来来回回看了几遍,感觉自己已经掌握了孵化技术。当天晚上,跃进跑来和平安商量:"平安,我看这个煤油灯孵鸡能行。成本小,周期短,收益快。这不就是广播里说的短平快致富吗?"

"快别逗我了,你还听广播?不过,说真的,我这几天天天在家里琢磨这事。我认真想过了,我们没有本钱,可以先向庄上人欠色蛋(种蛋),炕出小鸡来,拿小鸡抵账。我家有一档空猪圈,就做炕坊。炕架我们自己用树段子搭,家里的旧被子、破衣服就拿出来垫炕床。用家里的洗脸盆做孵箱,我们只要买些煤油,买几只温度计、几块塑料薄膜就行了,花不了几个钱。你要是敢干,我们就一起干;你要是不敢干,我就一个人干。"

"平安你不要瞧不起人!我跃进还就非要干这事不可。我们合伙,赚了钱平分。"跃进急了,瞪着两眼看着平安,仿佛已经看见了一筐一筐毛绒绒的小鸡仔,一转眼,小鸡仔又变成了一张张花花

第二十一回　孵小鸡后生试水　失大火功亏一篑

绿绿的票子。两人都自诩文化人，文化人就得干些和平头百姓不一样的事，要不然，和庄上那些泥腿子老百姓有什么区别？现在机会就在眼前，怎么能放弃呢？干，一定要干！

说干就干。两人把平安家的空猪圈收拾了出来，打扫干净，用生石灰水刷了一遍墙消毒，再用旧木板隔成一大一小两块空间。

罐子看儿子平安天天在家里折腾，问他要做什么？平安说要和跃进一起炕小鸡。罐子不同意，手指头点在平安额头上训斥："你给我规规矩矩在家种田，要是不想种田，就去学个手艺。荒年成饿不死手艺人！炕小鸡这种浮头滂脑的东西不要弄。"

平安第一次和父亲罐子杠上了，躺在小床上不肯吃饭。罐子奶奶舍不得孙子，拉着罐子打圆场："老话说，宁要个飞檐走壁，不要个倚墙靠壁。年轻人不吃苦长不大。平安想做事，你就让他试一试。"

罐子可不敢和老娘顶嘴，只能默许了平安的胡闹。

跃进也做通了父亲民主的工作，和罐子两人开始在庄上收色蛋。

所谓色蛋就是种蛋。串场河边的人家养鸡，一窝母鸡里面一定要搭配上一只冠子鲜红、羽毛鲜亮的大公鸡。公鸡不下蛋，养着它，一是为了报晓，当闹钟用；二来主要就为了卖色蛋，挣钱。

每年春节过后，炕坊的人就会挑着担子走村串户收色蛋。只要看见谁家有公鸡，母鸡下的蛋，就当作色蛋收过去，价格比普通鸡蛋高一些。没有公鸡的人家，鸡蛋就卖不上色蛋的价钱。正因为有了这份功劳，即便是公鸡不下蛋，老百姓还是养着它。于是，那些膘肥体壮的大公鸡就大模大样地在巷子里追着小母鸡求欢，羡慕死了庄上那几个没有老婆的光棍汉："光棍没有妻，不如大公鸡！"

平安和跃进磨破了嘴皮子，从庄上各家各户欠到了一千个色蛋，说好了，小鸡孵出来，五个色蛋换一只小鸡仔。

· 101 ·

一切准备妥当,跃进和平安两人开始在平安家的猪圈里孵小鸡。

一只面盆里放上几十只色蛋,坐在另一只加了温水的搪瓷面盆里,上面捂上旧棉衣、棉被。一只小煤油灯在坐水的搪瓷面盆下点着。温度计插在水里,把水温保持在三十七度。

平安和跃进住在猪圈里,隔一会儿看一下温度计。水温高了,就调小煤油灯的灯芯;温度低了,就调大灯芯。为了防止鸡蛋的胚胎粘连在蛋壳上,一天还要要翻动一次蛋。为了保温,猪圈门上蒙着塑料薄膜,只开着一只小窗户通风。

低矮狭窄的猪圈里,分上中下三层,搁了二十几只搪瓷盆,点了十几只煤油灯。四天下来,平安和跃进的鼻孔里满满都是黑色的煤油灰。

第五天,两人开始了又一项重要的工作——照蛋。

两人在猪圈门的塑料薄膜外面再加上一层棉被。平安在小隔间里面,黑乎乎的,伸手不见五指。跃进从加温的这一边把一只鸡蛋递给平安,平安在隔开的暗室里打开手电筒,对着鸡蛋照。只见透明的蛋壳里,红色的蛋黄沉在一头,另一头有一小块黑斑。平安兴奋地叫跃进:"快来看,快来看!有了!有了!"

跃进赶紧挤到暗室里去看,果然在蛋壳里看见了一小块蜘蛛网一样的黑斑。两人开心极了,赶紧接着照蛋。

谁知道,接下来连着照了三个都和正常的鸡蛋一模一样,蛋体透明,蛋黄像一枚枇杷罐头一样,安静地悬在正中。

两人不服气,接着照。果然,接下来一多半的鸡蛋都有胚胎着床了。

三个小时的时间,俩人照出了近两百个没有受精的假色蛋。

假色蛋装了满满一竹篮。两人商量,下次收色蛋,一定要用铅笔在鸡蛋上做上记号,那样,就知道是谁家没有养公鸡,拿着普通鸡蛋冒充色蛋卖给自己了。下次再收色蛋时,说什么也不能要他

第二十一回　孵小鸡后生试水　失大火功亏一篑

们家的鸡蛋。

　　加热过的鸡蛋不能久放。头照撤下来十几斤假色蛋,罐子和民主家就天天吃鸡蛋。

　　平安和跃进天天钻在猪圈里。十天下来,头发也竖起来了,眼窝也陷下去了。脸上左一道、右一道的黑油灰,像是戏台上的大花脸。家里的大人原本以为两孩子就是一时心血来潮,过了这个劲儿就懈怠了,反正也没有多少本钱,就随他们去作吧,等他们吃了亏自然就知道回头了。现在看见两个孩子没日没夜地守在猪圈里,心里又都舍不得了,毕竟还是两个孩子啊,这样没日没夜地熬着,会不会把身体熬垮了?但平安和跃进两人却很兴奋,一点儿也不觉得苦。

　　转眼过去了十天,第十一天上,他俩又钻进小暗室里第二次照蛋。

　　这回照蛋看得就清楚了。只见原先的小黑点已经长成了粗大的血管,布满了整个鸡蛋,像一张军事地图,那些血管就像是军事地图上的决战箭头,全都指向了305高地。鸡蛋里的小头已经合拢,可以看见一块更大的像黑色血块一样的东西,像是盘踞在305高地的守军,又像是一只守株待兔的蜘蛛正悠闲地守着自己的八卦阵。

　　当然,这次他们又照出几十只蛋里边一片浑浊的假色蛋,还照出几十只黑影旁边没有血管的死精蛋。

　　尽管如此,两人还是很高兴,毕竟,还有七百多只发育良好的色蛋。即使只能孵出一半的小鸡仔,也还有一千五百只鸡蛋的毛利润。再说,家里人还天天早上煎鸡蛋、中午鸡蛋汤、晚上炒鸡蛋吃呢。那吃掉的不都是利润?前途一片光明啊,两人越想越兴奋。

　　两人白天守在猪圈里,晚上睡在猪圈里。坚持了十八天,第三次照蛋的时候,已经可以清楚地看见小鸡身上的绒毛了。再坚持三天,小鸡就能啄破蛋壳出来了。

猪圈的地上铺着稻草,晚上,两人裹着棉被坐在猪圈里,商量着孵化成功以后的发展计划。毛主席说"宜将剩勇追穷寇",两人决定乘胜追击,再扩大规模,争取春天再炕上三炕。除去成本,一炕能赚一百块钱,四炕就是四百块。每人分二百,抵得上到乐吾街上的社办厂里去上半年的班了。到那时,看看庄上还有谁敢瞧不起他们?

在对成功和未来无限美好的憧憬中,两个劳累了近二十天的小伙子沉沉地睡着了。

睡梦中,不知道是谁翻了个身,撞了一下炕桌的木头支架。炕桌摇晃了一下,一只煤油灯倒了下来,燃着了炕桌上铺着的稻草,很快,又点燃了铁皮盆上捂着的棉衣、棉被。

等熊熊大火烧起来的时候,两人都惊醒了,吓得掀开猪圈门上的草帘子,一下子跳了出去。

整个猪圈都着了火,点燃了猪圈顶上的老楝树,猪圈顶上的毛竹檩条和老楝树的枯枝发出了"噼噼啪啪"的爆燃声,在这个静谧的夜晚显得特别刺耳。罐子听见了声响,赶紧起床,他一脚跨出门外就看到了猪圈顶上那猩红的火舌,正像魔鬼一样疯狂地舔舐着猪圈。猪圈门像一张血盆大口,"呼呼"地往外喷着火。清醒过来的平安和跃进像两个疯子一般,要往熊熊燃烧的猪圈里扑。罐子一边呼救,一边死死地拉住两人。

光明庄一半的人都起来了。幸好光明庄出门就是河,大伙儿拿着面盆和水桶接龙浇水,总算把大火给扑灭了。

面对着猪圈里外满地的鸡蛋,平安和跃进两个高大的小伙子忍不住蹲在地上号啕大哭。

人们劝慰了几句后慢慢散去了,跃进也被民主拉回了家,只有平安还蹲在满地流淌的黑水里抽泣。罐子奶奶抱住平安劝他:"小伙儿,不要哭了。养猪、养鸡都要有个'血财',你俩没有'血财',就该破财消灾。"

第二十一回　孵小鸡后生试水　失大火功亏一篑

　　立秋和解放还没走,立秋过来劝平安:"平安,男儿有泪不轻弹。你已经是个男子汉了,这点儿小事就把你打趴下了?你要是真有志气,就总结教训,从头再来。"

　　平安抬头看看立秋,又低头看看满地流淌的黑水,从地上捡起一只烧得焦黑的鸡蛋,剥开蛋壳,一只绒毛丰满的小鸡仔死在了蛋壳里。平安一下子瘫坐在地上,哭得更厉害了。

第二十二回　撒化肥网锁挨骂　张虾笼立秋叫板

　　分田到户以后,网锁没有了大集体时的威风。虽然,光明庄人表面上依旧一口一个齐支书地叫着,心里对于网锁却轻慢了许多。

　　没有了大锅饭,农村基层领导的工作重点转移到了行政和服务上,不再面面俱到地管理那些耕种、收割的具体事务。

　　网锁和其他老百姓一样,分到了四亩多承包地。做了几十年干部,网锁虽说对于什么季节种什么庄稼了如指掌,却都是纸上谈兵,他能说得天花乱坠,却从未正经下地干过农活儿。现在没有办法了,他能够直接领导的手下,除了在乡里粮管所上班的儿子爱国,就是老婆小麦了。村委会那一班委员,上班也没有在大集体时代那样积极了,每个人家里都有责任田,那才是自己一家的生活来源,当村干部那几个死工资,还不够喝几顿大酒的,只要村里不点名开会,一个个地全都往自家的责任田里钻。网锁一开始还天天往外跑,有事没事都坐在村部的办公室里,后来架不住小麦生拉硬拽,只好也扛起了钉耙、铁锹,和小麦一起下地干活儿了。

　　这天,小麦拎了一只淘米箩,里面盛着半箩尿素,吩咐网锁给秧田里几块发黄的水稻加点儿料。"马无夜草不肥",种庄稼也一样。网锁涉到秧田里,发现裤脚没有卷起来,随手把淘米箩搁到水田里,腾出手来卷裤脚。等他卷好了裤脚,再去拎起淘米箩时,淘米箩里的尿素早就化成了水,网锁拎着空空的淘米箩站在秧田里发呆。小麦看见了,扯着嗓子骂他:"翘脚放屁的东西,做干部把你做傻啦,一天到晚除了指手画脚吹牛皮,你会做什么?这一片水稻要被尿素腌死了。你瘟在那里做什么?还不快拿水瓢,把脚下的化肥水泼出去?"

　　网锁只好拿来水瓢,把脚下的水往四周泼洒。

第二十二回　撒化肥网锁挨骂　张虾笼立秋叫板

一天的农活儿干下来,网锁累得腰酸背痛,心里窝了一团火,偏偏又不敢往小麦身上发。毕竟是自己做错了,还不知道那一大片的水稻会不会被尿素烧死,那可是自家的粮食呀。到了傍晚,实在吃不消了,网锁提前从地里回了家。

网锁垂头丧气地走进了三队的庄子,远远地看见立秋婷婷袅袅地走在前面。

立秋三十多岁,儿子怀德已经读中学了,身材却依旧纤细苗条,走路时风摆杨柳一般。网锁顿时不觉得累了,悄悄地跟在了后面。网锁不错眼地看着前面立秋的背影,渐渐地从眼睛里伸出两只手来,把立秋的衣服剥得干干净净。网锁脑子里想象着立秋不穿衣服的样子,不知不觉地跟着立秋走到了她家的院门外。

整条巷子里静悄悄的,没有一个人。网锁站在院墙外边的丝瓜架下侧着耳朵听了一会儿,只听见一个人走路的动静。网锁断定,解放还没有回到家。

网锁从墙角捡起一块土疙瘩,扬手扔进了院子里。随着"啪"的一声响,院子里静了下来。网锁悄悄地隐身在墙角,等了一会儿,立秋的院子里又传出来大扫帚扫地的"沙沙"声。

网锁蹑手蹑脚地走过去,悄悄地把院门上的门搭子扣了起来。俯身又捡起一块土疙瘩,从院墙上扔了进去。

"啪"的一声过后,立秋举着扫帚冲到了院门口,一拉门,门从外面给扣上了。立秋出不了门,在院子里扯着嗓子骂:"骚公狗,以为躲起来我就不知道是你啦?我早就看见你了。好好的人你不做,要做鬼!有本事你别关门!还以为自己一手遮天呢?还想着欺负老百姓呢?世道变了,放屁不响了。我靠自己的双手过日子,饭碗捧在自己手上。不奉承你!回去在牛脚印塘里撒泡尿,自己照照,就你那个鬼样子,还以为自己是个人物,哪个看得上你?"

立秋平时从来没有说过一句粗话,今天是真的急了,骂声像是开了机关枪一样"哒哒哒"地不停。网锁一听,吓得胸口怦怦乱跳,知道立秋是真的看见自己了,他也不敢露面,赶紧转身顺着巷子从奘腿嗲嗲房子后面的河堤上溜走了。

这些年,网锁一直想打立秋的主意。可偏偏立秋不吃他那一套,时刻提防着他,初嫁过来时对网锁的那一点儿好感早就变成了鄙视。在光明庄上,立秋对老老少少都是满脸笑容,唯独见了网锁,那张脸上就像落了霜的柿子一样,冷冰冰的。眼看着立秋和解放的日子越过越红火,自己的权利却越来越小,网锁心里也就越来越不是滋味,总是寻找一切机会去撩拨立秋,每次都落个自讨没趣的下场。不过,从解放平时一贯的表现来看,立秋并没有把自己勾引她的事告诉解放,网锁心里就存着那么一丝小小的希望。俗话不是说嘛,十个女人九个肯,只怕男人嘴不稳。俗话还说了,烈女怕缠郎。网锁坚信,只要自己不放弃,立秋早晚有一天会乖乖地顺了自己的意。

夏天的时候,生产河里的龙虾多了起来。这种张牙舞爪的小东西,以前只有串场河东的海里有,串场河西偶尔才能看见一两只。光明庄人抓到了,就找一只广口的罐头瓶养起来,放上两棵绿色的水草。白瓶、清水、绿草、红虾,搁在家神柜上,很是好看。光明庄人没有养花的习惯,那东西娇贵得很,要看绿叶红花,田野里多的是,不用费那个神专门养到家里来。

这些年,串场河里的龙虾莫名其妙地多起来,人们开始烧着吃,味道竟然还出奇的鲜美。慢慢地,有人趁着农活儿不忙的时候,拿着铁锹到水岸边去挖龙虾洞,半天就能挖出一桶来。吃不了的龙虾送到竹溪街上去卖,居然也能卖到五六毛钱一斤。

乐吾镇到楚水县城新建了一条公路,原先班轮开半天的路程,现在公共汽车个把小时就跑到了。网锁有一次到楚水去开会,看见路边上有几十个头戴绿色方巾的妇人,在用渔网和铁丝骨架做一种长条形的网笼。趁着汽车上下客的空档,网锁下车一打听才知道,那一条二十多米长的网笼是专门用来捕龙虾的虾笼。网锁

第二十二回　撒化肥网锁挨骂　张虾笼立秋叫板

立刻就买了一条。

网锁把虾笼张在了屋后的生产河里,每天早上可以从虾笼里倒出三五斤龙虾来。隔三差五,小麦就拐着装满龙虾的塑料桶,到竹溪街上去卖龙虾。

立秋的家在网锁家西边,隔了两条巷子。立秋让解放骑上脚踏车,到楚水一口气买回家三条虾笼,全都放在了自家屋后的生产河里。

立秋家在河上游,自从立秋张了虾笼,网锁的虾笼几天也倒不出一斤龙虾。网锁起初不知道原因,以为是虾笼破了,拉出来仔细检查了一番,发现虾笼好好的,可就是没有龙虾进网。十几天以后,网锁感觉不对劲,沿着生产河往西找,终于发现了上游的三条虾笼。

虽然是分田到户了,可网锁还是光明庄的村支书,光明庄的人谁都不敢当面得罪他。立秋这样做,无疑是当众狠狠地扇了他网锁一记耳光。立秋冒犯了他,可他偏偏还有苦说不出。立秋的虾笼张在自家屋后的生产河里,没有张到他网锁的屋后面。生产河是集体所有,谁也没有规定哪个可以张虾笼,哪个不能张虾笼。立秋明目张胆地把虾笼张在了自己的上游,明摆着就是和自己过不去。

网锁被立秋打了脸,心里憋屈。他暗暗发誓,一定要想办法把立秋的嚣张气焰给打下去。虽然这件事现在还只是一点儿小火苗,可如果任由这火苗烧起来,总有一天会变成熊熊大火。到那时,自己的脸面就会被立秋踩到脚底下,永世不得翻身,今后自己在光明庄就真的没有什么威信可言了。

几天以后,乡里渔业部门来了个人,径直找到了解放家里,要求他把虾笼收掉,否则就要没收。

解放性情温和,面对着乡里来的干部一时不知道如何是好。就在这时,立秋从屋里走了出来,她站在来人面前,不卑不亢地问:

"领导,凭什么让我家把虾笼收了?"

"所有水面都是集体财产,乡里对于集体水面有统一的管理。"来人打着官腔应付立秋。

"集体财产是不是只允许村干部往自己腰包里捞?"

"干部群众一个样,没有谁能搞特殊。"

"既然没有人能搞特殊,为什么齐支书可以放虾笼,我们老百姓就不能放?"

来人愣住了。来的时候,他以为只要亮出身份,对方就会乖乖服从。自古民不与官斗!哪有老百姓敢跟政府里的人讲道理的?现在,一个农村妇女居然和自己叫起了板。这要在大集体时代,简直是无法想象的事情。不过,来人到底是在机关里混了多年的老油条了,他眼珠一转就有了主意:"你说齐支书啊?他是给渔业部门交了钱的。"

"交了多少钱?"

"这个,一年交一百块。"来人心想,一百块钱够买两百斤龙虾了,傻子才会交钱到河里去张虾笼。

谁知道立秋一声不吭地转身进了屋,很快就拿出一张蓝莹莹的百元大钞,塞到了来人的手里:"领导,我虽然是个农民,但我结婚前就是党员了,我不会干那些占集体便宜的事。该交的钱,我一分都不会少。是不是真有这个规定,我现在也不想去问,你们自己心里清楚;人家有没有交钱,我暂时也不想去管。只是,我家屋后这个虾笼,我是张定了!"

来人捏着手里的钱,一句话也说不出来,准备转身离开,却被立秋叫住了:"领导,请你等一下。"

来人站住了,莫名其妙地看着立秋,不知道她还有什么问题。立秋从房间里拿出一张纸,还有一支圆珠笔,递给来人,不慌不忙地说:"领导,还要麻烦你给我打个收据。我交了钱,你也要代表政府给我留个手续不是?要不然,下次再来个人让我把虾笼收掉,我

第二十二回　撒化肥网锁挨骂　张虾笼立秋叫板

有八张嘴也说不清了。"

来人黑着脸给立秋打了一张收条，怏怏地走了。他来到网锁家，对他说："齐支书，这个女人不简单，说话做事滴水不漏。兄弟尽力了。"

立秋算是和网锁公开撕破了脸，两人在路上走碰了面，也都扭过头去，装着没看见。

小麦不知道怎么回事，晚上拉着网锁问："我和人家立秋平时处得好好的，为什么她偏偏和你作对？"

"她就是个神经病，我哪知道为什么。"

"你不是想她心思了吧？"

"我想她什么心思？她是记恨我没有让解放做队长。前些年在大集体，她不敢怎么样，现在分田到户，她开始报复我了。"网锁转着一双黑鱼眼，气狠狠地说。

小麦将信将疑。

第二十三回　买河工瞒天过海　倒海货八方来财

又一个冬天到了。

网锁到乡政府去开会，乡里又分下来一批河工任务。光明庄的任务很少，网锁心中暗喜。分田到户以后，老百姓没有以前那样听话了，冬修水利这种出力不得钱的事，村干部每次都要费不少口舌，才能安排下去。

中午在政府食堂吃饭，邻座东乡的刘支书不停地抱怨："现在村里人都进了村办造船厂上班了，哪还有人愿意去扛泥篮子（挑河）？"

楚水水多，老百姓都是弄船的高手，改革开放以后，很多人都做起了水上运输生意。东乡有两条深水河，村领导因地制宜，组织村民开办了几家造船厂，专门打造各种规格的运输船。村里的老百姓全都跑到造船厂打工去了，工资比先前在社办厂还要高。

网锁和刘支书开玩笑："你们村的造船厂开得多，老百姓腰包里有钱。我们没有村办厂，老百姓麦一种、手一笼。东乡屁股大的小庄台，撒泡尿能绕三圈，能有几个河工任务？只要你们出钱，我们帮你去挑河。"

刘支书一听，眼睛发亮，伸手把椅子往网锁跟前挪了挪："老齐，你出个价。我把村里的河工卖给你。"

网锁本来是开句玩笑的，想不到刘支书还当了真，他心头一动，翻着黑鱼眼说："那就按十块钱一个人工，你们到造船厂里赚大钱，我们捞点儿汤喝喝。"

刘支书当场拍板："就这么说定了。我回去就让村民把钱交上来，三天之后给你。"

两个人一拍即合，刘支书当场把河工任务段面和方量计划全

第二十三回　买河工瞒天过海　倒海货八方来财

都交接给了网锁。网锁回到光明庄,把东乡和光明庄的两处河工任务让村会计做了摊派,按人口和承包田各半的原则,分到了每家每户。

三天以后,刘支书果然送来了一万八千块钱。网锁让会计把钱存进了村里的小金库。

光明庄是个大村,在串场河反水河的臂弯里莲花一样分布着五个居民点,全村两千多人口,一千多劳力,凭空多出来一千八百个人工的河工任务,摊派到各户头上也没有多少。大伙儿谁也不知道,只以为今年的任务稍重了一些,嘟嘟囔囔地抱怨了一阵之后,各自回家收拾泥篮子了。反正年年冬修水利已经习惯了,闭着眼睛挑吧,天大的河工也是人挑出来的,谁让咱是农民呢?农民不就是挑河挖沟的?农民不挑河,难道让那些水袜香鞋的城里人去挑?

光明庄的劳力几乎都准备好了上河工,二流子有志却找到队长民主:"民主,我家有二十个人工的任务。你也知道,我体力单,挑不动,家里老头子岁数大了,也不能上河工了。我愿意出二百块钱,你帮忙找找,看看有没有人愿意挑。"

"只要你出钱,挑河的人有的是。我知道,你不是挑不动,是想出去做生意吧?"

有志挤了挤眼睛:"队长,我体力小,没有办法,只好出去找几个活钱。"

有志走了,平安拉着跃进走了进来。平安对民主说:"民主叔,我听跃进说,有志叔要卖河工,这是真的吗?"

民主看了一眼跃进,知道儿子刚才偷听了自己和有志的谈话:"有这事。"

"民主叔,把河工卖给我和跃进吧。我们两个一起去挑。"

"你们?你们没有上过河工,不知道上河工的苦。"

"民主叔,你不也是十几岁就上河工了吗?怎么到了我们就不行了？再说，我俩炕小鸡亏了一大笔钱，到现在还没有还清呢。我们想自己挣钱，把欠账还了。"

民主看了看平安和跃进："也好，既然你们有这个决心，我就成全你们。你们也老大不小了，是该吃点儿苦头了。没有上过河工的人，一辈子也成不了男子汉。"

二流子有志掏了两百块钱，把河工任务卖给了平安和跃进，自己骑着自行车，到串场河东的海边去了。

二流子的自行车是光明庄的第二辆，这是一辆二八型的长征牌载重自行车。有志把自行车看得和老婆桑叶一样重要，哪怕出去骑五分钟，回家都要拿擦车布把自行车擦洗得干干净净，每一根钢丝都不放过。擦完了车，还要在链条上滴上几滴废机油，转几圈脚蹬，把机油均匀地涂满在每个链条的齿轮上。整个光明庄，除了立秋两口子，谁向有志借车都不好使。当然，借去了也不会骑。有志骑车还是桑叶和立秋一起教的，有志骑着立秋家那辆旧自行车在打谷场上跌跌撞撞地练了两天才学会。整个光明庄，刚开始也就他们两家四个人会骑自行车。

二流子不是不能干活儿，农村长大的人谁还没有一膀子力气？以前他只是不想在大集体里卖力气，反正干多干少一个样，出那傻力气干吗？有点儿力气不如留着自己到海里去做几趟生意。海里地广人稀，有时候走半天路也没有一户人家。方圆百里的海里有志几乎都跑遍了，每次他就靠着两条腿，一步一步地去丈量。一百多斤的担子压在肩头上，一趟下来，腰酸腿疼。自从有了自行车，不仅人轻松了、货拉多了，关键是以往来去要三天的路程，现在两天就能跑个来回。

第二天傍晚，有志轻车熟路地从海边驮回家两塑料壶的薄荷油，一壶五十斤，两壶一百斤。

海边广袤的沙土地上种了一望无际的薄荷。那东西泼皮好养活，适应性强，对土壤要求不高，正好适合在海边种植。人们把薄

第二十三回　买河工瞒天过海　倒海货八方来财

荷收好以后,在田间地头支上大蒸锅,把薄荷熬成清亮的薄荷油。

有志骑着自行车,挨家挨户上门收购,价格比供销社的门市部略高一点儿,大伙儿都愿意卖给他。你家十斤油,他家八斤油。装满一车就回家,再转手卖到五十公里外的楚水县城的多种经营服务公司,赚取地区差价。

以前有志到楚水出货,都是挑着担子乘坐班轮,来回需要两天。自从开通了公路,早上出门,下午就能回到家。

有志把自行车寄存在爱国的粮管所,挑着薄荷油,到了乐吾汽车站。有志上车前给驾驶员发了一根"云雾山"香烟,驾驶员从车屁股后面放下一只小铁梯子,有志爬上车顶,把装薄荷油的塑料桶都牢牢地绑在了车顶上的铁货栏里。

有志坐在驾驶员旁边的座位上和驾驶员唠嗑,时不时给驾驶员发根香烟。

一个多小时的时间,有志发现上车下车的人居然有一百多个。车票是短途一块,长途四块,有志心里估算了一下,一趟下来,最少收了两三百块的车票钱。

有志嘴上有一句、没一句地和驾驶员闲聊,心里把油耗、工资、上缴的份子钱、车损、路政费用、各种税收,摸了个七七八八。

有志心里有了一本账——车子一天跑四个来回,除去杂七杂八的所有开销,一天有一两百的利润。有志心里暗暗吃惊,一两百一天,一个月就是四五千,一年就是五六万。

有志在楚水卖掉了贩回来的薄荷油,算算自己四天赚了一百多块钱。跟挑河十块钱一个人工比,算是不少了,可比起开公共汽车,还是差了个天上地下。回到家里,有志兴冲冲地和桑叶说:"桑叶,我今天上楚水,发现了一条发财的路子。"

桑叶看着有志:"哥,现在不是以前了,做生意用不着偷偷摸摸了。你做个二道贩子不是蛮好的?去年有寿被评上了万元户,又是县城、又是乡里的戴红花,其实我们闷声大发财,也不比有寿挣

115

得少。你又准备泛什么花头精？"

"戴大红花那些虚头巴脑的事情我才不想要，腰包里实惠才是真的。我们现在想办法多挣点儿钱，将来还要生个大胖小子呢。可不能让儿子生下来，再像我们小时候那样吃苦了。"

桑叶婚后生了个丫头如云，老得稻一连几天都不说话，有志虽然嘴上没说，但没能给有志生个儿子，桑叶一直觉得对不起有志。现在，听到有志兴冲冲地憧憬着未来，桑叶明白，其实有志心里，一直还是想生个儿子。

第二十四回　评先进有寿游街　走西口豌豆离家

有寿这几年靠着炸馓子不仅还清了外债,还着实风光了一阵。

去年,乡里要申报万元户。网锁领着乡里的统计员来到有寿家里,捧着算盘,里里外外核算了三遍,最后得出结论——有寿家一年的总收入八千九百块。离县里要求的万元户标准,还差一千一百块。

网锁急忙把统计员拉到一旁咬耳朵:"领导,你不知道,有寿家里还有三千多斤的小麦没有算进去。"

有寿和统计员都盯着网锁。网锁黑鱼眼瞄着有寿,不慌不忙地说:"有寿怕炸馓子的小麦不够用,夏天小麦一登场,就按比粮管所高一分钱一斤的价格把定金付给人家了。他家里放不下,什么时候要用,就什么时候到人家家里去称。他把明年新小麦登场前的小麦都备下了。"

统计员看着有寿,有寿看着网锁。

统计员问有寿:"齐老板,是不是有这笔账?"

网锁抢着回答:"有寿,你就不要瞒了。这是好事!又不是什么丢人的事。我家还有一千斤小麦你给了钱的,我听说罐子和民主他们也都收了你的定金。"

有寿看着网锁的黑鱼眼,红着脸嗫嚅道:"是有三千多斤小麦放在外面。"

"这就够了嘛。"统计员两手一拍大腿,把网锁和有寿都吓了一跳。

统计员兴奋地说:"齐支书,还是你领导有方啊。我们乐吾乡又多出了一个万元户!"

有寿被当成勤劳致富的典型,送到楚水县城去开表彰大会。县长亲自给他戴上大红花,和几十个各乡镇选拔上来的万元户一起,坐着花车,晕晕乎乎地在县城大街上敲锣打鼓地巡游。

回到乡里,有寿又戴了一次大红花,又游了一次街。中午,在乡政府大食堂吃饭的时候,乡长、书记轮流给有寿敬酒。有寿正喝得战战兢兢,有福披麻戴孝地一头撞了进来,眼泪鼻涕一大把:"哥,妈又走了。"

齐老太这次是真的走了,没病没灾的,走路时摔了一跤,再也没有醒过来。

有寿、有福弟兄俩送走了齐老太,不久就到了农历新年。

新年是农村最为隆重的节日,家家户户掸尘、祭灶、做糕、烀团、做豆腐,准备迎接新年。

除夕前一天,有寿家里来了个亲戚,是齐老太的娘家侄子铜锁。

铜锁年轻时在新疆当兵,后来军队就地改建成了生产建设兵团,所有干部战士就地转业成了兵团职工。铜锁现在是新疆生产建设兵团的一名连长,在新疆那边娶妻生子成了家。这次回老家探亲,想不到正赶上姑妈去世,赶紧到光明庄来吊孝。

铜锁泪流满面地跪在齐老太灵前磕头:"小时候,姑妈最疼我了。想不到连最后一面都没能见到。"

有寿、有福陪着铜锁说话,豌豆在一旁添茶倒水。铜锁看了看豌豆,觉得小伙子很机灵,对有寿说:"老表,趁现在我在那边有点儿能力,想不想让豌豆出去闯闯?"

豌豆一听眼睛发亮,紧紧地盯着有寿。有寿说:"老表啊,我知道你是那边的大官,也知道你是真心想帮我。可豌豆还不到二十岁,一天远门没有出过,我怕他吃不消呢。"

"爸,我不怕吃苦。"豌豆抢过话头。

"大人说话,小孩子插什么嘴?"有寿瞪了豌豆一眼,豌豆不敢说话了,依旧倔强地站在有寿身后不肯离开。

"男子汉大丈夫,你不把孩子放出去闯闯,一辈子就陷在这巴

第二十四回　评先进有寿游街　走西口豌豆离家

掌大的光明庄,将来能有什么出息?"铜锁有些惋惜。

"他表叔,有你在那边照顾,我们就放心。只要你肯带豌豆,我们就让他跟你走。我也不想我家豌豆一辈子在光明庄上炸徽子呢。"李凤英不知道什么时候站到了铜锁面前,两手绞着围裙表态。

"还是表嫂有眼光啊。你们商量商量,毕竟离家太远了,一年半载的也回不了家。"

送走了铜锁,有寿责怪凤英:"你晓得新疆有多远?铜锁回一趟家,又是汽车,又是火车的,路上花了十天呢。豌豆一个人去这么远,你就舍得?"

李凤英梗着脖子,第一次顶撞起有寿来:"你个大男人怎么还没有我个女人看得远?家里的责任田我们俩都不够种,你想豌豆一辈子种田、炸徽子啊?年轻人吃点儿苦怕什么?我们都还没有老,不要豌豆照顾。他奶奶也走了,豌豆也用不着回家打灯笼了(孙子送葬)。他出去闯个三年五载的,也见识见识外面的花花世界。难道你想他将来像你一样啊,半辈子就去了一趟楚水县城,回家还说分不清东南西北。"

豌豆也在一旁帮腔:"我要跟着表叔走,我不要留在光明庄种田、炸徽子。"

二比一,有寿只能少数服从多数。

这个春节,所有人都过得开开心心,只有李凤英天天躲在家里给豌豆收拾行李。儿行千里母担忧啊,李凤英嘴里答应了让豌豆出去,心里还是一千个舍不得,一边收拾,一边淌眼泪。

光明庄来了一支舞龙灯的队伍。十几个汉子架着一条十多米长的龙灯,锣鼓家伙"叮叮咣咣"地敲着,挨家挨户拜年。

火红的龙身子,缀着金黄色胡须的龙头,威风凛凛地在院子里上下翻滚。主人家燃放鞭炮,迎春接福完毕,一脸喜庆地给看热闹的人发香烟,还不忘了给那个拎着黑色人造革皮包的领头人包个两块钱的红包,再塞包"云雾山"香烟。

老得稻偷偷地塞给管事的人一包香烟,趁人不备,从龙头上扯下几根黄丝线做成的龙须。

正月初六,有福在家里办了一桌菜,请铜锁吃饭,顺便给豌豆饯行。

正月初七,有寿在家里办酒席,请铜锁吃饭,正式把豌豆托付给铜锁。

七不出、八不归,是串场河边老辈传下来的规矩。

正月初十,有寿挑着行李,把豌豆送到了铜锁那边。豌豆要跟铜锁一起乘车到楚水,然后从楚水转车到南京,再从南京乘火车去乌鲁木齐,还要从乌鲁木齐坐一天汽车,才能到铜锁兵团所在的县城。

临行,李凤英抱着豌豆,流着泪关照了一遍又一遍,嘱咐他一个人在外要听表叔的话、要吃饱穿暖、要与人为善、要有眼头见识、不能偷奸耍滑、不能贪小便宜、不能仗势欺人、不能逞强好胜……豌豆也流着泪——和家里人道别。

送走了豌豆,李凤英一连几天都在家里流泪,天天催着有寿到村部,去看看铜锁有没有电报回家。

过了八天,还是没有等到铜锁的电报,李凤英崩溃了,坐在大门口的地上撕心裂肺地哭:"我鬼迷了心窍啊,把儿子送走啦。上万里的路啊,七八天死活不知,不晓得我家小伙儿在外边怎么样啦?再没有电报回来,我也不活啦,跳进串场河死了算啦。"

立秋过来劝她:"齐家嫂子,你就不要在家里瞎想了。按路程算,豌豆还没到地方,人在火车上怎么跟家里联系呀?吉人自有天相!你安心在家里等两天,豌豆肯定会平安到达的。"

李凤英不吃不喝,天天在家里哭。有寿也急得团团转,儿子就像一只风筝飞上了天,偏偏手里的线断了,眼看着越飞越高没了踪影,自己蹲在地上偏偏一点儿办法都没有。

又过了几天,终于等到了铜锁从新疆发回来的电报:"一切平安,勿念。"

一家人这才放下心来。

第二十五回　罹恶疾养父拒医　遇流氓有志挨打

有寿和李凤英放了心,奘腿奶奶的心又提了起来。

过了年,奘腿嗲嗲病倒了,腹泻得厉害。起初以为是误吃了什么不干净的东西,也没有太在意。可过了几天,腹泻得愈发厉害了,而奘腿奶奶却一直好好的,这才想起来可能是得了什么病。奘腿奶奶请来村里卫生室的乡村医生,医生看过以后,对奘腿奶奶说:"最好要到大医院去检查看看,村里的卫生室条件简陋,没有检查设备。"

村卫生室里只有一个乡村医生,是从部队退伍的卫生兵,平时看看伤风感冒还行,对于那些肚子疼、发高烧的病症至多是打两针抗生素,再不行就只能到乡里的卫生院了。有全编过一句顺口溜:"五分钱一摞,两个药片一包;磺胺嘧啶,打得腿子直劲(颤)。"当然,他说的是大集体的合作医疗,虽说现在变成卫生室了,条件还是没有好到哪里去。

奘腿奶奶赶紧托人给根宝带口信,让他回光明庄来带奘腿嗲嗲去大医院看病。

口信带去了三五天,根宝也没有回家。奘腿嗲嗲的病更重了,走起路来两腿打晃。早上起床,居然发现大便里带了血丝。奘腿奶奶吓得哭了起来,赶紧到隔壁央求解放帮忙,把奘腿嗲嗲送到了串场河对岸的竹溪卫生院。

一番检查下来,医生对解放说:"根据初步检查结果,老人应该是得了结肠癌。具体确诊,还要等化验结果出来。不管怎么样,都要赶紧先住院治疗。"

解放把老人在医院安顿好,回家去帮奘腿嗲嗲取生活用品。立秋听说了,吩咐解放:"东西由我送到医院去。你骑上自行车,到乐吾镇上去找一趟根宝。他老子都这样了,再忙也要回来带老人去看病吧。"

解放随即去了乐吾镇上。

政府里的人说根宝到楚水县城去学习了。解放随即又骑车去乐吾供销社找凤霞。

乐吾供销社在乐吾老街最繁华的地段,门头高大宽敞,很是气派。供销社里的货物琳琅满目,从针头线脑到日用百货,从服装鞋帽到农药化肥,生产生活所需的一切东西都一应俱全。解放看着眼前高大的货架、玻璃的柜台,还有柜台后面衣着光鲜的售货员,心里暗想,这么大的供销社,一天要赚多少钱啊?哪天我要是能在光明庄也开上这样一个供销社,那还种什么田呀。解放一边提醒自己不要白日做梦,一边径直走到了供销社中间的一个高台下。

高台比周围的柜台高出两米多,要走几级台阶才能上去。高台是用木头围成的一个小亭子,亭子四周是漆成朱红色的木头栏杆,亭子中间有一张荸荠色的办公桌。办公桌前面的栏杆上有十几根细铁丝,铁丝像一把撑开的雨伞骨架,向各个柜台辐射着。铁丝上挂着一只只小铁夹。柜台上卖出了物品,售货员把收的钱和物品的名称和数量写在发票上,用铁夹子夹好,用力一推,夹子"嗖"的一声,沿着铁丝滑到了供销社中间的高亭子前面,"啪"的一声撞停了下来。高高的亭子上,凤霞就坐在办公桌后面的椅子上,居高临下地俯视着整个供销社。营业员把夹着钱的铁夹用力滑到柜台前,凤霞伸手把滑过来的铁夹子打开,把钱收好,拨拉着算盘,把账算好,找零、记账、盖章,再顺着铁丝把发票和找回的零钱滑回去。

解放站在亭子下,仰着脸喊了一声:"朱会计。"

凤霞抬起眼皮瞥了一眼底下站着的解放,认出是奘腿奶奶的邻居,她在光明庄上见过,她和根宝结婚的时候,眼前这个人天天在家里帮忙。凤霞以为解放是来求她办事的,面无表情地问:"有

第二十五回　罹恶疾养父拒医　遇流氓有志挨打

什么事？"

解放把奘腿嗲嗲的事前前后后给凤霞说了一遍，最后说："赶紧叫根宝回一趟光明庄吧，奘腿嗲嗲的病不能再拖了。"

凤霞又瞟了一眼解放，不冷不热地说："根宝又不是医生，叫他回去有什么用？"

说完以后，凤霞坐在高台上，"噼噼啪啪"地拨打算盘，不再理睬站在下面的解放。

解放尴尬地站了一会儿，发现凤霞根本就没打算理自己，只好无趣地告辞，回到了光明庄。

立秋听解放说凤霞不管奘腿嗲嗲，立刻就炸了："他根宝还是不是个人？奘腿嗲嗲都这样了，他做儿子的不管？我到乐吾找他评理去。"

解放一把拉住她："我的姑奶奶，你今天脾气怎么这么火爆？你现在去了也找不到人，根宝去楚水学习了。"

立秋平时脾气不错，今天确实有点儿反常，听了解放的话，她冷静了下来，自己收拾了两样生活用品，到竹溪卫生院去帮忙照顾奘腿嗲嗲了。

奘腿嗲嗲在医院住了三天，化验结果也出来了，确诊是结肠癌晚期。三天没有看见根宝的人影过来，奘腿嗲嗲说什么也不肯住院了，坚持要出院。

奘腿奶奶和立秋怎么也劝不住，只得给他办了出院手续。回到家里，奘腿奶奶只得到竹溪街上，找到退休在家的老中医钱先生。

乡下人难得到医院去看病，奘腿嗲嗲平日里有个头疼脑热的，都是在家扛着，实在扛不住了，就过河去请钱先生把把脉，开两服中药，回到家里喝了，三天准好。奘腿嗲嗲逢年过节都要到街上给钱先生送点儿土产，有时是几十个鸡蛋，有时是几斤大麦糁子。钱先生也不推辞，每次回两样小吃给他带回来，有时是两块油光光的

· 123 ·

月饼,有时是一包红枣。一来二去的,樊腿哆哆和钱先生相熟了。

樊腿奶奶把樊腿哆哆的病历拿给钱先生看了,央求钱先生开几副中药救命。钱先生问完了病人的情况,戴上老花镜,仔仔细细看完了樊腿哆哆的病历,长叹了一口气:"痴心父母古来多,孝顺儿孙谁见了?"提笔开了一副药方,吩咐樊腿奶奶:"尽快做手术吧,病在骨髓,中药以无请也。"

樊腿哆哆天天在家喝中药,庄上人听说了,都去登门看望,看完了又都去忙活自家的一亩三分地了。改革开放了,土地承包了,谁也不是闲人。

二流子有志也没有闲着,他活动了几个月,终于拿到了一条乐吾开楚水的班车线路。

有志给乡里的信用社主任送了一万块钱。一个星期以后,顺利从信用社贷出了二十万。有志拿着贷款和这些年积蓄的家底,买回来了一辆崭新的中巴车,请了个驾驶员,正式开始跑客运。

有志在胸前挂了个黄帆布的书包,亲自上车充当售票员,书包上印着红色五角星,下面是用毛笔字写的"为人民服务"几个字,书包里放着橘黄色的木板票夹,还有一个夹钱的铁夹子。

车上卖票的活儿可不像看上去那么风光。一会儿要帮老弱病残安排座位,一会儿要帮带行李的人拿东西,一会儿要给晕车的人送方便袋;还要看准了那些上车就往后挤的人,提醒他们买票;更要记住每个买票人下车的站点,防止有人浑水摸鱼,买短乘长。从上车到下车,一刻也闲不下来。累了,最多只能手扶着过道边的椅背靠一靠。一趟车跑下来,有志感觉肚子里都摇晃成了一锅粥。

售票员的活儿可不是什么人都能干的。不仅要熟悉沿途每个站点的票价,还要随时盯着车窗外,远远地判断哪个路人是在路边等车的,及时提醒驾驶员提前减速。那些一边走路,一边回头盯着车子看的,那些看见车子远远地就开始小跑的,准是要乘车的人。

第二十五回　罹恶疾养父拒医　遇流氓有志挨打

错过了,就是下一班车的客了。有志天生就是个做生意的料,几天跑下来,不仅练就了一双火眼金睛,可以一眼看出几百米外想要乘车的人;还练就了一副好记性,能准确地记住每个人上下车的站点。

这天,车子开到离楚水县城二十里的临湖乡,一下子挤上来四个流里流气的小青年,都戴着墨镜,上身穿花格子衬衫,下身穿喇叭裤。上车以后,四个人大大咧咧地往下一坐,谁也不提买票的事。车子开动了,有志背着包,站在他们前面满脸堆笑:"兄弟,到哪儿?"

"谁是你兄弟?"一个满脸粉刺的年轻人瞪了有志一眼。

"对不起,几位师傅,你们到哪儿?"

"老子到哪儿,还要向你报告?"

"不是,不是。"有志赶紧道歉,"你们谁买下票吧。"

"买票?"四个人哈哈大笑,盯着有志,好像在看一个从外太空来的怪物,"你小子新来的吧?哥儿们几个坐车,什么时候买过票?"

"你们坐车怎么能不买票呢?"有志也急了,在他看来,买票乘车是天经地义的事,怎么能坐车不买票呢?汽车是自己花钱买的,线路也是花钱买的,不仅要上交线路费,还要烧油、维修、开工资。这又不是运输公司的车,就算是运输公司的车也要花钱买票呀,现在早就不是十几年前的大串联了,只要胳膊上套个红袖箍,就可以免费乘车。

"买票,买你妈的票!"粉刺脸毫无征兆地一拳砸在了有志的脸上。鲜红的鼻血瞬间顺着有志的鼻孔蹿了出来。其他三个人也站起来,把有志围在过道里,噼里啪啦就是一顿老拳。

有志本来就生得单薄,被四个年轻人围殴,毫无还手之力,只得两手抱着书包,鸵鸟一样蹲在过道里,把脑袋埋在胸前,任由他们拳打脚踢。

驾驶员见状,赶紧把车子停在路边,上前来劝架。

车上的乘客也都劝四个人:"车老板刚来,不认识你们,放过他这一回。"

也有人劝有志:"就是四张票,不值几个钱,破财消灾就算了。"

四个人罢了手,依旧不依不饶,嘴里骂骂咧咧。有志站起身,顾不上鼻子正淌着血,嘴里不停地打招呼:"我刚刚才跑了几天,还不认识几位老大。对不起,对不起!"

其中一个人突然伸出手,一把拽下了有志的裤子,露出一条红色的三角裤。四个人一看,放肆地哈哈大笑起来。原来有志穿着一条屁股上有破洞的三角裤。

有志赶紧蹲下身子,迅速捞起了裤子。他伸手在脸上抹了一把,满手满脸都是血,眼睛里也充满了血丝。只见他反身一路小跑到驾驶室,抄起发动机盖上的钢管摇车把手,回过头来,对着四个人就没头没脑地砸。一边砸,一边带着哭腔骂:"王八蛋,你们也太欺负人了。乘车不给钱就算了,还这样欺负人。老子今天和你们拼命。"

俗话说,狠的怕愣的,愣的怕不要命的。四个人看见有志面目狰狞的样子,一时间都吓傻了。他们也没想到看上去瘦瘦弱弱的有志真会发了疯似地和他们拼命,一个个赶紧跌跌撞撞地从车窗里爬了出去,一溜烟地跑得没了踪影。

汽车继续往前开,车上的乘客议论纷纷:

"这些小流氓,你怕他,他踩在你头上。你揍他,他就把你当爷爷一样供着。"

"车老板也不容易,看得出也是个穷苦人出身。"

"这些小混混会不会下次再来找麻烦哦?"

"怕他什么东西?见一回,打一回,保证他们比孙子还规矩。"

有志晚上回到家里,委屈地大哭了一场。桑叶抱着有志的脑袋,心疼地说:"哥,要不,咱别干这一行了。行船走马三分命。你早上一上车,我的心就一天到晚地悬着。看到你回到家,心才放到

第二十五回　瞿恶疾养父拒医　遇流氓有志挨打

肚子里。"

有志抹干净眼泪，对桑叶说："桑叶，你放心好了。我有志虽然体力小，但也不是任人捏的软包子。小混混怎么啦，他不是爹生娘养的？棍子砸到身上他不疼？我就不信了，大活人能给尿憋死。青天白日的，上有诸天菩萨，下有党纪国法。我做我的生意，怕他几个小混混做什么？"

有志在驾驶室准备了一把菜刀，照样天天出车。说来也真奇怪，此后一次也没有再碰见过有小流氓坐霸王车的事。驾驶员竖着大拇指对有志说："老板，你都打出名声了。现在，这条线上的小混混，全都绕着我们的车走。"

有志每天早上天不亮就到乐吾车站去出车，晚上天黑以后才回到家。这天晚上，桑叶对有志说："哥，民主通知你明天在家开选举大会呢。"

第二十六回　伤透心含恨而亡　铆足劲发家致富

　　奘腿嗲嗲便血的情况越来越严重,蹲着上厕所的力气都没有了。奘腿奶奶把洗干净的粪桶拎到房间里,把家里的长凳搁在粪桶沿上,做成一个简易马桶。每次奘腿嗲嗲要解手,奘腿奶奶就把他扶下床,让他坐在长凳上。奘腿嗲嗲在粪桶上一坐就是半小时,每次粪桶里都是一片鲜红,散发出浓重的血腥味。

　　立秋去乐吾找过几次根宝,他不是出去开会、就是出去学习,一次也没有碰见人。立秋找到供销社,对凤霞说:"朱会计,你给根宝带个信儿,奘腿嗲嗲没几天活头了,他要是还有点儿良心,就该回到光明庄去看看。"

　　凤霞不阴不阳地回立秋:"我家根宝又不是医生,回去也不能看好他的病。再说了,根宝是政府里的人,不比你们农村人在家种田,哪能说不上班就不上班。病人有老奶奶照顾就行了,还有你们这些好邻居,一个个的比亲儿子还孝顺,三天两头来找根宝,有你们照应就够了。不就是得了个病嘛,好像谁家没人得过病似的。人吃五谷杂粮,哪能不得病?这么大岁数了,得什么病也不奇怪。你放心,真到哪天人死了,我们会送去火化的。毕竟,我们家根宝在光明庄过了几年。"

　　立秋看着高高在上的凤霞,如果目光能变成巴掌,凤霞的脸上这会儿早就该凸出五条手指印来了。立秋在高高的木台下站了好一会儿,努力让自己的心平静下来,然后才转身离去,一句话也没有再说。

　　挨了几个月,年轻时铁塔一般的奘腿嗲嗲,熬成了一副皮包骨的人干。咽气前,奘腿嗲嗲让奘腿奶奶把立秋喊到了病床前。奘腿嗲嗲挣扎着在病床上给立秋作了个揖:"丫头,这些日子辛苦你

第二十六回　伤透心含恨而亡　铆足劲发家致富

了,照顾我这个没亲没故的老头子。"

立秋赶紧把奘腿哆哆的手放到被子里:"我嫁到光明庄来,您老像亲闺女一样待我,我照顾您是应该的。不要瞎想了,好好养病要紧。"

奘腿哆哆又把手从被子里伸了出来:"王瞎子早就说过了,我们老两口前世作了孽,活该没人养老送终。你们也不要怪根宝,他有自己的亲娘在世。他现在是国家干部了,我们也没有帮到他什么,不能去给他丢人现眼。只是老太婆跟着我,吃了一辈子的苦,我对不起她。丫头,我自己的身体我心里有数,就是这两天的事了。我求你件事,等我走了以后,你帮老太婆到村里去报个五保户吧。"

立秋拉着奘腿哆哆枯树枝一般的手,早已泪流满面:"报什么五保户。你放心,有我立秋一口吃的,就不会让奘腿奶奶挨饿。"

奘腿哆哆死了。凤霞回到光明庄料理丧事,说根宝又到市里去开会了,实在是赶不回来。

光明庄的人心里透亮。奘腿哆哆死了,光明庄的人只当根宝也死了。

凤霞草草地安葬了奘腿哆哆,一刻也没有停留,又回到乐吾镇上去了。

又一个新年到来的时候,串场河边像变戏法似的,一下子冒出来几十幢青砖黛瓦的大瓦房。原本那些低矮的茅草顶、土墼墙的丁头府,一间也找不到了。

不久,光明庄通上了电。夜幕降临,站在高高的圩堤上往西看,莲花一样盛开的光明庄灯火通明,像是有人在五片莲叶上撒了一把珍珠,每一颗都熠熠生辉。昏暗了几百年的光明庄闪闪发亮,真正成了光明的村庄。

民主买了一台手扶拖拉机,带着儿子跃进开起了拖拉机。跃进小时候在语文课上学过一则谜语——生产队里有头牛,不吃草来光喝油,工人叔叔送它来,支援农业大丰收。现在,这头喝油不吃草的铁牛真的就来了,这家伙一天耕的地,够以前奘腿嗲嗲的大黑牛耕上十天。

有安和老婆爱红买了一条十二吨的水泥船,装上挂桨机,苫上船篷,农闲的时候,从附近的砖瓦厂里装上青瓦,出了串场河,沿着向东的江界河,沿途贩运到海里去卖。海里都是沙土,烧制砖头还行,烧瓦就不行了。沙土烧出来的红瓦有沙眼,容易漏雨。有安从河西乡下运过去的青瓦是黏土烧制的,不仅质地细腻,指头一弹还能发出"当当"的金属声响,在海里很受欢迎。

立秋和解放在串场河河堤下盖起了两间仓库,开了一间专门卖农药、化肥的生资门市部。分田到户以后,土地属于自己的,老百姓舍得往地里下本儿,家家户户都需要农药、化肥。解放生资门市部的码头上,就经常停泊着装满化肥的水泥船。

老得粮生前在大集体的食堂里做过豆腐。春耕从小耳濡目染,一套做豆腐技术早就烂熟于心,现在终于有了用武之地。春耕的儿子满意去当兵了,春耕请木匠打了一副豆腐箱,在家里做起了豆腐、百叶。春耕在门前竖起一根大毛竹,竹竿顶上用铁丝拧了一个圈,一根麻绳穿过铁圈,下面拴着一个稻草草把。光明庄的人只要看见春耕家竹竿上挂着草把,就知道新鲜的豆腐、百叶出锅了。如果春耕家毛竹竿上的草把降下来,就表明今天的豆腐已经卖空了,劳作了一天的庄稼汉哪怕是嘴里馋得淌水,也只能在家炒点儿蚕豆,或是拍两根黄瓜,对付着喝二两烧酒。

有全没有什么技术,和婆娘巧儿一商量,收拾了一副泥篮,到隔壁村里的砖瓦厂去挖窑泥了。挖窑泥不要技术,只要舍得卖力气就行。有全凌晨三点跟着拖船到荒田里去挖土,挖满一船窑泥,再跟着拖船回头,刚好得空在船上吃早饭。吃过早饭,把船上的窑泥再挑上窑厂的泥场。一天一船,能挣二十块钱。

老得旺家的宝贝儿子有民娶了邻庄的姑娘荷花,他不肯在家

第二十六回　伤透心含恨而亡　铆足劲发家致富

种田,一心想着要到上海去做大生意。想娣娘家没有兄弟,和老得旺结婚多年才生了有民,从小把他当成个命疙瘩,什么事都依着他。现在儿子要出去赚大钱,老两口只好拿出老本儿来让他去折腾,反正家里的地老两口种就够了,还不如放他出去闯闯,说不定能混出个人样来。万一他在外面混不下去了,再回到光明庄来种田也不迟。

地里的庄稼就是收种两季的时候忙一些,平时的田间管理很简单。有了化学除草剂,不用再躬身在地里行间薅草了。有了化肥,也不用再去罱河泥、薅野草、沤绿肥了。

种了几十年地的农民,除了农忙季节忙几天。第一次可以从地里腾出手来,去做那些以前想做而不能做、也没法做的事了。

光明庄的春天来到了,大地上一片生机盎然。每个人都像是拧到底的发条,铆足了劲儿,一心只想着怎样发家致富。

第二十七回　雄心炽二次创业　市场冷好事多磨

平安在光明庄三队的小一辈当中,当属最有文化的一个。上学的时候他成绩就好,只是遗憾因为三分之差,没有考上高中。等他回家在生产队里上了不到半年的工,就赶上分田到户了。

平安平时喜欢看书,从书上学了煤油灯孵鸡技术,撺掇跃进和他一起自己在家炕小鸡,结果一把火赔了个精光。

炕鸡失败以后,跃进不敢跟着平安胡闹了,老老实实在家里跟着父亲民主开拖拉机。

平安不服气,这几年,他一直记着失火那天晚上立秋婶对他说的话——要是有志气,就总结教训,从头再来。他一边在家种地,一边到乐吾镇上的新华书店买回家一摞养鸡的书,天天晚上在家里抱着书本啃。这回平安看书不像以前那样囫囵吞枣了,他把书里的知识掰开了,揉碎了,一点点嚼进自己的脑子里。从鸡场选择建设,到成本核算管理;从鸡的品种、品质、抗病力、产蛋率、料蛋转化比,到育雏技术、青年鸡饲养、产蛋期管理;再到蛋鸡的防疫治疗、饲料的营养价值配比、饲料替代以及一切和养鸡有关的技术,全都弄了个清清楚楚、明明白白。

感觉技术掌握得差不多了,平安动员罐子奶奶和妈妈,一起做父亲罐子的工作,他还是想养鸡。罐子奶奶劝罐子:"宁养个飞檐走壁,不要个倚墙靠壁。我的孙子我晓得,平安又不是好吃懒做,他是想做事情。这样的好后生上哪儿找去?儿子习好,你这个做老子的要支持。你不支持他,还有哪个支持他?"

别看罐子在平安面前说一不二,一副一家之主的模样。在自己老娘面前,却没有一点儿脾气。最终,平安在庄子西北方向自家的责任田里,搭起了两大间鸡舍。

第二十七回　雄心炽二次创业　市场冷好事多磨

平安把鸡舍收拾好,打听到南通的海安炕坊有最新品种的洋种蛋鸡——罗斯鸡,产蛋量是普通草鸡的双倍还出头。最主要的是罗斯鸡抗病力强,料蛋转化率高,只要控制好饲料的营养成分和产蛋期的灯光刺激,养鸡是一项稳赚不赔的阳光养殖项目。

平安做好了一切准备,跟有志借了自行车,一路打听着往海安而去。

海安离光明庄九十里。平安一路骑车、一路打听,到中午时分,找到了一家位于海安隆正乡的炕坊。

炕坊老板热情地接待了平安,首先安排平安在炕坊里吃午饭。平安一看,满桌子的鸡蛋——炒鸡蛋、蒸鸡蛋、焖鸡蛋、酱鸡蛋、鸡蛋汤。

平安自己炕过鸡,当然知道,这些鸡蛋都是头照剔出来的无精蛋。饭桌上还有两盆煮熟的活珠子和笋鸡(毛鸡蛋,也有叫作旺鸡蛋和笋鸡的),活珠子和笋鸡实际上就是二照、三照剔出来的死精蛋和发育不良的死胎。平安虽然知道这些东西好吃,却怎么也不敢伸筷子。他看到那些毛茸茸的笋鸡,脑子里立马就想起自己炕床失火的那个晚上;想起那魔鬼舌头一样猩红的火苗;想起蛋壳里那只已经成形的鸡仔;想起立秋婶对他说过的话。想到这些,平安愈发坚定了要养好鸡的信念,他暗暗发誓,无论如何,也要把鸡养成功!

吃过饭,平安跟着炕坊老板在炕坊里转了一圈。只见炕坊里一层层的受精蛋,整齐地排在蛋架上,自动控温、自动翻蛋。平安心里暗暗吃惊——这才是炕坊的样子,自己当年的那个炕坊真的连小儿科都不如。自己当年凭着一腔热血就赤膊上阵了,现在想起来真是不知天高地厚。

恒温孵化室内,受精蛋按时间一天天排序,一天一排孵蛋架,足有上万枚鸡蛋。每天都有新蛋放进去,每天也都有小鸡孵出来。孵化室旁边是破壳室,孵化了二十一天的鸡蛋,一竹匾、一竹匾地摆放在铺了稻草的地面上。小鸡啄壳的声音不绝于耳,每时每刻,都有毛茸茸的小鸡仔啄破蛋壳,从里面钻出来。

破壳而出的小鸡,立刻被集中到隔壁的防疫注射室。工作人员在第一时间给小鸡注射新城疫疫苗(鸡瘟疫苗)。

打过疫苗的小鸡按绒毛颜色分成两组,红色绒毛的是母鸡,银色的是公鸡。虽然在书本上平安早就知道了,但真正看到绒毛颜色完全不同的小鸡仔,平安还是暗自感叹基因技术的强大。新品种的罗斯蛋鸡,从雏鸡的绒毛颜色就可以大致区分出公母来,准确率在百分之九十以上。老百姓散养的草鸡,白的、黄的、红的,绒毛五颜六色,一定要等到羽毛和鸡冠长出来,才能区分公母,不得不在百分之五十的公鸡身上浪费几个月的粮食。虽然,公鸡长大了,可以在中秋节左右宰了吃肉,也能留一只体壮冠红的大公鸡做种鸡。但是,对于以养蛋鸡为目的的老百姓来说,依然会是一笔不小的冤枉开支。

平安付了钱,捉了一千只母鸡仔。炕坊老板又送了他一百只公鸡仔,还送给他两只装雏鸡的大竹匾。

平安用一块黑布把竹匾蒙得严严实实的,骑上自行车,驮着两大竹匾雏鸡回家了。

一天的自行车骑下来,平安的大腿根磨出了水泡。

回到家,平安顾不上休息,岔着两条腿,赶紧把雏鸡送进了暖烘烘的育雏室。平安出门之前,已经关照父亲帮忙在鸡舍里生起了煤球炉,给育雏室加温。

春天气温低,初生的小鸡自身热量不足,鸡仔一旦受凉,很容易感冒。老百姓散养鸡最大的失误就在于不懂育雏,就像种粮长庄稼一样,完全靠老天爷赏饭吃。若是遇上连续阴雨或是气温骤降,受了凉的小鸡往往会成群地死掉。

平安根据书上学来的技术,在鸡舍里隔了一小间做育雏室,门窗上都苫着厚厚的草毡,地上铺着厚厚的干净稻草。育雏室里生

第二十七回　雄心炽二次创业　市场冷好事多磨

了一只煤球炉,煤球炉上罩着一只黑铁板焊成的集温罩,集温罩上连接着白铁皮做成的烟囱,烟囱在育雏室里转了一圈后,伸出窗外。这样,煤球炉燃烧产生的热量通过集温罩和铁皮烟囱的散热,大多留在了室内。而煤球燃烧产生的二氧化碳,也全都通过白铁皮烟囱排出了室外。

育雏室里挂着温度计。平安通过调节煤球炉进气门的大小,来控制煤球炉的燃烧,从而达到控制育雏室温度的目的。

阳春三月,串场河边乍暖还寒,人们大多还都穿着冬装。平安的育雏室里却是夏天般的温暖,甚至有些闷热,人一进去就要脱衣服。平安几乎是成天只穿着衬衫在鸡舍里忙碌着。

鸡的嘴长大后会有一个向内弯曲的钩,便于刨食时啄食。对于散养鸡来说,这是生物进化的标志;对于集中养鸡来说,就会造成饲料的浪费。还有就是关在一起的鸡之间会互相鸽啄,尤其是母鸡生蛋的时候,其他鸡会去啄母鸡的肛门,严重时,甚至能把肠子啄出来。因此,在小鸡十天左右要给它断嘴——把鸡嘴人为地切断,使它既能够进食,却又不能鸽啄,也不会把饲料甩到食盆的外面。

小鸡断嘴有着严格的年龄限制,过大和过小都会对鸡的生长产生不良影响。断嘴的技术也很重要,切短了,过一段时间还会长出来,起不到断嘴的作用;切长了,影响鸡的进食,甚至会把鸡活活饿死。

平安用一把剪刀,把鸡嘴的上下两片硬喙剪成一个内八字,趁着没有出血的空档,用电烙铁烫一下,起到止血的效果。平安请父亲罐子帮忙,两人忙活了一下午,把一千多只鸡全都断了嘴。

平安严格按照书上的防疫要求,定期给鸡注射各种疫苗。

除了吃饭,平安都守在育雏室里忙碌,头发根里有时都能摸出麦粒一样干透的鸡屎来。

那些小鸡仔也没有辜负平安的努力,眼瞅着一天一个样地长大。

经过四十天的育雏,平安的鸡场仅仅损失了四十多只雏鸡。和老百姓散养时百分之二三十的成活率相比,高出了一大截。

洋种鸡的生长速度也比普通草鸡快了很多。经过育雏,毛绒绒的小鸡仔都长到了八九两,大的长到了一斤开外,双翅生出了紫红色的羽毛。炕坊老板送的那一百只公鸡,也长出了雪白的羽毛,再过个把月,就能长成二斤多的小公鸡。

平安严格按照育雏期、青年期、产蛋期的营养需求,给鸡配饲料。鸡舍外侧的饲料间里,堆满了豆粕、大麦、小麦、玉米、皮糠、麦麸、草粉,还有各种鱼粉、骨粉、维生素添加剂、微量元素添加剂、高锰酸钾、痢特灵、土霉素、针筒、喷雾器……养鸡需要的饲料和药品、药具一应俱全。

蛋鸡对于光照十分敏感,光照可以刺激母鸡产蛋,光照时间的长短,直接关系到产蛋率的高低。产蛋之前要严格控制光照时间,产蛋后可以逐步延长。从育雏开始,平安就在鸡舍的窗户上遮上了黑色的布帘,每天按时间拉开窗帘,给鸡补充光照,一分钟都不差。等将来母鸡开始产蛋了,还要人为地逐步增加光照时长,刺激产蛋率。

四个月后,公鸡都被平安送到竹溪街上卖了。母鸡都长成了三四斤的成年鸡,一只只羽毛像缎子一般,闪着油亮的光泽。

这天,平安早上起床,准时喂了鸡食,然后开始在鸡舍里打扫鸡粪。突然,平安在竹架上发现了一只沾着一丝血痂的鸡蛋。

平安兴奋极了,手捧着鸡蛋一路飞奔回家。奶奶和爸妈正在家里吃早饭,平安人没进门就开始大声喊:"生了,生了。"

一家人赶紧放下手中的碗,都争着来看平安手中的蛋。罐子奶奶说:"还是识字好啊。我活了七十年,还没听说过有四个月就生蛋的鸡呢。"

罐子也咧开了大嘴:"看这蛋还不小呢。平时家里养鸡,头生

第二十七回　雄心炽二次创业　市场冷好事多磨

蛋都像喜鹊蛋那么一点点大。"

几个在码头上洗衣裳的妇女也闻声围了过来，看着平安手中的鸡蛋，一个个惊讶不已，都夸平安有本事。

鸡场的蛋鸡开始陆续破头生蛋。刚开始，一天能拿个十斤八斤鸡蛋，罐子奶奶高高兴兴地挎着竹篮，到竹溪的菜市场上去卖鸡蛋。

面对满满一篮的红壳鸡蛋，不少人驻足围观：

"这是什么鸡蛋？怎么这么大，七八个就有一斤了吧？"有人惊叹。

"这蛋壳是什么颜色？怎么和我家鸡蛋颜色不一样？"有人提出疑问。

"这是洋种鸡蛋，比草鸡蛋少个味。"有人装作见多识广。

"洋种鸡？没有看见过，吃什么东西生这么大的蛋？"

"洋种鸡就跟洋人一样，黄头发、蓝眼睛，专门吃蛇虫百脚（蜈蚣）。"

"啊，吃蛇虫百脚啊。那生的蛋不是有毒？怎么能吃？"

看的人多，说的人更多，大家都在围观，七嘴八舌地议论纷纷，就是没人买。整整一个上午，罐子奶奶只卖出去十只鸡蛋，是竹溪中学的一个老师买的，说是买回去吃吃看。

罐子奶奶愁眉苦脸地挎着竹篮回了家，原本的兴奋劲儿全没了。吃饭的时候，一家人谁都不说话，空气仿佛凝滞了一般。

过了两天，平安亲自挑上鸡蛋，到竹溪菜市场去卖鸡蛋。任凭他说破了嘴，依旧是看的人多，买的人少。最后，平安咬咬牙，按比草鸡蛋便宜不少的价钱降价处理，总算卖出去十几斤。还剩下几十斤鸡蛋，垂头丧气地挑回了家。

一个月后，一半以上的母鸡都生蛋了。最高峰时，每天都能从鸡舍里捡出八百多个鸡蛋。

鸡蛋生多了，每天却还是只能卖出去十斤八斤，库房里的鸡蛋

· 137 ·

一筐摞着一筐,快没地方放了。鸡蛋卖不出去的事实,像一盆冷水彻底浇灭了平安全家养鸡成功的喜悦。

家里的鸡蛋越来越多,平安到附近的东台县城菜场去了几趟,同样是问的多,买的少,销路一直没办法打开。

正在平安一筹莫展的时候,光明庄来了一个骑自行车的蛋贩子,平安赶紧像接财神一样接到家里。

蛋贩子愿意收购平安的鸡蛋,可价格却比市场上的草鸡蛋低了三分之一。罐子奶奶擦着眼泪对蛋贩子说:"我孙子为养这个鸡,人都瘦了一大圈。你可不能坑他,好歹多少涨一点儿。"

蛋贩子冲着罐子奶奶一笑:"奶奶,不是我不肯加价。现在人们还没有接受洋种鸡的鸡蛋,市场上不好卖。我收这些鸡蛋,也是送给人家饭店和蛋糕店,一家只能送一点儿,就赚点儿跑腿钱。真的不能再加了。你要是愿意卖,我明天就安排车子来拉,今后有多少,要多少。要是不想卖,我也不强求。买卖不成仁义在,以后等行情好了再说。"

平安闷了半天,最后发狠一般对蛋贩子说:"装走吧,就按你说的价。"

第二十八回　学电工有福上位　发虎威酒席断电

有福也把丁头府扒了,在原来的宅基地上盖起了三间大瓦房,这几年日子过得很是舒心。

天赐上了初中,家里种着几亩责任田,自己还在庄上做着电工。

光明庄通电之前,民主要安排人到乡供电所去参加电工培训。祖祖辈辈点惯了煤油灯的光明庄人哪里懂电?看不见、摸不着的东西,听说弄不好还会电死人,就更没人愿意去学做电工了。最后,有福一拍脑袋:"阎王叫你三更死,不能留人到天亮。生死有命,富贵在天。我去。"

有福到乡里的供电所培训了一个礼拜,回到光明庄上,成了背工具包、拿工资的电工。

电工在光明庄可是个吃香的差事。谁家灯不亮了,都得过来请他。有福背起工具包过去,这儿看看,那儿瞅瞅,用老虎钳夹住松动的线头拧几圈,裹上胶带,开关绳一拉,电灯就又亮了。

做电工,庄上一年给几百块钱,工资不高,可人舒坦。到了谁家帮忙,都得给准备两个土菜,开一瓶老酒,主人陪着有福喝两口。

谁家要是办个婚丧嫁娶的酒席,有福就成了专业的保障队员。这酒喝得好好的,要是突然停了电,那得有多扫兴。

只要有福在,电灯保准不会熄。可谁家要是忘了请有福,这电说不定什么时候就停了。主家安排人通庄去找有福,可就是找不到。只能在家里点上几支蜡烛,对付着把酒席吃完。

光明庄的人慢慢地明白过味儿来,只要有个人来客去,总不忘请上有福一客。如果是娶媳妇、嫁女儿、建新房、贺寿诞这样的大事,干脆就顿顿把他叫上。有福也不客气,只要地里没有农活儿,

· 139 ·

就在主家抽抽烟、喝喝茶。如果主家建房,有福有时也会帮着接几块砖头、抬两包水泥。到了吃饭的时候,自然和砌墙的师傅们一起坐上桌喝酒。如果主家办酒席,他就帮忙搬搬桌椅板凳,开席的时候,理所当然地和亲友们一起入席喝酒。

一年三百六十五天,有福二百天都不在家里吃饭。

有全在窑厂挑了几年的窑泥,让上小学的儿子写了个建房报告送给网锁。春天小麦还没有发青的时候送过去,到冬天小麦播了种的时候也没有批下来。有全每次催问,网锁都是一句同样的话:"正在办。"

有志跟有全说:"你去给网锁买条香烟。现在办事,哪有你这样空口说白话的?"

有全依言,晚上给网锁送过去一条"红塔山"。第三天,网锁就把盖了大红公章的"建房许可证"给送到了有全家里。

有全早就把建房的材料准备好了,拿到了宅基地和建房证,立马请了几个师傅开工建房。

新房就建在到竹溪去的大路边上,和有寿是邻居。

条件不比以前了,开工得有开工酒,要把负责建房的大师傅、庄上有头有脸的干部都请到家里来喝一顿。

有全在家里办开工酒,老婆巧儿提醒他:"晚上把有福一起喊过来。"

有全挤了挤老鼠眼,皱着眉头为难地说:"今天人多了,桌子坐不下。"

"就他一个人,挤一挤有什么事?"

"穷结婚、富做寿、小伙儿结婚能将就。砌屋虽然不是贺寿,太将就了,也被人家笑话。再说了,来的都是客,你让哪个挂角(挤在桌角)也不合适啊。有福是家里老兄老弟的,下次请他一样的。"

当晚,一桌人在有全的老房子里喝酒。吃得好好的,电灯却一下子熄了。

第二十八回　学电工有福上位　发虎威酒席断电

瓦匠师傅意味深长地咂咂嘴,未卜先知地说:"我说今晚怎么没有看见电工师傅的。"

巧儿就怪有全:"叫你请上他一客的。"

有全心里不痛快了,嘴里骂骂咧咧:"这个有福,还是不出五服的弟兄。今晚人多,我准备好了开工后天天请他的。这点儿小事都带不住,算什么兄弟?"

嘟囔归嘟囔,酒席还得继续,有全翻出两根蜡烛来点上,招呼大伙儿先将就着吃,自己起身去找有福送电。

来到有福家门口一看,屋子里黑灯瞎火的,院门上铁将军把门。有全站在院子外喊了两嗓子,见屋里没人应话,只好怏怏地回去了。

听到巷子里脚步声渐渐远了,莲子在床上蹬了有福一脚:"有全是本家兄弟,你就不应当停他的电。"

有福摸黑下了床,用老虎钳把缠着铁丝的大铁钉从地上拔出来,铁丝的一头捅在墙上插座眼里。他不用到圩堤下的配电房去,在家里就能把全庄的电都搞得跳了闸。

有福一边把铁钉收到工具包里,一边说莲子:"你个婆婆妈妈的懂什么?我不是在乎喝他有全一顿酒。本家兄弟都不把我当人,外人哪个还在乎我?我今天不治治他,庄上人就不知道什么是电老虎。"

"倒也是这个理。他们又是开店又是养鸡的,上班的上班,开船的开船,家家户户都有门路挣钱,你就指望这个电工呢。"

夫妻俩说了会儿话,黑灯瞎火地睡觉了。第二天一大早,有福开了猪圈旁的小侧门,转出去,把院门上的锁打开。

有福前脚刚刚开了门,有全后脚就走了进来,瞪着一双老鼠眼,气呼呼地冲着有福嚷:"齐老二,你昨晚死到哪儿去了?晚上停电通庄都找不到你个鬼影子。"

"昨晚到小姨子家去吃喜酒的,半夜才回家。反正都睡觉了,也就没有高兴去送电。这个破线路,三天两头的跳闸,我也真是没有办法。"有福搓着双手一脸的无奈。

"我家房子开工了,你帮我看着点儿。跟莲子说一声,家里不要开伙了,就在我那儿吃吧。"

"都是本家兄弟,不要这么客气。莲子地里有活计,我在你那儿帮忙看着就行了。"

有全走了,有福回去刷牙洗脸,对在厨房里做早饭的莲子说:"这些日子不要带我下锅。"

"你又不是山芋萝卜,带你下锅做什么?"

第二十九回　贪便宜有福丢脸　生二胎有志躲养

自从做了电工以后,庄上谁家请客都少不了自己,有福感觉自己现在混得比网锁都风光。渐渐地,有福觉得自己在光明庄也算是个排得上号的人物了。

有福中年得子,对儿子天赐宝贝得不行。天赐回家说,光明二队有个同学家里买了电视机,天天在学校里讲电视上放的电视连续剧,下了课,所有的同学都围着他,可风光了。

有福心动了。整个光明庄也没有一台电视机,网锁没有,罐子没有,解放没有,民主没有,连最有钱的二流子有志都没有。自己要是买上一台电视机,那就能盖通庄了。

以前莲子不能生养,有福两口子在庄上抬不起头做人;后来有福欠着债,见到债主,腰杆直不起来。现在不一样了,天赐马上就要初中毕业了,家里的外债也还清了,自己还做着庄上的电工,早就把头抬得高高的、腰杆挺得直直的了。有福的房子在光明庄只能算个中等,排不上号。建房投资太大,不是赌口气就能建起来的,有福很想能盖个大房子在庄上出人头地,可是俗话说"蚂蚁过河——腰里悬""关公卖豆腐——人硬货不硬"啊。电视机不一样,千把块钱就能买一台,只要挤一挤,千把块钱总能挤出来。所以,有福决定成为整个光明庄第一个买电视机的人,彻底让光明庄的人对自己刮目相看。

很快,有福果真就搬回家一台金星牌十四寸黑白电视机。

有福把电视机端端正正地摆放在柜上,天线从窗口伸出去,接在一根五六米高的毛竹竿上。莲子请人给电视机做了个白布的罩子,上面用红丝线绣了"上海"两个字,电视机白天都用白布罩子罩着。上海,那个离光明庄六百里的大都市,光明庄还没有人去过,但几乎每个光明庄人都知道上海。家里的搪瓷盆、热水瓶、孩子的文具盒、牛奶糖,甚至市面上的自行车、电视机,几乎所有的高档货上面都有"上海"两个字。这两个上头窄,下面宽的美术字,像一座闪闪发光的金字塔,把每一个看见它的人心里都照得热乎乎的。上海,是光明庄人对于幸福生活最美好、最具体、最形象的向往。买不起带"上海"的东西,哪怕盖上两个带"上海"字的布罩也行,仿佛上海真的进入了自己的生活。

到了晚上,有福家里挤满了看电视的人。

满屋子的人盯着屏幕,一旦出现了雪花,就大声叫天赐:"天赐,快去调天线,霍元甲要和日本人打了。"

天赐立马像只猴子一般蹿到屋外去转毛竹。屋里的人一起喊:"转、转、过了,回一点儿、再回一点儿,唉!又过了,回!回!好、好,不要动!不要动!"

有福的三间瓦房成了光明庄三队最有人气的去处,每天晚上都挤满了人。有福把饭桌抬到堂屋中间,自己坐在饭桌旁,怡然自得地喝酒、看电视。

来看电视的人都自己带着小板凳,一边找地方坐,一边和有福打招呼:"齐师傅惬意哦。老酒扳扳、电视看看。"

有福"吱"地抿一口酒,撅一个炝蚕豆放到嘴里"嘎嘣、嘎嘣"地嚼,一边摇头晃脑起来:"为人在世莫砌屋,有钱打点儿酒咽咽。阎王老爷找到你,只要命来不要屋。"

众人哄堂大笑,有福也跟着大笑,心情好得不得了,仿佛自己就是光明庄上那个最有福气、最有本事的人。

季节这个魔术师,又一次给串场河边换上了金黄色的地毯。站在串场河圩堤上朝西看,莲叶一般的田野里麦浪翻滚,空气里弥漫着热烘烘的麦香味。晚上,有福家的院子里除了几个孩子,几乎看不见大人的影子了。人误地一时,地误人一季。祖祖辈辈种地的光明庄人可不敢耽误了农时,看电视这样的消遣就先停一停吧,

第二十九回　贪便宜有福丢脸　生二胎有志躲养

等把麦子收上来、秧苗插下去，有的是时间喝老酒、看电视。

几天的时间，串场河边满眼的金黄，就被一双双布满老茧的大手，像老鼠搬家一样，一点儿一点儿地搬到了打谷场上。打谷场上夜以继日地响着机器的轰鸣声，脱粒的、翻晒的、扬麦子的、堆麦草的、挑麦子的，来往穿梭，一派繁忙。

奇怪的是打谷场上天天丢东西。今天丢把大扫帚，明天丢把木板锨。东西不值钱，关键是没得用。于是天天有人在打谷场上直着嗓子骂："哪个打枪毙把我家扫帚偷回家去扑鬼了！"这句话就有点儿狠毒了。据说鬼什么都不怕，就怕扫帚。看见鬼了，只要拿扫帚一扑，鬼就吓跑了。把扫帚拿回家去扑鬼，不是说家里有鬼吗？骂的人也真是气极了，才会骂出这样狠毒的话来。不过，这个季节丢了扫帚板锨，就像是饭桌上丢了筷子一样让人头疼上火，癞蛤蟆趴脚面——不咬人光膈应人。

农忙也没有分田以前那么忙了，"小老虎"（脱粒机）早就替代了笨腿嗲嗲的大黑牛，几亩地的麦子，"小老虎"轰隆隆响上个把小时就麦落秆清了。

收好了麦子，光明庄人赶紧把搬空的麦田请跃进用拖拉机耕了，上水沤田，接下来就要插秧了。光明庄的女人们起早贪黑，用一双双被水浸泡得发白的手，把绿色的秧苗一棵棵插到水田里去。不消一个月时间，莲叶一般的光明庄又重新荡漾在满眼的新绿里，到处水汪汪、绿油油的。

插好了秧苗，有福家冷落了一个多月的院子里，重又聚满了手摇着蒲扇，乘凉、看电视的人。大伙儿趁着电视插播广告的时候互相调笑：

"忙了一个月，老婆都顾不上看一眼，先到齐师傅家里来报到。"

"你是看见陈真和秀芝，想起有日子没和老婆子亲热了吧。"电视里的连续剧一个星期才播放两集，一个大忙下来，倒也没有落下几集。

"亲热个屁呀。天天累得像条死狗,吃过夜饭倒头就睡,头都没空洗。秧门一关(最后一棵秧苗插结束,称为关秧门),觉得头上痒,伸手一抓,一粒小麦在头发根里都发芽了。"

"早知道这样,你抓一把绿豆放进去,过几天就有豆芽菜吃了。"

众人正在哈哈大笑时,房间里突然传出"哗啦"一声巨响,像是台风刮到了大树,砸着了房顶一样。大伙儿吓了一跳,一个个赶紧挤到房门口去查看究竟发生了什么事。

满房间横七竖八的,到处都是散落的扫帚和板锨。

原来,这些东西都堆在天赐的架子床顶上,大概是太多、太重了,把床顶压塌了。扫帚和板锨全都掉了下来,散得满房间都是。

空气仿佛是凝固了一般,整个院子里,除了陈真撕心裂肺的呼喊,没有一点儿声音。

有人在房间里翻翻拣拣,扛起一把扫帚,拎起自己带过来的板凳,一句话不说地走了。

不一会儿,房间里的扫帚和板锨被拿走了一多半。院子里,就剩下有福一家三口和几个半大的孩子。有福铁青着脸,第一次对着天赐吼了一嗓子:

"成天就知道看看看!滚进去挺尸(睡觉)!"

天赐吓得一吐舌头,赶紧躲到房间里关上了房门。出门看天色,进门看脸色。那几个留下来看电视的孩子发觉气氛不对,也都乖乖地离开了。

有福家里开始冷清起来,除了每天晚上几个不识趣的半大的孩子津津有味地围着电视机,几乎看不到一个大人的身影了。

农忙结束了,大人们在家里憋了没多久,又都转到了二流子有志家里去了。

有志做了几年公交客运,腰包渐渐鼓了起来。一口气从楚水

第二十九回 贪便宜有福丢脸 生二胎有志躲养

城里搬回家一台二十一英寸的熊猫牌彩色电视机。

满屋子的人挤在有志的大瓦房里看电视。有志站在人群背后,手里捏着遥控器,一到广告时间就换台。刚开始,大伙儿以为电视机出了毛病,渐渐地,人们终于明白过味来:

"二流子的大彩电还带遥控哦。"

"那当然了,二流子可是货真价实的大老板。"

大家在享受大彩电的同时,不忘恭维有志两句。

老得稻听着人们对他儿子的夸赞,心里美滋滋的,咧着嘴,依次给抽烟的人发香烟。

老得稻美了没两天,看着满屋子的孩子,心里又开始琢磨开了。吃饭的时候,老得稻神秘兮兮地从兜里掏出个红色的纸包,对有志两口子说:"现在钱也挣了,你们该想想再养个儿子了。将来的家业要传给姓齐的呀!老齐家不能在你这里绝了后哇。我早就给你们把龙须准备好了,这回肯定是个孙子。"

桑叶疑惑地打开纸包一看,发现是几根黄色的丝线:"这是什么呀,爸?"

"还这是什么?这是龙须!我从龙下巴上薅下来的。你们放到席子下面,保证能给老齐家生个大孙子。"老得稻得意扬扬地说。

"爸呀,我们也想给如云生个弟弟,可现在计划生育不是紧了吗?我们不敢呢。"

"怕什么?你们两个躲到粉英家去,对外就说出去做生意了。等把孙子抱回家,顶多不就是罚两个钱。钱有什么用?是能说话?还是能传宗接代?"

有志搭话:"爸,我们年轻,什么都不怕。只怕我们走了,乡里的计划生育工作队来找你们两个老的麻烦。"

老得稻瞪起了眼睛:"不孝有三,无后为大。工作队怎么啦?他们还能把我这把老骨头吃了不成?你们两个只管躲出去养孙子,把如云丢在家里,一切有我和你妈。"

二流子兄妹三个,大姐粉英嫁在海边,和姐夫一起捕捞鳗鱼苗,这些年日子过得不错。

妹妹粉香前些年抱着刚满周岁的儿子回到了光明庄,大包小包地给老得稻带回来不少吃的、穿的。老得稻把东西都远远地扔出了门外,拿着扫帚把粉香赶了出去。

不管有志妈妈和桑叶怎么劝说,老得稻死活不肯让粉香进门。粉香只得流着眼泪和丈夫永华一起,抱着孩子离开了。

逢年过节的时候,粉香偷偷地买些东西送给桑叶,让她转交给了老得稻。桑叶把东西带回家,交给有志妈妈,却从不敢在老得稻面前提一句粉香的话。老头子像一头倔驴,死活不肯低头,有志妈妈也只能一个人躲在房间里偷偷抹眼泪。

现在日子过好了,家里条件也好了,有志也想着要生个儿子。夫妻俩偷偷地开始了造人计划。

两个月后,桑叶怀孕了。有志把公交线路和大巴车转手卖了出去,在庄上放出风声,说自己准备到江南去做生意。

"家有黄金外有秤,街坊邻居天天称。"这几年,有志搞运输手里有了钱,光明庄的人都知道。听说他要去江南做生意,谁也没有往别处想。水往低处流,人往高处走,有志现在有本钱了,出去到大城市做生意,那是鼻涕往嘴里流——水到渠成的事,有什么好奇怪的?

等到桑叶怀孕四个月的时候,肚子开始显怀了,有志带着桑叶离开了光明庄。

有志早就和粉英联系好了。两口子离开光明庄,径直到了海边粉英的家。

粉英所在的村子不大,大多数人家都是靠捕鱼为生。原本是一年四季出海捕鱼,现在变成了一年只干两个月。

这些年鳗鱼价格奇高,原本只有几十元一斤的鳗鱼苗,被炒到了几万元一斤,被形象地称为"软白金条"。每年春节前后,生长在

第二十九回　贪便宜有福丢脸　生二胎有志躲养

陆地河川中的鳗鱼，洄游到海洋中的产卵地产卵。熟知鳗鱼产卵规律的周边渔民就长途驾船，到长江口去张网捕鳗鱼苗。从江阴向东直到南通出海口，几百里长的江面上，聚集了数以万计的捕鳗船，一时间蔚为壮观。

两个月的辛苦，可以换回平时捕鱼几年的收入。鳗鱼苗季节一过，一些人继续出海捕鱼，一些人干脆回到家里吃喝玩乐，补补渔网，修修渔船，只等着下一个鳗鱼产卵季的到来。

海边地广人稀，大家都赋闲在家，有志和桑叶的到来很快就引起了村里人的注意。时间不长，桑叶的肚子显了怀，村里的计生干部找到了粉英——如果桑叶拿得出准生证，不管她住到什么时候都可以。如果拿不出准生证，绝对不能把孩子生在海边。粉英好话说尽，对方也只是答应不去举报，但要求桑叶尽快离开海边。

第三十回　生儿子夫妻游击　保孙子老汉遭罪

眼看着天气一天天转凉,粉英两口子又在收拾渔船,为出去捕捞鳗鱼苗做准备了。村里的干部也催促桑叶赶紧离开,不能把孩子生在海边。正当有志走投无路的时候,粉香骑着自行车赶了过来。

粉香告诉有志,乐吾乡里两个月一次的适龄妇女妇检,桑叶已经两次没有参加了。乡里计划生育工作组要求桑叶赶紧回家妇检,否则就要当成计划外怀孕处理。估计这两天就要派人到海边来找人了。有志妈妈让粉香来报信,要有志赶紧离开粉英家,找个没有人知道的地方先躲起来。

有志和桑叶一筹莫展,两人实在想不出还有什么亲友可以去投靠。就算是投靠了亲友,光明庄三队就那么大,乡里乡亲的在一个庄台上住着,谁家有几个亲戚,住在什么地方,街坊邻居都知道得一清二楚,工作组总有办法打听到。

粉香对有志说:"哥,我有个地方,你和嫂子一起去,肯定没有人知道。"

"什么地方?"

"张家港的杨庄。那里有个窑厂,老板姓黄,是苏北淮安人。我当年和永华就是在那里过了三年。黄老板人很好,你要是过去,我给他写封信,老板肯定会收留你。你们躲在那里,谁都想不到。那里也没有楚水的人,不会有人回来举报你。"

真是瞌睡送枕头。有志当即把家里的老人孩子拜托给粉英和粉香,带着粉香的书信,动身前往张家港去投奔黄老板。

到了张家港,有志顺利找到了黄老板的窑厂。

黄老板是淮安人,少年时流落到江南讨生活,后来在杨庄定居

第三十回　生儿子夫妻游击　保孙子老汉遭罪

了下来，娶妻生子。前些年，黄老板承包了村里的一座小轮窑，招了些外地的劳力制砖烧窑。粉香和永华私奔离开串场河边，一路辗转到了张家港，就一直在黄老板的窑厂里打工。粉香勤劳善良，嘴又甜，黄老板夫妇很喜欢这个从苏北来的农村姑娘。

黄老板热情地接待了有志："粉香那丫头就像我的闺女一样，你们两口子在我这里一切放心。"

桑叶肚大腰圆，不能到窑厂去干活儿，帮着黄老板的老婆在食堂里做饭；有志能说会道，帮着黄老板在窑厂里管管事。两人说好了不要工资，只求一个安身之所。黄老板死活都不同意："我又不是周扒皮、黄世仁，不说你们是粉香的兄嫂，就是不认识的人，也不能要你们白干活儿。工资你们也不要嫌少，但我肯定不会亏待你们。"

随着这些年农村人口向城市里流动，在家种地的人越来越少，江南农村的土地开始出现了大面积抛荒，黄老板不担心挖不到烧砖的土。城市和农村每天都在日新月异地建设和发展，窑厂里的砖头，也是皇帝的女儿不愁嫁。黄老板两口子岁数大了，管理一个大几十号人的窑厂，原本就很吃力。现在好了，桑叶勤快，有志头脑活络。两口子帮着黄老板，把窑厂弄得热火朝天，黄老板愈发对有志两口子喜爱有加。

村里把窑厂承包给黄老板，不仅解决了集体资产问题，还能把部分贫瘠的抛荒土地卖给窑厂取土。村里把取土后的土地，开挖成一块块精养鱼塘，再承包出去。村里又多了一份收入，皆大欢喜。对于窑厂的用工，村里也是多一事不如少一事，只明确要求黄老板自行负责安全，不能出现安全事故，便再也不管他用哪里的工人。

有志两口子在张家港的窑厂里算是安稳了。

在光明庄，桑叶三次妇检没有参加，立即引起了乡计划生育工作组的重视。工作组责成网锁和民主，尽快把桑叶找回家。

接到任务的民主和网锁也是心事重重,都是抬头不见低头见的老邻居,两人硬着头皮找到老得稻,苦口婆心地劝说老得稻把桑叶叫回家妇检。

起初几次,老得稻坚持说桑叶和有志到江南做生意了。网锁就让老得稻把地址给他,说村里派人去把桑叶接回家。只要到乡里去做个妇检,只要没有怀孕,照样回去做生意。来去的路费和误工费,村里全都给予报销。

老得稻眼看着自己无法自圆其说,干脆来了个徐庶进曹营——一言不发。

一年到头在一个庄台上住着,谁家有哪些亲戚朋友,大家心里都有数。网锁和民主没有办法,安排了村里几个人,把海里桑叶的娘家、老得稻家的几个亲戚朋友家里都找了一遍,连有志和桑叶的人影也没有找到。傻子都知道,这明摆着是躲出去生二胎了。

民主劝网锁干脆睁一只眼、闭一只眼,拖一天,算一天,等桑叶把儿子生下来,自然就回家了。到时候,大不了就是罚一笔钱。有志有钱,不在乎罚款。网锁不同意,骂民主政策观念不强。他担心万一上面责怪自己知情不报,把二十多年的工作再给弄丢了。赶紧骑上自行车到乡里去,把情况如实反映到了工作组。

随即,工作组来了几个五大三粗的年轻人,把老得稻家里的电视机、三门橱、桌椅板凳,全都搬到了光明庄村部里去了。家里的粮食除了口粮,全都拉走,锅碗瓢盆留下够一家三口吃饭用的,其他一个不剩。老得稻又气又急,一下子病倒了。立秋送来了各种蔬菜米面,又帮着去卫生室请来了大夫,给老得稻挂上了水。

粉英两口子到长江里捕鳗鱼苗了。粉香和永华上门来,要把老得稻老两口接到自己家里去照顾。起初,老得稻死活不肯,粉香就吓唬他:"爸呀,你认不认我都没关系。可我在我哥嫂面前打了包票,让他们不要担心家里的事。等我哥回来,你还回到光明庄来。你现在要是不跟我走,万一在家里有个三长两短的,我也没法

第三十回　生儿子夫妻游击　保孙子老汉遭罪

和我哥我嫂子交代。"

粉香妈妈赶紧劝老得稻："你个死老头子,就会窝里横,成天在家里跟自己孩子发狠。你不去粉香家拉倒,我去。你不想想自己,你也替如云想想,她才几岁的个小人儿?就跟着你个老倔头受罪!寒天腊月的,这家里要什么没什么,不要几天,你就饿死、冻死了,也等不到看见你孙子了。"

提到孙子,老得稻彻底没了脾气,耷拉着脑袋,嘴里嘟嘟囔囔："看在我大孙子的面上,我现在不跟你们计较。"

永华暗地里冲粉香竖了个大拇指。粉香牵着如云,两口子把两位老人接到了自己家里。

在粉香的悉心照顾下,没有几天,老得稻的病就好了。后来,老得稻干脆在粉香家里住了下来,每天逗弄逗弄孙女和小外孙,偶尔下地帮忙做做农活儿,日子过得逍遥自在,春节也没有回光明庄。

第三十一回　知实情拒缴罚款　伤透心背井离乡

当串场河边又一次风吹麦浪、满眼金黄的时候,有志和桑叶抱着满月的儿子,回到了光明庄。

有志到家,大门紧闭,父母也不知道在哪里,顿时紧张起来。打开门一看,家徒四壁,饭桌上落满了灰尘,墙角结满了蜘蛛网,有志更是一头的雾水。

正在这时,有全听说有志回家了,急匆匆地赶了过来。有志问有全:"我爸妈哪儿去了?屋里的东西都哪去了?"

"你还不知道啊?两个老人在粉香家里,一切蛮好的,你放心吧。晚上先到我家里去喝酒,我叫巧儿在家弄饭了。"

"粉香没有告诉我呀。家里什么也没有,我们也没有什么准备,这两天先麻烦你和巧儿了。"

得到信儿的粉香把如云和老得稻老两口也送了回来。桑叶看见如云,一把搂进怀里,两行眼泪像箭一样蹿了出来。如云一开始看着桑叶还有些陌生,扭头看着姑姑。粉香说:"如云,你天天想妈妈,妈妈回来了,快喊妈妈。"如云怯生生地喊了一声:"妈妈。"钻到桑叶的怀里,张开两只小手抱住桑叶的脖子,再也不肯松开。

老得稻抱着孙子左看右看,大嘴咧到了耳朵根,嘴里一个劲儿地说:"我的大孙子哎,我的大孙子哎。"一边说,一边笑,笑着笑着,止不住流下两行老泪来。

安顿好一切,有志让桑叶把孩子喂好了奶,抱起孩子就去了村委会。

网锁听说有志回来了,早就坐在村部里等他。看见有志进来,网锁一拍桌子,声色俱厉地说:"齐有志,你胆子不小啊。不仅公然违反国家计划生育政策,回到家,也不马上到村里来解决问题。"

第三十一回　知实情拒缴罚款　伤透心背井离乡

有志对着网锁点头哈腰："我齐有志没有法制观念,违反了国家政策,现在我已经意识到错误了,所以我回来接受组织处理。"

"你现在回来接受处理？你儿子都生下来了。"

"书记,我真的认识到错误了。为了这么个小东西,我们夫妻俩人不人、鬼不鬼地躲在外面大半年。害得我六七十岁的父母亲无家可归。想来想去,这个小东西就是我齐有志的克星,是我一家人的克星。我想好了,我现在就把他送到村委会来。是送孤儿福利院,还是扔到路边让野狗拖走,全听村委会的一句话,我绝无半句怨言。"

说完,有志把孩子往网锁怀里一塞："齐书记,犯法精我给你送来了,要杀要剐,随你的便。"

有志说完,扭头就走。网锁跟在后面喊："二流子,你回来。二流子,你回来。"

二流子头也不回地走了,网锁手里捧着刚满月的孩子傻眼了。

不仅网锁傻眼了,村委会其他成员也都傻了眼。为了有志计划外怀孕的事,村委会一班人大会小会被点名批评,大伙儿心里早就憋了一肚子气。本来想着,等二流子生了儿子回到光明庄,狠狠地罚他一笔钱,出了心里这口气,事情也就过去了。毕竟一个庄上住着,山不转水转,低头不见抬头见,哪个也不想把人得罪惨了,把路走得竖起来。

现在看这架势,二流子超生了二胎,不想缴罚款。

有志回到家,老得稻和桑叶看见他两手空空,都吓坏了,围着有志追问孩子的下落。有志压低声音跟他们说："我把儿子交给网锁了。"

孩子在村部里哭得人心烦。没办法,网锁叫妇女主任去买了奶粉,负责照顾有志的儿子。自己赶紧骑上自行车,到乡里去汇报情况。

很快,网锁回到光明庄,亲自登门找到有志："二流子,乡里工

155

作组的决定下来了。你交四万块钱罚款,孩子可以上户口。没收的东西全部返还,已经作价卖掉的粮食和牲口,按原价抵扣。"

"齐书记,我说了,我全家都已经认识到错误了。我们不要这个孩子了,就交给工作组处理吧。"

"齐有志!二流子!你不要耍无赖!你要是觉得罚款多了,我可以帮忙去计生办说说情,适当给你减免一些嘛。"网锁声色俱厉地开始,又不知不觉地低声商量。

"谢谢书记哦。我虽然是个二流子,可我不想占政府的便宜。这一切都是因为那个小东西引起的。现在,我把他交给村委会,这件事就结束了。"有志铁了心不吃网锁那一套,不紧不慢地回他。

"你这个二流子,现在是什么季节?家家户户都忙着收麦子,哪个有空给你带儿子?"

网锁来来去去跑了几趟,罚款从四万降到了三万,有志就是不缴罚款,也不要孩子。三天以后,网锁铁青着脸把有志的儿子抱了过来,进门把孩子往桑叶怀里一塞,也不说话,转身就走。

下午,工作组来了一帮人,把有志家里能搬的东西全都搬到了村委会,屋里连一根筷子都没有留下,瓦房上的青瓦也都揭下来拉走了。

有志家孩子的户口自然也没有报得上。

有志让粉香掌勺在有全家里摆了两桌酒,把庄上立秋、解放、罐子、民主、有安几个好邻居和亲友统统请了过来,一起吃了顿酒。

做完了这一切,有志带着全家老小六口人,一起离开了光明庄。

第三十二回　办实业单飞发家　装电话双向收费

有寿家里装上了电话。

红色的电话机就端端正正地摆放在柜上,上面苫着一条新毛巾。老百姓家里装电话,这可是光明庄人以前做梦也不敢想的事情。

豌豆上小学的时候,语文课本里讲到过共产主义和四个现代化。老师说,现代化的标准就是"楼上楼下,电灯电话"。

豌豆举手问老师:"实现了农业现代化,是不是就不要种田了?"

那个初中毕业的代课老师想了想,告诉豌豆:"实现了农业现代化,种田还是要种田的,不种田吃什么?只是不要人种田了,都是机械化。"

豌豆不依不饶地追问:"那什么是机械化?"

"机械化嘛,"那个年轻的代课老师挠了挠头,"我给你打个比方——就是小麦长好了,不要人工下地割麦子,也不要把麦把运到打谷场上去脱粒,而是用收割机下地割麦子。人开着收割机在麦田里走一趟,面粉和面条就从收割机屁股后面出来了。不要打麦子,不要碾麦子,也不要晒麦子,直接拿着口袋,到地里去装面粉和面条。"

豌豆一脸向往:"要是在麦田里养几条大肥猪,是不是收割机在田里走一圈,收割机屁股后面就能出来肉包子?"

全班同学哄堂大笑,那个代课老师手捂着肚子都笑出了眼泪,豌豆也跟着"嘿嘿"地笑。豌豆笑完了,在心里暗暗发誓,长大了就去开收割机,肚子饿了,伸手就能到后面拿个肉包子吃,再也不用天天吃烀山芋了。

现在,虽然还没有能从屁股后面出肉包子的收割机,但是电灯早就有了,电话也实实在在地装到了有寿家的家神柜上。

掀开毛巾,拿起话筒,有寿拨了几个号码,"嘟嘟——"几声过后,豌豆夹着普通话的声音,从万里之外清晰地传了出来:"谁呀?"凤英抢过话筒,喊了一声:"小伙儿……"眼泪像是挖开口的秧田水,"哗"地一下,全都清亮亮地涌了出来。

豌豆跟着表叔铜锁去新疆已经七年了,一次也没有回来过。

刚到新疆时,铜锁把豌豆安排在兵团下属的汽修厂里当学徒。三年的时间,豌豆从学徒变成师傅,又变成组长,最后变成了车间主任。

豌豆找到表叔铜锁商量:"表叔,车辆维修我已经很熟悉了,我想自己单干。"

铜锁欣慰地看着豌豆:"好啊。只要你想发展,表叔全力支持你。"

铜锁出面,豌豆很快租到了厂房、拿到了手续,又从修理厂里挖过来几个技术好的师傅。填写企业法人的时候,豌豆觉得自己的名字太土,就把豌豆改成了雁南。

豌豆一直喜欢电影《归心似箭》里的插曲《雁南飞》——

> 雁南飞,雁南飞,
> 雁叫声声心欲碎,
> 不等今日去,
> 已盼春来归
> ……

豌豆的雁南汽修厂正式开业了。不久,豌豆通过铜锁的关系,拉到了一个大客户——交警大队。

新疆地广人稀,交通工具主要依靠汽车,尤其是重型卡车和变型拖拉机。雁南汽修厂变成了交警大队的指定修理厂。

不久,豌豆又拿汽修厂做抵押,到银行贷款买了一台清障车。

第三十二回　办实业单飞发家　装电话双向收费

不到一年时间,豌豆就赚到了人生的第一个一百万。

豌豆虽然年轻,但他深知有钱大家赚的道理。他把赚来的钱分成三份,一份汇到老家的工商银行,一份用于扩大修理厂规模,还有一份用于人情往来。

鸡蛋不放在一个篮子里的理财观让豌豆的财富成倍增长。在交警大队的介绍下,他又陆续承包了邻近三个县城的指定修理,雁南汽车修理厂也很快扩张到了五个,开始连锁经营。

豌豆的精明大方,跟北方人的豪爽义气一拍即合,豌豆和交警大队的合作相当愉快。四年的时间,豌豆在楚水工商银行的存款就达到了五百万。距离有寿被评为万元户,在楚水县城挂红游街,时间刚好过去八年。

有了钱的豌豆在新疆娶了个祖籍山东的兵团姑娘,岳父是生产建设兵团某团工业科的一名科长。汽修厂的生意忙,豌豆离不开,有寿两口子没有出过远门,也不敢到新疆去。表叔铜锁就代表有寿,帮他主办了婚礼。豌豆的汽修厂越办越大,钱也就像流水一样源源不断地汇到了楚水的工商银行账户里。

年底的时候,一辆车身印着"中国工商银行"的白色面包车开进了光明庄。车上人打听到有寿家的房子,把面包车上几十箱花花绿绿的年货搬进了有寿家里,在客厅里堆了一大堆。

临行前,一个领导模样的中年人握住有寿的手使劲儿地摇晃:"感谢齐老板对于家乡银行的信任和支持。经行里研究决定,给您家里装一部电话,方便您和齐老板联系,也方便您有事和我们联系。"

次日一早,乡里邮局就安排架线工,从村委会架起一路专线,给有寿家里装上了光明庄上第一部私人电话。

光明庄的人终于知道,豌豆在外面挣了大钱,连县城的银行领导都来拍有寿的马屁。一部电话,听说要三千八百块钱。这得在银行存多少钱,银行才会送一部电话呀。整个光明庄也就村委会

· 159 ·

里有一部,可那是公家的呀。

凤英不再炸馓子了,只和有寿两口子在家种着几亩责任田。不是凤英不想炸,而是馓子已经不好卖了。炸一晚上馓子,五六天都卖不完。竹溪街上的副食品店里,饼干、麻花、麦乳精、蜂糖糕、云片糕、罐头,一应俱全,什么样的好吃的都有。农村人也开始挑食了,肉多拣肥嘛,谁还愿意天天去吃那油乎乎的馓子?

偶尔,有人来家里借电话。有寿站在一旁,两眼紧盯着电话机上跳动的数字,打完电话,收费两块钱一分钟。有安有一次给海里要青瓦的客户打电话,电话响了六十二秒,对方没有人接听。有安挂了电话,转身要走,有寿一把拉住他:"两分钟,四块钱。我还没有跟你收月租费。"

有安不服气:"电话没通,要什么钱?"

有寿指着电话机:"你看看,这上面有数字,邮局到时候要跟我收钱。"

有安也不和他啰唆,气得扔下一张五块的纸币,转身就走。

最有意思的一次,有志用手机打电话找有全。两人通话了五分钟,有寿拉着有全,一定要他付十块钱。有全瞪圆了一双老鼠眼:"我又没打,接个电话要给什么钱?"

有寿鼻孔里"哼"了一声,一副你别想蒙我的精明样子:"你当我不知道?手机是双向收费的。"

第三十三回　致富路各显神通　发大水守望相助

　　改革开放像一缕春风,吹开了人们闭塞的眼界,也激发起人们内心无限的潜力。祖祖辈辈困在串场河边的光明庄人发现,路就长在自己的脚下,只要迈开腿,世界其实并不遥远。生活其实也不全都是种地和吃饭、睡觉,还可以进厂上班、做生意、开公司,乡下人一样可以去赚城里人的钱。人们的眼睛不再盯着自己的一亩三分地了,所有人都在想方设法发家致富。迈开双腿,向着美好的生活一路飞奔。昔日那些以贫穷为高尚的观念,早就和大锅饭一起,被远远地抛在了身后。

　　光明庄像一片开了春的麦苗地,蜷缩了一整个冬天,一朝里春风化雨,便扑棱棱地生长开来。一天比一天茁壮,一天一个变化,一天一个新气象——丁头府、茅草房没有了,全都换成了七架梁的大瓦房,青砖、青瓦、水泥地;厨房里的大水缸没有了,全都装上了自来水,手一拧,清亮亮的水就哗哗直流;巷子口大槐树上的大广播没有了,家家户户都买了电视机,黑白的、彩色的,一个比一个大;去乐吾镇上办事不用走路和乘船了,每家都有自行车,平安和跃进还开上了重庆80摩托车,脚一踩,屁股后面"突突"地冒烟,到楚水城里去办事,半天就能跑个来回;庄上人和在外地打工做生意的亲人联系,也不用再去有寿家里打电话了,罐子、解放、民主、春耕、有安、网锁家里都拉上了电话,下雨阴天没事干,坐在家里打几个电话,就能凑齐一桌麻将班子。

　　曾经偏安在串场河边的光明庄,因为有了电视、电话和摩托车,和外面的世界无限接近了。

　　曾经茶余饭后闲聊时,只会谈《聊斋》、日白假(扯闲篇)的光明庄人,也开始关心起国际形势和国家大事。种田的老把式,谈论起新闻,一个个头头是道。

平安的养鸡场也迎来了春天——市场已经接受了洋鸡蛋。虽然价格比草鸡蛋略便宜了一些,但洋种鸡的蛋料比和产蛋率都比草鸡蛋高出许多,综合经济效益远远超出本地草鸡。

养鸡场已经扩建成了两大排宽敞的鸡舍,有专门的蛋鸡舍、青年鸡舍、育雏室、药品室、饲料仓库、鸡蛋仓库。鸡场不仅安装了大型饲料机械,甚至还安装了刮粪板,只要合上电闸,刮粪板就能轻松地把鸡笼下的鸡粪打扫出来。平安每年春天收五千只雏鸡,育雏后存活率在百分之九十五以上。洋种鸡成长期大约五百天左右,产蛋率低于百分之五十的时候,平安就把老母鸡育肥出栏,新一批的青年鸡刚好能接上。每隔几天,一辆蓝色的小卡车就会从平安的鸡场拉走一箱箱鸡蛋,鸡屁股真的变成了小银行。

解放的农资门市部生意越来越红火了。立秋又扩建了两间门面、两间库房,把门市部扩成了一个大供销社。从农药化肥、种粮农具,到铁丝铁钉、香烛鞭炮,再到鱼肉蔬菜、香烟酒水,只要光明庄老百姓生活中需要的东西,立秋的门市部里应有尽有。解放曾经无比羡慕凤霞在乐吾镇上的国营供销社工作,没想到这才几年,自己也成了供销社的老板。

立秋和解放平时种地,儿子怀德高中毕业后在家负责进货、守店。解放闲着的时候,在店外支起了一个修理摊,自行车、喷雾器、煤气灶,甚至球鞋、拉链,来什么,修什么。解放心灵手巧,拿锄头、抓铁锹的手,使起钳子、螺丝刀来,一样灵活。

春耕的儿子满意当兵三年后留在了部队。立秋在店门口搭起一块遮阳棚,干脆让春耕把挂草的竹竿拔了,把豆腐、百叶摊摆到了自己的店门口,也不用他专门看摊,怀德捎带手就帮他卖了。光明庄的老百姓,平时不用过河到竹溪街上去采买,在解放的店里就能过日子。

有安和爱红换了一条四十吨的水泥船,专门往苏南运砖头,回

第三十三回　致富路各显神通　发大水守望相助

程时,再从宜兴装一船石灰回楚水。来去不放空,趟趟都有钱赚。

有全还在窑厂里挖窑泥。早上挖一上午的泥,下午在家种种地,钱赚得不多,小日子过得有滋有味。每天太阳不落山,有全就在家里扳上小酒了,饭桌上正常是两个咸鸭蛋,一碗咸菜烧杂鱼。有全咪一口小酒,眯着小老鼠眼看电视,快活似神仙。

有福还做村电工,只是再也不敢胡乱停电了。庄上谁家丢了东西,头一个就会想到他。事后东西找着了,怀疑有福的人,也丝毫不会觉得歉意和内疚——谁让他偷东西的?他不偷东西谁会怀疑他!一日做贼,终生是贼的名声,有福算是彻底背上了。每次遇到这种情况,立秋就劝大伙儿:"有福当年也是穷怕了,一时糊涂,才做出了傻事。不过就是几把扫帚板锨嘛,也不是什么值钱的东西。一个庄台上住着,抬头不见低头见的,不能老揪住人家过去的小辫子不放。又不是圣人,哪个还不犯点儿错?"大伙儿听了,也都不好意思再去提有福偷扫帚的事了。

天赐春节后去了新疆,投奔在那里做大老板的堂哥豌豆。有天打电话回家说,新疆的气候太干了,天天早上鼻子都出血。莲子在家里心疼了,责怪有福不该把儿子送得那么远。有福就骂她:"头发长、见识短的女人!你看看豌豆,才出去几年,就做了大老板了。你把天赐摁在串场河边,他将来能有什么出息?"

网锁原本以为给儿子爱国找了个铁饭碗。哪知道,铁饭碗还没有捧稳当,就分田到户了。乡里的粮管所一年不如一年景气,眼看着连工资都发不出了。近来,听说粮管所将要撤销,爱国可能要下岗。网锁算计着,再跑跑关系,自己就这么一个儿子,无论如何,也要帮他再运作个好一点儿的单位。

可惜,网锁的老上级戴书记已经退休养老了,新来的领导虽然认识,却还远没亲热到称兄道弟的程度,开不了口。根宝虽然是光明庄出去的,但因为自己当年没有按他的意思用解放,这些年一直对自己不冷不热的,给爱国找工作这种事情他肯定不会上心,找了也是白找。

根宝升任了分管文卫的副乡长,更没有时间回光明庄了。奘腿奶奶早就种不动地了,孤独地守在串场河边的老房子里。立秋每过几天就去给送点儿蔬菜什么的,家里烧了什么适合老人吃的菜,也会给奘腿奶奶盛一碗。

采莲去了河东竹溪街上的一家工艺品厂烧饭,像一只落了单的燕子,一个人来,一个人去,平时光明庄三队的人几乎看不见她的身影,只有农忙季节才见到她一个人孤独地走在空旷的田野里。

小麦刚刚归了仓,老百姓还来不及喘口气,便又赶紧把麦田上水耕作,准备移栽水稻秧苗。

然而老天爷今年却一反常态。天好像漏了一般,大雨没日没夜地往下倒。

往年这个季节也会下雨,但下几天也就停了。可今年老天爷好像睡着了,忘了关上水龙头。人误地一时,地误人一季!大雨一连下了十多天,老百姓不敢再等了,穿上雨衣,把秧苗移栽到了秧田里。

刚刚插上的秧苗,在水面上摇曳。老百姓一开始还有点儿高兴——今年插秧不用上水,阴雨天移栽的秧苗好成活。

但大雨一直不停地下,移栽好的秧苗渐渐地只露出两片叶子在水面上拍打,慢慢地,就只剩下一点儿绿色的尖,有气无力地在水面上挣扎。

秧田的排水口成天敞着放水,可秧田里的水怎么也排不完。慢慢地,生产河的水位和秧田齐平了,大伙儿开始心慌了——再这样下去,秧苗要淹死了。民主带着人把秧田的排水口堵上,挖土加高田埂。生产队的几台抽水机,不分日夜地把秧田里的水往生产河里抽。

可不管怎么抽,也赶不上雨下得快,眼看着满眼的秧苗淹没在一片汪洋之中。生产河的水位渐渐地超过了秧田里的水位了,站

第三十三回　致富路各显神通　发大水守望相助

在串场河的圩堤上,满眼都是白茫茫的一片,水乡变成了泽国,到处一片汪洋。

电视新闻里到处都在下雨,整个长江流域抗洪形势严峻。

串场河边低矮处的田块,渐渐地连成了片,就连处在莲心位置的学校也被淹了。莲叶一样的光明庄只剩下五个地势稍高的垛子,孤零零地浮在水面上,一副绝望的样子。

庄稼是彻底没有指望了,保住房子,成了光明庄人最后的希望。

所有通向外河的生产河都下了闸板,没有闸板的河口都用沉船堵上了。不再从田里往河里抽水了,所有的抽水机日夜不停,开足了马力从内河往串场河里排水。

串场河的水位天天往上涨。原本高大威猛的圩堤,瘦成了一条蜿蜒的田埂,一副势单力薄、弱不禁风的样子,好像随时都会坍塌。

趁着大雨稍歇的空当,网锁把村民们集中到串场河圩堤上开会:"村民同志们,我们遇上了百年不遇的洪水。听老人说,一百多年来,我们这里总共发过三次大洪水……"

网锁综合了到乡里开会传达的精神和老人们口口相传的民间传说,绘声绘色地讲述了一遍楚水的历史地理知识。又结合光明庄的具体情况,安排各生产队长带头,保坝排涝。

最后,网锁和平时开会作报告一样,鼓着一双黑鱼眼,把叉在腰间的右手在空中用力一挥:"上级领导要求我们,一定要打赢这一场抗洪抢险的人民战争!"

光明庄几乎所有的劳力都守在串场河的各处大坝上,除了平安和罐子。

平安的两排鸡场在光明庄外下风向的庄稼地里。大水开始上涨的时候,平安和罐子在鸡场周围用蛇皮袋装土,堆起了一圈一尺高的防水坝。随着水势加大,周围的农田都淹没了。平时一望无际的绿色田野,变成了一片茫茫泽国,小船可以直接划到路上。

罐子和平安父子俩日夜挖土,装袋加高、加宽防水坝。买了一台水泵往防水坝外面抽水。两栋鸡舍在周围一片白茫茫的大水里,顽强地挺立着。

相对于大水日夜冲刷防水坝,平安更着急上火的是饲料问题。近五千只鸡,每天要消耗两千斤左右的饲料。因为大水封路,运饲料的车子根本进不来。眼看着仓库里的饲料见了底,平安一家人着急上火,饭都吃不下了。

立秋吩咐解放第一个把家里的刚收下来的麦子送到了平安的养鸡场:"实在没有饲料,喂小麦吧,先保住命再说。"

立秋一家一家上门去说平安鸡场的情况,希望大伙儿在困难的时候拉平安一把。

民主送过来几百斤玉米,春耕送来了一千斤黄豆,有全送来了大麦……除了有寿,光明庄三队家家户户的杂粮,全都送到了平安的鸡场上。虽然大家都知道大水过后,粮食肯定会紧张,可现在平安的五千只鸡眼看就要断顿了,还是先顾着眼前吧。

平安把各种杂粮按照蛋白质多少和热量高低,自己配了饲料喂鸡。

突然间更换饲料,蛋鸡一下子很难适应,产蛋率陡降了一半。平安算计着还能勉强维持成本,也就顾不上产蛋率了。只盼望着大雨能早点儿停下来,大水能早点儿退下去。只要时间不长,平安就有信心能把损失挽回来。

可老天爷是真的睡着了,大雨没完没了地下。乡亲们家里的粮食都差不多被平安的鸡吃完了,老天依然没有要停雨的意思。正常年份离水面四米多高的串场河圩堤,离水面就剩下几十公分了。大水漫到了墙角,地势稍低的人家,屋里已经开始进水了。

岁数大的老人说,这是要"灭朝(世界末日)"啊。

绝望像雾霾一样弥漫在每个人的心头,让人看不清未来。

第三十四回　鸡断粮绝渡逢舟　买化肥雪中送炭

　　正当平安一家快要绝望的时候,一条六十吨的水泥船,像只鸭子一样,从白茫茫的水面上漂了过来。
　　自从开始发大水,串场河里已经好多天看不见一条货运船了。到处都是白茫茫的一片,一个不小心,船就会开到岸上去,没有哪个船老大敢开船。
　　水泥船小心翼翼地停靠在罐子家旁边的串场河边,从船上跳下来一个六十岁左右的老人,径直跑向了罐子家里。
　　来人远远地就大声喊:"大妈,大妈。"
　　罐子奶奶闻声出来一看,原来是李德安,赶紧往屋里让:"小伙儿,这大水滂滂的,你怎么来啦?"
　　"大妈,我天天在家看电视,知道楚水发大水。我想着平安的鸡场肯定没有饲料了,我托朋友从饲料厂弄了五十吨鸡饲料。没有车子送,船也没有人敢开。没办法,我只好跟朋友借了一条船,自己给平安送过来了。"
　　罐子奶奶一听,双手合十:"阿弥陀佛!阿弥陀佛!小伙儿,你就是救命的观音菩萨啊。"
　　李德安自从十几年前在串场河沉船,被罐子奶奶喊人救了以后,就认了罐子奶奶做干娘,逢年过节,都要到光明庄来看望罐子奶奶。罐子家里建新房、平安养鸡、平安结婚,大事小情他也都会赶过来,两家人比嫡亲的兄弟之间来往还要亲密。这次,李德安的老家盐海也遭了水灾,幸好是在黄海边上,地势平坦泄水快,灾情远没有堤西乡下这边受灾严重。
　　五十吨饲料解决了平安的后顾之忧,李德安又帮忙到养鸡场加固了两天防水坝。在第一道坝外头又围起了一道坝,两道坝之间灌满了水,用来减少大水对于内坝的水平压力。一切妥当以后,李德安这才告别了罐子奶奶,开着那条借来的水泥船,小心翼翼地漂了回去。

立秋家的门市部刚开始比平安好不到哪里。雨季到来之前,解放根据往年的经验,在仓库里提前备足了二百吨碳铵、一百吨复合肥、五十吨尿素。如果不是发洪水,秧苗移栽前,这些化肥就会被光明庄的老百姓一把把撒到秧田里做基肥。大雨一直不停地下,老百姓担心化肥跟着水跑了,打算等秧苗移栽成活后,再追施化肥。谁也没有想到,移栽好的秧苗被淹了,化肥自然就积压在了立秋家门市部的仓库里。

门市部紧贴着河堤,本来就地势低洼。大雨没有下几天,仓库的墙角就平了水。雨再下下去,仓库里的几百吨化肥眼看着就要泡汤了。

这些年,光明庄的老百姓种地可舒服了。耕田有拖拉机,肥田有化肥,除草有农药,再也不要像在大集体那样,一年四季天天捆在地里了。

越是方便,越想更方便,享福谁还不会?不说像大集体时代那样到海里沙滩上割草、下河里罱泥当肥料了,光明庄的老百姓甚至懒得在自己家里存化肥了。地里要施肥的时候,直接从立秋的门市部拉到地里去,用多少,拉多少,省得放在家里一股子氨臭味。现在,立秋家的仓库要进水了,仓库里存放着几百吨化肥,那东西只要是泡了水,转眼就会溶化,什么都剩不下。解放和立秋一家愁得饭都吃不下,这么多的化肥,哪有地方存放呢?

就在立秋一家急得像热锅上的蚂蚁一样团团乱转的时候,大伙儿趁着大雨稍歇的空当,一个接一个地推着架子车,来到门市部拉化肥了。大伙儿要按市场价把钱算给怀德,立秋坚持要怀德按进价算,双方僵持不下。这时,老有田开口了:"本乡本土地住着,谁家还没个为难的时候?这化肥堆在仓库里,马上就要泡水了。

第三十四回　鸡断粮绝渡逢舟　买化肥雪中送炭

这大水不会发一辈子,这田还是得种,反正往后种田要用,大家先拉回家去搁起来是一样的。这些化肥堆在你家仓库里保不住,分到各户各家家里就没事了。平时都是立秋帮着大家,这次,也让我们帮你一回。"

大伙儿纷纷鼓掌。

立秋站在仓库门口,看着那些卷着裤管、打着光脚的乡亲们把化肥一袋袋搬上架子车,又排着队到怀德的柜台前交钱,不到半天的工夫,仓库里堆到屋脊的化肥就被搬空了。立秋的眼睛里慢慢地蓄满了泪水,她仰起头,努力地抿着嘴,强忍着没让眼泪落下来。她看见头顶上雨后的天空像水洗过了一般,湛蓝湛蓝的,纯洁得让人的心忍不住跟着发颤。多好的乡亲们啊,在这看不到未来的当口,还想着为自己分担。立秋暗暗发誓,一辈子都不能忘记今天,一辈子都要记住乡亲们的恩情。

雨总算是停了,大水终于退了下去。原本应该是满眼新绿的季节,串场河边一片狼藉。地里的庄稼大都淹死了,只留下了满是淤泥烂叶的一片灰败。

可现在已经错过了水稻最佳的移栽季,黄豆和玉米也都不适合生长了。楚水市政府紧急从外地调运到了一批晚季节农作物种子——绿豆、秋苔、晚稻、晚黄豆……

这一场百年不遇的洪水,虽然淹了这一季的庄稼,但经过老百姓们不懈的努力,到秋季收获时,庄稼的收成居然没比正常年份损失多少,总算是有惊无险。

罐子奶奶在退水后,突然就病倒了。罐子和平安把老人送到乐吾的卫生院,医生仔细检查了一番,把罐子和平安叫到了办公室里:"回家给老人安排后事吧,老太太已经油尽灯枯了。"

罐子奶奶拉着平安的手:"小伙儿,奶奶自己心里有数,就是这两天的事了,和你爸把奶奶带回光明庄吧。看见你出息了,奶奶也该去见你嗲嗲了。你嗲嗲夜里给我托梦了,说一个人在那边太冷清了,让我过去陪他。五十年了,我早就该去了。"

罐子和平安尊重老太太的意思,把她带回了光明庄。果然,回家没有两天,罐子奶奶就安安静静地去世了。

李德安闻信,从盐海赶到了光明庄,在罐子奶奶灵前长跪不起。罐子把他拉起来:"哥呀,我妈辛苦了一辈子,临了清清爽爽的,也没有遭什么罪,医生说是寿终正寝。"

头发花白的李德安哭得泣不成声:"娘啊,您老好人有好报。来世,我还给您做儿子。"

李德安按照孝子的礼节,给罐子奶奶披麻戴孝,和罐子、平安一起,把老人风风光光地送走了。

第三十五回　投选票踊跃参与　选主任众望所归

到了换届选举的时候。网锁年龄还差几年才退休,他觉得自己最少还能干上一届,踌躇满志。

先进行的是村支书选举,选举委员会确定了候选人之后,由所有党员投票。

光明庄的老百姓从前一直没把自己手上那张粉红色的选民证当回事。千根木头随排走,谁做干部不一样啊？每一次的选举,大伙儿也就是跟在后面走个过场。

经过了一场洪灾,老百姓算是彻底看明白了——选出一个能真心为老百姓办实事的干部,的的确确关系到自己的切身利益。村干部选举这件事,还真的不能当成儿戏,必须认真对待。

在镇政府组织科同志的监督下,光明庄的村支书选举如期在村委会举行。几乎所有的党员都参加了选举大会。平时趾高气扬的网锁一反常态,笑眯眯地在会场上不停地撒香烟,仿佛他那件中山装的衣兜里有个聚宝瓶似的,香烟总也发不完。

像毛针一样撒出去的香烟并没有给网锁带来他预想中的票数。当天参选党员二十八人,排位第一的候选人网锁得票只有四票,远远低于过半数当选的票数要求。

网锁的黑鱼眼傻了,他铁青着脸,闷头儿坐在那里拼命地抽烟。那样子,恨不得把手上的香烟连海绵嘴一起吸进去。

大多数党员选择了弃选,没有一个候选人的票数过半,光明庄的支书选举第一次出现了空缺。组织科的同志向上级党委汇报了选举结果,根据《中国共产党支部工作条例(试行)》第二十一条之规定,上级党组织决定从政府机关里指派光明庄支部书记。

网锁落选了,跑到镇政府,找到书记、镇长诉苦。说自己从十几岁开始在光明庄上做干部了,为光明庄呕心沥血了大半辈子,没有功劳也有苦劳,党和政府不能过河拆桥,一脚把自己踢开。

说到伤心处,网锁眼睛发红,语气哽咽。半辈子高高在上,一下子跌到了尘埃里,这让他无论如何都无法接受。

书记和镇长商量了一下,决定等任期届满,安排网锁到镇里关工委去挂了个副主任的闲职。

支书选举后不久,就是村委会选举了。

村民选举委员会根据提名,公告了村委委员候选人名单,立秋的名字赫然在列。

公示期过后,选举大会在村小学的操场上如期召开。一改以往开会时稀稀拉拉没几个人的局面,光明庄几乎所有在家的选民都到齐了,光明小学的操场上人头攒动。

网锁讲了几句之后,请组织科的领导说明选举规则,宣布选举开始。

经过了上次的支书选举,光明庄的选民们明白了,自己手中的选票,真正代表了自己的权利。网锁的落选,就是最好的证明。大伙儿交头接耳地议论了一阵,纷纷低头认真填写选票。

选票收集上来,事先选出的监票人监票、唱票人唱票、计票人计票。

随着唱票人报数,台下的光明庄人发出了一阵高过一阵的喊声:

"好!"

"好!"

网锁紧盯着黑板上的人名和不断变化的票数,脸上红一阵、白一阵,恨不得在那些台下起哄喊好的人脸上狠狠地甩上两个耳光。

选举结果出来了,村主任得票最多的是立秋,高出第二名民主六百多票。

组织科的人认定,本次选举合法有效,立秋当选为光明村第一

第三十五回　投选票踊跃参与　选主任众望所归

个女村主任。

网锁有些恼羞成怒,偏偏又无法说出口,还得装着一副高兴的样子,假模假式地祝贺立秋当选。

爱红和荷花几个妇女,连拉带拽地把立秋推上了主席台。

立秋捋了捋额前的头发,大大方方地拿起了话筒:"感谢乡亲们对我立秋的信任!我当初入党,是因为我真心拥护中国共产党。大家都知道我娘家在海边,我是个海里人。其实,我老家也是楚水的,我父亲是新中国成立以前逃荒逃过去的。我父亲在海边吃了多少苦,我就不说了。直到新中国成立后,他才真正当家做了主人。从小父母就教育我,要听毛主席的话,跟着共产党走。可我从来也没有想过要做干部,我只想着尽自己的力量,不给共产党抹黑、不给共产党丢人。现在,既然大家选了我,我就不能冷了大家的心。我不会说什么大道理,但我愿意和新一届的村委班子一起,为了乡亲们过上好日子而努力。只要让乡亲们都能发家致富,都能过上好日子,我立秋死了也值!"

操场上掌声雷动。

立秋当选了村主任,网锁第二天就骑着自行车,到镇里的关工委去上班了,他一天都不想和立秋共事。

第三十六回　无所依解脱自己　留钱根保佑后人

立秋当选,最开心的人是奘腿奶奶。这些年,奘腿奶奶住在立秋隔壁,早就把立秋当成了自己的女儿一样看待。奘腿奶奶说:"丫头啊,你结婚那天我就看出来了,你不是一般的人,你是天上的仙女下凡。你从巷子里一过,就有一片祥云把巷子照亮了。"

立秋听了哈哈大笑:"我是仙女也是沾了您老的光!有您这个老菩萨在我身边讲经说法,我做不成仙女,也得做个浮头听经的鲤鱼精。"

"世上哪有你这样好的鲤鱼精哦。"奘腿奶奶咧着瘪嘴慈祥地笑了。

根宝的房子一直空着。根宝有一年春节前回家,让奘腿奶奶搬到大房子里住,奘腿奶奶死活不肯,说一个人住在空荡荡的大房子里不习惯,还是住了几十年的老房子安逸。最重要的是,奘腿嗲嗲的魂一直在老屋陪着自己,自己搬走了,怕奘腿嗲嗲回来找不到人。根宝没办法,只好由着老太太住在老屋里。

这些年,奘腿奶奶一个人生活在自己的老房子里。平时自留地里长些蔬菜,生活能够自理,有个小病小灾的,也都是立秋两口子照顾。根宝每年春节前回家一趟,给老太太留下一两百块钱,平时基本不回光明庄。根宝当了镇长以后更忙了,每次回来,最多也就待个把小时,又着急忙慌地赶回去了。奘腿奶奶自从老伴儿走了之后,就再也没有到乐吾镇上根宝的家里去过一次。

老太太平时没事的时候,就到解放的门市部去帮忙。奘腿奶奶也做不了多少事,她一般拿张小板凳,坐到店门口的雨棚荫凉里,帮着解放把那些卖剩下的蔬菜择出来——脚货茨菰刮得白生生的,用清水养起来;发黄的大蒜把枯叶摘掉,剥出白色的大蒜梗;

第三十六回　无所依解脱自己　留钱根保佑后人

要死的鱼把内脏扒了,鱼鳞刮干净;隔天的韭菜把烂叶子摘掉,黄叶掐了……

老太太人清爽,菜也择得清爽。来买菜的人看见奘腿奶奶择好的菜,抢着买回去了。立秋笑着对奘腿奶奶说:"老菩萨,想不到你还是个财神奶奶呢。"

奘腿奶奶扬起脸,咧着瘪嘴笑,脸颊上的伤疤簇成一团,像只淡紫色的蝴蝶一样:"老了,没用了。"

这天,立秋晚上回到家里,听说奘腿奶奶一连两天没有到门市部,赶紧跑到老太太家里去看。

老太太蜷在床上哼哼,立秋赶紧打电话请来了村卫生室的医生。医生看过以后,告诉立秋,老太太岁数大了,最好到卫生院去做个检查。

第二天,立秋让解放用自行车驮着奘腿奶奶,去了竹溪卫生院。一番检查下来,医生告诉解放:"老太太胃有问题,要做个胃镜检查一下。"

立秋给根宝打了电话,告诉他奘腿奶奶的情况。根宝在电话里说自己这两天要接待市里的检查团,实在抽不出身回家,请立秋帮忙先照顾两天,他过两天就回光明庄,带奘腿奶奶去检查。

解放带着奘腿奶奶回了家,告诉她,根宝说了,过两天就回来带她去检查。

奘腿奶奶苦笑着摇摇头:"当年老头子有病,他也是这么说的。老了,没有什么看头了。早死早好,死了就能和老头子在一起了。"

解放安慰老太太:"老菩萨,你放心!根宝现在是大干部了,没有那么多学习任务了,这次肯定会回来的。"

立秋这些天忙着带着两个村委委员到处联系,想给光明庄招商引资。立秋关照解放:"我这两天村里事情多,你千万记住做好了饭菜给奘腿奶奶送过去。"

解放不用立秋关照,天天做好了饭菜,到饭点就给奘腿奶奶送过去。老太太躺在床上对解放说:"小伙儿,你店里忙,不要管我这个老太婆了。"

解放安慰老太太:"你是我的老财神,怎么能不管你?我还等你好了,帮我去择菜呢。你老病了这几天啊,店里烂掉不少菜了。"

"这怎么好?这怎么好?我现在起来去择菜。"裘腿奶奶说着,挣扎着想要起床。

解放赶紧笑着按住她撑在床边的枯手:"你这个老太太呀,哄你玩儿呢,你还当真了。快起来把饭吃了,吃好了再躺床上歇着,哪有那么多剩菜要你择。"

裘腿奶奶挤出一丝尴尬的笑容:"我就说呢,我就知道你们两口子都顾着我老太婆的面子呢。"

次日中午,解放烧了一碗鱼汤送给裘腿奶奶。大门虚掩着,解放一边推门,一边说:"老太太,今天烧的鱼汤,特意少放了点儿盐,你肯定喜欢。"

平时,听到解放进门,老太太就会在里面说:"小伙儿,你忙就不要管我了,我自己能行。"然而今天房间里没有人搭话,解放有些奇怪,以为老太太精神好了些,出门遛弯了。走到房间里一看,吓得解放手里的鱼汤碗"啪"的一声掉到了地上摔得粉碎。

只见裘腿奶奶穿戴得整整齐齐的,直挺挺地挂在床上的檩条上。一张桐油脱落的小杌子,被踢翻在床上。

裘腿奶奶死了。

死之前,裘腿奶奶把家里打扫得干干净净,把自己收拾得清清爽爽。不知道她什么时候叠了几蛇皮袋的锡箔元宝,也拿了出来,整整齐齐地堆在桌子上。

床头的旧柜子上有二百多块钱和六个红纸包,每个红纸包里包着二十元钱。三个摞在一起,上面放着一张根宝二十岁时拍的黑白照片。还有三个红包放在另一边,上面压着摞在一起的两只兰花海碗,碗里有一包康师傅方便面。

第三十六回　无所依解脱自己　留钱根保佑后人

大伙儿看见红包,心里都明白了。串场河边的风俗,老人过世,要给后人留下一点儿钱。钱不管多少,用红纸包起来,叫作"钱根子"。据说,后人把"钱根子"拿回家,放到米缸里,死者就能保佑后人发财不败。当然,只有老人的直系亲属,才能有资格得到老人这一份临终前最真心的祝福。

奘腿奶奶留下的三个红包,不用说,是留给根宝夫妇还有他们孩子的。另外三个,明眼人一眼就能看出,是留给立秋一家三口的。那两只兰花海碗,是昨晚解放给老太太送饭的,碗底还镌着解放的名字。老太太怕别人不明白,特意在碗里放了一包方便面,那是立秋有一次拿给奘腿奶奶的,说是让她也尝尝鲜。

立秋看着压在碗底下的三个红包,忍不住悲从中来,放声痛哭。自从自己嫁到乡下来,是奘腿奶奶两口子像对待亲生女儿一样照顾自己,晴天帮她喂猪,下雨帮她收衣服,农闲帮她纳鞋底,农忙帮她带孩子,年轻时教她干农活,老了还帮她在店里择菜。就是眼前这个老人,临走了还不忘给自己留下"钱根子",她是从心底里把自己当成了亲人,当成了女儿呀。立秋回想起奘腿奶奶对自己一桩桩的帮助,想起奘腿奶奶亲切地喊她"丫头",想起奘腿奶奶笑着说她是天上的仙女,直哭得天昏地暗。每一个来看望奘腿奶奶的人都被她感动了,男人们站在一旁抽鼻子,妇女们陪着她流泪,爱红抱着她:"立秋,你不能再哭了,这样下去你自己的身子就哭坏了。"一边劝,一边自己抹眼泪。

解放跪在地上扇了自己两个耳光:"老太太,我是跟您开玩笑的,您老怎么还当真了?您这样走了,我解放一辈子也对不住您呀。"

大伙儿从解放断断续续的哭诉中明白了怎么回事,纷纷劝他:"解放,老太太自己不想活了,你不要往自己身上想。老太太是不想连累你和立秋。你们对老太太咋样,大伙儿这些年看得清清楚楚。"

根宝和凤霞带着孩子回到了光明庄。立秋把奘腿奶奶留下的钱和六个红包一起交给了凤霞,告诉她:"这是奘腿奶奶留下的'钱根子',你要收好。"

凤霞没有说话,接过红包,看也没看,随手塞进了胸前背着的小坤包里。

根宝按照光明庄的风俗披麻戴孝,把奘腿奶奶送到火葬场火化了,把骨灰和奘腿嗲嗲合墓而葬。

下葬那天,立秋带着全庄的男女老少,按照乡俗到墓地给奘腿奶奶敬神。

大伙儿准备了几桌供菜,买了锡箔元宝和纸钱,到墓地送老太太最后一程。

敬神是光明庄的风俗,邻居们在老人去世后合资办上饭菜,不论是下葬的时候到墓地送行,据说是为了给逝者壮胆。想来也是,不论是在去往天堂或是地狱的路口,只要有乡亲们在背后站成一股人流给壮胆,就再也不用担心惧怕那些腌臜小鬼了。当然,孝子要在老人六七的时候,回请给逝者敬神的乡邻一顿酒饭,以示感谢。根宝找到立秋,递给立秋八百九十块钱:"立秋主任,你知道我镇上工作忙,凤霞没有在农村生活过,她不懂农村这些礼数。我们也没有时间回来给老太太做七。我算了一下,光明庄共计八十九家给老太太敬神的,麻烦你帮我一家给他们贴十块钱,就说我根宝感谢乡亲们给我妈敬神。"

立秋不肯收钱:"齐镇长,我理解你工作忙。大家给老太太敬神,是出于对老人的尊重。大伙儿凑钱送老太太最后一程,没人会在乎吃你一顿酒饭。这个钱也没有人肯收,你还是收回去吧。"

根宝把钱塞到立秋手上:"立秋主任,虽然我在镇里工作,但我也在光明庄生活了不少年。我知道光明庄的风俗,孝子是一定要在六七的时候,回请敬神的人一顿酒饭的。但我真的没有时间回来给老人做七,你就当帮我这个忙,把钱发给乡亲们,可不能让光

第三十六回　无所依解脱自己　留钱根保佑后人

明庄的人说我根宝不懂规矩，不会做人。"

根宝把奘腿奶奶的老房子落了锁，带着妻子、孩子回了乐吾镇上。

根宝走了以后，立秋要把钱分给村民，没有一个人愿意接受。大伙儿说："我们是给奘腿奶奶送行的，哪个要他的钱？这种忤逆的畜生，奘腿嗲嗲当初就不该救他！"立秋让解放把八百九十块钱都买成了纸钱，在奘腿奶奶的墓前，全都化成了漫天飞舞的纸灰。

奘腿奶奶去世以后，立秋做的第一件事就是扩建完善光明卫生室。村里的乡村医生老了，只能看些头疼脑热的小毛病。立秋到镇卫生院去商量，想请卫生院指派一名全科医生到村卫生室上班。镇里的医生嫌农村卫生室条件简陋，福利差，没人愿意到农村卫生室上班。立秋提出由村委在集体经费中拿出部分资金作为补助，请镇卫生院帮忙招聘愿意到农村工作的医护人员，工资待遇和镇卫生院相同，福利待遇超过镇卫生院，并配齐了各种常用药品和检查设备。同时在村里宣布，光明庄凡是报考医护专业的孩子只要承诺将来回村工作，所有的学杂费用全都由村集体承担。这样一来，光明庄很快就招聘到了两名从医院退休的老医生到光明庄卫生室坐诊。从此，光明庄的老百姓有个小毛小病的，不出光明庄就能得到和镇卫生院一样的治疗。立秋还在卫生室安装了电话，便于一些严重的病人可以及时转院治疗。

第三十七回　成本高有寿弃田　效益低豌豆转行

　　串场河边的麦子绿了又黄,黄了又绿;反水河河湾里的那一片芦柴绿了又枯,枯了又绿。
　　串场河边的绿色,在芦柴摇曳中一年比一年少,一年比一年少。那些翠盖一样层层叠叠的楝树,那些高大挺拔的槐树,那些开花像悬铃的梧桐,那些桑葚、枣树、榆树,甚至河堤上的柳树基本上都被砍光了。原本绿树掩映的光明庄,除了村口的那棵大槐树,已经很难看见一棵遮天蔽日的大树了,取而代之的是一排排高大宽敞的大瓦房。人们把树砍了,再在院墙下砌上一座花圃,栽上了栀子、月季、铁树和龟背竹。然而不久,这些娇气的花草都枯萎了,花圃里一片狼藉,家里的老人又重新在花圃里栽上了扁豆和丝瓜,到了夏天的时候,绿叶黄花便爬满了围墙,风一吹,围墙上荡漾起绿色的波浪。
　　原本绿波荡漾的生产河水,慢慢变得浑浊起来,再也没有人敢捧起河水解渴了。河面上疯长着水花生,那些飘不走的水花生索性在河心里安了家,慢慢地连成了片,远远看去,生产河仿佛成了一片水草丰茂的大草原。那些曾经在水面上来回穿梭的小船,被困在了水花生里,像一条条搁浅在河滩上的鱼,有气无力地苟延残喘。
　　光明庄人的生活像河里的水花生一样,越发生机勃勃了,不止是电话,光明庄好多人都用上手机了。
　　豌豆打了无数次电话,有寿和凤英总算答应不再种地,同意把手上的几亩责任田转出去。
　　有寿找到民主:"队长,我们两口子岁数大了,豌豆又在新疆。责任田种不了了,还给生产队。"
　　种地的收入,比不上进厂和打工。好多粮田都抛了荒,原本碧

第三十七回　成本高有寿弃田　效益低豌豆转行

浪翻滚的田野里，一块一块长满荒草的良田像是大地裸露的伤口，刺痛着庄稼人的眼睛。年轻人大多外出挣钱了，光明庄上只留下一些老人和孩子。这些年土地抛荒的多，民主已经捡了十多亩了，真没有能力再接手有寿的承包田了，他着急地跟有寿嚷嚷："你不能说不种就不种啊！你不种，土地抛荒了，政府要扣村干部工资的。虽说现在种地收入是不高，但还是有点儿赚头的。你可以弄点儿油菜、黄豆什么的懒庄稼种种。你家豌豆是大老板，又不靠种地生活，你们也不在乎这点儿钱呀。"

"你说得轻巧！我家豌豆的钱也不是大风刮来的。我们种不动了，还要年年上河工、交上缴。不种了，坚决不种了。我家豌豆在新疆，这辈子也不会回来了。我齐家子子孙孙也不会种田了。反正田我是不要了，谁爱种谁种，跟我没有关系，你也别想我再缴一分钱。"

有寿说完转身就走，才不管民主在背后急得直跺脚。

夏季水稻收割以后，有寿果真把几亩承包田抛了荒。旁边土地上的麦苗都一拃高了，有寿家的地里还是光秃秃的水稻茬，一片枯黄。没有办法，民主找到大憨商量，请大憨把有寿家的几亩地捡了起来，好好的粮田抛荒，是个庄稼人就看不下去。

豌豆知道父母把田丢了，打电话要有寿两口子到新疆去享几年福。

挑一个太阳火爆的晴天，李凤英在院子里铺上彩条布，把家里的旧衣服拿到太阳底下暴晒。

太阳落山前，李凤英戴着草帽，跪在彩条布上，把那些补丁摞补丁的衣服一件一件叠好。

门口大路上来来往往的人对凤英说："你家豌豆一年赚几百万，你还留着这些破烂干什么？收废品的都不要了，谁将来还会穿这些？"

李凤英不理会，自顾把那些旧衣服收好，塞上包在纸片里的樟

181

脑丸,自言自语地说:"再有钱也不能忘本哦。"

老夫妻俩把所有东西都收进了屋,最后剩下一个稻草堆,不知道如何处置。也不知道要去新疆待多久,日晒雨淋的,这些稻草肯定会烂掉,多浪费呀。如今齐老太不在了,要是齐老太还在,这么多稻草不知道要搓成多少草绳。老夫妻俩思来想去,最后,花了半天的时间,硬是把几千斤稻草塞进了厨房里。

老两口把家里的门窗都用砖头封死了,带着钥匙,登上了飞往乌鲁木齐的航班。

这些年,豌豆在新疆发展得风生水起。表叔铜锁退休了,岳父去年也去世了。二十年的时间,豌豆在新疆编织了一张功能强大、关系复杂的关系网。现在的豌豆已经是一个地地道道的新疆人了,他儿子齐昊就说着一口尾音浓重的新疆普通话。

有寿和凤英初到新疆,很不适应那里干燥的气候,总是感觉喉咙里干干的。吃饭也不习惯,几乎每道菜里都有西红柿和洋葱。没过几天,凤英就闹着要回家。

豌豆放下手头的工作,决定开车拉着有寿和凤英老两口出去旅游散心。

按照计划,第一站准备先去天池。

从乌鲁木齐开车一百多公里,到了昌吉的阜康。豌豆带着老两口住到了当地一家最好的宾馆。安顿好了以后,豌豆领着父母到楼下的餐厅去吃饭。

看着满桌子的菜肴,有寿和凤英不干了,齐声讨伐豌豆败家:"你个败家子,摆谱摆到娘老子头上来了!哪有你这样过日子的?一家人吃饭叫上满满一桌子的菜,怎么吃得完?你有两个钱就把脑子烧坏了,记不得当年在老家穿毛窝、吃山芋了?"把豌豆骂得大气都不敢出一声,只是一个劲儿地点头。尽管两人吃不惯新疆的饭菜,可两口子又舍不得浪费,强迫自己放开肚皮、皱着眉头往下咽。那样子,不是在吃饭,简直是花钱买罪受。

第三十七回　成本高有寿弃田　效益低豌豆转行

吃完饭,天池也没有上去,老两口死活不肯再去旅游了。这哪里是去旅游,简直是去烧钱。好天防阴天,有钱防没钱,有钱也不能这样糟践啊。计划里的喀纳斯、赛里木湖、吐鲁番葡萄沟,统统被老两口一口回绝了:"什么天池不天池的,不就是个大水塘子?有什么看头?家门口的串场河看了一世,也不要一分钱。回去,回去。"

老两口态度坚决。豌豆没办法,又开着车把老两口拉了回去。老两口闲了几天,实在闲不住了,提出到豌豆的修理厂里去看看。

到了雁南修理厂,老两口看见车间里到处乱扔的废旧零件,都被统一卖给了收垃圾的。老两口觉得可惜,干脆天天到修理厂去分拣垃圾。两人找来铁锤和剪刀、螺丝刀,又是剪、又是砸,把塑料和铁、铜、铝全都拆分开来。收垃圾的再来装垃圾时,按照各种不同的材质给钱,果然比统货多卖出不少钱。老两口找到了挣钱的门路,干得更起劲儿了,再也不提要回家的事。

原本是到新疆去安享晚年的,结果,老两口比在光明庄还要忙,一天到晚在修理厂里分垃圾,弄得像两个拾荒的,满身油乎乎的。不管豌豆两口子怎么劝,两人都不听,坚持不能把便宜让收废品的给占了去。豌豆没办法,只好苦笑,随他俩去了。

随着市场的扩大,市里的汽修厂越来越多,雁南修理厂独家经营的垄断局面被打破了,经济效益逐步滑坡。

豌豆敏锐地发现了问题。经过一段时间的市场调研,豌豆果断决定转行。

豌豆把汽修厂打包转手。而后,利用十几年间和各大厂商之间建立起来的供销关系,成立了一家大型机械代理销售公司,专门代理大型农业机械和各种挖掘机、叉车、吊车。当年在光明小学上学的时候,豌豆就对农业现代化无比憧憬,曾经发誓长大后要做个收割机手。二十多年后,他做起了销售现代化机械设备的生意,也算是圆了儿时的梦想。因为人脉广泛、资金雄厚,豌豆很快就在当地打开了销售局面,把生意辐射到了周边方圆五百公里的地区。

第三十八回　图省事秸秆下河　谋发展支书访贤

没有了汽修厂，天赐也无法再留在新疆了。收拾了自己的东西，告别伯父、伯母和堂哥、堂嫂，乘火车回到了光明庄。不久，就在楚水市区找了一家汽修厂，上班去了。

有福和莲子在家里捡了十几亩别人抛荒的地，老两口岁数也大了，可他们不敢歇着，天赐已经人高马大了，等着结婚娶媳妇呢。

种地没有大集体时代那样累人了，不仅仅是因为使用了农药化肥，也不仅仅是因为有了拖拉机和收割机，现在，老百姓种地已经连最基本的移栽都简化了。

麦子成熟了，麦秆还站在地里，稻种就撒下了地，立马在麦茬地里灌上水。等麦田泡足了水后，再把水放掉。不月两天，嫩绿的秧苗就从麦秸秆下冒了出来。等收割机把麦子收归了仓，把地里的麦秸秆收起来，趁着墒情潮湿，打上一遍除草剂，过两天，再在地里上水，满眼便都是水汪汪、绿油油的秧苗了。

夏季的水稻套种在小麦里，老百姓尝到了懒种地的甜头。干脆趁着水稻没有收割，把小麦种子也撒到了水稻地里，居然一样可以长出绿滴滴的小麦来。

有安和老婆爱红从砖瓦厂装好了一船红砖，把船泊在串场河边的大码头上，着急忙慌地回家收麦子。有安一边在麦地里撒稻种，一边大发感叹："以前的人咋就那样笨呢？有福不会享，累死累活干一年，庄稼的收成也抵不上现在的一半，在大集体时白种了那么多年的地了。早就该这样，麦套稻，稻套麦，多省事啊。活儿没有过去的一半多，收成还比过去高。"

古人说，一分耕耘，一分收获。种地，有时候还真就不是个省事的事。

第三十八回　图省事秸秆下河　谋发展支书访贤

等有安两口子把船上的红砖卖完,顺道从宜兴装了一船石灰,再回到光明庄的时候,到地里一看,两人站在田埂上全都傻了眼——

满眼都是绿油油的杂草,那叫一个茂盛!原本应该是主人的秧苗此刻反而成了点缀,寄生在杂草里,又黄又瘦,不仔细看都看不见。

原来,有安只顾忙着出去搞运输,忘了打除草剂,麦田上水一泡,所有的杂草种子都发了芽。他两口子的船还没到江南呢,地里的杂草早已疯长了满田。

庄稼人是看不得地里长草的。有安和爱红一人搬来一张小板凳,坐在地里薅杂草。一天薅下来,才屁股大一块,前面的杂草长得更高了。

薅了两天,薅草的速度根本就赶不上杂草生长的速度。爱红在地里急哭了:"这样薅下去,薅到收稻也薅不出来啊。"

有安一把拉起爱红:"不薅了,叫跃进来用拖拉机耕了,长一季晚黄豆吧。"

跃进结婚后在家里种地,顺带开拖拉机。立秋找到他:"跃进,你拖拉机开得好,去学两天技术,买一台联合收割机回来嘛。"

"立秋婶,收割机二十几万,什么时候才能把本钱挣回来?我就弄个拖拉机开开,自己种种地,顺带着帮乡亲们耕耕田,虽然比不上做生意的那样发大财,收入也还可以。"

"你这是小富即安的思想。年轻人眼光要长远,往后种地都是机械化了,你的手扶拖拉机很快就跟不上形势了。现在政府有农机补贴,村里可以帮你去争取。你买上收割机,不仅可以在光明庄收割,还可以给附近的村里收割。一个农忙挣一两万块钱没有问题,不比你开个拖拉机挣得多啊?不用几年就能把本钱挣回来。你要是舍得吃苦,可以跟着麦场跑,从南往北跨区作业,当年就能回本了。"

"立秋婶啊,政府真有补贴吗?"

· 185 ·

"我骗你干啥？不信问你爸去。"

"要是真有补贴,我就听婶的,买一台收割机去。"

立秋做了一年村主任,因为工作主动积极,和老百姓的干群关系融洽,上级党委任命她代理光明庄村支书,后又正式任命为村支书。届满以后,民主当选了村主任,立秋卸任了村主任,继续担任光明庄的村支书。可村里人叫她主任叫习惯了,还是一口一个主任地叫着。年轻一辈的后生,也不叫她主任,都尊称她叫立秋婶。立秋看到了机械化作业的广阔前景,在麦收之前,帮跃进跑好了手续。跃进到楚水农机公司培训了几天,开着一台高大的柳州50联合收割机回到了光明庄。

一个麦收,一个稻场,跃进开着收割机,在光明庄收割庄稼。除了回家洗澡,吃住都在收割机的驾驶室里,老婆爱平顿顿把饭菜送到地头。他不仅把光明庄的庄稼都收了,还把邻村的几百亩庄稼也收了。人黑了一圈,钱也挣了不少。跃进咧着嘴说:"当初多亏听了立秋婶的话。"

收割机收割比起人工收割来,不知道快了多少倍。关键是收割机收庄稼,只要带上口袋去装就行了,既不要脱粒,又不要扬场,直接拉到打谷场上去晒就成了。如今,光明庄上的年轻人都用上了液化气,又干净又方便。收割机收完以后留下的麦秸和稻草,晒干以后,除了少量捆些运回家留作柴草,剩下的,直接一把火烧了,又快又干净。

收割季节的串场河边,到处都是熊熊的火光、浓浓的黑烟。大火烧过的田野上,黑色的草木灰像一支巨大的毛笔,把串场河边涂抹成了一张面目狰狞的大花脸。串场河边的上空,到处弥漫着呛人的烟味。

也有人担心麦秸烧不干净,淆在秧田里,覆盖在秧苗上,影响秧苗生长,干脆把麦秸一股脑儿推到了生产河里。一堆一堆的麦秸,像一座座草山一样,在生产河里漂浮着。

第三十八回　图省事秸秆下河　谋发展支书访贤

　　生产河里长了水花生,秸秆漂不走,只能一堆一堆地在水里沤着。河水慢慢地沤成了黄褐色。偶尔,会从水底冒出一串白色的气泡。气泡多了,聚在一起,水面上到处都是,仿佛水面下躲着一群螃蟹,一刻不停地吹泡泡。整个河面便逐渐呈现出一派腐烂的景象来,和庄台上日新月异的新房形成了鲜明的对比。

　　随着农村路桥建设不断发展,老百姓种地用上了板车和三轮车,农船逐步被淘汰了。不用农船了,也就没人再去给生产河清淤,没几年时间,生产河都慢慢淤塞了。

　　乐吾镇地处里下河水乡,河汊纵横,是全国闻名的鱼米之乡。独特的地理位置、丰沛的水资源和肥沃的土地,孕育出了晶莹剔透、软糯弹牙的楚水大米,畅销国内外。

　　地方政府因地制宜,在纵贯全市的车路河沿岸设立了粮食交易市场。原先遍布车路河两岸的造船厂几乎在一夜之间变成了数百家大大小小的粮食加工厂,迤逦而行数十里,蔚为壮观。

　　天时地利加上政策支持,楚水粮食交易市场很快就在全国做出了名气,成了行业里的龙头老大。串场河和车路河日夜欢跑着满载粮食的船舶,公路上装运大米的卡车更是络绎不绝。

　　一船船稻麦,从各地源源不断地汇聚到粮食市场的加工厂;一车车大米和面粉,日夜不停地从粮食市场转运到全国各地。

　　粮食加工的规模发展,带动了各种各样的上下游产业,物流、仓储、运输、机械、包装、建筑、餐饮……对于光明庄的老百姓来说,养猪,就是最直接有效的表现。

　　光明庄地处楚水市最东端,串场河从南向北依庄而过,和车路河成丁字形的九十度交汇。一直以来,光明庄的养猪业都不成规模,仅仅是老百姓一头两头地散养着。一头猪从仔猪到出栏需要大半年,甚至一年的时间。猪的饲料也主要是依靠田间地头的新鲜草料,加上家里的剩饭剩菜。因为是纯绿色饲养,猪肉口感绝佳,但由于饲养周期长,经济效益却一直难如人意。前些年,老百姓大多放弃了养猪,家家户户都空关着猪圈。有了粮食加工厂取之不竭的米糠和麦麸,又有一些人家的老人闲不住,把猪圈收拾出来养上了猪。吃米糠和麦麸,一头猪出栏的周期大幅缩短了,虽说成本有所增加,经济效益却也水涨船高大大增加了。

随着老百姓生活水平的提高,猪肉价格一路上扬。政府部门及时调整了鼓励生猪养殖的政策措施。一直为光明庄没有特色产业犯愁的立秋敏锐地捕捉到了商机,打算在光明庄号召老百姓利用空闲的猪舍发展生猪养殖,把光明庄打造成生猪养殖的专业村、特色村。

老百姓做事喜欢随大流。立秋计划在光明庄发展规模养殖,就需要一个带头人,只要有人带头,那些观望的人就会跟上。只有大伙儿都加入进来,才能发展壮大,产生规模效应。

立秋把想法在心里反复考虑了良久,觉得万无一失了,才骑上电瓶车,去了平安的养鸡场。

平安的养鸡场开了十几年,他已经完全掌握了养鸡技术。现在,养鸡场每年的存栏已经达到了一万只。对于养殖业的疾病防治和上下游的供销链条等方面,平安也早就已经烂熟于心。

立秋到鸡场的时候,平安正在鸡场里出鸡蛋。一辆盐海牌照的蓝色货车正停在鸡场仓库门口的水泥场上。一个五十多岁的汉子正在指挥几个工人,把一筐筐装满鸡蛋的红色塑料周转箱往货车上搬。指挥的汉子正是当初那个骑着自行车到光明庄收鸡蛋的鸡蛋贩子,这些年他已经成了平安鸡场的固定经销商,当年的二八自行车也早就鸟枪换炮了。

在捡拾鸡蛋的时候,周转箱就搁在装了滚轮的电子磅秤上。一边捡鸡蛋,一边就地过磅,每箱二十八斤。十几年生意做下来,彼此建立了足够的信任。无论是平安,还是鸡蛋贩子,只要数一下箱数就行了,不需要一箱箱重新过磅称重。

平安看见了立秋,赶紧跑过来打招呼:"立秋婶,您今天咋有空

第三十八回　图省事秸秆下河　谋发展支书访贤

来我这？"

　　鸡场已经安装了自动投喂的喂料线。只要合上电闸，投料机就会均匀地把饲料投送到鸡笼前面的料槽里，不再需要人工一点儿一点儿地喂食。四周的窗户上安装了电动窗帘，每天定时用开关控制，一分钟都不会差错。夏天气温高，为了防止蛋鸡中暑，平安在鸡舍门口装上了水空调门帘，空气穿过空调门帘进到鸡舍里，温度立刻就降了下来。立秋在鸡场转了一圈，一边看，一边不由得频频点头："平安，你的鸡场办得越来越好啦。"

　　平安把立秋请到库房隔壁的房子里，那里是平安鸡场的办公室兼会客室。

　　平安从饮水机里给立秋倒了一杯水："立秋婶，您找我有事？"

　　立秋开门见山："平安，我是来建议你投资创办养猪场的。"

　　平安笑了："立秋婶，我就知道您无事不登三宝殿。"

　　"现在生猪价格上涨，光明庄周边就有粮食市场。你在养殖方面和供销渠道上经验丰富，政府有政策上的支持。现在正是发展养猪事业的好时机啊。"

　　"立秋婶，不瞒您说，我也正考虑这件事呢。"

　　"你有什么想法？说给我听听。"

　　"养殖业的发展，需要走产业化、规模化的道路，才能降低成本，提高效益。仅仅依靠一头两头的散养，难以形成有影响力的规模产业，最终的经济效益也就会大打折扣。"

　　"养殖业的发展，离不开降低成本和提高产出两个方面。老式的养殖模式，虽然在价格上扬的时候有利可图，但成本无法下降，利润总归有限。如果我们能够形成规模，就可以和饲料、兽药等上游的供货商达成以批发价进货的协议，也可以和下游的生猪屠宰企业签订稳定供货的合同。对于供货商来说，批量发货，不仅降低了运输成本，也减少了仓储压力，还能提高宣传力度和卖点。对于屠宰企业来说，规模养殖可以批量稳定地供应货源，甚至可以根据市场的季节性需求来弹性养殖,按需供货,不仅可以有稳定的供货关系,还能实时监控生猪的品质。对他们来说,也是利大于弊……"

立秋笑了:"好你个平安。说起养殖,你就没完没了了。"

平安不好意思地挠了挠头,腼腆地笑了:"立秋婶,我这也就是在您面前才敢胡咧咧。"

"平安,我知道,你是个肯钻研、有主见的好后生。但我找你,不仅仅是为了叫你发展养猪这么简单。"

"立秋婶,有什么您尽管说。"

"平安啊,现在种田的收入抵不上进厂劳务和外出打工的收入。这是个不争的事实,我们无须讳言。庄上的青壮年劳动力大多都外出打工了,光明庄现在有很多的家庭都是老人、儿童和妇女留守在家,成天打麻将。现在村里有大量的承包地处于半抛荒状态。土地才是农民的衣食父母啊,总是这样下去怎么能行呢。"

"是的呢,好好的粮田就这么长荒草,我看着也心疼。"

"平安,现在就是个机会。"

"什么机会?"

"你想想庄上的青壮年为什么会外出?还不是因为留在家里的收入低吗?如果在家里也能挣上不比外面少的钱,你说谁还会外出打工呢?只要把人留在光明庄,光明庄的地不就有人种了吗?"

"是啊,立秋婶,巷南巷北能赚钱,谁愿意江南江北瞎折腾呢?谁不知道老婆孩子热炕头好啊。"

"所以啊,平安,婶来找你就是想你能带动大家一起养猪致富。老话说,一枝独秀不是春,百花齐放春满园。我上任第一天就说过,要带领乡亲们走上富裕的道路。乡亲们的生活一天没有奔小康,我的任务就一天没有完成。平安,你是党员,你要和婶一起,想办法带领光明庄的乡亲们一起发家致富。我们第一步,就是想办

第三十八回　图省事秸秆下河　谋发展支书访贤

法先把外流的乡亲们都吸引回来,把光明庄祖祖辈辈留下来的土地重新种上庄稼。那样,我们才对得起我们当初入党的誓言。怎样把乡亲们吸引回来？我想来想去,发展规模养猪是一个很好的选择,我们有条件啊,得天独厚的有利条件。"

平安没有说话,陷入了深深的沉思。

"平安,婶是来和你商量,不是逼你,你不要有什么压力。你仔细想想婶的话,考虑好了,给婶个答复。"

"婶,您容我想想。我一个人养猪肯定没有问题,赚了亏了,都是我自己的。带着乡亲们一起养,规模肯定是上去了,效益也肯定比单打独斗要高。但凡事都有风险,尤其是养殖业,不仅仅有疾病的风险,还有市场的风险。万一亏了,我就对不起婶和乡亲们了。"

"不着急！平安,你好好考虑考虑,和你爸妈,和许梅,你们商量商量再做决定。"

第三十九回　同富裕平安领头　两分居有民出轨

立秋走后,平安送走了拉鸡蛋的客户,把老婆许梅拉到了一边:"许梅,立秋婶来劝我们建养猪场。"

"这是好事啊!你前几天不是还在唠叨说要养猪的?"

"立秋婶要我带着乡亲们一起养。"

"啊?这养猪怎么带?养赚了还好,要是养亏了,损失谁赔啊?不行,我们自己养自己的,谁愿意养就养,不愿意养就不养。我们日子过得好好的,可不能找个虱子在头上挠痒痒。"

"立秋婶专门来找我,我也不好回她呀。"

"这……唉!回去问问爸吧。"对于立秋,许梅也是打心眼里尊重的,她虽然嫁到光明庄没几年,可她知道在光明庄人的眼中,立秋就是村里的掌舵人。就算在她自己心里,立秋也是一个亦姐亦母的存在。如果是村里其他人提出来,她早就一口回绝了,现在是立秋提出来,要平安带领大伙儿搞养殖,她一时也没了主意。

晚上,一家人围着桌子吃晚饭,平安停下筷子看着罐子说:"爸,我想和你商量个事。"

罐子把端着的酒杯放到了桌上:"我和你妈老了,家里的事,你和许梅做主就行了。"这些年,看着平安把养鸡场搞得红红火火,罐子早就放心地把家交给了儿子、儿媳妇,自己和老伴儿种点儿粮食蔬菜,乐得清闲。

"爸,我想养猪。"

"养猪?养猪好啊。现在猪肉这么贵,养猪不是养鸡,我和你妈都会。"罐子对于养猪可不陌生,罐子奶奶在世时,把平安当年烧掉的猪圈收拾了出来,年年都要在家里养上一头,现在罐子奶奶走了,家里的猪圈一直空着。

第三十九回　同富裕平安领头　两分居有民出轨

"家里还有几档空猪圈,你去逮几条小猪仔回来,不要你们烦神,我和你爸就能养,保证到过年的时候,能吃上自家的猪肉。"平安妈妈提起养猪,也来了精神。串场河边的老百姓,谁还不会养几头猪啊,只要有草有粮,保准能养得白白胖胖的。

"妈,不是养几头,我是想弄个养猪场。"

"弄养猪场啊?嗯,弄养猪场也行啊。你养鸡,我和你爸除了捡鸡蛋,什么忙都帮不上,现在连捡鸡蛋都不要我们捡了。你弄个养猪场,我们老两口喂猪食、扫猪仓的什么都能干。"

"你别在这儿唠叨个没完,先听平安两口子说。"罐子打断了平安妈妈的话。

"爸、妈,现在养猪市场行情看好,我们光明庄靠近粮食市场,也有有利条件。所以,我想弄个大一点儿的养猪场。"

"大一点儿?大一点儿是多大?"罐子看着平安一本正经的样子,也不由得重视起来。

"先弄两排猪圈,一排三百头,一年出两圈,一千二百头。"

"一千二百头?"

"一千二百头。"

罐子老两口都放下筷子不吃了,四只眼睛紧紧地盯着平安:"一千二百头,那得要多少本钱?你们两口子怎么忙得过来?"

"爸、妈,"一直没有出声的许梅开口了,"立秋婶要平安带领大伙儿养猪。要是我们自己养,弄一排猪圈就足够了。"

"带领大伙儿养?这养猪怎么带?是帮他们喂食,还是帮他们扫猪仓啊?"罐子也糊涂了。

"我们现在也还没有想好,这不是和你们商量吗?"

"我不同意带人。赚了都好说,万一亏了,谁来承担这个责任?"许梅直接表明了自己的态度。

罐子沉吟了好一会儿,开口了:"怎么带我和你妈也不懂。不过,如果这事是你立秋婶的意思,你们要支持。这些年,你立秋婶

193

是个什么样子的人,我们都看得清清楚楚,她不会害我们。她是个真心实意为了光明庄的好干部。"

平安一家人商量了一个晚上,也没有商量出个结果来。最终,罐子拍板:"平安,这事你自己去和你立秋婶商量。我们不懂这些政策上的事,只要你能力许可,就听你立秋婶的,听她的话准没错!"

平安三天以后去村部找到了立秋:"立秋婶,我想过了。"

"说说你的想法。"立秋起身从饮水机上给平安接了一杯水。

"立秋婶,带动其他百姓一起养殖可以,但千万不能大包大揽。如果那样,乡亲们就会产生依赖思想,最终还是会做成一锅大锅饭。以前的大锅饭把好人都养懒了,我们千万不能再走回头路了。我想过了,养猪,最初的猪舍是项大投资。在没看到盈利的情况下,要先拿出十几二十万来建猪舍,很多人都会有顾虑。我自己先带头建两排猪圈,如果有乡亲愿意饲养,我可以以出租猪舍的方式,提供给乡亲们,适当收取一点儿租金。这样,乡亲们一开始就不需要大量的资金投入,可以把有限的资金全都用在猪苗和饲料上。我还可以帮忙联系优质品种的猪苗,批量购买有价格上的优惠。我有稳定的饲料供货商,也可以平价给乡亲们提供饲料。养殖技术和销售渠道,都可以免费为乡亲们提供。这样,养猪的乡亲们自己就有了责任。只要有了责任心,就一定可以把猪养好。只要有了养殖致富的例子,肯定会带动更多的人回家发展养猪业。到时候,乡亲们就会自己主动投资建设猪舍和猪场。这样循环发展,不出三年,我们就可以把光明庄打造成串场河边的生猪养殖基地。"

平安一口气把这几天的想法说了出来。

"好!"立秋微笑着看着平安,"我就知道,你平安一定会想出带领乡亲们共同致富的好点子。这样,你回去好好规划一下,拿出个具体方案来。需要村里配合的事,直接来找我。"

第三十九回　同富裕平安领头　两分居有民出轨

两天以后,村部和平安鸡场同时贴出了两张大红的"公告"——

公　告

各位村民:

为了响应国家脱贫致富奔小康的号召,带领光明庄乡亲们共同致富,经过村两委认真调研,决定利用周边有利条件,结合光明庄传统优势,在本村西北方向建设生猪养殖基地,争取五年内把光明庄建设成本市最大的生猪养殖基地。现将筹建事宜公告如下:

一、村委优先在下风向调整土地,安排猪舍建设场地。

二、对于暂时无力建设猪舍的养殖户,由平安鸡场先行建设,建成后低价出租给养殖户。

三、由平安养鸡场无偿给养殖户提供技术培训和指导,平价提供生猪饲料和用药,无偿协助提供生猪销售渠道。

四、对于有资金需求的养殖户,村两委负责和镇农村商业银行联系贷款。

有意参与养猪的村民三日内到村委会报备。

楚水市乐吾镇光明村村民委员会
一九九×年×月×日

这张公告仿佛是一块小石头,在串场河平静的水面上激起了一圈圈涟漪。

这些年,青壮年劳力都外出打工了。剩下的妇女和老人,没几个人愿意种地,除了做饭带孩子,就是在麻将桌上消磨时光。

有民的老婆荷花在豆奶厂上了两年的班,没想到,豆奶厂倒闭了。听说邓厂长联合厂里的女会计贪污了几百万,被抓进了局子,判了七年有期徒刑,到海边的劳改农场去吃萝卜干子饭了。好端端的一家豆奶厂,一下子就树倒猢狲散,光秃秃地空置在车路河边上,没多久,厂区里就长满了一人高的杂草。荷花没了工作,天天在家里打麻将,地里的杂草长得比庄稼还茂盛。有老人劝她:"荷花,你少打几场麻将,有空去地里帮你公公婆婆薅薅杂草。"

荷花一脸的不屑:"我家那几亩田还不够我公公婆婆种呢,他们也舍不得我下地干活儿。再说了,现在年轻人谁还种地?种一亩地,还抵不上我家有民做一趟生意呢。"

荷花的公公老得旺在"得"字辈里岁数最小,儿子有民才三十岁出头。有民婚后去大上海闯荡了一圈,最终在上海南桥落脚,做起了收废品的生意。别看有民在光明庄是个水手不湿的浪荡子,做生意还真有一手,不久就承包了附近几个工厂和小超市的废品,生意做得有板有眼。荷花才不愿意辛辛苦苦地从地里去抠那几个小钱。

有民在南桥的出租屋有个女邻居,是个不足三十岁的安徽小媳妇,在南桥一家服装厂里做车工,每天早出晚归。时间一长,两人不知道怎么地晚上就住到了一起。等荷花听到风声,赶到南桥,有民的喉咙比她还粗:"听风就是雨的呆婆娘哎!我在外头累得像条狗,为的哪个?还不是想让你们娘儿俩在家里日子过得好?既然你不相信我,我现在就和你一起回光明庄去。回去种那几亩承包田,一家人天天捆在一起,混吃等死。"

荷花没有捉奸在床,家里有孩子上学,也无法成天守在南桥,只得半信半疑地回了家。现在听说了平安要带领大伙儿养猪,荷花第一个报了名。她想着,管他有民在南桥有没有女人,丈夫丈夫,离开一丈,不定是谁的夫呢?成天把他放在外面,总归不是长久之计。只要在家养猪能挣到钱,就把有民从南桥拉回家。到时候,看他还有什么话说?

村里在平安的养鸡场边上,又给平安调整出几亩地来。平安买来材料,找来师傅,很快建起了两栋六十米长、十八米宽的标准猪舍。

第四十回　办猪场科学养殖　觅新欢有民失踪

　　村民们虽然心头发热，但谁也不敢把家底全都投到一个在他们看来需要"血财"和"运气"的项目上。尽管已经快进新千年了，他们还是习惯边走边看随大流，喜欢摸着石头过河。祖祖辈辈流传下来的经验告诉他们，一口吃不成个胖子，不如先在自己家里的猪圈里小试一把，等真有利润了，再扩大投资也不迟。光明庄上有四户人家，跟着平安把自家的猪舍扩建了一番，大多数人是把自家的猪圈收拾了一番。

　　最终进驻平安养猪场的村民只有两个人——荷花和成龙。

　　成龙在工地上挑出疝气后，在家里躲了一段时间，后来也到生产队里去上工了。因为他是工伤，民主便安排他做些轻松的活儿，给他记壮劳力的工分，其他社员倒也没有什么意见。善良的人们总是喜欢同情弱者的，只是成龙却不愿意接受这份同情。不久就分田到户了，成龙天天在自家的地里干活儿，十几年来，总是闷葫芦一般，离众人远远的，独来独往。三十多岁的人了，至今还是光棍一条。刚开始几年，大憨两口子还四处张罗着给他找媳妇，结果来相亲的姑娘看见成龙岔着两条腿走路，立马就转身走了。前前后后说了十几个，没有一个姑娘愿意留下来。大憨两口子慢慢地也就冷了给成龙找媳妇的心，只道是命该如此。看看人家奘腿嗲嗲、奘腿奶奶多好的人啊！领养了根宝，培养成国家干部了，还不是落得个孤独终老，没人送终的下场？命里八升，难求一斗！唉，命运这东西，你犟不过它！

　　分田到户以后，成龙留在光明庄，和大憨两口子一起种着十多亩承包地。刚开始还不错，一家三口都能下地干活儿，既没老人要赡养，也没孩子要拉扯。翻盖了新房，置办了家具，日子越过越红火,除了家里少个儿媳妇。

单纯靠种地,收入有限,年轻人大多外出去打工了,成龙却不愿意出去。在光明庄上,他还低着头做人呢,哪敢到外面去丢人现眼?成龙就留在光明庄,和父母一起把人家抛荒的地捡了过来,渐渐地,居然成了光明庄最大的种粮专业户。

这些年,种粮成本越来越高,成龙也想把土地扔了。可不种地,留在光明庄上,自己又能干点儿啥?

正在这当口,平安的"公告"贴了出来。成龙吃饭时瓮声瓮气地和大憨两口子说了自己的想法,大憨两口子看见成龙主动为家里着想,高兴得连连点头。

平安的两排猪舍,一排配套库房,自己留了一排猪舍,还有一排猪舍出租给了荷花和成龙。一排猪舍分东西两半,荷花的猪舍在东,成龙的猪舍在西。一排猪舍投资三十万,荷花和成龙每年一人给平安一万五的猪舍租金。

建好了猪舍,有了合作伙伴,接下来就是联系仔猪、饲料、药品和疫苗。因为有十多年办养鸡场的经验,平安办这些事都是一路顺风顺水。

串场河的水一天天变得朗润起来了,像是谁倾进去一盆绿色的颜料,满河盈盈的豆绿,仿佛一张明媚的娃娃脸。河边老杨树的枝头上,鼓起了一个个柔软的芽苞;路边枯黄的盐巴草尖上,不知道什么时候悄悄地绽出了一丝嫩绿;屋檐下沉寂了一个冬天的燕子窝里,迎来了一对勤劳的小燕子,每天忙着飞进飞出,衔泥筑窝。

随着新千年的钟声响起,串场河边的又一个春天悄然而至。

很快,平安猪场第一批六百只仔猪进了栏。平安早就做过市场调研,现在市场上最畅销的是瘦肉型生猪。所以,第一次引进的品种就是著名的梅山杂交商品仔猪。

荷花和成龙在平安的指导下,根据猪的不同生长期,投喂配方不同的饲料,定期给猪注射疫苗,每天给猪舍清理粪便,定时给猪

第四十回　办猪场科学养殖　觅新欢有民失踪

播放轻音乐。

都说人勤地不懒。这人勤了，猪也长得欢。成龙除了吃饭睡觉，成天泡在养猪场。吃饭的时候，大憨两口子问他："猪养得怎么样？"他就瓮声瓮气地回一句："蛮好的。"

家里承包田多，黄凤英每天忙着地里的活儿，还是仔猪进栏的时候在猪场帮过忙，平时难得有空到养猪场去。这天吃过饭，实在放心不下，一个人去了成龙的猪场。

猪舍大门上苫着厚厚的布帘，黄凤英掀开布帘走进去，立刻感觉到里面暖洋洋的，米糠和麦麸的焦香味里，夹着一丝猪屎的臭味。成龙把猪调教得很上规矩，一个个都在墙角拉屎撒尿，猪舍的地面上也打扫得很干净。黄凤英看着一条条吃饱喝足的猪懒洋洋地躺在地上睡觉，忍不住两手一拍大腿："这是什么猪啊！这才几天，怎么长得这么快？"

原本在地上躺着的猪听见凤英的咋呼，有几只一骨碌站了起来，盯着过道里的凤英直哼哼。其他躺着的猪也跟着站了起来，一时间，猪舍里到处都是"嗯、嗯、嗯"的哼哼声。

凤英懵了，看着眼前这些目光不太友好的猪，一时间竟然手足无措。就在这时，一声明显压抑的声音传了过来："成龙，你就不知道轻一点儿？"凤英抬头一看，猪舍中间的布帘一挑，穿着蓝色工作服的荷花走了过来。

荷花也看见了凤英，赶紧压着嗓子对凤英说："凤英嫂子，是你呀，我以为是成龙呢。你轻一点儿，现在是猪的音乐时间。"

"啥？音乐时间？"凤英也学着荷花压着嗓子说话。

"你看这里。"荷花伸手往上一指，凤英顺着荷花的手指看过去，只见猪舍顶上的檩条上挂着一只黑色小音箱，仔细一听，居然在播放着舒缓的轻音乐。

"难怪这猪长得快，吃了饭还听音乐会。荷花，这都是从哪儿学来的法子，我活了大半辈子，还第一次看见猪会开水龙头，第一

199

次听说猪会听歌的,这些畜生能听得懂吗?"

"嫂子,这些都是平安从书上学来的新技术。猪不是会开水龙头,是用嘴咬,那个水嘴是不锈钢的,一咬就出水,不咬就关上。平安家的母鸡就天天听音乐,听音乐的母鸡生蛋,一天都不带间隔的。你看看我们的这些猪,听了音乐多安逸啊。"

"倒也是啊,难怪我一出声,这些畜生都站起来朝我哼哼,这是怪我打扰到它们了。"

猪场的发展很顺利。

平安及时给荷花和成龙提供防疫方面的信息。几个月下来,荷花和成龙也掌握了一些简单的猪病防治方面的技术,遇到感冒发热一类的小毛病,两人都会自己给猪用药。

眼看着再有一个月,第一圈猪就可以出栏了,荷花每晚睡觉前都要兴奋地算一遍账,已经花了多少成本,还要再投多少钱,生猪出栏能卖多少钱?越算越兴奋——四五个月的收入,抵种地要抵上好几年了!

家里的积蓄用完了,还缺最后一个月的饲料钱。荷花拨通了有民的手机,她想让有民汇些钱回来,反正猪一出栏钱就回来了,就是个把月的事情。电话拨好了,半天都没有反应。荷花以为拨错号了,刚准备挂了电话重新拨号,一个女人的声音传了出来:"对不起,您所拨打的是空号。请查询后再拨。对不起,您所拨打的是空号。请查询后再拨。"

荷花连忙挂了电话,拿出记号码的小本子,对着本子上的号码,一个数字、一个数字地重新拨了一遍,结果还是一样,那个女人的声音一遍又一遍地重复着:"对不起,您所拨打的是空号。请查询后再拨。对不起,您所拨打的是空号。请查询后再拨……"

这几年,有民的电话号码早就刻在了荷花脑子里,还从来没有出现过打不通的情况。整整一天,荷花一次次拨打有民的电话,一直是空号。荷花坐不住了,担心有民出了什么事,一夜翻来覆去的

第四十回　办猪场科学养殖　觅新欢有民失踪

都没有睡好。第二天一早,荷花还是打不通有民的电话,她着急忙慌地喂好了猪食,跑到隔壁猪舍里对成龙说:"成龙,我仓库里的饲料还够猪吃两天,你先帮我喂两天猪食,我到上海去看看有民,明天下午就到家。"

成龙瓮声瓮气地"噢"了一声。

荷花当天下午就赶到了上海奉贤的南桥镇,可是,她却怎么也找不到有民了。原本有民租住了几年的房子里,住着一个黄头发的年轻人。一问才知道,人家已经搬过来一个多月了。

荷花找到房东:"我家有民哪儿去了?"

房东是个近七十岁的老太太,盯着荷花看了半天,操着浓重的上海口音问她:"侬是伊啥零(你是他什么人)?"

":我是他女将(老婆),他是我男将(老公)。"荷花一开口就是老家的方言。

"作孽啊,作孽啊!"老太太显然听懂了荷花的方言。

"我家有民到底去哪儿了?"

"伊阿头有货头,小囡有哎!伊老早宝特哉。(他外面有花头,生了女儿,他老早就跑掉了。)"

荷花在南桥找了个把星期,跑遍了南桥的大街小巷,把周边那些超市和小工厂都问了一个遍,也没有得到一点儿有民的消息。没办法,只得失魂落魄地回到了光明庄。

齐乐晚上放学,径直回了家,看见自家大门敞开着,知道妈妈回家了,也不去前面奶奶家吃饭了。嘴里"妈妈、妈妈"地喊着,飞奔到家里满屋子找荷花。结果,看见荷花和衣躺在床上,两眼直勾勾地盯着房顶,样子十分吓人,吓得齐乐抱住荷花的脖子使劲儿地摇晃。

摇了半天,看见荷花还是睁着两眼不说话。齐乐赶紧跑到奶奶家,把情况哭诉了一遍。老得旺两口子吓坏了,跟着孙子到了荷花家。

果然,荷花躺在床上,瞪着两只失神的大眼睛,一动不动地盯着床顶上的房梁,衣不解带,形容枯槁。不管老两口怎么问,荷花就是不开口。老想娣急得团团转:"怕是得了失心疯,赶紧送医院吧。"

老得旺连连点头,出门去找人帮忙。一时间,光明庄在家的人都赶来了,把荷花家里挤得满满当当。大伙儿看着荷花的样子,七嘴八舌地议论纷纷:

"这样子像是被哪个亡人相了,赶紧给她叫魂。"

"荷花前几天去上海的,回来就这样了。"

"对啊,有民呢?有民怎么没有一起回来?"

…………

立秋和爱红听了信儿,也赶了过来。众人闪开一条路,把立秋让到了荷花床前。立秋看了看床上的荷花,不仅外衣没有脱,甚至连鞋都没有脱。立秋伸手摸了摸荷花的额头,也没有发烧。立秋心里有了猜测,她坐到床沿上,伸手抓住荷花的一只手:"荷花,我不知道你遇到了什么事。你放心,有乡亲们在,什么样的坎都能迈过去。你看看齐乐,你这样子会把孩子吓着的。"

床上的荷花动了一下,慢慢地扭过脸,盯着站在床边不知所措的齐乐,两行泪水汹涌而出,半天才抖着嘴唇说出一句话:"乐乐,你爸不要你了。"

屋子里一下子安静下来,大伙儿面面相觑,不知道发生了什么事。老得旺和老想娣更是丈二的和尚——摸不着头脑:"荷花,到底出什么事啦?"

荷花看看火急火燎的两个老人,又看看床边眼泪汪汪的齐乐,终于忍不住,咧开大嘴哭出声来。

众人从荷花断断续续的哭诉中,知道了事情的原委,大伙儿都骂有民是个忘恩负义的陈世美。爱红一听就火了:"荷花,跟他离婚!死了张屠夫,不吃混毛猪,离了他齐有民,你照样过日子!这

第四十回　办猪场科学养殖　觅新欢有民失踪

个混账东西，有了几个钱就不知道自己是谁了，还学起陈世美不认前妻了。这要是包公在世，就该拿狗头铡把他给铡了。"

老得旺更是气得血压升高，拉着老想娣，要一起到南桥去把有民找回家："我要去找到他，打断他的狗腿。"

"您上哪儿找？我找了八九天，连个人影子也没看见。他手机号码都换了，一心想和光明庄断绝关系。"荷花知道，有民换了手机号码就是不想让家里人找到他。

老得旺怔住了，是啊，上海那么大，人海茫茫的到哪里去找？他呆了一会儿，对荷花说："荷花，这件事是有民对不起你。我现在也找不到他。等哪天找到他，我打断他的狗腿。你放心，不管有民回不回来，齐乐永远都是我的孙子，你荷花也永远是我齐家的儿媳妇。你有什么要我们老两口帮忙的，你就开口。你不看我们两个老的，也看看齐乐。"

立秋听明白了事情的原委，摸着荷花的手劝她："荷花，强扭的瓜不甜！摁在窝里的鸡不孵！现在，有民跟人走了，看样子一时半会儿也不会回来。这种情况，你更要把自己的日子过好了。你现在养猪养得好好的，等你养猪致了富，手里有了钱，把自己的小日子过成一朵花，有他有民后悔的那一天。"

"不得了了，不得了了。"荷花听到立秋的话，像弹簧一样一骨碌翻身从床上跳下来，急急忙忙就往外冲。

留下一屋子的人大眼瞪小眼，不知道荷花中了什么邪。

第四十一回　下决心自力更生　巧引导合作共赢

　　荷花一路小跑着赶往猪场。
　　去上海之前，仓库就剩两天的饲料了。本打算第二天就回家，叫卖饲料的晚上送货，谁知道，自己这一走就是十天，不知道成龙急成什么样了？说好的请他帮忙喂两天猪，现在饲料早就断了顿，那个闷葫芦万一撒手不管，自己那一百五十头猪饿也饿死了。现在有民屁股一拍走了，万一猪再出了什么问题，自己和乐乐就真的什么都没有了。
　　荷花越想越害怕，走路时两条腿开始打飘。平时十分钟就能走完的路，今天好像怎么也走不到头。好不容易走到了，荷花站在猪舍门外，怎么都不敢伸手去掀那块厚厚的布帘子，她好像看到了布帘后面那些大肥猪横七竖八地死在猪圈里，身上落满了苍蝇。
　　猪舍里面一点儿声音都没有。荷花越发心慌，忍不住暗暗祷告："菩萨保佑！千万不能死光了，好歹还剩几头活着。二十几万呢，这要是死光了，我和乐乐就真的无路可走了。"
　　在猪舍外站了几分钟，荷花定了定神，视死如归一般，伸手一把掀开了那块厚厚的布帘子……
　　一阵悠扬的轻音乐声随即传了出来，那些原本安安静静趴在圈里的大肥猪听见了动静，纷纷抬起头，嘴里发出"嗯、嗯、嗯"的哼哼声，像是欢迎荷花回来。
　　一个穿着灰色工作服的男人，正低着头在最里面一间猪舍里打扫。
　　听到动静，成龙抬起头，发现是荷花，脸上露出了憨憨的笑容。
　　荷花站在猪舍门口，手里举着一角门帘，怔怔地看着那一圈白白胖胖的大肥猪，心里紧绷着的那根弦瞬间松了，整个人一下子瘫

第四十一回　下决心自力更生　巧引导合作共赢

坐在了猪舍门口。

看到这一幕,成龙吓坏了,赶紧岔着两条腿从猪舍里冲出来,伸出手想去拉荷花,手伸到一半,又缩了回去,瓮声瓮气地问:"你,你没事吧?"

"我以为猪都饿死了。"

"有我一口吃的,就不会让你饿着。"成龙说完,又觉得不对,嗫嚅着解释,"我是说我的猪有得吃,就不会让你的猪挨饿。"

"噗,"荷花忍不住笑出声来,"我有事耽误了。"

"我知道你肯定耽误了,不然也不会放着一圈猪不管。我做主帮你进了十吨饲料。这几天,猪场也没有出什么事,再有十几天就能出栏了。你回来正好,我们去找找平安,看看他联系的销路怎么样了?"成龙一口气把这些天的情况都说了一遍,一点儿也没结巴。其实他本来也不结巴,只是这些年一个人闷惯了,很少说话,说话时难免就结结巴巴,尤其在女人面前,更是经常涨红了脸,半天也憋不出一句完整的话来。

"等我先回去吃点儿东西。"荷花这才发现,自己已经几天没有吃饭了,早已饿得前胸贴后背,浑身上下一点儿力气也没有了。

荷花回家做饭,和乐乐一起吃过饭,一个人又回到猪舍里看了一圈,一切都妥妥当当的。掀开猪舍中间的隔帘,来到成龙的猪舍里。成龙正在猪舍里给猪喂夜食,看见荷花过来,停下手里的活儿,看着荷花,低声闷闷地说:"你的事我听说了,有民真不是个东西。"

"你帮我买饲料垫了多少钱?"荷花不想谈这个,故意扯开了话题。

"我帮你进了十吨,还是以前的价格。估计再有三吨就够吃到出栏了。"

"我现在手上没有钱,等猪出栏了再一起还你。"

"没事。"成龙搓着两只手,一时不知道往哪儿放,"下次进饲

205

料,两家一起进吧,我也只差三四吨就够了。两家一起进,少一趟运费。"

"你现在是老板,你说了算。"荷花本来就是个开朗的人,心情一好,又恢复了调皮的性格,一句话把成龙说了个大红脸。

两人正说着,平安掀开门帘进来了:"刚好你们两个都在,我和人家说好了,二十天以后来拉肉猪,过磅就给钱。价格随行就市,比市场零售多十块钱一担。"

"怎么还贵十块钱?"荷花有点儿奇怪,"批发不是应该便宜的吗?"

"你想什么呢?一头猪一趟运费,一百头猪也是一趟运费,贵十块钱也是他合算。"平安笑着给两人解释。

"这样啊?你一直说批发批发的,我还以为是批发价格比零卖便宜呢。"

"所以才要规模养殖啊。有了规模,不仅我们自己的饲料、药品可以拿到低于市场价的批发价,肉猪出栏也一样可以拿到高于市场价的批发价。这些天,你们好好给猪育肥,辛苦了几个月,马上就能看见钱了。"

交代完事情,平安走了,猪舍里又只剩下成龙和荷花两个人。

"我……我……我去打扫猪仓。"成龙单独面对荷花又开始结巴了,赶紧岔着两条腿走了。

荷花站了一会儿,也转身回了自己的猪舍。

想着自己这些年一个人在光明庄又当爹、又当妈,最后竟然被有民一脚给蹬了,荷花心里就特别难受。她不知道自己错在了哪儿?她见过那个安徽的女人,长得像根麻秆一样,浑身上下没有二两肉,自己哪里就不如她了?想来想去,肯定是自己这些年在家里不挣钱,被有民嫌弃了。我荷花也不是不能挣钱,我不是也在豆奶厂上过班吗?我回家不是为了给你带儿子吗?你现在和野女人有了孩子了,不要我就算了,连乐乐都不要了,你还算是个男人吗?

第四十一回　下决心自力更生　巧引导合作共赢

你不是瞧不起我荷花吗？你不是嫌我不会挣钱吗？还是立秋说得对！人没钱就会被人瞧不起，现在，连自己的老公都嫌弃了。我非要做出点儿名堂来让你有民看看。我让你看看我荷花到底能不能挣钱？我让你看看我荷花到底哪里比不上那个狐狸精？等我养猪发了财，我让你齐有民后悔都没地方后悔去！

很快，平安猪场的第一批肉猪出栏了。

三层铁笼的大卡车，足足拉了十卡车。四个月的时间，每头猪净赚了三百多块。平安、荷花和成龙他们所有的付出都得到了丰厚的回报。

荷花和成龙在平安的指导下，赶紧把猪圈打扫干净，消好毒，准备进第二批苗猪。

一个月后，平安猪场的六百头苗猪如期进场了。那四户散养人家的肉猪也先后出了栏，平均每头猪也有两百多的利润。这下，光明庄的人坐不住了，纷纷找到立秋，要求参加养猪。

立秋找到平安商量："平安啊，现在养猪的发展势头很好啊。有了你们成功的先例，村民养猪的积极性高涨，正应了你当初的判断。"

平安腼腆地挠挠头："火车跑得快，全靠车头带。这都是立秋婶您站得高、看得远。"

"你不要给我戴高帽子。我只是提了个建议，主要还是你掌握了市场，并且有过硬的技术支撑。平安，现在有不少人也想参加养猪，你怎么想？"

"我听立秋婶的。"

"可是，现在在家的人大多都是些老人，他们积蓄有限，建猪场都没有资金啊。"

"立秋婶，不一定要建标准猪场，把家里的猪圈扩建一下，养个几十头是没有问题的。养猪不仅仅是猪场的投资，还有苗猪和饲料、药品，这些都是一笔不小的钱。我们只要把大家都发动起来，形成了规模,同样可以把光明庄打造成养猪专业村。"

"有道理!平安,你们猪场效益好,你是不是考虑再建两排猪场?还可以出租给农户养猪嘛。"

"立秋婶,我的鸡场还在运转,去年才投资了两排猪舍,现在又进了一圈苗猪,这个时候再投资猪舍,资金压力太大了。"

"平安,只要你决定投资,资金上的事,你不用担心,我拿我家门市部帮你做担保,到信用社去贷款。"

"立秋婶,这怎么行?您一家人的生活全指着那个门市部呢。"

"平安,你从小就是个有想法能坚持的好后生,婶信你!你是不会让婶倾家荡产的。"

"立秋婶,谢谢您!我平安听婶的,就再建两排猪圈。"

世世代代种田为生的光明庄兴起了养猪的热潮。几乎所有留守在村里的老人都把家里的猪圈扩建了,少的能养十几头,多的能养三四十头。两个月以后,平安的两排猪场也建成了。有全把窑厂挑窑泥的泥篮子扔了,找到平安承包了一间猪舍;有安和老婆爱红也把运输船卖了,回家承包了一栋猪舍,和有全一起做起了猪倌。

平安负责联系苗猪和饲料、药品,帮助指导养猪技术,指导防病治病。

到秋天的时候,光明庄的生猪存栏达到了三千头,成了楚水市最大的生猪养殖基地。立秋适时引导,由平安牵头,成立了光明庄第一个农民专业合作社——平安生猪合作社,平安担任合作社法人代表。

第四十二回　被下岗爱国思变　想建房有寿受挫

网锁彻底退休了,回到了光明庄,每天在巷子里走来走去,也没有几个人和他打招呼。他自己感到脸上无光,干脆到竹溪街上买了一台电瓶,一台捕鱼器,天天让小麦撑着船,到河沟里去电鱼。镇里的渔业部门三令五申,明令禁止电捕鱼,接到群众举报,到光明庄一看,是老支书网锁,熟人熟事的,也不好没收他的捕鱼器,更不好对他罚款。只是让他以后不要再在河里电捕了,说是举报电话已经打到镇政府了。

网锁闲了没三天,又让小麦撑着船下了串场河。这回,举报电话打到了河对面的竹溪镇,竹溪渔业部门的玻璃钢快艇很快就到了。虽然只是隔了一条串场河,但河西属于凤城市,河东的竹溪却属于盐海市,隔了地级市,人家可不认他网锁是什么老支书,几个精壮的汉子跨上小船,三下五除二把他船上的电瓶和捕鱼器统统搬上了玻璃钢快艇,一把油门,快艇贴着水面风驰电掣般地开走了。

网锁认定是立秋举报了他,气得在巷子里对着立秋家的方向骂街:"有本事光明正大地冲着我来,躲在背后打电话算什么东西!缩头乌龟!"

巷子里静悄悄的,一个出来搭话看热闹的人也没有。网锁骂了一会儿,看见没人理他,自己觉得无趣,只好怏怏地回去了。回到家里摔碎了一只茶杯,小麦骂他:"神经病!"

网锁是快得神经病了,自己退休了,庄上人幸灾乐祸,儿子爱国也让他闹心。

粮管所倒闭了,爱国也彻底下了岗。刚开始觉得抹不开面子,一直没有出去找工作。背不住在家里坐吃山空,有时也在镇上的小厂里打些零工。但他多年来在粮管所里悠闲惯了,一时适应不了工厂的辛苦,每份工作都做不长,三天打鱼,两天晒网,日子过得很是窘迫。爱国有时候也骑着自行车回到光明庄上来转转,胡子拉碴的,一脸的落魄相。

这天,立秋在巷子里一头遇见了爱国,连忙喊住他:"爱国回来啦?"

"立秋书记。"

"叫什么书记!你该叫我婶呢。"

"立秋婶……"爱国右手插在鸡窝一样的头发里,略有些尴尬,毕竟在镇上的粮管所里干了十几年,现在落到个下岗的田地,面子上一时抹不开。

"爱国,现在工作没有了,你有什么打算呀?"立秋看着才四十岁不到的爱国,已经满脸沧桑,不觉有些心疼。要说爱国人不错,不像他老子网锁,在粮管所上班的时候,光明庄上的人去卖粮,他明里暗里的帮了不少忙。

"我也不知道干什么,这些年在粮管所,把人都养废了,其他的事我也不会做。"

"我倒有个主意,你要不要听听?"

"立秋婶,你说,你说。"

"爱国呀,现在农村土地抛荒现象严重,光明庄有很多空闲的土地。"

"立秋婶,可我也不会种地呀。"

"别急呀,我也没让你回来种地。"

"那我能干什么?"

"我上次去市里开现场会,参观了中堡乡的螃蟹养殖示范区。人家现在螃蟹可是养得好得很啦。"

"养螃蟹?"

"是呀!养螃蟹!"

第四十二回　被下岗爱国思变　想建房有寿受挫

"可是我不会呀。"

"爱国,哪个天生就会呀?不会可以学嘛。只要你自己有信心,什么事还不是人做的?你看看人家平安,刚开始孵小鸡还不是把猪圈都给烧了?现在呢,不仅鸡养得好,猪也养得好,还成立了合作社,带领大伙儿一起发家致富。荷花、成龙、有全、有安,他们一个个的,哪个会养猪啊,现在不都养得头头是道的?你起码也是初中毕业,学个养螃蟹,有什么难的?"

"嗯。"爱国不好意思地挠挠头说,"立秋婶,你容我回去和伟成妈妈商量商量。"

"这事不着急。你想好了,随时回来找我,有什么困难,我们一起想办法解决。"

三天以后,爱国回到了光明庄,直接到村部找到了立秋:"立秋婶,我和爱萍商量过了,与其在乐吾镇上半死不活地混日子,不如回到光明庄来。就按您说的,我回来养螃蟹。"

立秋给爱国倒了一杯水:"爱国,你想好了就行。土地方面,你不要担心,村里会帮你去协调。技术方面,我送你到中堡去学习一段时间。资金方面,你自己能筹措多少就多少,缺口部分,我帮你联系银行贷款。"

爱国连连点头。立秋接着说:"爱国啊,自己搞养殖和你在单位上班不一样,什么都是自己的,可不能像在单位那样吊儿郎当了。"

"立秋婶,你放心。我不是小孩子了,伟成大了,家里等着用钱呢,我知道该怎么做。"

"好,婶相信你!我这就给你联系学习的事情。"

很快,立秋把爱国送到了中堡一个螃蟹养殖场去学习。三个月后,爱国回到了光明庄,人晒得黝黑,精神头却十足。秋收之后,立秋帮爱国在串场河边调整出六十亩农田来。爱国请来了一台挖土机,两天的时间,就围好了一口标准蟹塘。爱国在蟹塘边搭起了两间塘舍,和老婆爱萍一起,搬进了塘舍,一心一意开始为养螃蟹做准备。

爱萍和跃进的老婆同名,光明庄人称她小爱萍,是乐吾街上的居民户口,原本在一家社办厂里上班,当年看中爱国有个铁饭碗才嫁给了他,在爱国面前,她总有着天生的优越感。前几年社办厂倒闭,自己先下了岗,没想到爱国也紧接着下岗了,生活一下子变窘迫不堪。现在,爱国要回到光明庄养螃蟹,她虽然心里一万个不愿意,可儿子伟成一天天长大,开门七件事,柴米油盐酱醋茶,哪一样不要花钱?不愿意也得愿意了,只是心里觉得委屈,只怪当初瞎了眼,不该嫁给个乡下的农民。

自从爱国回到了光明庄,网锁像是换了个人。爱国是他网锁的门面,以前不管怎么样,也是个吃公家饭的人,捧的是铁饭碗。现在,爱国的铁饭碗砸了,他网锁的门面也就塌了。他不再像以前那样走路昂着头了,佝偻起腰身,看见谁,都会笑眯眯地主动打招呼,一副慈眉善目的样子。如果不是熟悉的人,谁也不会想到,眼前这个见人就点头哈腰、满脸堆笑的糟老头子,曾经是光明庄上呼风唤雨的头面人物。

光明庄像爱国这样回乡的年轻人越来越多了,就连有寿和李凤英两口子也回到了光明庄。

老两口在新疆几年,刚开始还能分拣分拣汽修厂里的废品,自从豌豆把汽修厂转手以后,老两口又失业了。两人闹着要回老家,豌豆哄着他们,说孩子上学没人带,要他们帮忙带孩子。两人看看豌豆两口子每天忙着公司的事,确实没有时间照顾孩子,虽然不想留在新疆吃闲饭,但又舍不得正在长身体的孙子,只好留在了新疆。

一晃几年,有寿的孙子也读了高中,住在了寄宿学校。有寿两口子在新疆再也待不住了。不顾豌豆两口子的阻拦,重新回到了阔别多年的光明庄。

第四十二回　被下岗爱国思变　想建房有寿受挫

俗话说："人家,人家,有人才是家。"房子里没有了人,不管多气派的房子都算不上个家。老两口回到老家,院子里杂草丛生,一片败落。曾经在串场河边首屈一指的大瓦房,如今在周围漂亮瓦房和别墅的衬托下,显得是那样的破败而又不合时宜。

拆掉了堵门的砖头,屋里面的老木头家具都发了霉,散发着浓重的霉味,橱柜和大桌子的腿儿都腐朽了,歪头耷脑的,只好勉强用砖头垫起来。等他们打开厨房的门,才发现厨房的屋顶不知道什么时候漏水了,原本塞得满满一厨房的稻草,早就烂成了一堆淌着黄水的烂泥浆。

有寿和李凤英花了三天时间,才把屋里屋外收拾了出来。或许是在新疆住惯了豌豆的大别墅,也可能是眼看着周围的房子比自己的房子好,心里感觉不得劲儿。虽说劳累了几天,老两口晚上躺在床上,却怎么也睡不着。有寿问李凤英："我们叫豌豆回来建个别墅吧,这老房子漏风漏雨的,也该推倒重砌了。"

"豌豆一家子住在新疆,家里砌什么房子,砌好了给谁住?"

"他还一辈子住新疆?他还一辈子不回光明庄?"

"回来肯定是要回来。那地方挣钱是好挣钱,其他的是真不如光明庄好。"

"就是嘛。现在把别墅建起来,他们过年回家就有地方住了。省得孙子一说要回江苏,你儿媳妇就打拦头板,说回江苏没有地方住。"

"可他俩也没空回家来建房啊,这又不是一天两天的事,要好几个月呢。"

"你怕这干什么?现在有钱就好办事。他把钱打回来,我们在家里找个包工头,全部包给人家,我们在家没事,在一旁转转看看就行了。等你孙子过年回来,我保证让他住上大别墅。"

老两口商量了半夜,终于达成了一致意见,有寿摸出豌豆给他买的手机,连夜就给豌豆打电话。

新疆的落日时间比串场河边要晚两个多小时,晚上十点,豌豆刚刚吃过晚饭,手机响了。拿过来一看,上面显示着"爸爸",赶紧接通了电话:"爸,你睡了吗?"

"睡不着。"有寿气鼓鼓的。

"怎么啦?"豌豆在电话里赔着小心,不知道老爷子无缘无故的,又是哪里不顺心了。

"家里老房子又漏风,又漏雨的。怎么睡得着?"

"哦,我打电话叫二叔明天去找人来把老房子修一修吧。"

"修什么修!罐子和解放都砌了大别墅,连有全都翻新了大瓦房。你是光明庄最大的老板,到现在我们还住在二十多年前的老房子里。你不怕人笑话,我还怕老脸没处放呢。"

豌豆听明白了,老爷子觉得老房子丢脸了,赶紧在电话那头笑着说:"爸,你要砌别墅呀。不要说砌一栋,砌十栋,我也听你的。可是,爸呀,你也知道,我和鲁梅在公司里确实是走不开呀。"

"要你走开干什么?你把钱打回来就行了。我和你妈在家建房。"

"那行!要多少钱?我明天就给你打。"

"多少钱我也不知道,怎么都要二十万吧?"

"二十万盖什么别墅?我明天给你先打四十万。你找人弄,记住,千万不要自己动手啊。"

有寿第二天下午正在有福家里闲聊,手机"嘀"地响了一声,是一条短信。有寿不识字,有福上过几天学,有寿把手机拿给有福看,原来是豌豆往有寿的银行卡里打了四十万。

有福扒着手机数了三遍,瞪着两眼问有寿:"哥呀,侄大少给你打这么多钱干什么?"

"盖别墅。"

"是吗?盖别墅?那太好了。侄大少是光明庄最大的老板,早就该把别墅竖起来了。"

第四十二回　被下岗爱国思变　想建房有寿受挫

"我找民主批宅基地去。"

有寿急急忙忙去了民主家里。民主和跃进一起，正在院子里保养收割机。

跃进的第一台柳州50收割机是轮式的，由于太过高大，不太适合在串场河边河汊纵横的土地上收割作业。用了几年以后，跃进和民主一商量，把收割机转手卖掉了，又添了一笔钱，买回来一台轻便小巧的收割机——久保田。久保田收割机是日本生产的，体积只有柳州50的四分之一，可以在狭窄的田间地头轻松调头。因为是履带式的，对土地的伤害小，上坡下坎如履平地。自从换了收割机，每年收割季节，跃进要多收几百亩的庄稼，很快就将买收割机的投资收了回来。

收割机是跃进的命根子，趁着农闲的时候，选了个好天，跃进叫上父亲民主，爷儿俩在院子里把收割机拆下来好好保养一遍。看见有寿进来，民主赶紧起身招呼："有寿哥，你可是个新鲜人，今天怎么有空到我这儿来转转的？"

有寿点燃了民主递过来的香烟："我要砌别墅，找你批块宅基地。"

"有寿哥，你开什么玩笑？我是村主任不假，可我没有权利给你批宅基地呀。"

"那这事我找谁去？"

"到镇上找村建办呀。村里只能帮你把申请报告递上去，没有权利审批呀。不过，你这种情况，村委会也不能帮你往上报呀。我劝你还是不要烦这个神了。"

"我看你这个村主任就是个摆设，一辈子只会跟在别人屁股后面转。今天迟了，我明天自己找立秋去。"

有寿气呼呼地离开了民主家，沿着村口的水泥路往家走，一边走，一边自言自语："这路什么时候浇上水泥了？下雨阴天的，好走了。等我孙子回来，小汽车能一直开到家门口了。"

第四十三回　遇伯乐有志创业　找投资立秋登门

有寿不知道,这条乡村公路其实是二流子有志捐资修建的。

二流子有志当年因为超生,一气之下,举家迁出了光明庄,十多年间,再也没有踏足光明庄一步。

当初,有志带着全家人,回到了张家港的杨庄,再次投奔了当时收留过他的黄老板。

黄老板岁数大了,儿子在事业单位上班,压根儿就没想过要子承父业,如果不是有志夫妻俩帮扶着,黄老板去年就想把窑厂关了,自己也好享几年清福。现在看见有志又回来了,黄老板十分高兴。安排他们一家住下之后,黄老板对有志开门见山:"有志,我岁数大了,我看你是个有头脑的年轻人,想把窑厂转给你。"

"黄老板,你这是什么意思?我是来投奔你的,怎么能吃着碗里,还贪着锅里?千万不能这样,不能这样!"有志一时有些丈二的和尚——摸不着头脑,不知道黄老板心里打的是什么算盘。

"有志,你不要胡思乱想。我岁数大了,干不了这些了。儿子有正经的工作,一来,他心思也不在窑厂;二来,他也没有这方面的能力。我早就想过了,赚钱这种事,它就没个头。生不带来,死不带去的,够吃够用就行了。这些年,我也赚了些钱。现在,趁着胳膊腿儿还能动弹,我想和老伴儿一起带带孙子,出去走走转转,看看祖国的大好河山,享几年清福。"

有志见黄老板说得诚恳,知道老人家不是一时兴起,一时间,有些犹豫不决。

"有志,我就是看中你头脑灵活,人又实在。换个人,说实话,我还真舍不得。你也不要有什么顾虑,我知道你现在一下子拿不出这么多钱。没事,我们商量一下,值多少钱。你一边干,一边给

第四十三回　遇伯乐有志创业　找投资立秋登门

我还钱。两年不行就三年，三年不行就五年，我信得过你。"

有志看着眼前这位慈眉善目的老人，心里热乎乎的。自己落难时投奔了人家，人家二话不说就收留了自己，这还没来得及报答，现在又要把窑厂转给自己，这是多大的恩情啊。想到这些，有志说话时，喉头就有些哽咽了："黄老板，既然你信得过我齐有志，我绝不辜负您的信任。这样，按照去年的行情，您现在这个场子固定资产值一百八十万。去年的利润是小六十万，我手头的钱够做流动资金，我一年还您六十万，四年，我给您两百四十万。"有志对于黄老板的窑厂一清二楚，实打实地报了个价，既然老爷子真心实意地想转让，自己也就没必要再扭扭捏捏。

"不要两百四十万，就一百八十万。"黄老板是打心眼儿里喜欢有志，把窑厂转给有志他放心，自己经营了半辈子的窑厂，一砖一瓦都有感情，要是所托非人，他还真有些舍不得。

"那不行！不管我是亏还是赚，四年我都给您两百四十万。您要是不同意，我就不能接手。"有志也是个知恩图报的实在人，黄老板真心想帮自己，自己可不能做那种趁火打劫的小人。

最终，黄老板同意了有志给两百四十万。随即，两人签合同、做交接。因为有志一直就在厂里负责，什么事都门儿清。很快，就把一切交割得清清爽爽。黄老板的窑厂摇身一变，变成了安居建材有限公司，法人代表齐有志。

安居建材有限公司很快就开业了，主业还是取土制砖。有志在生产和销售方面有现成的经验和渠道，工人也都是过去那一班信得过的兄弟们。所以，公司的生意一开张就红红火火。

没过多久，有志又在土制九五砖的基础上，新上了一条煤灰砖生产线。江南的工厂多，煤灰更多。有志安排了几个信得过的大师傅，到上海的大建材厂学习了一套煤灰制砖技术。这不仅解决了日益稀少的土资源问题，还消化了附近几个乡镇产生的工业煤灰垃圾，一举两得。

· 217 ·

随着建筑框架结构的兴起,煤灰砖砌墙不仅轻便,而且隔热、隔音效果良好。有志的煤灰砖一面市就供不应求,当年的利润就过了百万。

有志想把一家人的户口全都迁到张家港杨庄。可老得稻死活不肯把户口迁出来,有志也就顺了他的意,打电话请有安和立秋帮忙,把自己和桑叶、如云的户口都迁了出来。超生的儿子齐思楚,交了几万块钱的社会抚养费,也在杨庄报上了户口。只剩老得稻老两口的户口还留在光明庄。

没过几年,有志又上了一条加气砖生产线。由于加气砖分量更轻,不仅耐高温、隔热隔音,还具有良好的加工性能——可锯、可刨、可钉、可铣、可钻,给建筑施工带来极大的方便与灵活,一下子成了建筑市场的新宠。有志也因此赚了个盆满钵满,不仅很快还清了黄老板的两百四十万,还在杨庄的中心街上买了一溜八个门面房。每年,单是门面房的租金一项,就有二十万的进账。

有志成了大老板,可老得稻却生活得不开心。当年,老得稻负气离开了光明庄,一开始还觉得心情舒畅。可时间长了,老得稻开始想念串场河边的那一帮老伙伴了,幸好有孙女如云和孙子龙生陪着他。龙生是老得稻给孙子思楚起的小名,他坚定地认为,桑叶能生个儿子,全都是因为他扯下了那几根龙须的缘故。老得稻每天接送如云上下学,回家陪着龙生玩。倒也不觉得太无聊,要不然,老得稻早就一个人跑回光明庄了。

桑叶知道老得稻想家,每到寒暑假,就打电话让粉英和粉香带着孩子,全家到张家港来玩。

时间过得飞快,如云三年前就到上海去读大学了,现在孙子龙生也到了镇上读高中。老得稻一下子又闲了下来。有志成天忙着公司的事,老伴和桑叶忙着公司食堂和家务,谁也顾不上他。老得稻每天除了看电视,就是在窑厂的砖亭子里转来转去,一边转,一边唉声叹气。

第四十三回　遇伯乐有志创业　找投资立秋登门

就在这时,立秋带着民主来到了有志的公司。

他乡遇故人,有志一家人高兴得不得了。老得稻缠着民主问东问西,恨不得把光明庄的每个人都问一遍。立秋笑着对他说:"得稻叔,您老这么牵挂光明庄,这么多年怎么不回去看看?"

老得稻闻言,沉下脸不说话了。

立秋接着说:"得稻叔,我知道光明庄是您全家的伤心地。可是,事情都过去这么多年了,您看,思楚都读高中了,有些事也该放下了。我这次来啊,就是请您全家回光明庄看看的。"

"请我回去?"老得稻眼睛里露出了急切的光芒。前些年他就想着要回去,可回去奔哪儿呢?家早就没了,两个女儿也嫁在外地,这一大家子回去住哪儿呢?离乡的时间越长,就越是想回去,可离乡的时间越长,就越不敢回去。近乡情怯呀!家里的那一帮老伙计不知道怎么样了,年轻人怕是都不认识自己了。

"是啊!本来早就该来了,可我一直分不开身呀。庄子大,天天有处理不完的事啊。这不,前几天庄上还出了点儿事情,一处理好我就来了。这次来就是请你们回去看看的。这些年,有志发展得不错,也要为家乡发展出份力呀。不管怎么说,无论走到哪儿,你们还是光明庄的人呀。"

"应该的,应该的。光明庄是我们的根,有志和如云的衣胞还在光明庄呢。不怕你笑话,我做梦都想回去看看。"老得稻抬手擦了擦眼角,两行老泪像漏水的水龙头一样怎么也擦不干。

第四十四回　睡婆娘贼心不死　爬院墙色胆包天

立秋来昆山之前的确碰上了一件棘手的事。

爱国带着老婆小爱萍回到光明庄养螃蟹，两年的时间，蟹塘就扩大到了一百亩，网锁走在路上，佝偻的腰杆又挺直了。

可网锁的腰直了没多久，又悄没声地弯了下去。别人不知道是怎么回事，只有他自己知道，这回，问题出在他那双黑鱼眼上。

这也是该着要出事。

自从爱国回到光明庄，平时都是爱国两口子晚饭后到家里来，有时候，小麦也到塘舍去，帮着把蟹塘圩子上的黄豆薅薅草、间间苗。网锁难得到爱国的蟹塘去，去了，也是背着手，一副领导视察的架势。他做了一辈子领导，宁可自己一个人在家里守着电视机，也不能老了还到蟹塘上去给儿子打工，他丢不起那个人。

网锁嘴上不管爱国的事，心里还是忍不住，他总是趁着没人的时候到爱国的蟹塘去转转，看看螃蟹到底养得怎么样。网锁一辈子生活在水乡，他知道螃蟹有昼伏夜出的习性。这天晚上，他决定到蟹塘去看看螃蟹的长势。吃过晚饭，网锁对小麦说："我出去转转。"

小麦看了看他，不知道他哪根筋搭错了，大热的天，不在家里吹空调，出去蹽什么魂？小麦也没管他，只是冷冷地说了一句："老胳膊老腿的，别再从谁家院墙上摔下来。"

网锁狠狠地瞪了小麦一眼，甩上门出去了。

也难怪小麦挖苦他，他有小辫子夹在小麦的门缝里，有苦说不出。

网锁想了立秋半辈子，不但没有尝到一口鲜，还把立秋追成了村支书，网锁想起来心里就窝火。他经常想，如果当初自己不打立

第四十四回　睡婆娘贼心不死　爬院墙色胆包天

秋的主意，或许立秋也不会和他斗气。立秋不和他斗气，或许就不会去参选村主任。立秋不参选村主任，他就能一辈子都坐光明庄的头把交椅。唉，命运捉弄人啊！立秋就是他网锁命里的克星。

除了她立秋，难道光明庄就没有其他女人了吗？难道我网锁还不如一只大公鸡？一辈子只能有一个小麦？网锁越想越不服气，自从到镇上做了副主任，他更清闲了，又开始把眼光放在庄上的女人身上溜达。可他溜达来、溜达去，也没有发现一个可以下手的人。倒不是庄上没有女人，庄上的女人是越来越多了，男人都出去挣钱了，庄上到处都是女人；也不是庄上的女人不漂亮，现在的女人可不比当年了，一个个花枝招展的，不比城里的女人差。可那些年轻的花枝招展的女人，怎么也不会看上他这么个年过半百的老头子，这点儿自知之明他还是有的。

想来想去，网锁想到了村口的陈寡妇。陈寡妇名叫采莲，虽说比自己还大几岁，可她保养得好呀，白净的脸庞，苗条的细腰，走起路来屁股一扭一扭的，很是招人，不像小麦。小麦这些年像是吃了酵母粉，腰围比水桶还粗，肚子上的肥肉一楞一楞的，闭着眼睛摸，不知道哪里是肚子，哪里是胸。最主要的是采莲有前科，当年就被大憨抱上床过。虽然两人早就断了，可背后还是有人喊采莲是狐狸精。

网锁看过电视剧《聊斋》，那里面的狐狸精哪个不是天仙一样的人？电视里的男人，哪个不是当面嘴上骂着狐狸精风骚，晚上又偷偷摸摸地去敲狐狸精的门？

采莲就是个狐狸精，要不然都快六十岁的人了，怎么身材还能保持得那么苗条？他宋大憨那样的粗人都能摸上狐狸精的床，我网锁怎么就上不得？网锁觉得自己当初追求立秋就是个错误，就该早把采莲拿下。拿下采莲没有后顾之忧啊，第一，采莲没有男人给她撑腰，她不能把自己怎么样。第二，采莲是个寡妇，需要男人。之前怎么就没想到呢？怎么就鬼迷心窍地一门心思放在立秋身上呢？如果早点想到这一点,采莲不早就是自己后宫里的母鸡了嘛。

网锁越想越觉得正确,越想越觉得事不宜迟。

这天晚上,他喝了点儿酒,趁着月色来到了采莲家门前。采莲家在村口,屋子前面就是大路,人来人往的,他不敢久留。他围着院子转到了采莲的西厢房窗下,伸手在窗玻璃上"笃笃笃"地敲了三下。房间里的灯亮了,采莲果然睡在西厢房,采莲轻声地在屋里问:"谁呀?"

"是我,开门。"

"你是谁呀?"

"我是网锁。"

"哦,齐支书啊,你有什么事明天再说吧,我睡下了。"

"你开门,我就要晚上来找你。"

房间里的灯熄了,不管网锁怎么敲,采莲在屋里都是一声不吭。

网锁琢磨着采莲的话"我睡下了",这是什么意思?是不同意呢,还是同意呢?猛然间,网锁一拍大腿:"我咋这么笨呢。采莲是女人,怎能没有一点儿矜持呢?头一回就开门放自己进去,以后,在男人面前不就不值钱了吗?她说话声音那么低,不就是怕人听见吗?她熄了灯,不也是怕人看见吗?她都说了,她睡下了。她睡下了,不就是让我自己进去吗?难道还要人家出来请自己进去?"

想到这,网锁围着采莲的房子转了一圈,发现院墙不高,完全可以翻墙进去。他跳了两跳,想爬上院墙翻过去,可他毕竟五十多岁了,不像年轻时那样灵活了,两手怎么也够不到院墙上。

网锁想了想,悄悄地回家扛过来一把竹梯子,那是小麦用来摘院墙上的丝瓜的。他把竹梯一头搁到院墙上,顺着竹梯爬了上去。他骑在院墙上,刚要翻身跳下去,一辆摩托车轰隆隆地开了过来,雪白的车灯照在了院墙上。

摩托车"吱嘎"一声停了下来,随即传来了一声大喊:"谁呀,半

第四十四回　睡婆娘贼心不死　爬院墙色胆包天

夜三更的要干什么?"

声音在半夜里像炸雷一样,在网锁的头顶上"嗡嗡"作响,他骑在院墙上,上又不是,下又不是。顺着车灯看过去,白茫茫的一片,什么也看不见。过了一会儿,摩托车上的人下车走到了院墙下面,这回,网锁的酒醒了,他看见有全双臂抄在胸前,正晃着脑袋,瞪着一双老鼠眼看着他。

网锁讪笑着说:"哦,有全啊,我当是谁呢,吓我一跳。"

"网锁啊,"有全可不买他支书的账,"这半夜三更的,你干吗呢?"

"我,我,"网锁一时变得结结巴巴,猛然间脱口而出,"我来收上缴的。"

"收上缴?"有全忍不住笑了,"青天白日的你不来,黑灯瞎火的晚上来。好好的大门你不走,你爬墙头。清明烧报纸——你这是糊弄鬼呢。"

网锁从墙头上顺着竹梯爬了下来,掏出香烟给有全递了过去:"有全兄弟,我喝了酒,还当是白天呢。让你见笑了,让你见笑了。"

有全没有接他的香烟,跨上摩托车,回头对他说:"我劝你早点儿回去睡觉吧,伤筋动骨一百天,老胳膊老腿的,摔断了难得好。还收上缴,村里都没你的事了,收个鬼的上缴啊,我又不是傻子!"有全说完,一脚油门,摩托车轰隆隆地开走了。

网锁愣了半天,回头看看采莲的房间里依旧黑灯瞎火的,他长叹了一口气,扛上竹梯回家了。

第四十五回　看螃蟹撞破奸情　巧工作破镜重圆

丑事都过去十多年了,小麦还时不时拿出来搗他的麻筋,网锁也没办法对小麦发火,谁让自己被逮了个现行呢。

网锁出了庄,眼前是一大片墨绿色的稻田,稻叶在微风中发出"沙沙"的响声。一角弯月挂在天际,夏夜的串场河边,到处都是青蛙的叫声,"呱呱——呱呱"。这样的天气,大伙儿都躲在空调房间里,大路上一个人影也没有。网锁顺着大路一路向西,远远地看见爱国的塘舍里还亮着灯。

他拐下大路,顺着一条稻田的田埂往蟹塘里走,他想到塘边去看看晚上爬上塘坡的螃蟹。听到他的脚步声,周围的青蛙都不叫了,偶尔发出"咕咕"一声低鸣,像是受了惊的孩子。沿着塘圩,长着一排杨树,蓬松的枝条垂挂着,像一把把巨伞,黑咕隆咚的。网锁来到了塘边,他从白铁皮的围栏上向前倾过身去,只看见一群小黑影在塘坡上窸窸窣窣地来回爬动,却怎么也看不分明。网锁后悔没有带只手电筒过来,有了手电筒,他就可以清楚地看见螃蟹的大小肥瘦了。当年自己一只三节头的手电筒把偷粮的老得粮照得无可遁形,可那手电筒早就成了废铁,不知道被小麦扔到哪里去了。自己当年多威风? 现在想看看儿子的螃蟹还得趁着没人的时候来,唉,往事不堪回首啊。他抬头向西边的塘舍看了一眼,塘舍门口的电线杆上有一只路灯。他想,就着路灯肯定可以看清楚,于是,他顺着圩子往塘舍走。杨树的树影很浓,不仅遮住了圩子,也遮住了他的身影。

忽然,他听见了一种奇怪的声音,网锁赶紧停下了脚步,以为是遇上了小偷。他躲到一棵老杨树的后面,从地上摸索到半截砖头,然后悄悄地往发出声音的方向挪动。随着他走近,他发觉不对

第四十五回　看螃蟹撞破奸情　巧工作破镜重圆

劲儿,那不是偷螃蟹的声音,咿咿呀呀的,还伴随着吭哧吭哧的喘息声。

网锁明白了,自己碰上了一对偷情的野鸳鸯。他躲在树后,努力把脑袋往前伸,想看看这一幕活春宫。

他看见了。就在他前面第三棵杨树的树荫下,有两个身影在纠缠,可惜看不清脸。正当他想再往前移动一棵树的时候,一个女人的声音传了过来:"快点儿,出来时间长了,他要起疑心了。"

网锁像被施了定身法一样,僵在了树后——那个声音他太熟悉了。

女人匆匆地穿上衣服,沿着圩子走了。他刚想要从树后冲出去时,那个男人已经拐下圩子,顺着稻田中间的田埂很快就消失在了夜色中。不一会儿,远处的公路上亮起了两道雪白的车灯,然后迅速地开走了。网锁瘫坐在老杨树底下,半天都没有爬起来。

网锁做梦也没有想到,自己竟然无意间撞见了儿媳妇小爱萍的私情。他拖着两条沉重的腿,一步一步往家里挪。这样的事情如果发生在别人身上,他一定会在心里暗乐的,就在刚才,他还想再冒险往前凑一点儿,以便看清楚两人是怎样颠鸾倒凤的。可现在,事情落到了自家头上,他却怎么也兴奋不起来了,仿佛看见一顶绿油油的帽子,像座山一样,死死地扣在了爱国的头上。忽然,那顶帽子变成了一只巨大的手从天而降,狠狠地抽在了自己的脸上。这一记耳光,把他一辈子的骄傲都打没了。

网锁不知道自己是怎样回到家的,他只听见小麦的骂声:"死出去一趟,浑身都是泥,又跟哪个不要脸的婆娘去滚田岸了?"

网锁瞪起两只黑鱼眼,恶狠狠地骂了一句:"滚!你个困在鼓里摸钟的拙婆娘!"

小麦吓得不敢吱声了,她还从没有见过网锁这样对她发火,也不敢再去追问了,只能满腹怀疑地侧身睡觉了。

网锁一夜没有合眼,第二天一早就跑到了爱国的塘舍。小爱

· 225 ·

萍看见他,狐疑地问了一句:"爸,你怎么来了?"

网锁没好气地"哼"了一声:"我再不来你就要翻天了。"

小爱萍怔在了那儿,莫名其妙地看着他。网锁大声喊:"爱国,爱国,你个活王八给我滚出来。"

听见"王八"两个字,小爱萍的脸腾地就红了,转身钻进了塘舍里。爱国从塘舍里跑了出来:"爸,你这大清早的有啥事?"

"有啥事!我来看看你颈项有多硬铮,能扛多重的帽子。"

爱国直愣愣地看着满面寒霜的网锁,不明白他为什么突然间对自己发火,他更不明白父亲为什么骂自己是"王八"。他当然知道"王八"是串场河边骂人的话,只有那些老婆和别人通奸的男人才会被人骂作"王八"。老爷子大清早无缘无故地跑过来发的哪门子邪火?他正要开口询问,只见小爱萍提着个黑色的包从塘舍里走了出来,也不和他说话,径直推出电瓶车,把包放到了车上,开上车就走。

爱国赶紧在后面喊:"爱萍,你上哪儿去?"

小爱萍的车顿了一下,网锁冲着爱国大声说:"让她滚!我们齐家不要这种不要脸的婊子。"这话就更重了,完全不是公公该跟儿媳妇说的话,只有那些骂街的人才会这样恶毒地骂人。

小爱萍的车子猛地冲了出去,很快就拐上了大路消失了。留下爱国站在塘舍门前满头雾水地看着远去的老婆,又回头不解地看着自己的父亲。

三天以后,立秋路过爱国的塘舍,爱国胡子拉碴地坐在塘舍门前的矮凳上,看见立秋经过,爱国没有像平时那样起身打招呼,甚至身子都没有动一下。

立秋停在路边问:"爱国,坐这儿发什么呆呀?"

爱国没有说话,两眼失神地盯着眼前波光粼粼的蟹塘。立秋感觉到了不对劲儿,顺着小路走到爱国面前:"爱国,今天怎么啦?小爱萍呢?"

第四十五回　看螃蟹撞破奸情　巧工作破镜重圆

爱国依旧一言不发,两行泪水却顺着两颊滚滚而下。

立秋赶紧问:"爱国,到底发生什么事了?快跟婶说说。"

爱国把头埋进了胸口,两手捂着脸双肩耸动着呜咽。

立秋蹲下身子,伸手拍着爱国的后背:"爱国,你要是相信婶,就告诉婶到底发生了什么事,婶一定会尽力帮你。"

爱国依旧埋着头呜咽,立秋看了一眼蟹塘接着说:"爱国,是不是螃蟹出现了问题?"

爱国不回答,立秋又问:"是不是谁生病了?是小爱萍,还是孩子?"

爱国的呜咽突然间变成了号啕大哭,立秋用手环住爱国的头,轻拍着他的后背:"爱国,没事的,不要怕,现在的医疗技术这么发达,不管是得了什么病,都会有办法的。你是不是担心钱的问题?你不要担心,婶帮你想办法,婶现在就给怀德打电话,让他给你先送两万块钱过来应急,不够我再帮你想办法,总会有办法的。"

立秋站起身,掏出手机就要打电话。爱国抬起头,满脸的泪水,像一个无助的孩子一般哽咽着说:"立秋婶,爱萍外面有人了。"

"啊?"立秋拿着手机,一时间不知道说什么,想了一会儿说,"你怎么知道的?这件事还有谁知道?"

"我不知道,是我爸说的,他逮到了爱萍和别人在一起。"

"你爸?你爸怎么说?小爱萍呢,小爱萍在哪儿?"

"我爸要我和爱萍离婚。爱萍前天就走了,没有回家,手机也打不通。"

立秋在塘舍前转了两圈,转身对着爱国:"爱国,我问你,这件事你准备怎么办?"

"我不想离婚!伟成还小,我们离了婚,伟成怎么办?"

"你不想离婚就行,我去找小爱萍做她的工作。"

"可,可我爸逼着我离婚。"爱国满脸痛苦。

"你爸逼着你离婚?小爱萍是跟你过日子,还是跟你爸过日子?是他的脸面重要,还是你们一家三口的幸福重要?我只问你一句话,你能不能原谅小爱萍?如果你不能原谅她,我说什么也没有用。如果你能原谅她,我去做小爱萍的工作。我保证这件事除了我们四个,绝不会让第五个人知道。"

"立秋婶,我不怪爱萍!这些年我下岗了,她跟着我受了不少的罪,她是街上的人,半辈子也没有吃过这种苦,现在还要跟着我在农村养螃蟹,是我对不起她。"爱国没有说谎,这几天他已经想得很清楚了,他不想离婚,他满怀希望地看着立秋,"立秋婶,你真能帮我把爱萍找回来吗?"

立秋定定地看着爱国:"爱国,我今天才算真正认识你,你是个心胸宽广的好男人,是个善良的好男人。你放心,婶向你保证,一定会帮你把小爱萍找回来。但是,我也有个条件。"

"什么条件?"爱国仰头怯生生地看着立秋,生怕立秋不肯帮他。

"小爱萍回家以后,这件事就彻底翻页,往后过日子不许去揭小爱萍的伤疤,今后谁也不许再提。都不是圣人,谁还不犯点儿错?"

"立秋婶,我听你的。只要她肯和那个男人断了,我保证把这件事烂在肚子里,和她安心过日子。"

立秋告别了爱国,着手去寻找小爱萍,却一无所获。几天以后,立秋到楚水的中学找到了伟成,说她到楚水办事,想找他妈妈有点儿事,却打不通电话。伟成还是个孩子,并没有多想,给了她一个号码,说妈妈前天刚来看过他,妈妈手机丢了,这是刚换的号码。

立秋给小爱萍打电话,说想和她谈谈。小爱萍起初拒绝见面,直到立秋向她保证没有其他人知道,小爱萍才同意在市区的一家咖啡馆和立秋见面。

小爱萍来了,坐在立秋对面嘤嘤地抽泣。等小爱萍情绪稳定

第四十五回　看螃蟹撞破奸情　巧工作破镜重圆

了,立秋问她有什么想法。

小爱萍看着立秋:"我也不知道怎么办?"

"对方是单身吗?"

小爱萍摇摇头,立秋叹了一口气:"小爱萍,你咋这么糊涂呢?现在你们的螃蟹养得越来越好,苦日子已经过去了。你有没有想过,你们万一真的离了,伟成怎么办?他还是个孩子。再说了,爱国养螃蟹挣钱了,要是再找个婆娘不难,往后孩子就要跟着后妈过了,你可要想好了。"

小爱萍又开始抽泣。立秋说:"你想不想和爱国离婚?"

小爱萍看着立秋,目光里一片迷茫:"伟成爷爷知道了,他容不下我。"

"我没有问他,我只问你。你是不是看不上爱国,铁了心要和他离婚?"

小爱萍过了好久,才摇了摇头:"爱国是个老实人,是我对不起他。"

立秋长出了一口气:"只要你不想离,爱国的工作我去做。不过,我可有个条件。"

"什么条件?"小爱萍紧张地看着立秋。

"你要和那个男的彻底断了,天下没有哪个男人能容忍自己的老婆和别的男人不清不楚的。"

"立秋婶,你就是不说,我也不和他来往了。我们是初中同学,在一次同学聚会的时候遇到的,他一直对我死缠烂打。没出事的时候,他说一定会离婚后娶我的,我就鬼迷心窍地相信了。谁知道出事后,我再联系他,他把我的电话号码拉黑了。我现在明白了,他就是想玩玩我,一直都在骗我!我对不起爱国,我现在没脸回去见他。"小爱萍把头趴在桌上,耸着双肩抽泣得更厉害了。

"小爱萍,人非圣贤,孰能无过?犯了错不怕,改正就好。只要你愿意回头和爱国好好过日子,我保证让爱国不再提这件事。"

"立秋婶,谢谢你。只要爱国肯原谅我,我保证安安心心地和他一起过日子。可是,伟成爷爷那里怎么办?"

"这个你放心,他一辈子要面子,不会把这件事说出去的,只要爱国能接受你就行。你也知道,爱国是个男人,哪个男人愿意头上戴顶绿帽子?不过你放心,毕竟你们十几年的夫妻了,一日夫妻百日恩,百日夫妻似海深。夫妻间的感情哪能说丢就丢了?何况你们还有伟成这么个懂事的好儿子,我现在回去做他的工作,相信他早晚也会想通的,你安心等我电话。"

小爱萍一个劲儿地点头:"立秋婶,你告诉爱国,我真的知道错了,我一定改!我一定安心和他过日子!"

几天以后,立秋带着小爱萍一起回到了塘舍。

第四十六回　报桑梓有志修路　恋故土得稻魂归

有志一家是麦子种好了以后回到光明庄的,田野里一片新绿。

立秋代表村委会,盛情接待了有志一家人。有安、有全、民主、罐子、跃进、大憨,轮流做东办家宴,宴请有志。

有志当年离开的时候,庄台上还是些光秃秃的瓦房,还有几间丁头府茅草屋。现在,一间茅草屋也没有了,全都变成了宽敞明亮的大瓦房。沿着村口公路,十几栋漂亮的小别墅更是让人眼前一亮。看到光明庄的巨大变化,有志和桑叶很感慨,老得稻更是几乎每天都要在酒桌上流一回泪。

老得稻来到自己的老房子前,看见房基还在,院子里长了一人高的杂草,早已枯黄。房屋已经被拆掉了,拆下来的砖头都整齐地码放在一起,老得稻长长地叹了一口气。立秋给他解释:"得稻叔,房子是我安排人拆的。因为顶上没有盖瓦,早就又破又漏了,空架子竖在这儿,既影响庄容庄貌,也存在安全隐患,万一哪天塌下来砸了人就麻烦了。有志、桑叶还有孩子的户口迁走了,但您老和婶子的户口还在光明庄,这块宅基地还是您的。"

老得稻连连合掌称谢:"感谢!感谢!"

"叔,我倒是有个不成熟的想法。这些年光明庄发展起来以后,村民大多回家了。光明庄比起附近的村庄人气旺多了。光明庄离镇子远,家里来个客人,村民请客吃饭很不方便。遇上个红白喜事,也只能在自己家里搭帐篷招待。晴天还好,下雨阴天的,又脏又麻烦。我知道粉香妹子有一手好厨艺,如果把你这房子重新盖起来,盖成一间家宴饭店,生意一定差不了。"

"立秋书记这个主意好!我这就和粉香联系。"有志一边说,一边给粉香打电话。

这天,立秋和解放在家里宴请老得稻。中午时分,天空飘起了小雨,解放和怀德撑着雨伞,到有安家里邀请老得稻去赴宴。

从有安家到解放家,是一段三百米长的土路。前些天,路面还算平整,一场小雨过后,路面变得泥泞起来。到了解放家,有志站在院门外,把皮鞋上的烂泥往院墙的墙角上蹭,油光锃亮的一双皮鞋,被蹭成了一张花脸猫。

立秋拿过来一块抹布,蹲下身子要有志把皮鞋脱下来帮他擦一擦。有志赶紧闪到一旁忙不迭地说:"立秋书记,这可使不得,千万使不得。"

立秋说:"这些年光明庄发展还是不够快呀,到现在也没有一条像样的好路,我们村委有责任,都是我这个领导没做好啊。"

"立秋啊,你太谦虚了。光明庄比起十几年前,简直是一个天上,一个地下了。你是光明庄的大功臣啊!"老得稻接过了话头。

"得稻叔,光明庄底子薄啊,我们就想着像有志这样的能人能拉上一把,让光明庄的老百姓都能过上好日子。"

有志在立秋到张家港的时候就知道了她的想法。立秋没有明说,他也就一直没有提。现在,立秋把话挑明了,有志也就表明了自己的态度:"立秋书记,我在张家港从事的是建材行业,乐吾这边的建材行业是传统产业,实在是没有我的立足之地了。不过,作为一个光明庄人,看到你带领着大伙儿把光明庄搞得这么好,我也愿意为家乡的建设贡献微薄之力。"

"有志,有你这句话,我立秋一会儿要代表所有光明庄的父老乡亲敬你三大杯。"

"这样吧,俗话说,'要致富,先修路'。我看村里没有一条像样的水泥路,我拿出五十万来,把村里的路修一下吧。"

桑叶看着有志,暗暗地竖了个大拇指。老得稻也很高兴:"铺桥修路是善事,我支持我家小伙儿。支持!全力支持!"

院子里,立秋、解放、民主、跃进等人一起鼓掌。

第四十六回　报桑梓有志修路　恋故土得稻魂归

一周以后，有志一家依依不舍地告别了光明庄，要回张家港了。临走之前，老得稻拉着立秋的手："立秋啊，我这把老骨头如果哪天走了，还要回到光明庄来，齐家的祖宗都在光明庄呢。到时候，村里可不能不收我呀。"

立秋赶紧安慰老得稻："得稻叔，您老身体还硬朗着呢。现在日子好过了，您老再活二十年也没有问题。"

"再活二十年，那不成妖怪了？"老得稻沟壑纵横的脸笑成了一朵花，"立秋，我是个黄土埋半截的人了，晚上脱了鞋，不知道早上来不来啊！"

"您老放心！将来真有那一天，我代表村委向您保证，光明庄随时欢迎您老叶落归根！"

送走了有志一家，立秋立刻着手安排施工队，把村里的路面全部进行了硬质化改造。

不到两个月的时间，一条宽阔平整的水泥路修建完成，路边栽上了两排香樟树。立秋大力宣扬了有志致富不忘家乡的精神，趁势发动有能力的村民捐款修建串场河大桥。光明庄人离乐吾镇有十几里路，村民平时上街采买大多是到对岸的竹溪，可串场河上一直没有桥，村民往来都是靠渡船，既慢又不安全。听说要架桥，平安、民主、解放带头捐款，其他村民也纷纷慷慨解囊。

老得稻回到张家港以后，心情愉快，在厂区里散步的时候，看见人就笑眯眯地发香烟，拉着人家说话，告诉人们老家的变化。

这天，老得稻一个人跑到了窑顶上。

偌大的窑顶上，平时只有一个人上班，很是空旷。窑顶搭着高高的石棉瓦雨篷，两侧堆放着煤炭，中间的地上有两排圆圆的铁盖子，每隔两米一个，每个盖子上都有一只小铁环，仿佛是会议桌上排列整齐的两排紫砂茶壶盖。一个工人推着一辆煤车，正在看火加煤。工人看见老得稻，微笑着点了点头，算是打招呼，手里却没有停。只见他左手拿着一根钢筋钩子，用钩子钩起一个铁盖子上的圆环,一个火红的圆洞就出现了,一阵热浪卷了出来。顺着圆洞看下去,窑室里烈火熊熊,仿佛是一座正在喷发的活火山,又像是一座炼狱,黏土轧成的砖坯,正在经受着如凤凰涅槃一般的浴火重生。工人右手拿着一把长柄铁勺,从煤车里舀出一勺煤炭,顺着圆洞倒了进去,随即左手钩起铁盖子,重新把洞口盖上,再推着煤车走向下一个铁盖。这一圈加下来,没有个把小时加不完。

　　老得稻看了一会儿,回头走到了窑顶门口,他站在高高的窑顶上,看着远处鳞次栉比的高楼大厦,再看看厂子里井然有序的车间、堆场和进进出出的车辆。回想起自己曾经食不果腹的童年,做梦也想不到会有今天这般的好光景。老得稻十分开心,脸上止不住露出了欣慰的笑容。就在这时,老得稻突然感觉到一阵头晕目眩,整个人随即依着墙壁瘫坐在地,失去了知觉。

　　窑顶上看火加煤的工人加完一圈煤转回来,发现老得稻蜷在通往窑顶拉煤的坡道上,赶紧丢下手中的煤车,跑上前去,看见老得稻紧闭两眼,脸上还有一丝笑容。工人问:"齐嗲,怎么坐在这儿?我拉你起来,地上凉。"喊了两声,见老得稻没有反应,便伸手去拉。手刚一抓住老得稻的手,工人就感觉不对劲儿——老得稻的手已经冰凉了。

　　再有十天就过年了。

　　冷冽的寒风中,立秋站在村口的水泥路边,胳膊上套着一个黑色的袖箍。立秋的身旁,有一块黑色的大理石碑,上面端端正正地用欧楷刻着三个大字——有志路。

　　一辆苏州牌照的灵车缓缓地在石碑前停了下来。车门打开,有志捧着一个大理石的骨灰盒走了出来。骨灰盒前面,贴着一张老得稻笑容可掬的照片。

　　立秋抢步走上前去,在骨灰盒上撑开一把黑色的雨伞,和有志一起慢慢地往前走。立秋身后,跟着乌泱乌泱的光明庄人,每个人胳膊上都套着黑色的袖箍。

第四十六回　报桑梓有志修路　恋故土得稻魂归

　　光明庄在家的人都来了,大家默默地跟在后面。长长的队伍里没有一个人说话,只听见低低的抽泣声。老得稻回来了,当年他走的时候还是个倔强的小老头,如今回来的已经是一捧骨灰。当年他走的时候没有从光明庄带走一草一木,一家人在举目无亲的他乡奋斗,事业有了发展,首先想到的就是回报桑梓。当年他为了养孙子,被折磨得心灰意冷,花甲之年被迫背井离乡,他在外漂泊了几十年,最终还是选择了落叶归根。

　　所谓"雁过留声,人过留名",老得稻已经去世,有志还会离开,可光明庄的人只要踏上脚下这条路,就会想起他们。

　　这一天,光明庄人用他们的最高礼遇,迎接光明庄的游子回家。

第四十七回　设圈套有寿送礼　讲政策立秋拒贿

　　有寿第二天早上赶到村委会的时候,村委正在召开扩大会议——再有半年就要换届选举了。立秋和民主都到了退休的岁数,要从村里选出几位年轻人出来,先熟悉熟悉村里的工作,将来好接替他们。
　　有人提议选平安,也有人提议选怀德。因为涉及自己的儿子,立秋不便发表意见,坐在那儿听村委和村民代表们发言。
　　有寿在窗外听了半天,心里着急,看着立秋没事,就走到门口冲着立秋招手。立秋看见了,赶紧走出来,把有寿让到了她自己的办公室:"有寿大哥,你怎么来啦? 我刚好有件事要和你说。"
　　"你找我有事?"
　　"也没什么大事。这不你和凤英嫂子回来了吗? 到了农村医保缴费的时间了,每个人一年缴费一百元,剩下的由集体支付。你看什么时候把钱缴一下。"
　　"什么医保?"
　　"就是看病可以报销。"
　　"我不缴! 我们两口子活到今天,连二分钱的药片子也没有吃过一颗,缴这个什么保,不是把钱往串场河里扔吗? 不缴!"
　　"有寿大哥,人吃五谷杂粮,哪能保证不生病呢? 一年一百块钱,可以买个保障啊。"
　　"立秋主任,你就是说出朵花来我也不缴。有这个钱,我不如买点儿肉吃吃。我找你批块地,豌豆要盖别墅。"
　　立秋到饮水机上给有寿倒了一杯水:"有寿大哥,农保的事,你还是考虑考虑吧。建房的事,民主和我说过了,你这个情况有点儿特殊,手续没法办呀。就是村里把申请书送上去,镇里的土管和村

第四十七回　设圈套有寿送礼　讲政策立秋拒贿

建部门也都不会批的呀。"

有寿一听就急了："怎么的？我不是光明庄人？"

"有寿大哥，你不要着急。你是光明庄人没错，可你有房子呀。"

"我有房子，可我儿子、我孙子没有房子呀。"

"你家豌豆一家三口的户口，十几年前你就帮他们迁到新疆去了。这事还是你找我办的，难道你忘了吗？"

"那我儿子回来住哪儿？"

"回来当然住家里了。"

"我家房子都漏了，不能住人了。再说，儿子、孙子都回来，家里也住不下呀。"

"房子漏了你可以翻盖。如果不够住，你还可以在原有的宅基地上翻建。"

"老房子宅基地小，也不够盖别墅呀。"

"没让你盖别墅呀。你可以盖平房，稍微建大一些。把厨房什么的，都放到房间里，就像城里的商品房，不就够了？"

"豌豆叫我盖别墅的，我不要盖平房。你给我批块盖别墅的地。"

"你和凤英嫂子都七十多岁了，一家只有两口人，按照政策，不能批盖别墅的宅基地。"

"我还有儿子、儿媳妇和孙子呢。"

"他们户口不在光明庄，不能在光明庄上盖别墅呀。"

不管立秋怎么解释，有寿就是要宅基地，声音渐渐大了起来。正在开会的村委委员和群众代表闻声都赶了过来。立秋把情况向大家作了说明，大家开始劝有寿回去。

有寿不干了，扯着嗓子喊："你们在这里开黑会，别当我不知道。立秋做了这么多年的干部，现在要退休了，还想让怀德接着干。现在是新社会了，不是旧社会的封建王朝，这光明庄的干部不

· 237 ·

能都让你一家人做!"

有寿这样一说,立秋反倒更加不好说话了,只能先走了出去,由村委的其他人再做做有寿的工作。

有寿自从收到豌豆的汇款,一直兴冲冲的,没想到到了村委会是这么个结局。他一时无法接受,索性倚老卖老,在村部里骂骂咧咧。

大家看他岁数大,也不能把他怎么样,干脆各自回去了,把有寿一个人晾在了立秋的办公室里。有寿骂了一阵,发现办公室里就剩自己一个人,自己也觉得无趣,垂头丧气地回了家。

到家以后,有寿越想越不服气。在新疆这几年,哪个看到自己,不恭恭敬敬地喊一声"齐爹"?她立秋这几年家里卖农资、开商店,是赚了几个钱。可那几个钱能算钱吗?我儿子豌豆,哪一年不赚个千儿八百万的。就她那几个钱,还不够我孙子零花呢。既然你不仁,就别怪我不义。你不是不让我盖别墅吗?我偏要盖!违规建房不就是罚几万块钱吗?罚十万,我都要盖!我家豌豆有的是钱,不在乎你罚款!我气死你立秋!你不是想让儿子做村主任吗?我偏让他做不成!

有寿当即给豌豆打电话,把家里的情况添油加醋地说了一遍,告诉了豌豆自己的想法。

豌豆在电话那头安慰有寿:"爸,你先不要着急。这世上没有个猫儿不吃腥,你到银行去取两万块钱,晚上悄悄地给立秋送过去。说不定,事情就办成了,还省了罚款,今后有什么事情也好办。"

有寿虽然不愿意白白送出去两万块钱,可想到万一真的罚款,肯定不止两万。俗话说,舍不得孩子,套不到狼!只要她立秋收了钱,小辫子就攥到了自己的手心里,不怕她今后不乖乖地听话。想通了这些,有寿第二天到银行去取了一万块钱。晚上,吃过晚饭,有寿把用报纸包着的一万块钱揣在怀里,往立秋家走去。

第四十七回　设圈套有寿送礼　讲政策立秋拒贿

　　走到一半,有寿又折了回家,把纸包拿出来,数出两千元。想了一会儿,又数出两千元,把剩下的六千元依旧包好,重新揣到怀里,出了门。

　　有寿走到立秋家别墅门口,隔着铁艺栏杆,看见解放吃完了饭,正在院子里来回散步消食。有寿故意咳嗽了一声,解放看见了他,赶紧走出门来,把有寿迎了进去。

　　立秋也在家,看见有寿,连忙给他泡了一杯茶。有寿接过立秋手里的茶杯,满脸窘迫,嗫嚅着小声说:"立秋书记,我老糊涂了,昨天在村部说了些不着调的话。你大人有大量,不要往心里去。"

　　"有寿大哥,过去的事情不要提了。我也是按政策办事,你能理解,不怪罪我就好了。"

　　"我知道,我知道。立秋主任,现在也没有外人,政策是死的,人是活的。你帮我通融一下,我心里有数。这里有点儿小意思,你一定要收下。"有寿说着,放下茶杯,从怀里掏出纸包,往立秋的手上塞。

　　立秋连连后退:"有寿大哥,这可千万使不得,你快收起来。只要在政策范围之内,我一定帮忙。违反政策的事,谁也不能做。"

　　有寿见立秋不肯收,又转身往解放手里塞,解放也是连连后退:"有寿,我家立秋做了这些年村领导,没有收过一分钱。这眼看着要退休了,你可不能让她犯错误。"

　　推让了好一会儿,立秋两口子始终不肯收钱。有寿只好怏怏地告辞回家。

239

第四十八回　占主场胡乱砍价　仗钱势违规建房

有寿回家第二天，就让有福到竹溪街上找来了专门给人家盖别墅的包工头刘二。

有寿把刘二领到村口大路边的一块麦田旁边，大手一挥，给刘二画了一个圈："刘老板，我要在这里盖一栋别墅，你给我规划一下。"

刘二沿着麦田走了一圈，又跨着步子把东西南北大致丈量了一下，拿出手机在上面摁了一会儿，回头给有寿发了一根玉溪牌香烟："齐老板，别墅院子贴着路边，十二米见方，上下两层，外加坡屋面，层高三米三。三道圈梁，二楼阳台伸一米二的牛腿。外墙贴瓷砖，盖琉璃瓦。室内墙面白水泥出大白。包水通灯亮，不包装修。连工带料，总共三十二万。另外，齐老板，中午管一顿饭，我们来来去去的不方便，又不能把锅碗背出来盖房子。开工一顿开工酒，结工一顿结工酒。平时，一人一天一包烟，好坏不问。你要把自来水开户，水管送到这里，三相电也要拉到这里，我们要用搅拌机。还有最重要的一条，就是你要确保没有纠纷。我们工人除了下雨，每天都会来上班。如果有人阻挠施工，你要按人头给我们开工资。"

刘二一口气说了一大段。有寿仔仔细细听完了，吸了一口手里的玉溪："刘老板，你这个三十二万太多了。我问过人家了，二十二万就够了。"

"不说二十二万，二十万，我也能给你盖。还是这么大，打夯砌墙，铺多孔楼板，屋面不现浇，直接上梁盖瓦，少两层现浇面，还少三道圈梁。内外墙粉刷收光，不贴瓷砖。照样是宽宽敞敞的大别墅。"

"你再客气点儿！"

第四十八回　占主场胡乱砍价　仗钱势违规建房

"不能客气了。我刘二做事,图的是个质量和信誉,图的是个下次。现在串场河上架了桥,来去方便了,串场河西我还没有做过,我也想在河西这边开个市,这已经是跟你算的最低价了。"

"你再客气点儿。你再客气点儿我就给你做。"有寿扔掉了手里的烟屁股。

刘二赶紧又拔出一根玉溪香烟递过去:"齐老板,真的没有利润。我这些年一直在竹溪盖别墅,到河西来真是头一回,我就想图个好名声,今后能在河西多盖几栋房子。"

"二十八万!一口价。"有寿点燃手中的玉溪。

"真做不出来。这样,你开口了,我也让一步,三十一万八。"

"两千块钱我还要你让?"有寿不屑一顾,拿眼白瞥了一眼刘二。

"我知道你是大老板,不在乎这点儿小钱。你去访访,材料价格是透明的,工人工资也是死的,我也就是个剥皮儿的,真的就落个跑腿费。"

"那就凑个整吧,三十万。"

"齐老板,我们在农村建房,不是在大城市里搞开发,盖房子也不是大街上卖白菜,没有你想的这么大虚头,最少三十一万八。"

"你还金口玉言了,不做就算了。又不是你一个人包房子,我有钱还怕找不到人盖房子?"

"齐老板,打也来,骂也来,折本不来。我真心诚意地来,实打实地报价,你非要胡乱还价。那你找其他人做吧。"刘二说完,跨上摩托车,打着了火就要走。

有寿等刘二摩托车开始起步了,才不慌不忙地说:"三十一万六。多一分都没有。"

刘二在车上怔了怔,摩托车停了下来,但没有熄火,扭过头看着有寿:"齐老板,你这么大的一个老板,就为两千块钱也要和我争?"

"我不是老板,我儿子才是老板。但我也不能拿着他的钱瞎糟践呀。"

"就按你说的。"刘二咬咬牙,"哪天开工？我要提前备料。还有,我们是不是落笔签个合同？"

"签合同！肯定要签合同。"

麦田是有福家的承包田,有寿贴了有福一笔青苗费,又给了有福两万块钱,把这块地买了过来。

地的事情处理好了,有寿让有福把三相电也拉到了田头,又让有福找水工从附近拉来了自来水。一切准备好了之后,有寿打电话通知刘二："刘老板,可以开工了。"

从有寿第一天拉三相电开始,立秋就知道了有寿要在规划区外违规盖别墅,不仅私下进行土地买卖,还擅自占用了基本农田。立秋让民主去做有寿的工作,让他不要私自盖房,否则,村建部门肯定会拆除违章建筑,到时候,损失就大了。

民主去了几趟,有寿根本就不理睬他,犟着头说："你们不就是要钱吗？我认罚！我认罚还不行吗？"

几天的时间,刘二就把钢筋水泥、砖头黄沙,拉到了麦田里,搅拌机也拉了过来。立秋没有办法,亲自到有寿家去做工作,让他赶紧停止建房,免得造成损失。

李凤英和有寿铁了心要盖别墅,不管立秋怎么说,两人就是不肯停下来。立秋最后对有寿两口子说："有寿大哥,我们把所有情况都跟你说过了,你如果还这样一意孤行,最后造成的一切后果都由你自己承担。"

"承担就承担！我在自家的地里盖房子,碍着谁了？我是光明庄的人,还不能在光明庄盖房子了？你们说来说去,不就是要罚款吗？我认罚！"有寿一副财大气粗的样子。

眼看着怎么也说不通,立秋只好走了。有寿打电话给刘二,说一切都准备好了,要他赶紧安排人进场。

第四十八回　占主场胡乱砍价　仗钱势违规建房

　　刘二安排了几个人,划好了别墅基础墙的石灰线,开始沿着石灰线挖地基。其他几个人在地里支起钢筋架子扎基础圈梁。

　　挖好了地基,一个工人推着电动打夯机,轰轰隆隆地打了几圈,把墙基打得结结实实的。

　　地基打好了夯,圈梁也扎好了。两个师傅把圈梁抬到基础里,准备先把地基浇筑好,第二天就可以回土砌墙了。

　　就在这时,一辆白色面包车停在了工地前的大路上,几个村建办的工作人员从车上走了下来。

第四十九回　求其次新房落成　施诡计贿选失败

有寿的别墅最终没能盖成。

豌豆为了这件事,被有寿两口子特地从新疆给叫了回来。回来以后,豌豆上上下下活动了好一段时间。因为户口不在光明庄,没人敢给他批盖别墅的宅基地。豌豆没有办法,最后只得把老房子拆了,在原先的基础上扩建了一番。

房子还是刘二承建的。刘二因为有寿迟迟没有搞定宅基地,每次安排工人过来施工都不顺利。只要工人一开工,村建办的人就会出现,进场十几天,地基都还没有能浇筑好。刘二耗不起,要求有寿按照协议赔偿前期材料款,并且补偿误工损失。有寿别墅没建成,本来就窝着一肚子的气,说什么也不肯赔偿刘二的损失。他对刘二说:"材料你可以拉走,我最多承担运费,房子一块砖都没有上墙,误工费一分钱也没有。"两人为此吵得不可开交。

豌豆到底是在外面走的生意人,笑嘻嘻地提出把老房子包给刘二的折中方案。材料接着用,误工损失从建房里再补回去。刘二骑虎难下,没有办法,只得接受城下之盟。

刘二前期误工损失不小,新建房的时候就偷工减料了。有寿虽说天天在工地上看着,可他就是个老农民,哪里知道建筑上的那些关门过节?水泥标号降低了,钢筋直径变细了,钢筋间距变大了,水电材料都是非标的,他一样也看不出。

房子建好以后,尽管高大宽敞,光明庄人却怎么看,怎么不顺眼。说是瓦屋吧,比瓦屋大,既不是三间,也不是五间。说是别墅吧,只有一层。说是商品房吧,厨房和卫生间又在外边。不伦不类的,怎么看怎么别扭。

豌豆和有寿为了房子的事,彻底和立秋结下了梁子。返回新

第四十九回　求其次新房落成　施诡计贿选失败

疆之前,豌豆找到二叔有福:"二叔,俗话说'朝中无人莫做官'。我们齐家这一门想要在光明庄上挺直腰杆,就得有人在村里做干部。"

"侄大少你不在家,你要是在家,不说做个村主任,做个镇长也够格。"有福也学会了拍马屁,尽管对方是自己的亲侄子,可这个侄子是大老板,拔根汗毛都比自己的腰粗。

"我不在家,天赐在家呀。叫天赐回来,回来参加村主任竞选。"

"天赐干活儿行,他一天干部也没有做过,哪有人会选他?"

"你傻呀!你不会出去活动活动?"

"活动?怎么活动?"

"你私下里去找找那些和立秋关系没那么紧的人,就和他们说,只要选天赐做主任,一票一百块钱。"

"一票一百块钱?上千人不是要十几万块钱?村主任一年的工资才多少钱?"

"谁让你个个都给钱啦?只要有一小半的人投票给天赐也就够了。就那么多选民,多个青虫吃棵菜,选天赐的人多了,选他平安和怀德的人不就少了?你要把眼光放长远!几万块钱算什么?只要做了村主任,这几个小钱很快就收回来了。这次建房,我让我爸给立秋送了两万块钱办宅基地,立秋还嫌少不肯要呢。你想想,光明庄一年有多少人家要建房?一家两万,那是多少钱?还有生孩子开准生证、给孩子报户口、新人结婚迁户口、老人死了安排墓地,还有上级安排下来的各种补贴、村里安排的各种务工,哪一样不在村主任手里攥着?哪一样不是钱!"豌豆对有福循循善诱。

"当干部有这么大油水,我怎么就没想到?"有福有些心动了,"问题是我现在也拿不出几万块钱啊。"

"你是我二叔,天赐就是我兄弟,这钱我替他出。我要让你们在光明庄抬起头来做人。"为了给有寿出气,这次豌豆下了大本钱。

春节一过，就到了换届选举的时候。

天赐果然回到了光明庄来报名参加村主任竞选。有寿、有福选举前天天在庄上活动，天天请人到家里喝酒，先把天赐送进了候选人。接着到处承诺，只要给天赐投票，一张选票一百块钱，提前兑现。

有寿和有福活动的人，大多是光明庄那四张莲叶上的村民，因为不是一个生产队，和立秋的关系就没那么铁。大多数人都收下了钱，反正又不是自己当干部，谁当还不是一个样？这钱可是真金白银，不要白不要。有寿算了算，送出去五万多块钱，票数已经够了。有寿胸有成竹，仿佛已经看见天赐当上了村主任，自己憋屈了几个月，这回总算可以扬眉吐气了。

换届选举如期举行。支部书记的选举很顺利，全体党员参选，从部队转业回来的副支书满意获得了多数党员的认可，成功继任。

村主任选举的结果却出乎所有人的意料。

票数最高的是平安和怀德，两人打了个平手，都是六百多票，相差只有十几票。他们被天赐硬生生地分掉了不足一百票。就是这近一百张选票，让平安和怀德的票数都没有过半数。

有寿和有福气得要骂娘，却又不敢当众发飙，怕落个贿选的罪名，只好打落牙齿往肚里吞。

平安和怀德旗鼓相当，光明庄没能选出新的村主任。大伙儿一致推荐立秋代理一年，三个候选人担任村委会副主任。一年内，几个副主任如果能做出成绩来，在明年清明前得到村民代表三分之二的支持，直接接任新一届村主任。

平安和怀德都表示同意。天赐本来就对村主任这个位置没有兴趣，硬是被有福拉回来参加竞选的，现在这个结果，让他更加坚定了退出的想法，他不顾有寿和有福的反对，坚持选择退出，第二天就回到楚水县城的汽修厂上班去了。

有寿和有福回到家，挨家挨户上门去讨要原先送出去的一百

第四十九回　求其次新房落成　施诡计贿选失败

块钱。没有一个人把钱还给他们,所有人都说自己按照约定投了天赐的票,现在有寿和有福又要反悔,以后还有谁敢再信他们?

有寿和有福白白送出去五万块钱,村主任没有当上,还落了个出尔反尔的帽子。气得有寿在床上躺了两天。

这些年种田用上了化肥,再也没有人到生产河里去罱泥给庄稼做绿肥了。原本碧波荡漾的小河,慢慢地长满了水花生,生产河远看仿佛茂盛的草原一般。收割季节推下河的麦秸和稻草,更是一年四季都在河里腐烂、发酵。曾经可以捧起来就喝的小河河水,变成了黄褐色,牛尿一样,散发着一股腐臭味,再也没有人敢喝了。

可是,那些在河里汰洗惯了的光明庄人,还是不怎么习惯在家里的水池里汰衣服,总感觉放不开手脚。至于那些杀鸡宰鹅一类的清洗,在逼仄的水池里哪能弄得干净?还是要到大码头上才能放心。像李凤英和老想娣这样的老人,更是习惯了在大码头上淘米洗菜。用她们的话说:"只有人污水,哪有水污人?"因此,即便串场河边早就装上了自来水,有寿家屋后的大码头,还是光明庄三队最热闹的去处。

到了三春头上,河水枯竭,大码头前面原本宽阔的水面瘦成了一个小水塘。远处,是枯黄腐烂的水花生和绿萍,像是水面上伸长的一只只耳朵;水底,是几尺深的淤泥,不时嘟噜噜地冒出一串细小的气泡,人们上码头汰洗成了问题。大憨和民主、解放几个人一商量,决定重修大码头——用混凝土把码头向下再浇筑两阶,再买一条浮动水码头,不管是涨水还是枯水,水码头都可以自由浮动。再把水码头前面的河泥彻底清一次淤。这样,只要生产河里有水,大码头什么时候都可以使用。

· 247 ·

第五十回　建码头一毛不拔　探病母有民回家

　　庄上人一致推举德高望重的老有田挨家挨户上门去募捐——集资修码头,多少随意。
　　这几年,光明庄的生猪养殖成了气候,外出打工的人几乎都回来了。家家户户都靠养猪致了富,谁也不在乎拿出点儿钱来修码头。老有田八十多了,不管跑到谁家门上,大伙儿也都不会驳他的面子。大码头附近,几乎家家户户都捐了款。
　　怀德家在庄后,不在庄前的大码头用水,他也捐了两百块钱,对老有田说:"有田大大,你先收着。到时候修码头不够,就和我说一声,缺多少钱,我一个人出。"
　　老有田看着怀德,慈祥地笑笑:"小伙儿,修个码头花不了多少钱。这么多人家呢,一家一百块就足够了,剩下的钱留着其他地方用。大家的事,不能叫你一个人出钱。"
　　老有田以为,修桥铺路这样的事肯定会一呼百应的。毕竟,现在谁家也不差这百儿八十块钱,可他偏偏在有寿家里碰了钉子。
　　老有田捧着本子到了有寿家,说明了要集资修码头。有寿直接一口回绝了他:"我家有自来水,不上大码头。"
　　"你还不上大码头,你家李凤英现在还在码头上汰衣裳呢。"
　　"汰衣裳是蹲在老码头上,不修也能用。"
　　"豌豆在外头做大老板,你还差这百儿八十的?"
　　"豌豆现在不是光明庄的人,你凭什么要他捐款?"提起豌豆,有寿来了气,说出话来硬邦邦的,直往人脸上戳,"你也是齐家二房出来的,三队的人合起伙来欺负我这一房,你闭着眼睛假装看不见也就算了,现在倒好,你还有脸跑到我门上来收钱。"
　　老有田气得胡子往上翘,还想和有寿理论几句。和他一起来

第五十回　建码头一毛不拔　探病母有民回家

的大憨一把拉起他的手,拖着他往外就走。

两人出了门,走了一段路,老有田越想越来气,还要回头去找有寿论理,被大憨死死地拦着:"老叔,死了张屠夫,不吃混毛猪。少了他有寿一家,我们照样修码头。这种人视钱如命,你犯不着和他置气。"

老有田气呼呼地说:"齐家长房怎么就出了这么个一毛不拔的东西?丢祖宗的脸啊!"

就在这时,一辆小汽车停在了他们身旁,从车上走下一个大个子,朗声和他们打招呼:"有田叔,这是谁惹你生气啦?"

老有田看了看来人,没说话,大憨赶紧把原委说了一遍。来人哈哈大笑,伸手从车上的黑色手包里掏出一沓百元大钞,一把塞到老有田手里:"我当是多大的事,就为这个生气,不值当。有田叔,这些你先用着,不够跟我说一声。"

老有田来不及说话,来人说了一句:"今天刚好有事,下次,下次我请你喝酒。"说完,不等老有田回话,上了车,一脚油门开走了。

大憨愣愣地盯着老有田手里的钱:"叔,这人谁呀?我怎么不认识?不是我们光明庄的吧,怎么来了就给钱呀?"

老有田啐了一口唾沫:"呸!他的钱我一个子儿都不要,我嫌脏!"

大憨更糊涂了:"叔,这到底咋回事呀?"

"咋回事!这个王八蛋就是'掭羊毛'!"

大憨知道了,来人就是原先豆奶厂的厂长邓扬茂。

邓厂长没用几年的工夫,就成功地把一家好好的豆奶厂给干垮了。当初建厂的时候,全镇大多数人家可都是入了股的。厂子建起来了,邓扬茂成了豆奶厂的土皇帝,什么事情都是一个人说了算。邓扬茂好色,看中了一个年轻漂亮的女工,没费什么力气就搞到了手。得手以后,他把女工安排到厂里做总账会计,豆奶厂就成了他和情妇两人的夫妻店。邓扬茂尝到了权利的好处,一心想要

· 249 ·

保住自己在豆奶厂说一不二的位置。想要保住屁股下的椅子就得花钱,想要养情妇也得花钱,邓扬茂就把手伸向了厂子。他指使会计做假账,把钱拿出来供自己潇洒。因为舍得花钱,邓扬茂一时间高朋满座,走到哪里都是一副成功企业家的形象,巴结他的人如过江之鲫。他老娘死了,前去吊唁的人络绎不绝,各式各样的小汽车把交通都堵塞了。事后有人说:"邓扬茂死妈妈,赚的钞票没法花。现金收了几十万,礼品装了一房间。"然而假象就像是包着火的纸,终会有被大火吞噬的一天。靠贪污换来的虚假繁荣终于维持不下去了,不到两年时间,花费上千万建起来的豆奶厂就负债累累,再也无法运转了。

厂子败光了,老百姓个个心疼得不行。心疼也没办法,罪魁祸首的邓厂长被抓起来判了几年劳动改造,老百姓还能咋的?人家一个前途光明的镇干部变成了阶下囚,已经为自己的失职行为付出了代价。为此,老百姓给邓大厂长起了个外号——"扽羊毛",提起他来就恨得牙痒痒。

前不久,"扽羊毛"又回来了。

"扽羊毛"刑满释放没几天,就把闲置的豆奶厂三分不值二分地给买下了。至于买豆奶厂的钱从何而来,光明庄的人用脚趾头都能想出来。直到这时,光明庄的老百姓才终于回过神来,明白了"扽羊毛"玩得一手瞒天过海的好牌。

现在,豆奶厂早就变成了一家混凝土搅拌站,临河靠路,生意红火得像是开了锅的粥,盖都盖不住。

老有田气呼呼地对大憨说:"走,把钱送给立秋去,让她还给'扽羊毛',光明庄不要资本家的施舍。脏!"

老有田和大憨顺着大路来到了采莲家门口。门虚掩着,老有田喊了两声:"采莲子,采莲子。"

没人应答。老有田推开院门走了进去,大憨也跟在后面。

院子里转了一圈,也没有看见人,堂屋的门同样虚掩着,老有

第五十回　建码头一毛不拔　探病母有民回家

田准备推门,大憨说:"怕是出门了吧。"

老有田说:"你什么时候看见采莲子串门了?"

大憨不说话。老有田接着说:"她是个仔细的人,住在这大路口,出门怎么不锁门?"一边说一边推开了大门,一股呛人的农药味扑鼻而来。

采莲穿戴整齐地死在床上,床下倒着一只"敌杀死"的空药瓶。老有田惊慌失措地喊了起来,大憨则呆呆地站在床前,泪水顺着脸颊无声地淌了下来。

立秋闻讯赶了过来,大伙儿在采莲的床头柜上发现了一份病历——食管癌Ⅲ期。

村委会办理完采莲的丧事,立秋组织村委一班人开会。立秋在会上说:"采莲的死,狠狠地扇了我一记耳光。我们天天说要为老百姓谋幸福,要让老百姓过上好日子,可我们的村民得了癌症我们都不知道,就在我们眼皮底下自杀了。一个人如果不是到了山穷水尽的地步,怎么会选择去走这样的一条路?我们这些党员干部夜里能睡得安稳吗?"

会议室里安静得可怕,大伙儿都低下了头。立秋接着说:"这件事给我们提了个醒,我们不仅要考虑怎样带领村民脱贫致富,还要考虑那些孤寡老人的养老问题,不能等问题出现了,再在这里自责,我们要把工作做到前面去。这两天我想了很多,我先把自己的一些想法说出来,我们一起来议一议……"

村委一班人经过讨论,决定把废弃的村小改造一下,建成一个养老院,村里的那些孤寡老人以房养老,房子收归村集体所有,进行拍卖和退耕,老人集中到养老院去,由村里安排专门人手负责照顾老人的生活起居。同时,向社会募捐,成立助学基金,专门资助那些需要帮助的孩子完成学业。

这一政策得到了全体村民的积极响应,不久,光明养老院就搬进了七位孤寡老人,老有田也搬了进去。第一批帮贫基金也很快募集到位,并设立专门账户管理,专款专用。

大码头很快就修好了,又宽大,又结实,李凤英照旧天天到码头上淘米、洗菜、汰衣裳,大伙儿谁都不说什么。偶尔也会有人不屑地嘟囔一句:"一分钱不出,哪有老脸上码头的?"李凤英低头汰洗,只当是什么都没有听见。

大码头浚深过后,水面变得宽阔了,水深也更深了,几乎看不到河底的淤泥和猪粪了,可就在上游不远处的河底依旧沉淀着厚厚的猪粪。

这些年,平安的猪场已经扩大到了十栋猪圈。自己两栋,一栋养肉猪,一栋专门养老母猪,自繁自养。还有八栋出租给了庄上的其他村民。还有些村民自己建了猪圈,有大有小,每年也能出栏百儿八十头肉猪。

随着养猪场的扩建,猪粪成了令光明庄人头疼的大问题。最初养得少的时候,猪场产生的猪粪都被老百姓用板车拉到了承包地里做了肥料。随着猪越养越多,猪粪也越来越多了。自家地里用不了,养猪的人家就把猪粪堆积在猪圈旁边。一到夏天,粪堆上引来密密麻麻的一层苍蝇。最要命的是下雨,一场大雨过后,那些堆着的猪粪就顺着雨水流到了生产河里。时间一长,生产河里沉淀了一尺多深的猪粪。猪粪在水底发酵后,变成了一团一团的白沫,漂浮在水面上。原先清澈的河水变成了令人作呕的黄褐色。河里,连鱼虾都看不见了。光明庄人形象地称它"猪尿河"。

后来,全国上下都意识到了环境保护问题的重要性。满意和立秋召集养猪户到村部开会,讨论养猪户的猪粪处理问题,计划把排放不达标的散养猪场关停。

但大伙儿都在养猪上尝到了甜头,还有人正准备扩大规模大干一场。俗话说,断人财路,等于杀人父母。尽管大伙儿这些年对立秋做领导是心服口服,可现在突然说要关停环保不合格的猪场。这次,很多人都不干了,在切身的利益面前,人情显得太过苍白。

第五十回　建码头一毛不拔　探病母有民回家

会议开了半天,也没有能拿出个可行的方案来,最后在吵闹声中不欢而散。

最先感觉身体不舒服的是大憨的老婆黄凤英。先是感觉吃饭时喉咙里膈应,然后就是萎靡不振,成天要打瞌睡,整个人眼看着一天比一天瘦。

大憨带着黄凤英到楚水人民医院去检查,结果,人没有回光明庄,反而传回来一条噩耗——食管癌晚期。

成龙把猪场拜托给荷花,和父亲大憨一起到楚水人民医院去给妈妈做手术。

成龙走了,荷花一个人照顾两家的猪。这些年,荷花养猪早就养出经验了,三百头猪,对她来说还真不费事,可婆婆老想娣偏偏在这个时候也生了病。

有民一走多年,老得旺和老想娣两口子没有把荷花当成外人,什么事都为荷花着想。荷花对公公婆婆也是敬爱有加。现在,婆婆得了病,她赶紧让公公带上婆婆到乐吾的卫生院去做了检查。医生建议要到大医院去复查一下,说可能不是什么好病症。这下,荷花是真着急了。

老得旺年纪大了,让他一个人送婆婆到医院去,荷花不放心。自己早上起来把猪场的事处理好,赶紧请怀德开上车,送她和婆婆一起到楚水人民医院去。

到了医院,做好了各种检查,又顺道去探望了一下黄凤英。荷花把婆婆的病历留给成龙,让他到时候去帮忙取报告,找医生看过报告,再把结果告诉自己。又匆匆忙忙地回到了光明庄。

三天以后,成龙给荷花打来了电话——食管癌晚期。老得旺吓坏了,赶紧翻出儿子有民的电话打过去。

有民自从人间蒸发以后,再也没有出现过,只是在两年前给老得旺打过一次电话,说自己在安徽。老得旺在电话里把有民大骂了一顿后,再也没有打过那个电话。现在,老想娣得了癌症,老得

· 253 ·

旺只能给有民打电话了,让他赶紧回家给他妈妈看病。

两天后,有民在下午时分回到了光明庄。一个人,没有拖家带口,也没有大包小包。才四十岁的人便已经鬓发斑白,模样显得很憔悴。荷花没有哭闹,甚至情绪都没有波动,只是平静地跟他说了婆婆老想娣的病情,让他赶紧送老人去做手术。

有民仰着头,坐在老得旺的堂屋里,就那么木木地看着房顶,一声不吭。这时,齐乐放学回到了家,他已经长成了一米七的大个儿,在镇上中学里读初三,再有两个月就要中考了。他知道奶奶生病了,一回到家,就来到了老得旺的屋里。

进了屋,齐乐看见了屋里坐着的有民,他没有和有民打招呼,而是径直走到老想娣面前:"奶奶,你什么时候去医院?"

老想娣拉住齐乐的手,摸着他的头说:"乖乖肉,奶奶老了,没得看头了。"

"什么就没得看头了?"齐乐转身对着有民,面无表情地问他,"你什么时候送我奶奶去医院看病?"

有民正呆呆地盯着齐乐看,被儿子一吼,他的脸上变得异常尴尬,半天,才嗫嚅着说:"我没有钱。"

"你没有钱?没有钱你回来干什么?你还回你的安徽好了!没有你,我们一样过得好好的。"齐乐说着,眼泪就滚落下来,自顾自地哭得上气不接下气。

老想娣赶紧把齐乐搂到怀里,安慰他:"乐乐不哭,乐乐不哭。奶奶年纪大了,看了也没几天活头,不要把钱扔到串场河里去。"

第五十一回　泄私愤有民纵火　念旧情荷花认赔

　　黄凤英出院回到了光明庄,每天去看望的人络绎不绝。成龙忙着照顾妈妈、招呼客人,一时间也没有时间去猪场,猪场的事仍旧由荷花帮忙照应。

　　这天夜里,成龙的那一半猪圈突然失了火。大火先是从猪圈里垫着的稻草烧起来的,接着,引燃了猪圈房顶上的椽子和檩条。幸好发现得及时,平安领着人把大火扑灭了,只烧了东头三档猪舍。只是苦了那三间猪舍里的几十头猪了,有一米多高的水泥预制栏板拦着,跑又跑不掉,翻也翻不过,只能在猪圈里转着圈地被大火烧。火扑灭以后,大伙儿一看,死了几头,剩下的,全都被烧得毛焦皮破惨不忍睹。

　　荷花蹲在猪圈外哭诉:"我看春头上有点儿冷,怕猪子夜里着凉,昨天晚上把晒干的稻草铺在猪圈里。我走的时候还好好的,怎么就会失火了呢? 怎么就会失火了呢? 凤英嫂子才开了刀,把猪子拜托给我的,我怎么对得起她呢? 我怎么对得起她呢?"

　　大伙儿帮忙把死猪抬出去埋了,又劝慰了一番,也就各自散去了。

　　成龙站在荷花面前,涨红了脸,吭哧吭哧地对荷花说:"又不是你放的火,是我运气不好,不怪你。"

　　成龙回到庄台上请了几个人,把烧毁的猪圈上盖拆了,重新翻盖,春头上气温低,再把另一半没着火圈里的猪冻坏了可不得了。

　　平安帮忙安排好翻盖的事,回到办公室里去调看监控,结果发现了问题。

　　平安随即打电话把情况汇报给了立秋和满意。立秋和满意赶紧到猪场查看了监控,随即和平安一起来到了老得旺家里。

· 255 ·

老得旺坐在门口院子里收拾农具,看见三人进来,赶紧把他们让到屋里。有民坐在堂屋里看电视,看见三人进来,眼睛里闪过一丝惊慌,随即又镇静下来,起身打招呼。立秋走到里屋,和躺在床上的老想娣说了几句话,然后对有民说:"有民,我们找你谈点儿事情,你和我们一起到村部去吧。"

"有什么事就在这儿说吧。我不是不给我妈看病,我是真的没有钱。"

"给你妈看病的事回头再说,我们找你还有其他的事。"

"其他还有什么事?她荷花还没有离婚,就和那个大气卵勾勾搭搭的,你们村委会到底管不管?"

"我打死你个混账东西!"老得旺拿起一把笤帚就往有民身上招呼。平安赶紧拦住他:"有民叔,你这样说就不凭良心了啊。成龙和荷花都在我那里养猪,这么多人都看得见,两人清清白白的。你可不能乱说。"

立秋盯着有民看了好一会儿才开口说话:"有民,你自己抛妻弃子在先,有什么资格在这里说荷花?不要说他们没有这回事,就是有,也很正常。"

"你看,露馅儿了吧。现在连你这个大主任都这么说了,我就知道他们早就明铺暗盖一起睡了。"

"你不要血口喷人。立秋主任说的是你没有资格去要求荷花婶什么?你不要转移话题,现在跟我们去一趟村部吧,我们谈谈其他的事。"满意拉下脸,严肃地对有民说。

满意浓眉大眼、身材挺拔,又在部队当了十几年兵,说起话来浑身上下都有一股光明磊落的气势和威严,有民不敢说话了,讪讪地站在原地。老想娣从床上起来了,拉住立秋问:"立秋啊,是不是我家有民犯了什么法?"

"婶儿,也没什么大事,我们只是找他了解点儿情况。"

"你快跟主任走,不要再说那些不着调的话了。"老想娣把有民

第五十一回　泄私愤有民纵火　念旧情荷花认赔

往门外推。

"我不去。我又没有杀人放火,我跟她去做什么?"

"有民,你自己做了什么你心里有数。你和我们到村部去,把事情说清楚,想想怎么把事情解决好。不要弄得自己下不来台。"满意的语气越发重了。

"我有什么下不了场的?不就是在外面有女人吗?我们又没有领结婚证,我怕什么?"

"有民叔,你再这样装糊涂,我们只好报警了。"平安说了一句。

"报警?你到底干了什么?"老得旺听说平安要报警,吓坏了,指着鼻子追问有民。

"我怕什么?"有民依然在装,"我们没有领结婚证,不算重婚罪。最多是个生活作风问题。"

"据我所知,你在外面生了个女儿。事实婚姻算不算重婚罪,我说了不算,法院说了算。但你纵火肯定是属于犯罪了,你最好想清楚再说。"立秋见有民还在狡辩,索性把事情说了出来。

"啊?"老得旺两口子惊呆了。有民也一屁股坐到了椅子上,垂着脑袋一言不发。

"你这个孽子啊,你怎么能做出这样下作的事情来?你这是要气死我们两个老的啊。你给我滚,现在就滚,再也不要回来了,我只当没有生过你这个孽子。"老得旺手指着有民破口大骂,老想娣呆坐在沙发上默默流泪。

立秋打电话把荷花和成龙都叫了过来。满意当着老得旺一家和荷花、成龙两人的面,把有民夜里到猪圈纵火的事情说了一遍。

成龙本来以为是荷花不小心,在猪圈里掉了火种,才引起的火灾。现在知道是有民故意纵火,气得攥紧了双拳,就要冲过去揍他一顿。但他一抬头,看到荷花正满眼怨恨地盯着有民,紧攥着的双拳又不觉松了下来:"我听主任的,你说怎么办就怎么办。"

"这种事情如果报上去,不仅要民事赔偿,肯定还要负刑事责任。我想,有民也是一时糊涂,如果愿意主动承担猪场和成龙的损失,我就劝平安和成龙大事化小,不要再追究了。毕竟有民也是光明庄的人。"立秋提出了解决方案。

"我没有钱。"有民不像刚才那样嚣张了,低着头,声如蚊蚋。

屋子里沉默得可怕。

过了大约五分钟,老得旺转身进了房间,出来时,手里哆哆嗦嗦地拿着一本封面磨得发白的紫红色存折:"养不教,父之过。平安和成龙你们算算,猪场损失了多少钱,我老头子赔。"

荷花一把抢过老得旺手里的存折,塞到老得旺的上衣兜里:"爸,你这是干什么?怎么能要你赔?"

"丫头啊,这些钱是我们老两口这些年攒下来的,本来想留给齐乐上大学、娶媳妇的。可是,家门不幸啊,我摊上了这么个不成器的儿子。欠债还钱,天经地义。我不能让人戳我们老两口的脊梁骨啊。"老得旺说着,忍不住老泪纵横。

"爸,钱你留着。结婚以后,我在家里白吃白喝了几年。这笔债,我荷花还!从今往后,我不再欠他齐有民什么了。"

第五十二回　夫放手一拍两散　婆为媒百年好合

　　老想娣最终还是不肯到医院去做手术，而是定期到楚水的康复医院去做一次化疗。老想娣说，自己岁数大了，不想去挨那一刀，剩下的日子，她就想好好地在家陪着老头子和孙子。
　　有民走了。临走之前，和荷花一起到镇里民政办去办理了离婚手续。他也想在母亲膝下尽孝，无奈，安徽那边一天几个电话催他回去。光明庄他是待不下去了，光明庄的家已经散了，如果安徽那边再不要他，那就真的是两手摁烂泥——什么都落不下了。
　　平安没有让荷花赔钱，说是只当是一场天灾，让荷花把钱给老想娣，让她想吃就买点儿吃的，想玩就出去转转。
　　成龙的损失最大，他也说服了大憨和黄凤英，没有要荷花的赔偿。这些年，成龙和荷花在一栋猪圈里面养猪，互帮互衬的，两人心里都有了点儿那么个意思，只是荷花没离婚，也就一直没有捅破那层窗户纸。
　　这天，老想娣到了成龙家里，去探望在家养病的黄凤英。
　　黄凤英手术过后，身体恢复得不错，虽然脸上还是没什么血色，却已经能吃些软烂的食物了。可能是手术时，碰到了声带，说话时声音明显有些嘶哑，仿佛是压着嗓子。
　　此刻，黄凤英正躺在一张躺椅上休息，身上盖着厚厚的毛毯。看见老想娣过来，黄凤英赶紧让大憨搬来一把椅子，招呼老想娣坐在她身边："婶子，你这身体要在家多休养，可不能到处跑了。"
　　"凤英啊，我对不起你啊。养了个陈世美，我没脸见人啊。"
　　"婶子，有民的事，不要再提了，你自己要多保重。"
　　"我娘家没有兄弟，父母给我取名想娣，就想养个儿子，却一辈子也没有养成。为了这件事，我父母到死都不肯闭眼。我嫁到光

· 259 ·

明庄来,三十多岁才有了有民,从小就当个命宝一样地惯着,巴望着他能好好做人,让我们老了能有个依靠。哪晓得他被魔鬼蒙了眼睛,妖精迷了心窍。先是陈世美不认前妻,把婆娘小儿扔在家里,现在回来又做出这种伤天害理的事。丢人啊,我和他老子都没脸在光明庄上走了。"

"婶子,他是他,你是你。光明庄三队哪个不晓得婶子你老两口是好人,从来不护短。"

"到底是自己养的小伙儿,我们也下不去死手。现在不让他走,要是安徽那头再不要他,他也就真没有活路了。"

"晓得呢,晓得呢。"

"凤英啊,我也没有几天活头了。这是老天爷惩罚我,我前世造了孽,我认了。可我不放心啊。"

"婶子,你有什么心思,跟我说说。"

"我家小伙儿是个倒马叉(不成器),我不谈他,可我家荷花是个好媳妇啊。有民这么对不起她,她还是一样照顾我们老两口,她的事情不解决,我死不瞑目啊。"

黄凤英明白了,这些年她做梦都想给成龙成个家,可没有哪个女人愿意来呀。现在看来,老想娣是想撮合荷花和成龙。黄凤英心里是一百个愿意,可她担心荷花不愿意。想到这儿,黄凤英对老想娣说:"婶子,按说荷花现在也离了婚,是该找个人了。她还年轻,这往后还有一大段的日子等着呢,满床儿女,抵不上半床夫妻,一个人的日子难过啊。"

"就是这个理。我就想,要是荷花和成龙一起搭伙过日子就好了。成龙是我看着长大的,虽说人是闷了点儿,但能干、心眼好啊。荷花来我家十几年了,是个什么样的人,你也知道。大家知根知底的,多好啊。"

"婶子,你这话说到我心里去了。"黄凤英在躺椅上直起了身子,"我就怕荷花不同意,毕竟,两人差着辈呢。"

第五十二回　夫放手一拍两散　婆为媒百年好合

"你这岁数小巴巴的,怎么还有这老思想?我们家姓齐,成龙姓宋,就是这么喊喊的,哪里真有什么辈分哦。再说了,现在荷花离了婚,就不是什么长辈了。"

"也是,也是。乐乐大了,就怕乐乐不同意呢。"

"我家这个孙子,你别看他人小,主意大得很呢。几年前我就听他暗地里撺掇他妈妈离婚了。这次有民回来,他一声也没有喊他。"老想娣说着,眼泪又流了下来,"造孽哦,造孽哦。爷儿俩反目成仇了。"

两人谈了好一会儿,越谈越投缘,越谈越觉得这是一桩天造地设的良缘,越谈越觉得此事刻不容缓。当即,黄凤英就让大憨打电话,把成龙和荷花都叫到了家里。

成龙和荷花来了,看见老想娣也在,俩人面面相觑,不知道发生了什么事情。黄凤英笑眯眯地招呼荷花坐下。老想娣开口把自己的想法说了一遍:"荷花,好闺女。我就这么一个心愿,只有把你安顿好了,我才能走得安心。要不然,我没脸下去见老齐家的列祖列宗呢。"

荷花看着头发花白的老想娣,也是止不住悲从中来,两手拉着老想娣的手,抽泣着说:"妈,我听你的。"

一直在一旁局促不安的成龙听见荷花这么说,大嘴一下子咧开了,岔着两腿走到老想娣面前:"齐奶奶,你放心,我和荷花一起给你们养老送终。"

老想娣脸上露出了欣慰的笑容:"谁说成龙闷的?你看,这嘴多会说话呀。"

成龙闹了个大红脸,说话越发结巴了:"齐奶奶,我……我……我说的是真心话。"

"我晓得,我晓得。"老想娣拍了拍成龙的手,"成龙是个实诚人。把荷花交给你,奶奶放心。"

一家人正在屋里说着话,有安的老婆爱红一头走了进来:"我来看看凤英嫂子。嗳,婶子你也在啊。你们都在谈什么?这么高兴?快说给我听听。"

老想娣笑着说:"我们在谈荷花和成龙的事呢。"

"哦?"爱红拖着长长的尾音,眨巴着大眼睛促狭地看着荷花,"那,荷花往后看见我,不是要喊我婶子了。"

荷花起身在爱红腰上挠了一把:"好,我叫你婶子,我现在就叫你婶子。"

爱红咯咯地笑着,一边和荷花对挠,一边夸张地对着成龙喊:"成龙,快管管你家这个疯婆娘,没大没小的,像个什么样子。"

成龙咧着嘴憨笑:"婶子,我可不敢管她。"

"吆、吆、吆,这还没过门,你就怕上啦。荷花这个疯婆娘将来够你受的。"

满屋子的人哄堂大笑。

爱红停住了笑,看着荷花说:"哎,你们听说没有?李凤英得了病,听说也是食管癌。"

"啊?这光明庄是怎么啦?"

一屋子的人面面相觑。

第五十三回　染怪病寻根探源　治污染出谋划策

豌豆从新疆回来了,把李凤英带去了上海做手术。

不到两个月的时间,光明庄上有三个人得了食管癌。一时间,光明庄上人心惶惶,大家不知道问题出在哪?这么短的时间,怎么会都得了同样的病?

立秋和满意商量后,再一次在村部召集全村养猪户开会。

在会上,立秋说光明庄上连续有人得病,而且得了同样的病。加上年前去世的陈寡妇采莲,不到一年时间,光明庄已经有四个人得了食管癌。而且得病的都是那些喜欢在大码头上淘米、洗菜的老人。世上哪有这样巧合的事?会不会是因为河水污染造成的?大家看看,我们的河现在都变成什么样了,老百姓都管它叫"猪尿河"了。

一语惊醒梦中人!会场上大家交头接耳,议论纷纷,一时间,说什么的都有。

立秋双手向下压了压:"不管是不是因为河水污染,这件事都给我们敲响了警钟。这些年,我们光明庄的经济是搞上去了,大伙儿的生活跟以前比有了天翻地覆的变化。但是,我们周围的生活环境也被破坏得不成样子了。虽然,我们光明庄是养猪专业村,和那些化工企业的污染不一样。可现在大家到大码头上去看看,河底沉淀了多厚的猪粪?以前上工的时候,渴了,大伙儿到河里捧起水来就能喝。现在不要说喝水了,下河游泳都不敢下去了。再这样下去,我们光明庄就真的要变成猪粪庄了。在座的各位都是光明庄的养猪大户,你们为光明庄的经济建设做出了重大贡献,立下了汗马功劳。可以说,没有你们,就没有光明庄的今天。但是,我们不能只顾我们这一代呀,我们总要为光明庄的子孙后代留下点儿什么吧。难道我们要留给他们一座臭气熏天的村庄吗?难道我们要等光明庄的人都得了病,才知道回头吗?"

会场上鸦雀无声,立秋喝了一口水,继续说:"前些年的太湖蓝藻大家还记得吧?无锡那么大的城市,几百万人口,吃饭喝水都靠矿泉水。难道,这样的教训还不够深刻吗?现在,中央已经意识到了保护环境的重要性,全国上下都在进行环境治理和环境保护。这是我们经济发展的副作用,也是我们摸着石头过河,不注重环境保护的代价和学费。我们搞经济建设没有现成的经验可以借鉴,走些弯路也在所难免。但是,既然现在已经认识到了这一点,眼睛就不能只盯着经济指标了。光明庄的环境治理,已经到了刻不容缓的地步。"

"我知道,大家在养猪场上都投入了大量的资金,养猪场就是大伙儿的命根子。现在让大家把养猪场关了,损失太大了。可是,我们如果再加大一些投入,把猪粪进行无害化处理,我们还是一样可以继续我们的养猪事业。"

"对于那些污染严重而又无法进行技术改造的小养猪场、散养猪场,我的意思是一律关停。虽然,我们短时间内肯定会有一些损失。但从长远的发展来看,现在所有的损失和投入都是值得的。"

平安看了看大伙儿:"我们合作社的鸡粪现在有专门的厂家上门收购,他们收回去后加工成花肥,已经变废为宝了。现在最大的问题是猪粪,虽然猪粪也可以烘干后卖给植物能发电厂焚烧发电,但是,就目前的技术而言,烘干和运输的成本太大,几乎没有可行性。养猪场现在有五个两百立方的化粪池,基本上可以满足养猪场的需要。但还是有个问题,化粪池的容积是有限的,而猪粪每天都在增加,发酵后的猪粪还是没有地方可去呀。"

"这件事我也考虑到了。"立秋接过话头说,"上次开会以后,我就一直在想这个问题。怀德在家里给我提出了一个思路。怀德,你现在给大伙儿说说你的想法。大家听听,可行不可行?"

第五十三回　染怪病寻根探源　治污染出谋划策

大伙儿闻言都扭头看向怀德。

怀德也不扭捏,站起身跟大伙儿打了声招呼:"各位老板,我妈为了猪场的猪粪,天天回家去唠叨。这事不解决了,我妈都快魔怔了。"

此言一出,大伙儿宽厚地笑了,然后一起为立秋鼓掌。对于立秋,他们一个个都是打心眼里服气的。十几年来,老主任架桥修路、办猪场、搞养殖、规范卫生室、建设养老院,为了光明庄可算是呕心沥血,这一点,每个光明庄人都看在眼里,记在心头。

怀德接着说:"我上网查了一些资料,也查看了其他地方养猪场的猪粪处理经验,找到了一条适合我们光明庄的方案。"

"怀德,你快说说。"

"我们现在的猪粪都是露天堆放的。平时苍蝇、蚊子就不说了,大家都看到了。一旦下雨,猪粪顺着雨水就下了河。平安的养猪场里,虽说有化粪池,但是,化粪池里也都是猪粪,没有多少水,也起不到什么发酵的作用,只能算是临时存放。下雨天,化粪池的水溢出来,同样会排放到生产河里,只不过比露天堆放的少了一些固体而已。"

"你就直说是猪粪,还什么固体。"有全抢了一句。

"你不说话,没人当你是哑巴。"有安瞪了有全一眼。会场上响起了会心的笑声,"怀德,你不要理他,你接着说。"

"我们可以把化粪池改造成沼气池。现在,国家有政策,建设沼气池政府有补贴。沼气池可大可小,也不占地方,回土以后,上面照样长庄稼,盖猪圈。最主要的是,经过沼气池的发酵,猪粪就变成了沼液,是庄稼地最好的肥料。我们光明庄祖祖辈辈种田,都是施的农家肥,牲畜粪便、沤烂的绿肥、草木灰,我记得小时候生产队买不起化肥,地里用的都是农家肥,长出来的稻米多好吃。现在使用了化肥,长出来的稻米煮粥,锅里连个米油都没有了。而且,由于常年使用化学肥料,土地现在已经严重板结。长久下去,我们的土地可就要变成荒垡土了。真到那时候,地里就什么东西也长不出来了。而且,化肥流到河道了,使河水富营养化,造成了水花生和水葫芦疯长,水面现在都变成草原,生产河里已经无法行船了。如果我们给土地使用上沼液做肥料,那就是纯绿色的有机肥。不仅可以大量减少化肥的使用,降低农业成本,还可以生产出无公害的绿色农产品。现在超市里的无公害农产品,价格是普通农产品的几倍,有的甚至是十几倍、几十倍……"

怀德毕业后的这些年一直做农资生意,对于农技和植保,一谈起来就滔滔不绝,停不下来。

"还有,沼气池产生的沼气,不仅可以烧水、做饭,用不掉的还可以发电。我们光明庄的猪多,猪粪也多,沼气肯定是用不掉的。只要买一台燃气发电机组,就可以把沼气发的电送到庄上来。我们可以先给庄上装上路灯,就用沼气发的电。如果还用不掉,我们可以利用沼气开个大浴室,免费给庄上人洗澡。还可以把多余的电并到电网里去,同样能够产生可观的经济效益……"

怀德一口气说了二十分钟,会场上只有他一个人的声音,所有的人都在认真地听。每个人的眼前都仿佛展开了一幅无比美好的蓝图。

怀德讲完了,全场掌声雷动。

"到底是年轻人,懂的就是多。臭猪粪还能有这么多的用处,要真是这样,淌到河里就太可惜了。大家回去全都捞上来。"有全一说话,大伙儿又哄堂大笑起来。

"这里有个问题。"平安也一直在考虑猪粪的处理问题,"沼气池的容量也还是有限的,猪粪是天天出啊。沼气池装不下怎么办?"

"这个问题我也想过了。"怀德胸有成竹地说道,"政府现在号召建设家庭农场,对土地进行集约化生产经营,我们光明庄现在土地抛荒严重,可以组织人统一进行大面积种植。不仅节约了大量

第五十三回　染怪病寻根探源　治污染出谋划策

的人力物力,集约化种植也有利于大型机械作业。你看人家美国和欧洲的农民种田,都是大型农场。现在国家出台了相应的政策,如果光明庄也建起家庭农场来,只要几个人,就能把光明庄所有的田全都种了。到时候,只要沿着以前大集体时代的灌溉渠,铺设上排水管,排水管就能直接接到各个沼气池的出料口。装上阀门,安上水泵。到施肥的时候,只要阀门一打开,沼液就能顺着管道,直接流到地里去,既环保,又省力。这样,既解决了猪粪的出路问题,又解决了土地绿色种植的问题,能够形成良好的有机循环,实现真正的绿色环保。"

会场上又是一片掌声。

第五十四回　去县城申请顺利　回故乡局长遇冷

立秋和平安一起,到楚水市里去递交沼气池建设补助资金的申请,两人在市政府大院里意外遇见了根宝。

"齐局长,你怎么在这儿?"立秋赶紧上前打招呼。

"立秋主任啊,今天市里组织老干部座谈会。我来开会的。你们这是?"根宝已经从市局局长的位置上退下来了,现在和凤霞一起住在楚水城里。

"我们来送个申请书,村里养猪场准备建沼气池。这是罐子奶奶的孙子平安。"

"哦,我听说过你——楚水市的养猪大王,小伙子年轻有为啊。"根宝向平安伸出了手。

"叔叔好。"平安赶紧上前握住根宝的手。

"你们事情办好了吗?"

"我们正要到环保局和科技局去递申请。"

"要不要我给打个电话?"

"那太好了。我们正担心烧香找不到庙门呢。"

"你们这是响应政府号召,为民办实事呢。不存在拉关系,走后门。"根宝说着,拿出手机拨打了两个电话。

"立秋主任,我和他们说好了。你们直接去吧,会有人接待你们的。"

"太感谢齐局了,什么时候有空,欢迎到光明庄去指导指导我们村两委的工作。"

"指导谈不上。现在退下来啦,有时间了,真想回光明庄去看看呢。"

"择日不如撞日好!平安有车,您不如今天就跟我们一起

第五十四回　去县城申请顺利　回故乡局长遇冷

走吧。"

"今天不行,没有跟家里老太婆请假。等下周吧,下周我回光明庄看看去。"

"那好,您出发之前给我打个电话。"

之后,立秋和平安顺利地把申请报告递了上去,都说确有这方面的优惠政策,局里会尽快研究批复,让他们回去把申请计划和相关数据统计好,统一上报。

回到村里,立秋让村委在村口的公告栏里贴出了一张公告——

公　告

各养猪户:

为了响应政府有关政策要求,也为了光明庄广大老百姓的身心健康,以及子孙后代的福祉。经光明村村委会研究决定:

一、生猪存栏五十头以上的养猪户,必须按比例建造沼气池。

二、生猪存栏五十头以下的养猪户,生猪出栏后,不得继续饲养。否则,村委将强行拆除。散养户可以自由合并,统一在村委划定的养殖区域内建设标准化养猪场,并按规定配套猪粪无害化处理设施(化粪池或者沼气池)。

三、无害化设施建成之前,生猪饲养要做好猪粪的收集和覆盖工作,严禁猪粪下河。

四、凡是沼气池规模和容积达到上级政府补助要求的,由村委组织统一申请。凡是自行拆除不达标猪圈的,村委将按照面积给予适当经济补偿。对于有意继续发展规模养猪的农户,村里在统一规划的养殖区内优先安排场地建设标准化养猪场。

五、根据上级政府有关指示精神,对村里的承包田进行确权。优先面向本村村民招标,统一建设家庭农场。土地流转费用,暂定每亩每年一千元。合同十年一订,十年内,费用不变。土地流转后,没有土地的村民,会优先安排到生猪合作社和家庭农场帮工。

楚水市乐吾镇光明村村民委员会
二〇一一年四月

公告贴出，一石激起千层浪。这些年，虽然大多数光明庄人都回到了光明庄，但种地的人却越来越少了。大伙儿不是养猪，就是养螃蟹，收入比之种地要高出许多。这些年，国家不仅陆续取消了土地上缴和河工摊派，还出台了土地补贴政策。反正种地没有上缴了，抛荒就抛荒吧。现在，能够把闲置的土地流转出去，每亩地一年还有一千元的收入，国家每年还有一笔补助款。这些，可都是从天上掉下来的钱，放在以前，可是做梦也不敢想。种田不仅不要上缴，还有钱拿，历朝历代也没有这样的好事情。那些把承包地丢掉的人家，开始往回讨要土地，只等着有人接手后，可以坐在家里收钱。

由于土地抛荒闲置时间太久，有的土地甚至已经转手多次，所有经手人都想把土地算到自己名下，那可都是红彤彤的票子呀，天上掉下来的馅儿饼，谁不想要？傻子才会不想要。一时间，村部天天有人为土地的事情争吵。正当村委满意、立秋一班人为此头疼的时候，上级政府及时出台了土地确权的相关政策——按照一九九八年二轮承包的土地所有人进行确权登记。当年土地是谁种的，土地就确权到谁的名下。这样一来，土地确权的工作难题，很快就顺利解决了。

公告贴出去的第三天，根宝到了光明庄。

立秋前一天就接到了根宝的电话，此刻，正带着村委一班人站在村部门口迎接根宝。

根宝从车上下来，头发染得乌黑，皮鞋擦得锃亮，裤缝熨得笔挺，腰杆挺得笔直。根宝依次和村委一班人握手，那架势，仿佛是领导视察。虽说现在退下来了，但毕竟做了几十年的领导，根宝的派头一点儿也没丢。

立秋领着根宝沿着村中心的有志路一直往三队庄台上走，路两旁现在已经是成排的别墅群。一边走，一边向根宝介绍这些年光明庄的变化和接下来的发展思路。路上来来往往的人，看见立

第五十四回　去县城申请顺利　回故乡局长遇冷

秋,都围了上来:

"主任,这又是忙什么?"

"主任,中午到我家吃饭。"

"主任,土地什么时候包出去?"

立秋一一点头回答,同时不忘向人介绍身边的根宝:

"陪齐局长到处看看。"

"谢谢,今天真没有空。下次吧,下次我请你吃饭。"

"大家不要着急,家庭农场势在必行,这是党中央制定的政策。光明庄目前还没有人出面承包,大家都在观望。我看你就可以考虑考虑呀,你是光明庄种地的老把式了,老将出马,一个顶俩,有优势啊。"

人们看见了根宝,岁数大一些的人冲着根宝点点头,算是打招呼。年轻人不认识根宝,好奇地问立秋:"主任,齐局长是哪里的局长?姓齐,倒像是我们光明庄的人呢。"

"齐局长本来就是光明庄的人呀。"立秋笑着回答。

"光明庄可没有这种忘恩负义的白眼狼。"人群后面有人嘟囔了一句。一时间,竟然没有人说话,场面很是尴尬。

"齐局长离开光明庄很多年了,他离开光明庄的时候,还没有你呢,你当然不认识啦。齐局长现在虽然退休了,还是念念不忘咱们光明庄啊。这次,我们申报沼气池的建设补助资金的事,齐局长就帮了不少忙。"立秋赶紧打圆场。

根宝耳聪目明,自然是听见了村民的话,脸色就有些尴尬。但他毕竟做了多年的领导,心理素质一流,只见他往前走了两步,和几个认识的老人一一打了招呼:"我齐根宝前些年因为工作忙的原因,对光明庄照顾得少了一些。大家对我有些误会,我也是理解的。现在我退休了,不像在职时那么忙了,能够为家乡做些力所能及的贡献,我一定义不容辞。"

人群的反应很冷淡,有人已经转身离开了。立秋赶紧接过话头:"齐局长在镇里和市里工作多年,有着广泛的人脉。今后我们请齐局长帮忙的时候会很多,到时候你可不要嫌我们烦哦。"

根宝笑了:"立秋主任这说哪里的话?今后只要是用得上我这个糟老头子的,尽管开口,我一定尽力做好光明庄的外联服务工作。"

中午,立秋带领一班光明庄的老人宴请了根宝,宴席就设在粉香的"土菜香"农家饭店。

多年前,粉香回到光明庄,在有志旧房子地基上,重新翻建了一个农家饭店。光明庄上有什么婚丧嫁娶的红白喜事,大都在粉香农家饭店里办酒席。粉香不仅厨艺好,烧得一手好菜,而且处世厚道、人缘好,生意很是红火。现在,粉香岁数大了,由儿媳妇接手掌勺,自己平时就在饭店里帮忙打下手。

粉香中午特地到酒桌上敬了根宝一杯酒,再次感谢根宝当年伸手帮了自己父亲老得稻一把,并且一再申明,今天中午的酒席算她请客,绝不收一分钱。立秋不同意,粉香一口回绝了她:"立秋嫂子,每次村里来人都是你个人掏腰包,这次根宝哥回来了,你说什么也得给我个机会。"

酒桌上,大伙儿对于根宝很是冷淡。根宝是什么人?几十年的官场生涯,早就练成人精了,他一眼就看得出大伙儿都是因为立秋的面子,才勉强在酒桌上应付他。现在光明庄的酒席早就不是多年前的六大碗了,鸡鸭鱼肉一应俱全,螃蟹、甲鱼、河鳗,也都上了桌。可是,整整一顿饭的时间,满桌的美味佳肴吃在嘴里,根宝却都不知道是什么滋味。

吃过饭后,他再也没有心思留在光明庄了,和立秋、粉香打了招呼,早早地上车返回楚水去了。

第五十五回　建农场请将激将　说缘由振聋发聩

光明庄的猪场改建工作推行得很顺利。

满意和立秋趁着光明庄人环保意识提高的有利时机，对全庄的厕所进行了改造。祖祖辈辈提着裤子上茅房的光明庄人，第一次在自己家里用上了干净卫生的抽水马桶。

随着光明庄环境变好，立秋带着村委一班人，利用靠近国道交通便利的优势，结合光明庄独特的莲叶浮水垛田景观，鼓励村民开办民宿发展特色乡村游产业，不仅在村部开设了农耕文化展示馆，还把部分池塘打造成了垂钓园，在池塘上修建了九曲廊桥，四周建起了供游客休息的凉亭。城里人不仅可以在光明庄观看大河向西流的自然奇观，还可以参观农耕馆，到鱼塘垂钓，到果园采摘，到菜地种菜，到农家土灶上做饭，欣赏水乡田野的自然风光，享受日出而作日落而息的农村生活。

平安养猪场的隔壁，有安和成龙各自投资新建了两栋标准化猪圈，平安自己又扩建了两栋，连同有安和成龙退租的两栋一起，出租给了那些拆掉小养猪场的村民。光明庄所有的养猪户，都统一集中到了下风向的畜禽养殖区。

标准沼气池建好了，光明庄的养殖业也走上了规模化、规范化的康庄大道。可是，关于家庭农场的招标却迟迟没有人报名。天天有人问立秋，眼看着要收麦子了，到底有没有人接手？如果没人接手，夏收以后，土地又要抛荒了。

满意和立秋着急上火，却也一筹莫展，这种事不仅需要承建人有丰富的农业知识，还需要有一定的经济基础，最重要的是得心甘情愿才行，总不能强行拉郎配吧。

这天，怀德来到立秋的办公室，站在办公桌前不说话。立秋抬头看了一眼怀德,又低头自顾忙着手里的表格:"私事回家再说。"

"妈,我想搞家庭农场。"

"好啊!我就等你这句话呢。这是你自己说的,不是我逼你的啊。"立秋立刻丢下手里的表格,抬头看着怀德,脸上露出了坏坏的笑。

"好啊,你连亲生儿子都算计啊,你还是我亲妈吗?"

"我不是算计你,我是觉得光明庄就你最合适。虽然我是你妈,但我也不能强迫你。只有你自己心甘情愿,才能把事情做好。"

"我是看你天天为这事发愁,才想着接手的。童童说,奶奶这一段时间都瘦了。"

"你都多大的人了,还不如我孙子懂事。我的确是发愁!我愁的是你什么时候才能想通?你想想,这么多年,光明庄的年轻人都出去了,回来以后,又都去养猪的养猪、养螃蟹的养螃蟹,没有几个人会种地。那些会种地的呢,又都老了,想种也种不动了。光明庄这么好的土地,难道就当真抛荒不成?你和他们不一样啊,你年轻力壮,又一直做农资生意,对于农技和植保,你比最好的庄稼汉还有经验。如果你都不做家庭农场,还有谁敢做家庭农场?"

"还有,你做了这么多年的农资生意。你现在的一切,都是光明庄的土地给你的。如果土地抛荒了,你靠什么?这么多年来,你对于良种、化肥、农药的进货渠道比谁都清楚,粮食的销售你也熟门熟路。这几年,你一直在偷偷钻研土地的集约化生产,你当我不知道呢?我要是不知道,上次能让你给养猪户讲环保改造?"

怀德睁大眼睛看着自己的妈妈:"妈,您真是我的亲妈吗?您老这是把套子早就做好了,就等着我往里钻吧?"

"我是你亲妈,可我也是光明庄人选出来的村主任。怀德,你是党员,你身上肩负着党员的初心使命。党员是干什么的?你入党时的誓言还记得吗?拥护党的纲领,遵守党的章程,履行党员义务,执行党的决定,随时准备为党和人民牺牲一切!党和政府提出

第五十五回　建农场请将激将　说缘由振聋发聩

了发展家庭农场,你是党员,就应该带头响应党的号召!让你带头去搞家庭农场,是发挥你的强项,不是让你往火坑里跳。同时,也是为光明庄的子孙后代,留下一个可以世世代代有饭吃的绿色饭碗。"

怀德的身后响起了热烈的掌声。怀德回过头,村委所有的人和几个来村部办事的村民,不知道什么时候来到了立秋办公室门外,大伙儿静静地听着立秋和怀德母子俩的对话,有人带头鼓起了掌,掌声久久都没有停下来。

根宝回到楚水市里,一连过了几天,总觉得心口堵得厉害。晚上,他拿出手机,翻出前几天在光明庄刚刚加上的粉香微信:"粉香,晚上忙吗?"

微信"嗖"的一声发了出去,等了好久,也没有收到粉香的回信,根宝长叹了一口气:"唉——"

躺在床上,根宝想到自己是局长,虽说退休了,可是在楚水市里、乐吾镇上,哪个不把自己当成个人物?怎么就回到了光明庄,那帮老百姓不但没有一个巴结自己,反而给自己脸色看?

根宝迷迷糊糊地,昏昏欲睡,手机"滴笃"地响了一声,根宝拿过手机,是粉香的微信:

"根宝哥,今天成龙和荷花给想娣婶娘过生日,在我这里办酒席。忙到现在才收拾完,让你久等了。"

"光明庄的人怎么看我不顺眼呢?这次我回去,一个个的好像不欢迎我。"根宝心里憋着气,上来就开门见山。

"根宝哥,你想多了吧。你离开的时间久了,大家生疏了也是正常的。"

凤霞正在看电视,根宝起身走到了外间客厅的阳台上,拨通了粉香的语音:"我也帮了光明庄不少忙呀。前一段沼气池的事,不就是我给打的电话吗?我在光明庄几年的时间,没沾光明庄什么光,一个个的,怎么弄得像我欠了他们黄豆种一样?"

· 275 ·

手机那头沉默了片刻,粉香才说:"根宝哥,我问你一句话,你不要生气。"

"你说,我不生气。我们什么关系!有什么你尽管说。"

"根宝哥,你是怎么做到局长的?"

"我从文书位置上一步一步做上来的。"

"那你怎么做文书的?"

"我在河工上遇到了戴书记,戴书记是我的贵人,如果没有戴书记,我说不定还蜷在光明庄做个小队长。最多就像民主一样,做到村主任也就顶了天了。虽然戴书记不在了,可我没有忘记他,逢年过节我都会登门去看望他夫人,我根宝自认为不是个忘恩负义的人。"

手机那边的粉香没有说话,根宝等了一会儿,接着说:"我感觉没有什么地方对不起光明庄的,他们怎么能一个个地给我脸色呢?"

又过了好一会儿,粉香终于开口了:"根宝哥,你怎么到光明庄的还记得吗?"

这回轮到根宝沉默了一会儿才说话:"粉香,我知道你想说什么。两个老人的晚年我是少了一些时间陪伴他们,你也知道,那时候我在乡镇工作,一天到晚忙得不可开交,自古忠孝不能两全啊。但是,两个老人我都给他们养老送终了,我尽到了做子女的义务呀。"

"哥啊,你孩子多大啦?"

"孙子上高中了,还有个把月,就要高考了。我现在负责给孙子陪读呢。"说到孙子,根宝心情好了不少,"孙子懂事,成绩也一直蛮好。估计能考个不错的大学。"

"哥,你是文化人。你真的觉得给老人送终就算是尽到为人子女的义务了吗?"

"老人生病,我让凤霞回去的。"

第五十五回　建农场请将激将　说缘由振聋发聩

"凤霞回来了吗？"

"她说回去的。"

"她说回去的？你问了她关于老人病情的事了吗？你知道她真回来了，还是假回来了吗？你知道她有没有陪老人去看过一次病？"粉香在电话里的声音变高了。

根宝察觉到了粉香语气里的不满，疑惑地说："凤霞没有回去过吗？她没有带老人去看病吗？她跟我说老人的病是晚期，是老人自己死活不肯治的。你也知道，那时候条件差，就是做手术，也是人财两空。老人一般得了病，都不肯去做手术。不是我家这样，大家都差不多呀……"

不等他说完，粉香打断了他的话，声音像炒豆子一样爆了出来："不说做手术，起码给老人买点儿止疼药，在家里给老人做做饭吧！哪有做儿女的，把得病的老人丢在家里，让邻居照顾的？是个人就做不出这种事啊！哥呀，你还是问问嫂子吧。她贵人多忘事，可能记不得了，可光明庄的人都记着呢。我就不信了，你真的忙到回家看一眼父母的时间都没有！嫂子怎么说，你就怎么信。你就没有想过自己回家看看？你就没有想过自己去问问老人的病情？你就没有想过老人病中谁照顾？凤霞和两个老人相处没有几天，没有什么感情，我们都可以理解。可你是两个老人收留的呀，没有他们，你在哪儿？哥呀，你也是做爷爷的人了。你孙子都要上大学了，你养的儿子就是为了将来给你送终的吗？如果有一天，你有个病、有个灾的，你儿子儿媳妇对你也不闻不问，只等最后给你送终，你怎么想？养老送终，养老送终！总得先养老吧，不能老人一得病就送终吧？哪有人早上得病，下午就去世的？戴科长提拔了你，你年年去看望他。奘腿哆嗦老两口救了你的命，你咋报答他们的？哥呀，你可能是个好干部。可是，在光明庄人眼里，你还真算不上一个好儿子。甚至，我说句话你别不爱听，你就是个忘恩负义的白眼狼！当初，奘腿哆嗦就不该把你领回家，就该让你饿死在串场河

277

的大圩堤上!"

粉香的话字字句句像一支支利箭一样,狠狠地扎在根宝的心上,又像是一只只巴掌,无情地扇在他的脸上。他只觉得全身直冒冷汗,天旋地转,两眼盯着手机,浑身颤抖,半天也没有说出一个字。

第五十六回　抢土地撒泼打滚　知真相痛改前非

李凤英在上海做完手术回到光明庄,第一件事就是找到立秋要求缴纳农保,这次李凤英到上海做手术,因为没有农保,多花了将近十万块,两口子肠子都悔青了。

李凤英回来后,去看望的人都说:"到底是在大医院开的刀,声音一点儿没有变样,精神也不错。"

李凤英从大家的闲谈中知道了光明庄土地确权的事。等人散了,对有寿说:"你去找大憨,把咱家的几块承包田要回来。一年不少钱呢,凭什么白白地给他?"

有寿当晚就去了大憨家。荷花看见有寿,笑着跟他打招呼:"有寿哥,凤英嫂子身体还好吧。我还说这两天和成龙一起去看看的呢。"荷花还按照以前的习惯称呼有寿。

"在上海大医院开的刀,再养几个月就好了。"对于上海的大医院,有寿很得意。同样是得了癌症,大憨媳妇、老想娣就没有这个能力到上海去做手术,还不是因为自己的儿子有本事?

"大医院到底不一样,我家婆婆到现在说话声音还嘶哑呢。"

"大憨在不在?我找他有事。"

"大憨出去了,有什么事,和我说一样的。"黄凤英听见声音,从房里走了出来,身上穿着厚厚的棉袄、棉裤。

"我就是来和你们说一声。这一季小麦收上来,我家的承包田我要收回来了。"

有寿一边说,一边往外走,他不想和两个妇女啰唆。留下黄凤英和荷花婆媳两个在家里面面相觑。

大憨回到家,听荷花把情况一说,立马就炸了:"就他还好意思开口要田?当初他口口声声说子子孙孙都不种田了。民主三番五次找到我,我才接手了那几块地。年年交上缴,年年分河工,现在看到能拿钱了,他眼睛睁开了,又想往回要。门都没有,放荒都不给他。"

有寿讨要了几次,大憨就是不同意。有寿找到民主,说当时民主做队长,承包田是民主交给大憨的,他要负责拿回来。民主已经退休了,可他也和大憨的说法一样,当初是有寿自愿把承包地退给生产队的,并且发了许多不交上缴、不种田的狠。现在想往回要田,说破大天也不行。

有寿又到村委去找立秋,说什么也要自己的承包田。立秋让会计找出一九九八年的两上缴账册,看过以后告诉他,按照上级政府的政策,一九九八年土地已经在大憨手里种植了,土地只能确权给大憨。

几亩承包田,每年就有几千块钱的收入,就这么白白地便宜了宋大憨。有寿想想就心疼,暗自计划着怎样把承包田给抢回来。

怀德和村委、涉地村民签署了土地流转协议,先在齐家圩子试点了一百五十亩的家庭农场。

怀德顺着原先的灌溉渠,从平安猪场埋设了一条口径400毫米的污水管,一直送到齐家圩子的田头。小麦收割以后,立即着手水稻种植。怀德没有采取套种的方式,而是先把猪场的沼液通过管道加压,送到了每一块田里,把多年施化肥的土地统统浸了一遍。然后请跃进用大型拖拉机把土地深耕了一遍,再上水漫田。最后用插秧机,把早就育好的秧苗移栽到了平整好的水田里。

一百五十亩的齐家圩子,几天的时间,就变成了水汪汪、绿油油的一大片,像一块硕大的翡翠,在五叶莲心的怀抱里散发出晶莹润泽的光芒。

大憨这些年零零星星地接收了几十亩承包田,收好了小麦,也想请跃进开拖拉机把土地深耕一遍。

跃进开着大型拖拉机,在大憨家地里一趟还没有犁到头,有寿

第五十六回　抢土地撒泼打滚　知真相痛改前非

就骑着三轮车,把李凤英拉到地里来了。李凤英到了之后,一屁股坐在了跃进的拖拉机前面。

李凤英可是刚刚做过大手术的病人,夏收季节还穿着厚厚的棉衣,吓得跃进赶紧把拖拉机熄了火。

人误地一时,地误人一季。夏收夏种的当口,种了大半辈子田的大憨可不敢耽误农时,又不敢去拉扯李凤英,急得在地里团团乱转。一时间,大憨的田头围满了人,大家你一言、我一语,纷纷指责有寿两口子。有寿和李凤英铁了心要讨回承包田,对于别人规劝的话,一句也听不进去。

秧苗早就育好了,急等着移栽,这地都耕不了,还移栽个屁的秧苗呀。成龙着急了,岔着双腿走过去想把李凤英从拖拉机前面拉走。

这下可惹了大麻烦。

成龙刚一伸手,李凤英就势倒在了地上,撒泼打滚起来。只一会儿工夫,花白的头发上沾满了草屑,身上的衣服也沾满了褐色的烂泥,整个人看上去像被打得不轻的样子。

有寿也不去管李凤英,自顾拿出手机拨打110,说是自己的老太婆被成龙给打了。

不大一会儿,一辆警车就"呜哩呜喇"地开来了。把成龙和李凤英带上了警车,又闪着警灯开走了。

这下,光明庄上可炸开了锅,几十年了,第一次有警车进庄把人给抓走,这得是犯了多大的法呀。

黄凤英听说成龙被警车抓走了,哭着让荷花开着电瓶车把她带到了村部。黄凤英在村部里向立秋哭诉:"主任啦,我家没想要种他家的地,是民主三番四次地找我家,说土地抛荒要罚干部的工资,我们才种的。种了十几年,年年摊派河工任务,还要交上缴。现在看见不要上缴,还有钱拿,他就反悔了,要把田要回去。现在田已经确权到我家名下了,我们有政府发的红本本啊。她现在来

· 281 ·

闹事,还把我家小伙儿抓进去了。天地良心,那么多人看着,我家小伙儿没有碰她一根手指头啊。他家有钱有势,我们是平头老百姓,我们斗不过他。主任,田我家也不要了,你到派出所去说说,把我家小伙儿放出来吧。我家成龙是个老实人,他可没有进过派出所呀,万一吓出个什么好歹,我们一家可就没法活啦。"

立秋赶紧安慰黄凤英:"老嫂子,你不要担心。派出所依法办案,不会胡来的,成龙不会有事的。承包田的事情你也放心,国家的政策绝不会朝令夕改,已经确权给你家了,就是你家的。我这就到派出所去说明情况。荷花,你把老嫂子先带回家,她身体不好,千万不能这么折腾。"

立秋到了派出所,把情况说了一遍。李凤英蓬头垢面地坚称自己是被成龙打了,死活不肯离开派出所。

李凤英刚刚做过手术,立秋怕她作出个好歹来,和村委一班人商量后,答应从村里的机动田里划出一块来给她家。有寿这才用三轮车把李凤英接回了家。

经过麦收时节的一场闹剧,病情原本已经有所好转的黄凤英和李凤英两人,病情都出现了反复。

成龙和荷花要送黄凤英去做第二次手术,黄凤英死活不同意。每隔半个月,荷花就要陪着黄凤英到楚水市里的康复医院去做一次化疗。没多久,黄凤英的头发就掉光了,整个人瘦得皮包骨。大憨在家里负责地里的农活儿,成龙要负责养猪场,荷花又要照顾老想娣又要照顾黄凤英,成天忙得团团转。

有寿也打电话让豌豆回家,把李凤英带到上海去复诊。结果,又在上海的大医院里开了一刀。

两个月以后,一辆上海牌照的救护车把李凤英送到了光明庄。做过两次手术的李凤英,不像第一次手术以后那样精神了,成天躺在床上哼哼。

天赐从楚水回家,买了各种各样的营养保健品,和妈妈莲子一

第五十六回　抢土地撒泼打滚　知真相痛改前非

起去有寿家里看望伯母。李凤英看见了天赐手上的东西，突然间就激动起来，挣扎着要从床上起来。有寿赶紧把天赐往门外推，一边推，一边回头对李凤英说："我叫他走，我叫他走。"

莲子和天赐面面相觑，不知道怎么回事。

有寿把两人推到客厅里，压低声音对天赐说："她现在吃不下东西，你拎着营养品，她看着着急，以为你是来看她笑话的。"

天赐和莲子把东西交给有寿，两人到房里看望李凤英。莲子坐在床边，说了些安心养病的话，告辞后便和天赐一起回家了。

路上，莲子对天赐说："小伙儿，万一有一天，我也得了这种病，千万不要送我去开刀。"

天赐停下脚步："妈，好好的，你说什么呢。"

"小伙儿，我说真的。我和你爸年纪都大了，早晚会有那一天的。到时候，你千万不要把钱往串场河里扔。"

"妈，真有那一天，我砸锅卖铁也要给你治啊。不给你治病，我天赐成了个啥？不是忘恩负义的白眼狼了吗？"

"小伙儿，妈知道，你从小就是个老实的孩子，也是个孝顺的孩子。真有那一天，你让妈体体面面地走。你看看你伯母和成龙他妈，两个人都做了手术，现在成了什么样了。吃了多少苦？头发也掉光了，瘦得像个人干似的，我看她们挨不到过年了。你再看看想娣奶奶，岁数比她们都大，也是这个病，没有开刀，就做做化疗，精神比她俩好多了。关键是人少遭罪了呀。"

天赐不说话，扶着莲子一路往家里走，月光把母子俩的身影拉得长长的。

进了腊月，光明庄笼罩在一片萧瑟中。前后十天的时间，李凤英和黄凤英两人相继离世。

串场河河坡下的安息园里，白色的招魂幡在风中"呼啦"作响，凤霞带着儿子、儿媳和孙子站在斐腿哆哆和斐腿奶奶的坟前。

坟前新立了一块大理石的墓碑，墓碑的正面刻着两位老人的生卒年份,落款是"不孝儿齐根宝"。墓碑的背面,竖着刻了四行字——

　　　　倾尽串场水

　　　　难洗忤逆羞

　　　　床前一碗水

　　　　胜过万刀纸

头发花白的根宝跪在墓碑前烧纸钱,纸钱燃烧的火焰映照着他两颊光亮亮的泪水。

纸钱的火焰熄灭了,暗红色的灰烬慢慢变得灰白。一阵风吹来,纸灰漫天飞舞,像一只只黑色的蝴蝶迎风飞舞,不少纸灰落在了根宝的头顶和身上。凤霞伸手想把根宝拉起来,根宝用力甩脱了凤霞的手,倔强地长跪在墓前。

从墓地回来,根宝直接到村部找到了立秋:"立秋主任,请给我一个赎罪的机会。"

立秋赶紧把根宝让到沙发上:"老领导,您今天是怎么啦?怎么说出这种话来?"

"立秋主任,我上次回来以后才知道实情。当年我混蛋啊,我对不起我的养父母,我要赎罪啊。"根宝哽咽了。

"老领导,那时候您忙啊。"

"以前我也是这样想的。我以为我忙,凤霞帮我照顾老人的。谁知道,她根本就没有回来过。说到底还是我混蛋,我怎么就没有自己回来看看,我怎么就信了她的一面之词呢。她和两个老人没有相处几天,没有什么感情也是情有可原。可两个老人是我的救命恩人啊,没有他们,我早就饿死在串场河的大圩堤上了。我混蛋啊!我畜生不如啊!"说着说着,根宝放声痛哭,满脸的眼泪鼻涕,完全不像一个六十多岁的退休老干部。

立秋看着眼前泪流满面的根宝,一时不知道怎么接话。

"立秋主任,错我已经犯下了,我要弥补。请你给我一个机会,

第五十六回　抢土地撒泼打滚　知真相痛改前非

我想过了,我要在光明庄建个精神文明讲堂,我要做个反面的教材,拿我的经历,来教育光明庄的孩子们。让他们从小懂得感恩、学会善良,千万不能到了我这把年纪才后悔呀。我现在午夜梦回睡不着觉呀!"

"老领导,您这个想法好呀。反面教材我看就不用了,现在学生都集中到镇上的学校去读书了,我们村小改建成了养老院和农耕文化展示馆,还有两间教室一直空着。我们可以拿出一间教室来,改建成一间图书阅览室。买些传统美德教育和文学艺术方面的书籍,让村民和孩子们多接受一些中华民族的传统美德教育。我们还打算再把村小的操场改造一下,建成一个农民大舞台,让村民们闲暇时跳跳广场舞。我们不仅要把光明庄变成经济发达、百姓富裕的光明庄,还要把光明庄变成一个充满书香和人文气息的光明庄。"

"好呀,好呀。立秋主任,说好了,我先捐一千册图书。"

"谢谢您!老领导,我代表光明庄所有的村民感谢您。"

根宝回到楚水,立刻到书店着手购买图书,又到市场上买了五百斤大米、二十桶食用油。在腊月二十三小年夜,根宝雇了一辆车,拉着一千册图书和粮油赶到了光明庄。图书捐给阅览室,粮油捐给养老院。

立秋已经安排人把图书阅览室收拾好了,打了几排书架,买了十几张书桌,配置了饮水机、装上了电灯和空调。

当晚,立秋在粉香的农家饭店招待根宝。

酒席上,根宝再一次声泪俱下,悔不当初。民主站起来握住根宝的手:"根宝,事情过去就过去了,人要往前看。你这次给光明庄捐的图书和粮油,不就是要让光明庄的后人不再犯你当年的错嘛。"

大憨接过话头:"想不到这么大的领导也会主动承认错误。就冲这一点,根宝,我敬你是个爷们!我早天雷原谅你了,谁还不犯点错？改了就是。光明庄随时欢迎你回来。"

"对,光明庄随时欢迎你回来。"所有人都站了起来。

"谢谢,谢谢。光明庄虽然不是我的衣胞之地,却是我的重生之地。今后,不管光明庄有什么需要,只要我齐根宝办得到的,我一定在所不辞。"

"你们只顾说话,菜都凉了。根宝哥,来,我敬你一杯酒!欢迎你常回来!"粉香端着酒杯,笑盈盈地站在根宝身旁。

"好!好!粉香妹子,我要谢谢你。不是你,我还蒙在鼓里,到今天都不知道自己曾经多么混账呢。"根宝举起酒杯,一口喝干了。

"土菜香"饭店里会心的笑声仿佛一缕春风驱散了阴霾,在这个寒冷的冬夜里久久回荡。

第五十七回　小聪明作茧自缚　大感动儿媳养公

春节过后,跃进和村民签订了土地流转协议,承包了一百八十亩土地,只等麦收后,开建自己的家庭农场。这些年,民主做过生产队长、村主任,种田,那是响当当的老把式。跃进和民主父子俩能熟练操作各种农业机械,建设家庭农场有着得天独厚的有利条件。

大憨老了,黄凤英去世以后,成龙、荷花两口子和大憨商量过后,把土地流转给了春耕,自己两人就一心一意弄好养猪场的事,让大憨在家安享晚年。

春耕岁数也不小了,可在同辈人里,还属于年轻的。他不顾满意的反对,坚持又流转了邻近几十亩土地,也建成了一个小型家庭农场。他对满意说:"你老子还能种个十年八年的,你现在是光明庄的当家人,我这个做老子的不支持你,哪个支持你?"

在怀德的带领下,光明庄的土地除了几处果园和农家乐菜园,几乎全都流转成了家庭农场。失去了土地的光明庄人,有的去了平安的生猪合作社,有的在各个家庭农场里帮工。除了土地的出让租金,还能有一份固定的收入。大伙儿闲下来的时候,就到光明书屋去看看书,要不就在光明大舞台上跳跳舞。谁也没有想到,祖祖辈辈种地为生的光明庄人,居然有一天不用种地了,坐在家里就能有钱拿。更没有想到,那些拿惯了钉耙和镰刀的手,居然也捧起了书本。那些终年为生活所累的老胳膊老腿,居然也有模有样地跳起了广场舞。

美好的生活像一缕春风,吹遍了串场河边的每一个角落,吹开了光明庄人脸上的笑容,却把有寿的眉头吹皱了,每一道皱纹里都淌着深深的无可奈何。

有寿从村里要回了一块机动田,请有福和莲子种了一季水稻。本来想着秋收以后可以把土地流转出去,坐在家里等着收钱。可他千算万算,也没有想到,所有新建的家庭农场都不要他的土地。有福和莲子岁数也大了,自家的土地都种不动了,更没法帮有寿种地了。

眼看着周围的土地都整合成了家庭农场,只有有寿那一块地,光秃秃地空着。满意找到有寿,给他下了最后通牒——土地抛荒就要收归集体所有。

好不容易才要到手的土地,有寿说什么也不想被收回去。可没人接手,自己又无力耕种。有寿没办法,只好打电话给豌豆,豌豆给他出了个主意——种树。

有寿果然从邻县的如皋花木市场买回家一车树苗,想请庄上的劳力帮忙栽树。可他在庄上跑了一圈,所有人都说没空。有寿咬咬牙,开出一百块钱一天的工资,依然没有找到一个人。眼看着树苗堆在田头几天了,再不栽种,就要枯死了。最后没办法,有寿请了有福两口子还有几个关系好的亲戚本家,自己动手,忙活了一个星期,总算把一车树苗给栽了下去。

没能挨到清明,老想娣也去世了。荷花以女儿的身份协助有民安葬了老想娣。

办完了老想娣的丧事,有民要回安徽了。他想把老得旺一起带走,老得旺死活不肯:"人家都是落叶归根,我老了老了反而要跑出去,我丢不起这个人。"

有民很为难:"你不跟我走,一个人在这光明庄,有个头疼脑热的怎么办?"

"你不要在我面前说嘴卖瓢。这几年你妈有病,也没有看见你在床前服侍过一天。我跟你走,你有那个本事做主吗?"

有民沉默了。想带老得旺走的确是他自己的主意,还没有跟老婆商量。可不把老得旺带走,老爷子一个人留在光明庄,他也真

第五十七回　小聪明作茧自缚　大感动儿媳养公

是放心不下。有民现在真的后悔了,后悔自己当初抛妻弃子去了安徽,现在想回头也回不了头了。不说安徽那头自己有了孩子,光明庄这儿,荷花也已经和成龙结了婚。自己走又不能走,留又不能留。一时间,有民又急又悔,五大三粗的大男人蹲在地上"呜呜"地哭出声来。

成龙陪着荷花来看望老得旺,一进门就看着父子俩在家里哭,荷花赶紧询问老得旺:"爸,您这是怎么啦?"

"闺女,他要带我走。我这把老骨头不想离开光明庄。"老得旺一见荷花,眼泪就下来了,"闺女,老太婆有福气,她走在我前头。你还给她风风光光地办了丧礼,她有福气啊,可我怎么办呢?我怎么办呢?"

"我当什么大事,不想走就不走。您老就放心地留在光明庄,我荷花养您。"荷花扶着老人坐下,笑眯眯地说。

"闺女,我知道你孝顺。可你现在是老宋家的人,不是我齐家的儿媳妇了。"老得旺悲从中来,哭得像个无助的孩子,"不行的话,我去跟立秋说说,搬到养老院去吧。"

"看你说的,我不是老齐家儿媳妇,不还是您的闺女嘛。再说了,乐乐不还是姓齐嘛?您是乐乐的爷爷呢,怎么能住养老院呢?这不是让庄上人戳我荷花的脊梁骨吗?您放心,我们养您。"

一旁的成龙也安慰老得旺:"德旺嗲嗲,您放心,我和荷花一起养您。"

"噗通"一声从身后传来,几人回头一看,有民双膝跪倒在荷花面前泪流满面:"荷花,我,我对不起你!"

荷花很平静,她看着地上的有民,平静地说:"你起来吧。我不是看你的面子,我是报答这些年爸爸妈妈对我的照顾。知恩不报,猪狗不如。我们离婚了,按理说我无权对你说三道四。但这两次我也看出来了,你们一起这么多年了,老人走了,你老婆都没有登门,你在那边的日子也好不到哪里去。俗话说,脚上的泡是自己走

289

出来的,你当初选择了她,就一心一意跟她过去吧。你已经害了乐乐,不能再害了现在的孩子。早点儿回去吧。"

荷花转身对老得旺说:"爸,您安心在家,我和成龙不会不管你的。养猪场还有事,我们先走了,回头再来看您。您有事就给我打电话。"

荷花和成龙走了,只留下有民瘫坐在地上说不出一句话。

第五十八回　贫困户十分牵挂　奔小康一个不少

立秋这一年忙得不可开交。

眼瞅着光明庄的发展一步步走上了正轨,老百姓的日子一天比一天好过了,脱贫攻坚的问题已经基本解决了,接下来的任务就是全面建设小康社会,建设美丽乡村。按照目前的形势,全村人都在朝着这个方向努力,眼看着离全面小康的目标越来越近了。明年自己就要正式退下来了,把光明庄交给年轻人去接着折腾。当年她被推选为村主任时说过,一定要带领光明庄人过上好日子。可退之前,她总觉得自己当初的誓言还没有完全实现,庄上还有几户让她放心不下,天赐就是一个。

这些年,有福一家子的生活并没有多少起色。

有福两口子岁数大了,种地收入有限,有福过去在庄上做电工,虽说人是惬意了,可收入少得可怜。前些年,农电站提高了对农村电工的技能要求,他那三脚猫的技术自然是被淘汰了。天赐毕业后去了新疆,可学好了技术,工作没几年,豌豆的汽修厂就关了门。他只得回到串场河边,在楚水县城里找了一家汽修厂上班。虽说每个月都有不错的固定收入,可自从孩子上学以后,他那点儿收入就捉襟见肘了。再说了,光明庄到楚水县城有五十公里的路,他也不能每天回家,无论是照顾老人还是陪伴孩子,甚至是夫妻厮守都难以兼顾,终究不是长久之计。

立秋趁着天赐回家,去了一趟天赐家里。

有福老两口不在家,立秋落座以后,天赐老婆给她倒了一杯茶,立秋转着手里的茶杯问:"天赐,在楚水的工作怎么样?"

天赐不知道立秋葫芦里卖的什么药,老老实实地回答:"老板对我不错,工资也月月清。"

"工资多少钱一个月？"

"八千。"

"在楚水，一个月八千也不少了。"

"是不少了。"

"你准备什么时候盖房啊？"立秋抬头看了看房梁。

"这个……"天赐有点儿难为情，一家人现在住的还是有福砌的大瓦房，虽然改建装修了一番，总归还是太落伍了。

"你看，庄上现在像你家这样的瓦房还有几间？按说你工资也不低，怎么，你就没想过要建个别墅吗？你爸妈辛苦了一辈子，你就准备让他们一直挤在这里？"

"想过，"天赐嗫嚅着，"立秋婶，可我现在还建不起。"

"建不起？为什么呢？你看庄上沿着中心路两边现在建了多少大别墅了。别人建得起，你怎么就建不起？你又不比别人缺胳膊少腿。"

"立秋婶，我虽然一年差不多有十万块钱工资，可我要在楚水租房子，家里还有孩子上学。我老婆带孩子也不能上班，只能在家和爸爸妈妈一起种点儿地。现在不用种地了，可物价这么高，土地流转那点钱，实在不够用的。"

"你说的也是。可你准备怎么办呢？难道就一直这样下去。"

"怎么办？"天赐低下了头，他也不知道怎么办。

"天赐，你爸妈岁数越来越大，往后不仅不能挣钱了，人老体弱还要不停地花钱。你孩子也越来越大，花钱的地方也会越来越多。你觉得就凭你一个月八千块钱，将来够花吗？"

天赐不说话。

"天赐，你有没有想过自己创业？"

"自己创业？创什么业？我既不会养猪、养螃蟹，也不会种果树呀。我家的房子自己住还挤得慌，也没有空房子拿来搞农家乐呀。"天赐看着立秋，他知道庄上这些养殖户和农家乐都是在立秋

第五十八回　贫困户十分牵挂　奔小康一个不少

号召下干起来的,可他真不想干那些。

立秋笑了起来,伸手在头发上摸了一把:"天赐,你是不是觉得我逮着个人就劝他们搞养殖、搞农家乐啊?"

"立秋婶,我家天赐不会说话,你不要往心里去。"天赐的老婆从厨房里走了过来。

"没有,怎么会往心里去。我知道天赐是个老实孩子。天赐,你有没有想过自己办个汽车修理厂呀?"

天赐两口子你看看我,我看看你,一时都没有说话。

"你是不是对自己的技术没有把握呀?"立秋盯着天赐的眼睛。

"立秋婶,我们厂里没有人技术比我好,我的工资最高。"天赐的眼睛里发出自信的光。

"是啊,立秋婶,你不知道,他们老板对他可重视了,就怕他跳槽。"天赐的老婆也在一旁说。

"既然是这样,天赐,我觉得你可以考虑自己出来创业。你看啊,现在光是我们光明庄全村就有上百部汽车了,往后还会越来越多。我们光明庄连通三县,交通便利,东边有国道,南边有省道,可还没有一个汽修厂,你如果抢先回来办一个,生意肯定不会差。"

天赐两口子对视了一眼,天赐说:"立秋婶,开个修理厂要不少投资,我……"

"你一时拿不出这笔钱是不是?"

"我……我真没有。"

"我只问你一句话,如果你自己开个修理厂,你能不能开好?"

"能!我能开好!我有几个技术很好的师傅,我能组织起一班全套的技术工。"

"那就好。"立秋喝了一口茶,"技术上的事我不懂,只要你有把握干好,政策和钱的事情我帮你想办法。"

正在这时,有福老两口回来了,有福看见立秋,立马盼咐:"老太婆,快去准备晚饭,留立秋在家里吃晚饭。"

"吃饭就不用了。"立秋赶紧站起身说,"解放在家里做好了。"

"立秋婶,晚饭我刚才就在准备了,你一定要在家里吃饭,平时我们想请都请不到,今天来了,说什么也要留下吃顿饭。"天赐的老婆在一旁说。

"就是,就是。立秋,你可到今天还没有喝过我家一口水呢。今天来了无论如何都不能走。"莲子一把将立秋摁到了椅子上,"你坐好,我和儿媳妇这就去做饭。"

"嫂子不要麻烦了,就几步路,我回去吃是一样的。"

"立秋,你是不是瞧不起我家天赐?是不是嫌我家里穷?"莲子看着立秋,声音陡然变得哽咽起来,"立秋,这些年你帮了我家多少忙,我们都记在心里。当年,要不是你送来五斤大米,我家天赐早就饿死了。有福年轻时不懂事,做了错事,通庄的人都瞧不起,也是你立秋出面帮我们说话,大家才没有揪着有福的小辫子不放。我们是穷,可我们不会忘本。你对我家的好,我这辈子都不会忘,我家天赐也一辈子不敢忘。"想起昔日的艰难,莲子的眼泪就像是断了线的珍珠,一个劲地往下落。

"嫂子你快别这样。你要这样说,我还真就不走了,"立秋一边伸手给莲子擦眼泪,一边笑着说,"好,今天就留在你家吃顿饭。"

莲子脸上立刻就挂上了笑容,擦干眼泪高高兴兴地和儿媳妇一起去准备晚饭了。

晚上一边吃饭,立秋一边把自己的想法和有福一家人说了。

"天赐一直在楚水上班不是长久之计,我想让他回来自己开个修理厂。我们隔壁的竹溪镇子小,没有修理厂,但我们附近村庄多呀,交通又发达,来往的车也多。开个修理厂生意一定差不了。"

"你们岁数大了,天赐在家里也方便照顾你们,总是这样来来去去的,人辛苦不说,也照顾不到老人孩子。"

"手续我去帮天赐跑,你们不要担心。资金问题我来想办法,又不是拿去吃喝嫖赌,正正经经地投资办厂,怕什么?"

第五十八回　贫困户十分牵挂　奔小康一个不少

　　一番话，把天赐一家人说得浑身发热，莲子更是泪水涟涟。吃过晚饭，莲子一再坚持，要天赐一直把立秋送到家。

　　接下来，立秋四处帮着找厂房、跑手续，用自家的超市作抵押帮天赐办了贷款。

　　三个月后，光明汽车修理厂正式在光明庄南边的省道边上开张了。

第五十九回　酒浇愁豌豆落水　救乡亲众人帮忙

离家这么多年,豌豆都没有回乡祭祖过。今年是李凤英去世的第一年,豌豆从新疆赶回了光明庄,给妈妈上坟。

回到光明庄,很多人都不认识他,豌豆和熟悉的人打招呼,大家都是礼节性地应付一下,转身就离开了。没有人愿意和他多说一句话,甚至,有些人看见他,远远地就躲开了。豌豆的心里生出了无比的凄凉,这世道,人情薄如纸啊。

这些年,因为房子和李凤英的病情,豌豆回来过几趟。每次回家,他都发现光明庄在变化,一年一个样。看到光明庄日新月异的变化,豌豆心里很是震撼。当年自己离开串场河边的时候,光明庄还只是一个偏安一隅的穷庄台,连条像样的路都没有。再看看如今的光明庄,老人们幸福,孩子们快乐;田野里麦浪翻滚,庄台上别墅林立;水泥路四通八达,风景树郁郁葱葱;果园里瓜果飘香,鱼塘边亭台精巧;一汪汪蟹塘,像一块块明镜,倒映着蓝天白云;一排排猪场,像一面面旗帜,引领着发家致富。

可是,这么好的家乡怎么就容不下自己和老父亲呢?没人要他家的土地也就罢了,自己也不在乎那一年几千块钱。可怎么连找个帮忙栽树的人都找不到呢?除了是因为眼红自己比他们有钱,豌豆想不出还能因为什么原因?可自己的钱也不是偷来抢来的,都是自己一点点地赚出来的。为什么他们光看见小偷吃肉,看不见小偷挨打呢?自己这些年吃了多少苦,受了多少累,有谁知道?自己十八岁一个人远走他乡,十年都没能回一次家,想家的时候只能偷偷地在夜里蒙着被子哭,又有谁知道?自己怎么就把名字改成雁南了,还不是因为想家想的。自己的心思有谁知道?有谁懂?现在自己有钱了,他们一个个的都害了红眼病。算了,还是

第五十九回　酒浇愁豌豆落水　救乡亲众人帮忙

带着老父亲回新疆吧。光明庄再好，终究不是我豌豆的容身之所啊。早点儿走吧，走得远远的，眼不见，心不烦。

豌豆的心情无比郁闷，他一天都不想在光明庄多待了，只想着过了清明节，就带上老父亲回新疆。这次不管他愿不愿意，一定要把他带走，永远不再回来，永远离开这个没有人情味的伤心地。

中午，豌豆在天赐厂里喝了点儿酒。回家时，晕头转向地把油门当成刹车，一脚把车子开下了屋后的大码头。

大码头年前刚刚用挖土机浚深过一次，豌豆的车头冲下，一头冲了下去。车子在水泥台阶上一阵颠簸，豌豆惊醒了，赶紧刹车，可车子的两只前轮已经下了水，只留下两个后轮搁在浮动码头上，摇摇欲坠。豌豆想打开车门，可河水挤压着车门，怎么也打不开。豌豆赶紧慌慌张张地从车头爬到车尾，使劲儿地拍打着露在外面的后窗玻璃。他发现车身正在不断地往下沉，水已经渐渐淹到了后窗。透过车窗，他总算看见了有人从路上经过了，他拼命呼喊着拍打车窗，希望来人能够发现他。这一刻，豌豆真的害怕了，恐惧像爬山虎一样，爬满了他的全身，他几乎已经看见了死神正在向他招手。

来人发现了正在下沉的车，大声喊叫起来。正是饭后的时间，在家的人多，大码头上很快就有人围了过来。大伙儿都被眼前的一幕吓懵了，大家从来也没有遇见过这样的事，一时不知道怎么办。有寿闻声也出来了，他发现是豌豆的车，吓得脸都脱了色，站在大路上对着围观的人不停地作揖，恳请大家下河去救豌豆。怀德闻讯一路小跑了过来，捡起码头上的一块砖头，转身跳进了水里，使劲儿地拿砖头砸后车窗。随后而来的有安和齐乐也跟着跳进了河里，他们不敢站到浮动码头上，那样车子会下沉得更快。

很快，车窗玻璃砸出了一个圆洞，怀德一把将豌豆从车里薅了出来。豌豆刚刚被救出来，汽车一下子就掉了下去，冰冷的河水从车窗涌进了车里，发出"砰砰"的爆裂声，一转眼的工夫，整个汽车就淹没在了水下。

豌豆瘫坐在浮船上,连冻带吓,瑟瑟发抖。

怀德拉起豌豆:"快起来,赶紧回家洗个热水澡,冻伤了可不是闹着玩的。"

豌豆失魂落魄地被大伙儿扶着回了家,荷花和爱红已经在他家卫生间的浴缸里放满了一缸热水。荷花招呼豌豆:"快把湿衣服脱了,赶紧去洗个热水澡。"

豌豆刚刚洗过澡,平安急匆匆地跑了进来,一进门就拉着豌豆看了一圈:"豌豆,你怎么搞的?有没有受伤?要不要到医院去看一下?"

豌豆陡然心头一热,递给平安一支烟:"平安,我没事。你怎么来了?"

"我去墓地给奶奶烧纸钱,听说你把车子开到河里去了,吓得我赶紧就来了。你小子命真大!大难不死必有后福啊!"

"回头我也到墓地去给罐子奶奶烧点儿纸钱,小时候,老人家可没少照顾我。"

"算你小子还有点儿良心!哎,豌豆,晚上到我家去喝酒吧,叫上跃进,我们三个多少年没在一起了。"

"会不会太麻烦?"

"你说什么呢?我们三个穿着开裆裤就一起玩了,你小子不会是有了钱连朋友都不认了吧?"

"看你说的,我这不是怕给你们添麻烦吗?"

"有什么麻烦?就这么说定了。我帮你打个电话,找个吊车先把车子拉上来。"

"不用了,我已经给保险公司打过电话了。"

"也对,你和汽车打了几十年交道,这一行你比我们都门儿清。"

两人聊了一会儿,道路救援的吊车和拖车到了。公路和河边

第五十九回　酒浇愁豌豆落水　救乡亲众人帮忙

还有一段距离,吊车吊臂不够长,最后把吊车开到了河边的油菜地里,才把车子吊出了水面,用拖车拉走了。

吊车压坏了一大块油菜,豌豆问是谁家的,爱红在人群里说:"没事,我家的。"

豌豆拿出二百块钱递过去想要赔偿,爱红的脸一下子就涨红了:"豌豆,你眼睛里是不是就剩钱啦?"

豌豆连忙说:"婶,你误会了。这油菜长得好好的,眼看着就能收获了,现在被吊车糟蹋了,当然要赔钱了。"

"你是大老板,什么事都用钱算账。我们虽是平头百姓,眼睛里除了钱,还有乡里乡亲的情分。早知道你会拿钱,我就不让吊车支在菜地里了,反正你有钱,也不在乎一辆车。"爱红说完,气鼓鼓地扭身就走。

围观的人也纷纷散去了,豌豆手里捏着钱,傻乎乎地愣在了码头上。

· 299 ·

第六十回　聚乡贤同谋发展　会群英共绘蓝图

清明回到光明庄祭祖的除了豌豆,还有有志和根宝。

清明节第二天,光明庄召开村民代表大会。在怀德的建议下,村委把光明庄这些回乡祭祖的在外能人一并邀请到了村部。

村委会议室里,电子显示屏上打着一行红色的大字——光明庄村主任竞选暨首届乡贤座谈会。

大伙儿落座以后,村支书满意主持会议:

"各位代表、各位老板,很高兴有今天这样一个机会,把光明庄的能人都邀请到一起,来共商光明庄的未来发展大计。今天,我们有两个议题。第一,大家知道,立秋婶去年就该退休了,为了光明庄,老支书又辛苦了一年。我建议,我们一起用掌声来表达对老支书的感谢和敬意!"

会场上掌声雷动。立秋起身给大伙儿鞠了一躬,一缕白发滑下来,遮住了她半边瘦削的脸庞,会场里掌声更响了。

满意继续主持会议:

"光明庄主任一职一直悬着。今天,我们就请两位副主任,当着各位乡贤、各位村民代表的面,发表他们的竞选演说。演说结束,村民代表投票,正式决定光明庄新一届的村委会主任。我们今天的第二个议程是请各位光明庄的能人给我们新一届村委提建议、出点子,看看怎样把光明庄打造成更加幸福宜居的美丽村庄。"

"下面,我们先进行第一项议程。首先,请光明庄副主任怀德发表竞选演说。"

怀德在掌声中站起身,弯腰致敬后,开始侃侃而谈:

"光明庄是个传统的农业村庄,一直以来,祖祖辈辈都以种田为生。近年来,我们发展了生猪养殖、河蟹养殖,搞起了乡村特色

第六十回　聚乡贤同谋发展　会群英共绘蓝图

旅游。老百姓的经济收入得到了大幅度的提高。现在，村里的路灯都用上了沼气发电。各个家庭农场也都推广了沼液还田技术。对于我们接下来要做的工作，我有以下几个方面的想法：

一、借助沼液还田技术，利用网络平台，大力打造和推广光明庄自己的绿色农产品品牌，使我们的农产品向绿色化和精细化的方向发展，提高农产品的经济价值。

二、规范美丽乡村建设，规划沿中心路的村庄建筑群。埋设污水管道，把生活污水并入市政污水管网，进一步打造绿水蓝天的生活环境。让世世代代的光明庄人望得见青山，看得见绿水，留得住乡愁。随着新房建设，各个老庄台上都留下了不少老旧的空关房，基本上无人居住。既影响庄容庄貌，也浪费土地资源。我们要引进社会资本，在规划区集中建设新的居民点，一半的土地用于建设安置房，一半的土地补偿给开发商建设商品房和连体别墅，满足村民不同的居住要求，让老庄台上的百姓全都住进统一标准的安置房，把老庄台上的土地退耕还田。

三、建设光明庄自己的精神文明高地。引导广大村民自觉学习、远离赌博。倡议有能力的人积极捐资爱心帮贫基金，让因病致贫的家庭，和其他原因造成的贫困家庭的孩子都能完成学业。鼓励在外地的光明儿女回乡创业，给他们提供一切有利条件和优惠政策。

四、定期召集乡贤座谈会，共商家乡发展大计。利用乡贤们广泛的人脉资源招商引资，为光明庄开辟新的经济增长点。这项工作的前提条件是，有利于充分利用光明庄的人力和物力资源，有广阔的市场前景，不伤害生态，不污染环境。"

怀德发言完毕，会场内响起了经久不息的掌声。

满意拿过话筒："接下来，我们请副主任平安发表他的竞选演讲。"

平安站起身，向四周欠了欠身：

· 301 ·

"各位领导、各位代表、各位老板,我平安是个养猪的,这些年一直在钻研养鸡和养猪的技术。对于养殖,我有一套完整的技术和管理体系。但是,对于村庄管理,我没有经验,也缺乏能力。感谢大家对我的信任,让我担任了一年的副主任。这一年来,我和村委的同仁一起工作。在工作中,我发现怀德对于农村工作有着长远而且切实的考虑。刚刚听了他的施政演说,说老实话,我热血沸腾。换作我,不能想得这么全面和长远。还有一点,怀德年轻,而且肯钻研、懂电脑、头脑灵活、善于思考,最重要的是,他和立秋婶一样,有一颗为了光明庄甘于奉献的心。像这次邀请各位能人为光明庄建言献策,就是一招妙棋,肯定会收到意想不到的效果。我真心实意地投怀德一票,我愿意在新一届村委班子的领导下,为光明庄的未来,作出自己力所能及的贡献。谢谢大家!"

会场上响起了热烈的掌声。

最终怀德全票当选为光明庄新一届村委会主任。他表示一定会像妈妈一样,不忘初心使命,为了把光明庄建设成为经济强、百姓富、环境美、讲文明的美丽乡村而奋斗。

满意宣布座谈会进入第二个议程,请到会的光明庄能人建言献策。

首先发言的是根宝。

根宝起身向所有与会人员鞠了一躬:

"各位光明庄的父老乡亲。感谢怀德主任邀请我参加今天的座谈会。现在有句话叫高手在民间,真是后生可畏呀!我做了这么多年的领导,也没有想到这个向民间人士征求意见的金点子来。我们嘴上说依靠群众,但在实际工作中,却习惯了眼睛向上,偏偏忽略了群众才是我党最大的依靠。

"虽然我在光明庄的时间并不长,但这里却是我的两次重生之地,第一次是我的父亲奘腿哆哆给了我第二次生命,第二次是光明村的村民让我重新学会了做一个堂堂正正的人。我很惭愧,这么

第六十回　聚乡贤同谋发展　会群英共绘蓝图

多年一直浑浑噩噩,不知道自己曾经犯下了多大的错误。亡羊补牢,犹未为晚,我将在有生之年能悬崖勒马重新做人,我要为自己,也为光明庄做出自己力所能及的贡献。为了光明庄的明天更加美好,我倚老卖老提一点建议。

"在党的政策指引下,我们的生活越来越好了。但我们的思想和道德建设有没有跟得上我们的物质文化发展呢？据我了解,两千多光明庄的儿女,还有一部分奔波在从故乡到他乡的路上。老人孤独啊,养儿防老成了一句空话。直到油尽灯枯,那些打拼在异乡的子女才会匆匆赶回家来。孩子也孤独啊,亲子陪伴成了孩子们的梦想。同时,隔代教育也把不少孩子培养成了自私任性的小皇帝、小公主,没有敬畏,不懂感恩,缺乏责任心,唯我独尊。

"让光明庄的后代子孙接受传统美德教育,这是个迫切需要解决的问题。不要像我一样,到老了才幡然醒悟,悔之晚矣。我建议,光明庄的图书室定期举行讲座,既可以请社会上的专家学者过来做讲座。也可以联系关工委和社会事业局和精神文明办的同志过来做报告、做宣讲。让'仁义礼智信、孝悌忠廉耻'成为每个光明庄人的道德信条。让爱党爱国、尊老爱幼、互帮互助这些传统美德,成为每个人的自觉行为。只有这样,光明庄的未来才会健康发展。只有物质文明和精神文明两条腿走路,才不会成为只有物质文明发展的瘸子。

"我在镇里和市里工作多年,有一些这方面的资源。我愿意积极联系社会上的专家学者,争取至少每两个月到光明庄来做一次宣讲。"

根宝讲完,又对着所有人深深地鞠了一躬。

大伙儿鼓掌后,满意邀请有志说两句。

两鬓斑白的有志没有客套："感谢立秋书记！感谢满意！感谢怀德！感谢在座的乡亲父老！感谢大家还记得我'二流子'。"

话音刚落,会场上响起一片善意的笑声,接着就是掌声。有志

摆摆手,继续说:

"这些年,光明庄有了天翻地覆的变化和发展,家乡富裕了,让我们这些漂泊在外的光明庄人感到无比的自豪,走路时,腰杆都挺得直直的。说实话,相比于苏南,我们光明庄还有不少的差距。早在改革开放初期,中央就提出了'无农不稳、无工不富、无商不活'的前瞻性战略口号。时至今日,光明庄还停留在前两句上,无工不富也还只是刚刚起步。现代社会的发展,已经进入了互联网时代。我们要想办法,根据我们自身的优势,发展属于我们光明庄的工业和商业。这两天,怀德主任和我谈了不少。我感觉他的有些想法很好,值得我们为之奋斗。比如,利用光明庄是养猪专业村的独特优势,开展生猪的深加工和精加工。定向招商引资,开办适合我们自己的工厂。我们可以开办饲料生产、生猪屠宰、猪肉加工等配套产业链,提高我们的产品附加值。比如,利用网络,宣传和打造光明庄的绿色无公害农产品。有了工业和商业,光明庄在外打工的人就能够回乡创业、回乡工作,在家门口实现发家致富奔小康的目标。再也不需要离妻别子、背井离乡,可以在家里赡养父母、抚养孩子。只有让所有的光明庄人都致富奔小康了,光明庄才真正算是光明的村庄,美丽的乡村。"

有志的发言赢得了阵阵掌声。与会的其他人也纷纷发言,为光明庄的未来和发展献计献策。

立秋看了看一直坐在会议室角落里的豌豆:"雁南,你也说两句吧?"

豌豆一下子没有回过神,还在低头沉思。立秋又说了一句:"齐老板?你也说两句?"

豌豆一抬头,发现大伙儿都盯着自己,赶紧站起身:

"我离开光明庄几十年了,这么多年,我一直以为自己是个新疆人。近几年,因为我爸妈的缘故,我回来过几次。说实话,因为建房和土地确权的事,我的确对于光明庄没有多少认同感。就在

第六十回　聚乡贤同谋发展　会群英共绘蓝图

两天前,我还在想,要把我爸接到新疆去,也许我就再也不会回来了。可就在昨天,大家都听说了,我开车掉进了河里,是光明庄的乡亲们救了我,大家没有因为往日的矛盾见死不救。昨天晚上,我和平安、跃进谈了很多,我从来没有像昨天一天那样感动过。这些年,我在新疆是赚了点儿钱,可我从未想过要为光明庄做点儿什么。我一直以为大家不肯接纳我,是因为嫉妒,因为眼红。昨天,爱红婶给我上了一课。我很惭愧,说实话,昨晚一夜,我都没有睡好。我现在越想越后悔,越想越惭愧。我愧对生我养我的衣胞之地,愧对光明庄的乡亲父老。现在,我也想为家乡建设,贡献一些力量。可我做了这么多年的汽修和机械行业,光明庄也确实没有适合我的项目。就在刚刚,听了有志叔的发言,我茅塞顿开。我爸爸老了,他也不肯离开光明庄。我准备在光明庄投资建设一个生猪深加工的企业,逐步把我在新疆的产业转移到老家来。梁园虽好,终非久恋之家,光明庄才是我落叶归根的地方。"

豌豆说完,所有人都站了起来,大伙儿用掌声表达了他们对于豌豆的接纳和感谢。

座谈会结束后,怀德带领大家去参观家庭农场和平安的生猪合作社。

一行人走出村部,村部门外的广场上是一座彩绘的大舞台,村部东隔壁是光明,几个老人正在院子里的健身器材上活动。村部西边是光明卫生室,两个农民在整洁的卫生室里一边输液,一边观看着墙上液晶电视里的电视节目。卫生室前面是农耕文化展示馆,一辆外地牌照的旅游大巴停在展示馆前面的停车场上,一行游客在手拿小红旗的导游的指引下正往展示馆里走。

大伙儿沿着宽阔的中心路一路向北。路两旁的香樟树绿叶婆娑,微风过处,发出爽朗的笑声。沿路是规划整齐的别墅群,不时有人热情地同他们打招呼。一排笔直的路灯昂首挺胸地一直延伸向远方,像一排威武的哨兵一样守卫着美丽的村庄。怀德向大伙儿介绍,这些路灯都是使用的沼气发电。现在养殖场的沼气发电,不仅满足了全村的路灯用电,剩下的每个月还能给村里增加一笔不小的电费收入。

走过居民区,远远地可以看见西北方向的田野里有几十栋高大宽敞的建筑。蓝色屋顶的是猪舍,灰色屋顶的是库房,红色屋顶的是办公区,圆筒形的是沼气池,宝塔型的是饲料储存罐。

中心路两旁是民主家的家庭农场。麦田里的麦苗已经开始拔节,满眼都是连绵不绝的碧绿。一阵微风吹过,翻涌的麦浪你追我赶地奔向天边。田埂上的油菜花开得正欢,黄灿灿的油菜花仿佛给绿色的麦田缀上了一圈明黄的金项链,漂亮极了。

果园里的桃花开了,粉红的一大片;梨花也开了,满树的雪白,仿佛是一棵棵巨大的蒲公英。果园里不时有游客合影留念,欢快的笑声在风中久久飘荡。

清明时节,莺飞草长,田野里一派生机勃勃。举目四顾,整个光明庄仿佛是一个巨大的调色盘,五彩斑斓,所有人都仿佛置身在一幅色彩缤纷的田园画里。

跃进脖子上挂着遥控器,正操纵无人机给小麦喷农药。随着一阵"嗡嗡"的轰鸣声,无人机拖着长长的白色水雾,从众人眼前掠过,向着绿色的深处一路飞驰。

2020 年 3 月 30 日动笔于南京

2021 年 4 月 21 日初稿完成于兴化戴窑

2022 年 5 月 9 日三稿修改完毕

后记　我请干老题书名

三年前,我把一些写故乡的文字集结成了一本书稿,取名《串场河边》。关于书名题写和序言,出版前我就想好了。

书名当然要请余华题写。此余华非彼余华,是我的发小兼好友。我俩都是光明庄人,是从小玩到大的朋友。后来,我辍学回老家种地,再四处外出打工,而余华外出读书,毕业后到扬州工作。我俩除了春节偶尔见上一面,联系渐少。多年前偶遇他母亲,问起余华近况。老人说:"还是天天在家写大字,工资都买宣纸了。"语气里半是埋怨,半是骄傲。

余华好书法,从上学时就开始练字,几十年如一日,坚持不辍。他这些年除了工作,最大的爱好依然是练字,先后师从中国书画家协会理事、书法名家黄飞霞先生和林散之先生的关门弟子卞雪松老师。这些年,他书法上颇有精进,作品朴实有古意。前些年,我连续在扬州干了两个工地,与走散了二十多年的老朋友重又对上了暗号。余华经常周末拎着酒到工地上来,两人找个小饭店,边吃边聊天。他既不喝酒,也不抽烟,每次都是看着我喝,然后再开车把我送回工地。我出书请他题写书名,再合适不过了。一来我俩关系铁,二来我们都是老家的游子,对于光明庄,对于串场河,同样饱含深情。没多久余华便将写好的书名发给了我。只可惜第一次出书,忘了嘱咐编辑老师署名。

《串场河边》的序是请同学金鸿美捉的刀。鸿美工于以小见大的散文写作,和我完全不是一个风格。他属于学院派,善于从一颗露珠里透视世界,细腻温婉,美轮美奂。我在工地上野惯了,反映在文字上同样粗枝大叶,鲜有露水和云彩的情调。但这不影响我俩成为朋友,也不影响我让他帮我写序,他也果然拿出来一篇一如既往的精致文章——《串场河边一乡戏》。

  等到《彩云妹子》出版的时候，我已经有了一些经验。

  书名题写请的是我的老恩师。他老人家不仅是我的老师，也是鸿美的岳父，是一位学富五车的鸿儒，也是一位多才多艺的先生。老人家八十多了，智能手机玩得很溜，甚至在"全民K歌"平台上拉二胡，吸粉无数。先生写了一手飘逸潇洒的启功体，登门求字者众，年底求春联的更是络绎不绝。大约是字写得多了，抑或是岁数大了嫌麻烦，一年春节，先生自家大门上居然贴着一副买来的对联。先生淡泊名利，除了"教师"之外，没有任何头衔。我请他题写书名，先生谦逊地说："印刷体也蛮好的。"话是这样说，先生还是很快就写好了书名。这次，我没忘记让编辑在封底注上"封面题字——邹义鸿"。

  《彩云妹子》的序是请本地知名作家王玉兰大姐写的。我和王大姐相熟多年，在兴化作家群体这个文学大家庭里，我俩属于"野三旅""土八路"，都没有受过正规的写作训练，像水乡稻田里的稗草，肆意疯长。请她写序，就像喊大姐帮我把关女朋友一般轻松，少了那种让丈母娘看女婿的惴惴不安。大姐写完序言，让我给出个题目。我一看，果然是她一贯的风格——质朴、热情，跟她在外人面前介绍自家兄弟一样，夸得我脊梁骨上冷汗直冒。我建议取名《串场河边的土味情话》，算是中和一下那些溢美之词。

  去年，把近年创作的十几篇小说又整理了一个集子。趁着一次和兴化知名作家、评论家唐应淦先生喝酒的时候，提出请他帮忙写篇序。唐老师一口答应，我打蛇随棍上，第二天就把书稿发给了他。唐老师真是一位严谨的学者！他把书稿打印出来，不仅帮我写了序——《亲民写作的典范实践》，还给我指出了书稿中的多处谬误，一一用红笔做了标注。只可惜，书稿最终未能通过出版社审查，唐老师的序言也因此被束之高阁。此中遗憾只能找机会去弥补，去致歉了。

后记 我请干老题书名

四年前我开始着手创作长篇小说《串场河传》,历时三年,数易其稿,总算于去年下半年完成了。

书稿在出版社已过了二审,我开始考虑"序"和书名。

这次我没有请人写序,而是把我发表过的一篇文章发给出版社当成"代序",这样,万一书稿没有过审,也不用感觉愧对朋友。

至于书名题写,我一直在纠结。这些年认识结交了不少书法大家,到底这次请谁呢?

就在我无比迷茫的时候,泰州文友王兰大姐联系我,说散文海外版正在搞王干老师的新作《人间食单》书评征文,我的一篇读后感刚好可以参加。我脑子里灵光乍现,王兰大姐是著名作家王干老师的妹妹,能不能请干老帮我题写书名呢?

对于干老我仰慕久矣。干老十九岁就开始在《雨花》发表作品,曾任《文艺报》编辑、《钟山》杂志社编辑、《东方文化周刊》主编、《中华文学选刊》主编、《小说选刊》副主编,2010年获得第五届鲁迅文学奖,可以说是兴化文学乃至当代文学的一面旗帜。我与干老有几个共同的群,却一直没敢加他微信。在我看来,干老是一座文学的高峰,而我只是山下一个虔诚的朝圣者,高山仰止,远远地崇拜就好。

我把想法和王兰大姐说了,王大姐很爽快地答应帮我向干老求字。得到大姐答复,我赶紧加了干老微信,一上来就说了请他帮我题字的想法。直到晚上王大姐给我信息,说和干老说好了,让我加干老微信,我这才知道自己"烧虾等不得红",早已冒冒失失地把那点小心思说完了。

其后不久,我参加"里下河美食文化征文",侥幸获奖。参加颁奖仪式时,偶遇了作为颁奖嘉宾参会的干老。看着围在他身边的众多仰慕者,我自惭形秽,终未能鼓起勇气上前打招呼,只在台下静静聆听偶像的发言。

昨晚,王大姐给我信息,说干老已经帮我把书名题写好了,近

309

日快递给我。稀里糊涂就梦想成真,我一下觉得惶恐起来,不知道该怎样去表达这份感激。

我是个半路出家的习作者,四十岁才开始尝试写作。十多年来,在文学创作道路上得到了众多朋友老师的鼓励和帮助,才使我有了继续前行的勇气。

对于大家的爱护和扶持,我唯有认真学习,努力创作出更好的作品,才能回报这些无私的厚爱。

2023/04/12